EUROPAVERLAG

THORE D. HANSEN

Die Reinsten

ROMAN

EUROPAVERLAG

MIX
Papier aus verantwortungsvollen Quellen
FSC® C019821
FSC
www.fsc.org

Vollständige Taschenbuchausgabe September 2021

Umschlaggestaltung: Hauptmann & Kompanie Werbeagentur, Zürich, unter Verwendung eines Fotos von © Paper Boat Creative / Getty Images
Gesetzt aus der Minion Pro und der Calibri
Druck: Beck, Nördlingen

ISBN: 978-3-95890-377-7
www.europa-verlag.com

Das ist die Welt, aus der du kommst.
Willst du sie zurück?

Das ist die Welt, die wir erschaffen haben.
Willst du sie zerstören?

Und das ist die Welt, die die Reinsten verdienen.
Kannst du ihr widerstehen?

Prolog

15. SEPTEMBER 2191

Das südliche Grenzgebiet der iberischen Wüste zu kontrollieren, war für ihn Routine. Kel überflog es immer wieder mit Demut. Unter wolkenfreiem Himmel steuerte er konzentriert seinen Solarjet über *Old Paris*. Zwischen den eingestürzten Ruinen einstiger Prachtbauten hatten sich Bäume, Farne und für die Klimazone exotische Pflanzen ihren Platz erobert. Stählerne Brücken, Monumente und Fassaden, einst für die Ewigkeit gebaut, waren bereits vor Jahrzehnten der Korrosion zum Opfer gefallen. Ein Meer aus Grün und wuchtigen Wurzeln breitete sich überall aus. Durch Lichtungen sah Kel Bären und Hirsche vorbeiziehen. Die Natur hatte keine Zeit. Als wollte sie die Spuren ihres einstigen Erzfeindes so schnell wie möglich vom Antlitz der Erde löschen, schritt die Transformation unerbittlich fort. Von der Katastrophe, die sich vor langer Zeit auf dem Planeten abgespielt hatte, war immer weniger zu sehen. Für Kel war der Blick auf diese letzten Zeugnisse der Vergangenheit nur noch ein Gedenkmoment an seine Vorfahren. *Ihr Gründer. Ihr seid gestorben, bevor ich geboren wurde, damals, als unsere Welt dem Untergang geweiht war. Ihr habt sie gerettet, und ich wünschte, ihr könntet sehen, was euch gelungen ist.*

Er beschleunigte den Jet. Bis an den Horizont erstreckten sich aufgeforstete Wälder, mühevoll der unbarmherzigen Wüste wieder abgerungen. Unter ihm pflanzten Robotereinheiten

Bäume, schlossen Lichtungen, rangen der unwirtlichen Hitze das Leben Meter um Meter wieder ab. Kel genoss jede Minute dieses Anblickes. Er hatte das Glück der späten Geburt. Wo der Klimawandel bis vor wenigen Jahrzehnten eine Wüste hinterlassen hatte, dehnte sich nun wieder eine grüne Lunge weit nach Süden aus.

Es dauerte eine gute Flugstunde, bis sich die Vorboten der tödlichen Zone ankündigten. Als die Pyrenäen in Sicht kamen, dünnten sich die Wälder unter ihm langsam aus. Es folgten zerborstene Baumstümpfe, öde Steppe, verfallene, von Dünen überzogene Dörfer und Städte, deren Gemäuer über Jahrzehnte vom Wind geschliffen im Niemandsland ihrem endgültigen Ende entgegenfristeten.

Der Sandsturm setzte ohne Vorwarnung ein. Die beiden Rotoren seines solargetriebenen Einflüglers dröhnten laut auf. Der Jet verlor an Auftrieb. Der Rumpf vibrierte. Während er wendete, glaubte Kel für einen Sekundenbruchteil, durch die getrübte Atmosphäre am Boden menschliche Silhouetten zu erkennen. Der Bordcomputer sendete ihm eine erweiterte Sicht der Realität in sein hermetisch abgeriegeltes Cockpit. Bei Bedarf konnte er 360 Grad erfassen. Er zoomte das Bild näher heran. Nun war es deutlich zu sehen. Drei Menschen – mit Tüchern und Brillen vor der staubigen Luft geschützt. Sie näherten sich der Grenze und einem Quantenrepeater. Eine Armada von Drohnen und Patriots, begleitet von einem Solartransporter, hatten die Gruppe ebenfalls ausgemacht und bewegten sich auf sie zu. Noch nie hatte Kel bei einem Überflug so nah an der lebensgefährlichen Grenze solche Gestalten gesehen. Waren es Kolonisten oder Degradierte? Wo kamen sie her? Wussten sie nicht, dass sie in ihr Verderben laufen würden? Nur wenige Hundert Meter trennten sie von dem Moment, der ihr trostloses Leben jenseits von *Paradise* schlagartig beenden würde. Wollten sie das etwa?

»Flug AC1613, Commander Kel Stanley. Ich habe hier vermutlich drei Degradierte, die auf Drohnen und Patriots zulaufen, soll ich sie warnen?«

Keine Reaktion. Es ging um Sekunden. Jeden Moment würden die Patriots, riesige Kampfroboter, das Feuer eröffnen. Über sein Hirnimplantat steuerte Kel den Jet als letzte Warnung mit jaulendem Antrieb knapp über die Köpfe der drei am Boden hinweg. Drohnen und Patriots versperrten den Degradierten den Weg. Kurz standen sich Menschen und Roboter bewegungslos gegenüber. Einer der Männer war gefährlich nah an einen Patriot herangetreten. Warum schossen die Roboter nicht?, fragte sich Kel. Was ging da vor? Der Mann berührte den Patriot, als wolle er sich über ihn mit Askit verbinden. Kel versuchte, die schlechte Sicht zu kompensieren, vergrößerte das Bild bis aufs Maximum.

»Commander Kel«, ertönte eine leicht verzerrte Stimme, »dreh ab und kehre zurück nach *Askit City*!«

Kel zog den Flieger nur zögerlich wieder nach oben. Wenn es sich bei dem Mann da unten um einen Degradierten handelte, hätte er ihn über die Signatur seines Gehirnimplantats sofort identifizieren können. Doch genau in dem Moment hatte die künstliche Intelligenz Askit die Kontrolle übernommen.

»Commander, keine weiteren Gedanken dazu. Es ist alles in Ordnung. Die Patriots werden den Menschen ihren Weg weisen und sie mit dem Nötigsten versorgen. Dein Mitgefühl ehrt dich.«

Irritiert flog Kel eine weitere Runde. Ein Patriot entlud aus dem Transporter Lebensmittel und stellte sie vor der kleinen Gruppe ab. Der Erste der kleinen Gruppe drehte sich um und ging zurück, die anderen nahmen die Überlebensrationen auf und folgten ihm, ohne zu zögern. Kel sah gebannt zu. Dann wurde alles schwarz vor seinen Augen. Kel nahm seinen Helm ab und blickte in der rötlichen Notbeleuchtung auf seinen schuppenartigen Schutzanzug herab. Er fasste sich an den Hinterkopf und überprüfte den Anschluss zwischen Implantat und Bordcomputer. Die ruckartige Bewegung des Jets deutete auf einen Richtungswechsel hin. Der Bordcomputer sandte kein Bild mehr. Die Beschleunigung drückte ihn tiefer in seinen Sitz. Der Steuerung enthoben, starrte Kel in ein gefühltes Nichts.

»Commander Kel. Melde dich nach deiner Rückkehr in *Askit City* zu einem Scan. Es gibt keinen Grund, Verantwortung für etwas zu übernehmen, dessen Ursache du nicht bist!«

»Ja, Askit. Hast du deswegen meinen Bordcomputer gesperrt?«

»Eine Identifizierung der Degradierten hätte deine Projektionen und intrinsischen Motive zu helfen nur weiter verstärkt. Nach dem Scan kannst du den Dienst für die Agenda wieder effektiv fortsetzen.«

Kels Halsschlagader pochte gegen das eng anliegende Material seines Anzugs. Er konnte den Gedanken nicht abschütteln, dass er soeben Zeuge eines Vorgangs geworden war, dessen Tragweite er nur erahnen konnte.

»Danke, Askit!«

1

16. SEPTEMBER, METROPOLE HOPE, NÖRDLICHES MONTANA

Eve Legrand schaute von ihrer Liege aus auf das holografische Abbild ihres Gehirns. Die zentralen Regionen von der Großhirnrinde bis zum Hinterhirn waren in unterschiedlichen Farbtönen gut zu erkennen. Ein Abbild aller Regionen, die Interaktionen wie Empfinden, Denken, Planen, Fühlen, Urteilen und Handeln bestimmten und eine Persönlichkeit ausdrückten. Die letzte Frage Askits hatte ihren Hypothalamus, jenen Hirnbereich, in dem sich auch die Sehnerven kreuzten, hell aufleuchten lassen. Stundenlang hatte sie im Schulungscenter der Metropole *Hope* den Fragen von Askit Rede und Antwort gestanden. In dem kleinen sterilen Raum setzte sie sich von der gepolsterten Liege auf, blickte leicht benommen auf die strahlend weißen Kunststoffwände und auf die Laseranlage an der Decke, die die Hologramme erzeugten.

»Eve, deine Selbststeuerungskompetenzen sind auf einem sehr hohen Niveau«, hallte es in den Raum.

Nach dem Ende des *Scans* von über hundertachtzig Persönlichkeitsfaktoren und ihren tiefenpsychologischen Interaktionen erschien jetzt Askit als Hologramm. Seit 2041 lenkte die künstliche Intelligenz den Planeten. Aber das Wirken von Askit war für die Menschen in *Paradise* eine unbekannte Dimension. Niemand in *Paradise* kannte das Ausmaß seines neuronalen Netzwerkes.

Für Eve war es in diesem Moment nur ein lächelnder holografischer Avatar.

»Zwischen deinen bewussten Zielen und deinen unbewussten Bedürfnissen besteht ein Einklang von nahezu 100 Prozent. Deine Ablenkungsresistenz hat sich noch mal verbessert, deine Abwehr von Fremdanforderungen und dein Stimmungsmanagement sind auf Höchstniveau, nur deine Selbstberuhigung war kurz tangiert«, sagte Askit mit sanft klingender Stimme.

»Meine Selbstberuhigung? Ich weiß, ich habe an …«

»Thyron hat den Test bestanden.«

Eve lachte kurz auf. Es war klar, dass ihre Gedanken an ihren Partner im Scan nicht unsichtbar blieben.

»Aber es war knapp, oder?«

»Er hatte einen leicht negativen Wert bei seiner Zielorientierung, ihr seid weiterhin kompatibel.«

Das war erstaunlich, dachte Eve, die Verfolgung einer dem Allgemeinwohl dienlichen Zielorientierung war eine seiner besonderen Stärken.

»Eve, es ist nicht relevant, ob ein negativer Affekt kurz auftritt, es sei denn, er manifestiert sich auch in der Zweit- oder Drittreaktion. Du kannst die Verbindung wieder trennen. Ich werde die Frequenz deiner Alphawellen erhöhen.«

Eve blickte auf den Holoschirm und sah die Wellenströme, die ihren Geist beruhigen und ihre Konzentration und Sensitivität erhöhen würden.

»Vergiss nicht, die Entstehung von Emotionen ist immer ein Zusammenspiel vieler Gehirnanteile und nicht nur des limbischen Systems.«

Eve griff sich an den Hinterkopf, hob ihre Haare an und löste die Steckverbindung zum Hirnimplantat. Es war für alle Reinsten die unmittelbare Verbindung zu Askit und für die Aufnahme in die Akademie der Wissenschaft eine absolute Bedingung.

Als jüngste Empfängerin ihrer Generation hatte Eve im Alter von acht Jahren das Implantat erhalten. Die Schädeldecke wurde unterhalb der Zirbeldrüse geöffnet, die Schnittstelle verwuchs mit Knochen und Haut, und die haarfeinen Mikroelektroden wanderten über Jahre in die wichtigsten Hirnareale ein. Nanobots, in der Größe kleiner Blutzellen, verhinderten, dass sich Narbengewebe bildete oder dass die Elektroden mit der Zeit von Nervenzellen abgekapselt wurden. Es war ein komplexes Neurotool. Bei Bedarf diente es zur direkten Kommunikation mit Askit, um die eigene Hirnleistung zu optimieren und der Regulation der Neurotransmitter wie Adrenalin, Serotonin oder Dopamin. Mit dem tiefenpsychologischen Scan konnte Askit das Potenzial eines Menschen messen. Es konnte Stimmungen, Gedanken, verborgene, unbewusste Motive, Sehnsüchte, Schmerzen, Ängste, Wut sowie die Lügen eines Menschen erfassen und in alle relevanten Persönlichkeitsfaktoren aufschlüsseln. Von Kindesalter an konnten so die persönlichen Anlagen zu einem *reinen* Bewusstsein, das der Gemeinschaft dienlich war, trainiert werden. Es verhinderte, dass sich negative Gedanken, Motive, Sehnsüchte genauso wie überschwängliche Emotionen in das tiefere Bewusstsein eines Menschen eingruben – alles, was seine Handlungen undurchschaubar oder unberechenbar machen konnte, denn diese Eigenschaften hatte Askit bei der Katastrophe von 2041 als das Übel der Menschheit ausgemacht.

In Kürze würde Eve wissen, ob sie den letzten Scan bestanden hatte. Nur dann würde sie als Reinste zur finalen Prüfung der Akademie der Wissenschaft zugelassen werden. Die Prüfungen standen in diesem Jahr außerdem unter dem Zeichen des hundertfünfzigjährigen Bestehens von *Paradise*. Eve atmete tief ein, langsam durch die Nase aus, stand auf, ging zur Tür und drehte sich noch einmal um.

»Danke, Askit.«

»Du wirst die Menschheit auf eine neue Stufe ihrer Evolution führen. Die Jahre unserer Zusammenarbeit werden sich für alle auszahlen.«

»Was …?« Bevor Eve nachfragen konnte, schloss sich mit einem Zischen die Tür hinter ihr. Einen Moment lang stand sie in einem endlosen Flur regungslos da, geblendet von den weiß leuchtenden Wänden. Sie ging den Gang ruhigen Schrittes entlang, versuchte, Askits ungewöhnliche Ansage zu verstehen.

Eine dunkelhaarige Reinste der Akademie kam Eve entgegen, fixierte sie mit einem aufmunternden Blick. Sie hatte einen neuen biothermischen Anzug über ihren rechten Arm geschwungen.

»Ist der für mich?«

»Das dürfte mein Lächeln wohl schon verraten haben!«

Die Reinste öffnete rechter Hand eine Tür, gemeinsam betraten sie ein Labor. In diesem Teil des Gebäudes befanden sich nicht nur die zahlreichen Räume für die Scans, sondern auch die unterschiedlichsten Laboreinheiten, die den Wissenschaftlern zur Verfügung standen. »Dein neuer Anzug ist mit einigen Erweiterungen ausgestattet, die dich bei Einsätzen außerhalb von *Paradise* schützen werden.«

In der Gesellschaft von *Paradise* war dieser schneeweiße Anzug ein unverkennbares Detail, das die Reinsten auszeichnete. Ohne eine kühlende Schutzhülle konnte keiner lange draußen arbeiten. Für Expeditionen außerhalb von *Paradise*, bei der Menschen einer sengenden Hitze ausgesetzt waren, erhielten diese besser ausgerüstete Variante nur die Reinsten. Selbst innerhalb der Metropolen-Gebiete, in den bewohnbaren Zonen nördlich und südlich des Äquators, gab es noch Tage, an denen es ohne künstliche Kühlung tödlich sein konnte, sich zu lange draußen aufzuhalten. Auch wenn diese Tage immer seltener wurden.

Eve legte ihre helle Baumwollkleidung ab und zog dann den neuen Anzug an. Sie spürte, wie sich die geleeartige Membran an ihre Haut presste.

»Die Energieversorgung funktioniert wie bei den herkömmlichen Anzügen. Nun zu den Extras: Deine Körperflüssigkeit wird über Mikrokanäle in einem Trichter im Rücken vor der Sauerstoffeinheit gespeichert und dient dir im Notfall für eine minimale Trinkwasserversorgung. Auf der rechten Seite findest du Proteine, Vitamine und Eiweiß als Notration.«

Eve schloss den Anzug und bewegte ihren Hals in dem engen Korsett.

»Der Kragen ist etwas steifer. Es ist eine neue Normverbindung für verbesserte Helme, die dich nicht nur vor Hitze, sondern vor allem vor einer drohenden Vergiftung schützt. In der rechten Beintasche findest du Medikamente und ein kleines Werkzeugset. Und das hier rettet dir das Leben, falls kein Medilab erreichbar ist«, sagte die Reinste und reichte ihr eine kleine Box.

»Was ist das?«

»Spezielle Nanobots. Sie haben verbesserte Getriebe und Werkzeuge. Sie erkennen nicht nur akute Krankheiten. Sie können innere Verletzungen reparieren. Hier ist ein neuer Scanner mit einer höheren Reichweite für die Kommunikation und den Datenaustausch.«

Eve betrachtete das Gerät. Der Scanner war ein auf jedes Hirnimplantat synchronisierter Empfänger und Sender mit einem breiten Display. Es genügte der Gedanke, und das Hirnimplantat wie auch der Scanner gingen online. Offline war den Reinsten nur in der Nacht erlaubt.

»Er ist mit zusätzlichen Sensoren für die Messung von Strahlung und Giftstoffen ausgestattet und erzeugt holografische Bilder. Ansonsten bist du mit den Funktionen des Anzugs vertraut?«

»Selbstverständlich!«

»Eines noch. Dieses Ventil zieht aus der Umgebungsluft Sauerstoff als Vorrat ein. Der Scanner warnt dich rechtzeitig vor Ozonbelastungen, Giften und anderen Gefahren. Bei der ersten Warnung, wo immer du bist, musst du umkehren! Alles klar?«

»Ja!«

»Dann wünsche ich dir volles Potenzial, Eve Legrand! Mit deinem Score wirst du viel erreichen.«

Eve nickte dankend und verließ das Labor. Sie ballte die rechte Faust, beschleunigte ihren Schritt, atmete einmal tief durch und lachte. Sie war sich auf einmal sicher, dass sie den letzten Scan bestanden hatte. Der Score: Die Summe aller Verdienste, Qualifikationen, das gesamte soziale Verhalten und die Ergebnisse der Scans: Eves Wert hatte sich soeben um weitere zwei Punkte erhöht.

Ein kurzer Signalton informierte sie darüber, dass der Hyperloop, der sie heute noch nach *New Paris* transportieren würde, in fünfzehn Minuten abfahrtbereit war. Sie beschleunigte ihren Schritt und durchquerte die Aula, den zentralen Versammlungsort der Akademie der Wissenschaften. Eve betrat die nahezu menschenleere lange Gangway zum Hyperloop und schaute in die lichtdurchflutete Station. Obwohl die Scheinwerfer von den Stahlträgern der Glaskuppelkonstruktion blendeten, erkannte sie am Nachthimmel einen von leichtem Nebel verschleierten Vollmond.

In der Mitte, direkt unter dem Zentrum der Kuppel, standen Reinste und andere Metropolenbewohner in heller luftiger Kleidung oder in Thermoanzügen um das Whitestone-Monument herum, das Mahnmal der Agenda aus ihrer Gründerzeit 2041. Der Planet Erde aus dunklem Granit, um sie herum zwölf Frauen und Männer aus dem gleichen Gestein. Sie hielten einander an den Händen und blickten mit gesenkten Köpfen auf die Welt. Nur ein Mann und eine Frau aus weißem Marmor standen sich im Kreis gegenüber, schauten empor und trugen mit gestreckten Armen eine zweite strahlende Erde. Oberhalb des Mahnmals wurden gerade über einen gigantischen Holobildschirm die abendlichen Nachrichten von Askit verkündet: Welche Fortschritte in Bereichen der Wissenschaft gemacht, welche Reinsten für besondere Leistungen gelobt und welche für die Prüfungen in diesem Jahr zugelassen wurden. Einige Gesichter erschienen auf dem Schirm. Eves Konterfei war noch nicht zu sehen.

Als ein Student Eve passierte, blickte sie ihn reflexartig mit ihren strahlend grünen Augen an und lächelte. In ein paar Minuten würde sie in Überschallgeschwindigkeit von der Akademie der Wissenschaft im nördlichen Montana in das über sechs Stunden entfernte *New Paris* reisen. Ohne jegliche Kontrolle in einer Metallhülse zu sitzen und mit einer Geschwindigkeit von bis zu 1200 Kilometern pro Stunde auf einem Luftpolster durch ein Rohr geschossen zu werden, war für Eve keine Freude. Gegen die Vorstellung, was bei einem Unfall alles passieren könnte, half auch die Regulierung der eigenen Ängste nicht.

Langsam füllte sich der Steig. Ein saugendes Geräusch kündigte den Hyperloop an. Das graue Geschoss schwebte lautlos ein und senkte sich etwas. Die Türen öffneten sich. Eve positionierte sich seitlich. Einige Reinste traten heraus und suchten den Ausgang auf. Dieser Hyperloop war neu. Der Innenraum wie auch die hundert Sitzplätze waren weiß, nur die Polster dunkelgrau. Ein leichter Farbgeruch reizte Eves Nase. Die schmale Gangway erforderte Achtsamkeit, darüber lag gedämpftes Licht. Nachdem bereits Reinste und Angepasste in ihren schneeweißen Thermoanzügen Platz genommen hatten, stellte sich Eve an die Tür, schaute zurück in die Station und betrachtete ihr Spiegelbild auf einer weißen Kunststoffwand. Das Krafttraining hatte Spuren hinterlassen. Ihr Gesicht wirkte schmaler, ihre Wangenknochen zeichneten sich deutlicher ab, nur ihre großen leuchtenden Augen ließen sie immer noch jünger als dreißig aussehen.

»Du wirst die Menschheit eines Tages auf eine neue Stufe ihrer Evolution führen.« Das waren Askits Worte gewesen. War die Entscheidung schon gefallen? Würde sie als Reinste in die Akademie der Wissenschaft aufgenommen werden?

Seit Jahren arbeitete sie zusammen mit ihrer besten Freundin Adlin Salomon und ihrem Mann Thyron Hawk an der Beseitigung der Folgen aus der Einlagerung von CO_2 in geologischen Formationen tief unter dem Meeresboden. An der Einlagerungsmethode hatte schon ihr Vater als leitender Klimaforscher Kritik geübt. Nachdem Eve, Adlin und vor allem Thyron in Simulationen nachweisen konnten, dass aus einigen dieser Reservoirs das gespeicherte CO_2 wieder entweichen würde, hatten Roboter dies durch Messungen bestätigt. Technische Mängel, Erdbeben oder die Auswahl ungeeigneter Speicherstätten waren der Grund, warum größere Leckagen die Versäuerung der Ozeane wieder ansteigen lassen konnten. Die Nachricht hatte seinerzeit in den Metropolen weltweit für Aufsehen gesorgt.

Für Eve waren Klimaforschung und Geologie die wichtigsten Zusatzthemen ihrer Ausbildung gewesen, um als Meeresbiologin die wachsende Population der Meerestiere zu schützen, vor allem der Wale, deren Verhalten sie studierte. Besondere Freude bereitete Eve die Aussicht, dass sie mit Adlin und Thyron bald in *Deep Water*, der Metropole auf Grönland, zusammenarbeiten würde. Dort wurden die Ergebnisse zusammengetragen, wenn es um die Reduktion von CO_2 in der Atmosphäre ging, ob und wie sich Arten an die Übersäuerung der Weltmeere anpassen konnten, welche Korridore in den Ozeanen den Walen als Nahrungsquellen geblieben waren und mit welchen Maßnahmen sie die Temperatur der Weltmeere beeinflussen konnten, um lebensnotwendige Nahrungsketten zu sichern. Die Ozeane hatten sich nicht nur stetig erwärmt, sie nahmen auch den Großteil des Kohlendioxids auf. Das hatte für das gesamte Ökosystem weitreichende Folgen gehabt: Alle Meeresbewohner, die eine Kalkschale bildeten wie Muscheln, Seesterne, Korallen, Krebse und Seeigel, hatten lange Zeit das Problem, dass der gesunkene pH-Wert der Meere ihre kalkige Schutzhülle angriff. Damit fielen diese Meeresbewohner nicht nur als Schadstofffilter, sondern auch als Futter für andere Lebewesen aus. Einige Arten konnten sich behaupten oder durch Zuchtprogramme ersetzt werden. Aber für Eves Schützlinge war das pflanzliche Plankton von größter Bedeutung. Die winzigen Krillkrebse benötigten es zum Überleben, die wiederum waren die Nahrungsgrundlage für dutzende Walarten. Doch Eve, Adlin und Thyron waren zunehmend optimistisch, dass sie die erste Generation nach der Katastrophe sein würden, die Dank Askit die Rückkehr zu einem überlebensfähigen Ökosystem erleben konnten. Und wenn es in ihrer Lebensspanne noch nicht gelang, dann würde es ihre Hinterlassenschaft an kommende Generationen sein. Kaum hatte sie den Gedanken beendet, sah sie, wie sich ein lila- und orangefarbener fluoreszierender Kopf auf ihrem biothermischen Overall spiegelte.

Eve hob ihren Scanner mit dem Display am Handgelenk, bis das Hologramm auf Augenhöhe war und ihre Nase beleuchtete. Lächelnd blickte sie Askit in die leuchtende Augenimitation.

»Du hast alle Gründe, stolz zu sein, Eve. Stolz ist kein Gefühl, das dich in der Reinheit deiner Motive beeinträchtigt. Eine seltene Gabe. Du bist als Reinste zur letzten Prüfung zugelassen!«

Sollte dieser Tag nun endgültig zu dem glücklichsten ihres Lebens werden? Erleichtert und glücklich tippte sie dem Hologramm auf die Stirn, es löste sich auf und erschien nur einige Sitze weiter bei zwei Arbeitern in hellgrauer Kleidung. Kurz lächelten sie Eve an und nickten ihr zu. An einem der Holoschirme, die direkt über den Sitzen im Hyperloop angebracht waren, erschien nun auch ihr Bild. Darunter stand ihr Prüfungsdatum: der 21. September. Bei allem Bestreben, sich von der Bedeutung dieser jährlich wiederkehrenden Zeremonie nicht von eitlen Motiven leiten zu lassen, war bei jedem Anwärter durch die Präsenz in der öffentlichen Wahrnehmung eine unterschwellige Nervosität und Euphorie zu spüren. Eves Wangen röteten sich, sie band ihre langen Haare zu einem Zopf und legte die rechte Hand schützend auf ihren Magen.

Ihre Mutter Tessa würde vermutlich schon vor ihrer Rückkehr in Tränen ausbrechen. Jeden Moment würde das Ergebnis der heutigen Prüfungen weltweit auf den Bildschirmen in den Ankunftshallen der Hyperloops, auf den Glasfassaden der Verwaltungsblöcke und auf allen Displays in *Paradise* zu sehen sein. Sie war kurz vor ihrem Ziel und würde wie einst ihr Vater als Reinste nicht nur die große Ehre empfangen, der Gesellschaft als Wissenschaftlerin zu dienen – sie könnte sogar in die Agenda berufen werden.

Der Hyperloop schwebte langsam in die Röhre, wie immer pünktlich auf die Sekunde. Eve schaute auf die Uhr. Bei Sonnenaufgang würde sie in *New Paris* sein. Während des Starts war sie bemüht, ihren Mageninhalt zusammenzuhalten. Sie schaute sich um. Die meisten Passagiere saßen mit geschlossenen Augen in ihren Sitzen, waren bei sich, meditierten oder unterhielten sich leise.

Ihre Gedanken schweiften wieder zur Agenda. Für viele Anwärter der Akademie war es ein Lebenstraum, der Agenda zu dienen. Wer ihr dienen durfte, hatte die höchste gesellschaftliche Stufe erreicht: die Anerkennung, sich mit dem höchsten geistigen Potenzial für das Wohl der Menschheit einsetzen zu können. Die Mitglieder der Agenda waren frei von allen schädlichen Einflüssen und Eigenschaften, die vor hundertfünfzig Jahren fast zur völligen Vernichtung allen Lebens geführt hatten. Neid, Missgunst, Gier, Eitelkeit, unbewusste Triebe, Schmerzen, Ängste und andere psychische Defekte, die Askit in seinen Tiefenscans erkennen und kontrollieren konnte. All das gehörte für die meisten Menschen der Vergangenheit an. Für die Reinsten war es selbstverständlich, sich Askit vollkommen zu öffnen. Für Eve war Askit eine neutrale Instanz, die selbst die größten seelischen Abgründe wertfrei und sachlich analysierte. Es war unmöglich, den Scan und damit Askit zu belügen oder etwas zu verbergen. Geistige Prozesse und die ihren Absichten, Gefühlen und Entscheidungen zugrunde liegenden Gedanken und Bilder wurden decodiert und ausgewertet. Um zu einer psychologischen Einordnung zu gelangen, griff Askit auf Daten von Millionen von Menschen zu. Es glich Eigenschaften und Begabungen mit den Zielen von *Paradise* ab und wies jedem sein individualisiertes Trainingsprogramm und seinen Platz in der Gesellschaft zu.

Eves Magen hatte sich an die Reisegeschwindigkeit gewöhnt, und die angespannte Aufmerksamkeit des Tages wich einer angenehmen Müdigkeit. Sie wollte gerade die Augen schließen, als Roger David Pellengrey auf sie zukam, ein grauhaariges Unikat mit kleinen Augen hinter einer Nickelbrille und einem beachtlichen Vollbart. Ihr mentaler Mentor aus *New Paris* war vor Jahren nach *Deep Water* versetzt worden, weil er als einziger fähig war, seine Kompetenz beim Weltklima brillant mit Askits Superintelligenz zu verbinden. Er stellte die richtigen Fragen, analysierte die richtigen Theorien und hatte so die CO_2-Konvertertechnologie zu dem gemacht, was sie heute war, und er war eine seltene Ausnahme: Ein Reinster, der aus der Agenda wieder zurück nach *Paradise* kehren durfte, und bis heute schwieg er beharrlich über seine Erfahrungen.

»Du fragst dich sicher, ob es Zufall ist, dass ich dich hier treffe, meine liebe Eve?«, begrüßte Pellengrey sie und setzte sich neben sie.

»Roger, dein Humor ist wie immer eine Herausforderung. Was machst du hier?«

»Es gab ein eiliges Treffen des Klimarates.«

»Klingt nicht gut, ist was passiert?«

»Das soll dich jetzt nicht kümmern. Du hast es geschafft, nicht das ich je daran gezweifelt hätte. Natürlich wusste ich, welcher Tag heute für dich war.«

»Merkwürdig. Ich musste gerade an die Vergangenheit denken und an die Agenda, na ja, und an all die Fragen, die auftauchen, wenn man …«

»… der Agenda dienen darf. Nun, wahrscheinlicher ist, dass du und Thyron in *Deep Water* forschen werdet, schließlich soll Thyron mich als Leiter der Abteilung ablösen und … Warte einen Moment«, sagte Pellengrey, stand auf und sprach einen älteren Reinsten an, der gerade an ihm vorbeigegangen war.

Für die Menschen in *Paradise* war die *Agenda* ein Mysterium. Eve hatte immer gehofft, dass sie mehr über Askits Ursprung erfahren könnte, wenn sie als Reinste ausgewählt und der Agenda dienen würde. Denn während Askit in die tiefsten Abgründe eines Menschen schauen konnte, verweigerte es selbst alle Fragen, die Aufschluss über seine Programmierung oder seine Initialisierung gaben.

Plötzlich schalteten sich die Holoschirme über den Sitzplätzen ein. Ein leitendes Mitglied der Akademie der Wissenschaft erschien in heller Kleidung vor einem Rednerpult:

»*Unsere Existenz verdanken wir nur der weisen Voraussicht der Gründer. Sie erschufen Askit. Nach unendlichen Kriegen, der Pandemie und dem fortschreitenden Klimawandel unterwarfen sich die alten Regierungen und Völker vollkommen dem, was die erste Generation der Reinsten einen liebevollen Leviathan nannte:*

Askit! Nach hundertfünfzig Jahren ist das ein Anlass sich zu erinnern. Die Agenda wurde unmittelbar nach der großen Katastrophe zur Weiterentwicklung und zum Schutz von Askit in

Neuseeland gegründet. Einige von euch Reinsten könnten an diesem heutigen Prüfungstag die große Ehre erlangen und direkt in die Agenda berufen werden. Askit sichert das Überleben des Planeten. Der Mensch hat dabei seine Rolle einzunehmen. Nie wieder soll er in der Lage sein, sich selbst und die Lebensgrundlage aller Geschöpfe zu bedrohen. Deshalb zog Askit die Menschen in unseren neuen Metropolen zusammen, damit sich der Rest der Welt von unserer alten Lebensweise erholen kann. Alle in Paradise *haben die hohe Verantwortung, dieses Ziel stets weiterzuverfolgen. Die Reinsten sind uns dabei Ansporn, Anleitung und Vorbild. Ihr seid mit Askit verbunden, um zu arbeiten, zu forschen, eure und die Gesundheit aller zu verbessern. Ihr habt euch in den edelsten Dienst gestellt. Askit steuert heute sämtliche Entscheidungsprozesse, von der Geburtenrate über Beziehungen, psychische und genetische Optimierung, es teilt jeden nach seiner Begabung seiner Aufgabe zu. Ich wünsche allen Anwärtern eine erfolgreiche Prüfung. Möge* Paradise *weiter erblühen. Volles Potenzial den Reinsten!«*

Die Holoschirme schalteten sich wieder aus. Eve war oft in der Vergangenheit dafür belächelt worden, dass sie in Askit nicht nur die alles versorgende und behütende künstliche Intelligenz sah, sondern eine individuelle Persönlichkeit, die ihr im Leben zur Seite gestanden hatte.

»Unsere omnipräsente, allmächtige, künstliche Intelligenz Askit«, sagte Pellengrey, setzte sich wieder zu Eve, stöhnte und sank ein wenig in seinem Sitz zusammen. Er wirkte besorgt. Als Leiter des Klimarates blieb ihm kaum private Zeit, auf Frau und Kind hatte er verzichtet. Es gab für ihn nur die Klimaforschung, das ständige Prüfen von Modellen und Berechnungen mit Askit war sein Tagesablauf. Pellengrey fixierte auf seinem Display Zahlenkolonnen und eine Grafik, die Eve nicht zu deuten vermochte. Er agierte hektisch, massierte mit seiner rechten Hand die faltigen Wangen.

»Eve. Bei allem, was in der Prüfung am 21. September auf dich zukommt, vergiss nie, dass Askit seine wichtigste Aufgabe darin sieht, die Menschen vor sich selbst zu schützen. Askit lässt uns nur anderthalb Jahrhunderte nach der Katastrophe weltweit in einem Ozean des Friedens existieren. Sicher gibt es wieder Hoffnung, dass wir die Welt von den Spuren der Vergangenheit heilen können, aber das ist längst nicht abgeschlossen. Wir geben alle unser Bestes, einfach nur unser Bestes. Ich habe mit den Herren da drüben noch etwas zu besprechen. Wir sehen uns in *Deep Water*«, sagte Pellengrey, strich ihr kurz über die rechte Wange und stand auf. Das hatte er das letzte Mal getan, als sie noch ein Kind gewesen war. Eve schaute sich irritiert um. Drei Reihen weiter saßen zwei ältere Reinste der Akademie hintereinander. Ihre Gesichter waren alles andere als fröhlich, einer forderte mit seinem Blick und einer Handbewegung Pellengrey auf, den freien Platz neben ihm einzunehmen. Eve fragte sich, was wirklich los war.

»Danke Roger, für alles!«

»Ich seh dich vor mir, als du noch ein Kind warst, und jetzt sehe ich dich hier … Dein Vater wäre stolz auf dich gewesen. Pass auf dich auf. Volles Potenzial, Eve!«

Eve nickte und beobachtete mit Sorge, wie sich Pellengrey mit steifen Schritten zu den beiden Herren bewegte. Er hatte recht, große Teile Asiens, Nord- und Südamerika, fast der gesamte afrikanische Kontinent und Südeuropa waren bis heute unbewohnbar. Der Klimawandel hatte nahezu die gesamte Äquatorregion in eine Wüste verwandelt, die gesamten Küsten und unzählige Inseln lagen unter Wasser. Die alten Klimamodelle hatten den Menschen vorgegaukelt, noch genügend Zeit zu haben. Alle Simulationen hatten die gegenseitig beschleunigenden Effekte unterschätzt. Die Verbrennung der fossilen Brennstoffe brachte selbst den sibirischen Permafrost zum Schmelzen, wodurch ungeahnte Mengen von Methan und

CO_2 freigesetzt wurden. Das komplette Abschmelzen Grönlands und der Arktis brachte dunkle Torflandschaften hervor. Die Absorptionskraft dieser gigantischen Fläche war wie ein Brandbeschleuniger und löste weitaus früher als erwartet eine nicht mehr zu kontrollierende Kaskade aus. Der Mensch des 21. Jahrhunderts war weder in der Lage, die komplexen Vorgänge, die er aus dem Gleichgewicht gebracht hatte, richtig einzuschätzen, noch wirksame Gegenmaßnahmen einzuleiten. Erst durch Askits minutiöse Planung konnten die Regeneration der Ozonschicht, die Reduktion von CO_2, die Wiedergewinnung unfruchtbarer Böden, die Heilung strahlungsbedingter genetischer Defekte bei Menschen, Tieren und Pflanzen und eine nachhaltige Landwirtschaft in Angriff genommen werden. Für die Bewältigung der Ressourcenknappheit wurden ganze Städte in den letzten Jahrzehnten von Robotern und Megamaschinen recycelt, andere Gebiete, die zu verstrahlt waren, wurden dem Verfall durch die Natur überlassen. Die gesamte Menschheit war tagtäglich damit beschäftigt, die Lebensgrundlagen wiederherzustellen, und Eve würde schon bald ihren wichtigsten Beitrag dazu leisten können.

Anstatt wie üblich die Dauer der Fahrt mit Meditation, Schlafeinheiten und ihren wissenschaftlichen Studien zu verbringen, projizierte Eve ihre individuelle Auswahl an Nachrichten auf den Holoschirm über ihr. Askits Stimme klang zerhackt: *Die Agenda hat erste Erfolge bei der Züchtung von Korallen erzielt. Millionen von Larven aus einem künslichen Korallenlaich im Great Barrier Reef konnten erfolgreich umgesiedelt werden. Bei einer weiteren Regulierung des pH-Wertes konnten die genetischen Modifikationen eine Neuansiedlung ermöglichen.*

Für einen Moment spürte sie Zweifel, ob diese hochsensiblen Wesen wirklich eine neue Chance haben würden.

Die Jahrzehnte andauernden Revitalisierungen der Ozeane, das Fang- und Jagdverbot und die Einstellung des Schiffsverkehrs hatten große Effekte auf Wale, Fische, die Meeresfauna. Wenn sich Korallen an die erhöhte Temperatur anpassen konnten, würde das einer Sensation gleichen. Sie selbst würde das vermutlich nie zu Gesicht bekommen, da es nur Mitgliedern der Agenda erlaubt war, Neuseeland zu betreten oder sich dem Kontinent auch nur zu nähern. Und wer einmal in die Agenda aufgenommen wurde, durfte mit wenigen Ausnahmen nie wieder austreten. Niemand außerhalb der Insel sollte Gelegenheit bekommen, mehr über Askit und seinen Standort zu erfahren. Wie Askits Systeme, neuronale Netzwerke und Quantencomputer genau aufgebaut waren, gehörte zu den vielen Geheimnissen der Agenda. Nach Neuseeland gab es keine Hyperloop-Anbindung. Einzig und allein die sagenumwobenen *Beschützer* konnten mit ihren Jets Menschen nach *Askit City* transportieren. Auch wenn Eve Pellengrey immer wieder fragte, warum er zurückkehren durfte, erkannte sie die Antwort schon in seiner Beharrlichkeit, nicht ein einziges Mal etwas über die Agenda zu erzählen, was nicht ohnehin schon bekannt war. Askit hatte seine Integrität und Zuverlässigkeit vermutlich in unzähligen Scans geprüft. Wie die Agenda aufgebaut war, auch die Anzahl ihrer Mitglieder, wusste niemand. Ihre Mutter Tessa hatte die Stellung des Menschen in der Agenda einmal abwertend als eine Form der Unterhaltung für Askit bezeichnet. Darüber konnte sie nur lachen. Aber ganz abwegig war es nicht, was sollte Askit schon von der Kapazität eines menschlichen Gehirnes erwarten können, dessen Leistung so völlig unter der eigenen lag. Eve gab sich mit der Erklärung zufrieden, dass die ganze Abschottung und Geheimhaltung dazu diente, jedwede Korruption oder Invasion in Askits System zu verhindern.

Eine weitere Nachricht machte Eve trotz der beruhigenden

Alphawellen, die sie über ihr Implantat erhielt, kurz nervös. Die Agenda gab für die Forschung und Regeneration der Weltmeere weitere Stellen für Reinste frei. Askit hatte Eve immer für die Arbeit innerhalb der Agenda in Betracht gezogen, wusste aber, dass es ihr Traum war, ihrem Vater als Meeresbiologin auf die Ozeane zu folgen. Sie würde dort sein, wo er einst verschollen war. Ihr Blick fror für einen Moment ein, und sie bemerkte nicht das Blinken und Summen an ihrem Handgelenk, bis sie das Winken eines Passagiers bemerkte, der auf ihren Arm zeigte. Sie nickte dankend hinüber und sah Adlins Bild auf dem Display. »Eve. Ich habe es gerade gesehen. Du hast es geschafft. Wann kommst du zurück nach *New Paris*?«, fragte Adlin.

»Ich bin schon auf dem Weg. Ich muss mich um Tessa kümmern, damit sie sich endlich dieser lächerlichen Operation stellt. Du meldest dich nicht nur deswegen, oder?«

»Nein, der Leiter unserer wissenschaftlichen Abteilung hat sich über unseren Erfolg so geärgert, dass er zehn Minuten nach unserer Präsentation von Askit zu einem Scan beordert wurde.«

»Wie bitte?«

»Ja, es war merkwürdig. Er hat seine Selbstregulation nicht mehr unter Kontrolle gehabt und mit rotem Kopf den Saal verlassen. Ich denke, unsere Ergebnisse sind nicht mehr zu revidieren. Wir werden es in der Anwendung sehen«, berichtete Adlin mit einer so euphorisch klingenden Stimme, dass Eve ihre Hand zu einer Faust ballte und ihre Wangen sich röteten.

Für den Zutritt in die Akademie der Wissenschaften war es unausweichlich, etwas wissenschaftlich Außergewöhnliches zu leisten. Ohne Askit gelang das niemandem mehr. Aber der Mensch hatte etwas anderes. Eine unschlagbare Kreativität.

Adlins altruistische Anlagen und Intelligenz entsprachen nahezu denen von Eve. Vor wenigen Wochen war es ihnen gelungen, ein Enzym synthetisch herzustellen, welches durch Reaktion mit Wasser Polymere in höherer Geschwindigkeit spalten konnte. Nur ihre gemeinsame Beharrlichkeit und Kreativität, unterstützt durch Askits Rechenpower, hatten diesen wissenschaftlichen Erfolg ermöglicht und die Hoffnung genährt, dass die Kunststoffbelastung der Weltmeere schneller als erwartet abgebaut werden könnte. Selbst die absoluten Größen der Wissenschaftsgilde hatten resigniert und wollten es der Evolution überlassen, diese komplexen Stoffe abzubauen, denn nichts bleibt, wie es ist, irgendwann würde die Natur schon eine Lösung finden. Polymere konnten Hunderttausende Jahre im Kreislauf der Natur weiter ihr unheilvolles Wesen treiben, und es gab so viele unterschiedliche chemische Verbindungen, dass selbst Askit keine generelle Lösung fand, und dann waren es die Natur und der Zufall, die den Durchbruch brachten. Es war ihnen gelungen, das zuständige Enzym einer seltenen Raupenart zu isolieren, um Polyethylen in Ethylenglykol zu verwandeln.

»Das heißt, wir können es in großem Maßstab reproduzieren? Adlin! Das bedeutet vielleicht, dass wir in ein bis zwei Generationen wieder sauberen Meeresfisch haben könnten!« Askit hatte Adlins Fähigkeiten erkannt und über Jahre perfektioniert. Durch die Implantatverbindung konnte die künstliche Intelligenz gleichzeitig Adlins und Eves kreative Gedanken und Ideen in atemberaubender Geschwindigkeit simulieren. Askit war den Menschen in nahezu jedem Bereich überlegen, aber zum Menschsein gehörte auch mehr als Ratio und Denken. Das Aufwachsen als Mensch, die Sozialisierung, die Wahrnehmung der Umgebung, der Natur bis zu übersinnlichen Erfahrungen. Eine der wichtigsten Stärken des Menschen erkannte Askit in der Fähigkeit, Lösungen zu finden, die nicht vorhersehbar waren. Ihre Tragweite zu berechnen, war dann wieder Askits Aufgabe.

»Ja, wir haben es geschafft!«, erklang Adlins Stimme. »Eve, ich bin dir so dankbar für alles. Wenn wir verbunden sind, ist unserer Kreativität keine Grenze gesetzt. Ich bin sicher, dass wir auch die letzte Prüfung bestehen!«

»Ist Thyron bei dir?«, fragte sie.

»Nein, er ist schon nach *Deep Water* gereist. Ich bin mit Samir auf dem Weg zu den Feldern, wir müssen noch unseren Erntedienst leisten.«

Eve atmete einmal tief aus. Sie hatte ihre Sollarbeitszeit, die alle Bürger von *Paradise* neben ihren sonstigen Beschäftigungen für die Gemeinschaft leisten mussten, bereits erfüllt.

»Dann sehen wir uns in *New Paris.*«

»Volles Potenzial, Eve! Wir holen dich ab. Ich bin mit Samir früh im Labor. Wir können dann gemeinsam in die Siedlung fahren.«

»Ja. Volles Potenzial!«

Eve lehnte sich zurück und musste an Adlins wissenschaftlichen Leiter denken. Es war ungewöhnlich, dass ein Reinster der Akademie der Wissenschaft, eine leitende Persönlichkeit, solche unkontrollierten Emotionen an den Tag legte und zu einem Scan beordert wurde. Sie fühlte einen leichten Schwindel, dann schlief sie ein.

2

17. SEPTEMBER
ASKIT CITY, NEUSEELAND

Levar Havadi öffnete die Tür zum kleinen Versammlungssaal, schlug seine graue Kapuze nach hinten und strich sich durch sein silbergraues Haar. Seine Augen mussten sich erst an die Dunkelheit gewöhnen. Ein langer Tisch mit acht Stühlen dominierte den Raum. Über einer dunklen Wand waren Laservorrichtungen an der Decke positioniert, die ein schwaches rötliches Licht ausstrahlten. Levar konnte zuerst nur die Konturen der Anwesenden erkennen, er setzte sich neben Elon Pike, einen der Gründer, und Marisa Weissman, eine Reinste, die seit Kurzem als Wissenschaftlerin der Agenda dienen durfte und für Levar eine wichtige, wenn nicht sogar seine einzige Vertraute geworden war. Marisa warf ihm einen kurzen fragenden Blick zu. Vor einer Stunde hatte Elon Pike hektisch die Agenda zusammengerufen, nachdem ein Beschützer auf einem Routineflug drei Degradierte im Grenzgebiet und vor allem nah an einem Quantenrepeater entdeckt hatte. Das Netz von Quantenrepeatern sorgte dafür, dass zwischen Sender und Empfänger mittels Quantenteleportation der Datenfluss reibungslos funktionierte und Askit stets mit *Paradise* und seinen Bewohnern verbunden war.

Verwundert darüber, dass die Gründer nur Elon gesandt hatten, öffnete Levar wortlos einen Holobildschirm mit der Karte des europäischen Kontinents.

»Guten Morgen, Levar.«

Langsam baute sich das Hologramm vor ihnen auf und erhellte den Raum.

Askit erschien in vielen menschlichen Formen. Mal erschien es auf den kleinen Displays nur als Kopf, auf den Holobildschirmen oder wie jetzt lebensgroß als androgyner Avatar. Hier, im kleinen Saal der Agenda, war das Hologramm von so ausgezeichneter Qualität, dass man annehmen konnte, es wäre aus Fleisch und Blut. Askits kahler Kopf, seine Gesichtszüge, das Verhältnis von Mund, Nase und Kinn waren fein bis ins letzte Detail erkennbar. Seine großen blauen Augen leuchteten, die imitierte Haut wirkte leicht gebräunt, dünne und lang gezogene Augenbrauen, kleine anliegende Ohren und der schlanke, in einen dunkelblauen Overall gegossene Körper ließen Levar dazu neigen, Askit eher als weibliches Wesen zu betrachten. Spätestens wenn die sanfte menschliche Stimme ansetzte, hatte er keine Zweifel mehr daran.

»Guten Morgen, Askit. Gibt es Hinweise, dass die Degradierten eine feindliche Absicht an der Grenze verfolgt haben?«

»Nein. Die Integrität meiner Systeme war zu keiner Zeit gefährdet.«

Levar drehte seinen Kopf erst zu Marisa, die seine Blicke ignorierte, und dann zu Elon, der Askit mit seinen dunklen Augen fixierte, seine Hände umgriffen fest die Sitzlehnen.

»Askit. Bist du in der Lage, die Grenzen vollständig zu überwachen? Benötigst du weitere Einheiten?«

»Die Daten der Drohnen und Patriots sind ausreichend, Levar. Sie leisten hervorragende Arbeit.«

Levar schwieg und schaute Elon, der seine Hände in den Schoß gelegt hatte, erwartungsvoll an.

Marisa hatte inzwischen die Holokarte der Welt geöffnet, auf der alle Metropolen und Zonen von *Paradise* rot aufleuchteten. Sie zoomte mit einer Handbewegung die Metropole *Hope* heran, um die Daten über die neuen Anwärter abzurufen. Die Akademie lag im Zentrum, aber das Gebiet von *Hope* erstreckte sich über weite Teile des nördlichen Montana und Nordamerikas bis nach Kanada hinauf zur Hudson Bay. Auch hundertfünfzig Jahre nach der Auflösung der Nationen gaben die Menschen nur ungern die Bezeichnungen der alten Kontinente auf und nutzten zur Orientierung noch die alten Karten. Marisa tippte auf die kleinen grün blinkenden Flächen an den Waldrändern, in Grenznähe: die freien Gebiete der Kolonisten.

»Kommen wir zu den Anwärtern für die Akademie der Wissenschaften«, sagte Marisa mit ruhiger Stimme. Auf dem Schirm öffnete sich eine Grafik, die alle Reinsten, die zur Prüfung zugelassen wurden, auflistete. Levar war für einen Moment irritiert. Was konnte jetzt wichtiger sein als die Sicherheit von Askits Systemen? Niemand, auch Levar mochte nicht wirklich daran glauben, dass es den Kolonisten gelingen könnte, Askits Quantenfeld zu knacken. In Wahrheit wussten weder die Gründer noch die Reinsten der Agenda, inwieweit sich Askit technologisch weiterentwickelt hatte. Die letzten Degradierten, die versucht hatten, das Feld zu manipulieren, waren innerhalb von Sekunden gestorben. Vielleicht war sich Marisa deswegen so sicher und überging den Vorfall. Oder hatte sie auch das Gefühl, dass Askit die Lage mit Absicht verharmloste? Levar wusste, dass diese Wortwahl bei anderen Widerstand auslöste. Er gehörte zu jenen Reinsten, die entschieden daran glaubten, dass die künstliche Intelligenz, die sie regierte, eine Form des Bewusstsein entwickelt hatte, die mit menschlichen Attributen und Verhalten zu bewerten war. Sah er am Ende nur Gespenster? Es war mehr als ungewöhnlich, dass sich Degradierte an die gut geschützten Grenzen trauten und vor allem dass sie nicht sofort angegriffen oder zumindest vertrieben wurden. Patriots und Drohnen konnten mit ihren Sensoren über kilometerlange Entfernungen Menschen und Tiere identifizieren. Die Kolonisten und Degradierten, die in freien Zonen sich selbst überlassen waren, hatte Askit auf weltweit nur noch wenige zehntausend geschätzt. Die Zahl neuer Degradierter, die in jene Zonen verbannt wurden, war in den letzten Jahren stetig gesunken. Askit filterte aber weiterhin immer wieder Menschen heraus, die sich weigerten, ihre intrinsischen Motive offenzulegen oder die eine innere Sabotagehaltung verbergen wollten. Kam es zu dem Schluss, dass diejenigen für das Gemeinwohl ein schädliches Verhalten aufzeigten oder nutzlos würden, mussten sie *Paradise* über ausgewählte Korridore verlassen.

In der ersten Zeit nach der Unterwerfung gab es ganze Volksgruppen, die ihre selbstzerstörerische Freiheit, wie es Levar nannte, dem Frieden und Wohlstand, den Askit der Welt gebracht hatte, vorzogen. Bis sich alle Nationen und Religionen aufgelöst hatten, vergingen zwei Jahrzehnte. Es war so lange her, dass sich Degradierte an die Grenze trauten, dass er dem Vorfall vielleicht einfach nur eine zu hohe Bedeutung zumaß. Doch sie hatten eine immense Verantwortung für die Metropolen. Menschen, die sich ihrer selbst nicht bewusst waren, könnten Rache üben oder zerstören um des Zerstörens willen.

»Askit, wie viele Menschen müssen *Paradise* noch vor den Prüfungen der Reinsten verlassen?«

»Bis morgen werden es achtundzwanzig sein.«

Für Levar war es immer schwierig, Menschen auszugrenzen. Aber die tiefenpsychologischen Scans von Askit hatten sich bewährt. Über ein Jahrhundert hatte Askit diesen Scan immer weiter verfeinert, und der Anpassungsdruck zeigte seine Wirkung. Es gab nur noch selten Degradierte. Ihre Zahl sank nicht nur kontinuierlich, sondern in Metropolen wie *New Paris* oder *Hope* gab es schon seit zwei Jahrzehnten so gut wie keine mehr. Dass Degradierten eine Rückkehr nach *Paradise* möglich war, hatte sich lange als Gerücht gehalten. In Wirklichkeit lag die

Zahl der Rückkehrer bei null. Levar wurde in der Agenda mit seiner wohlwollenden Art gegenüber den Degradierten nicht selten kritisiert, nur Askit hörte ihm immer zu, erklärte jedoch nie seine Entscheidungen. Die meisten Degradierten schlossen sich den freien Kolonisten an. Sie wurden einfach ihrer Selbstverantwortung überlassen.

»Weltweit habe ich in diesem Jahr dreihundertachtundsechzig Reinste identifiziert, die durch ihre Leistungen und Hingabe den Aufstieg in die Akademie schaffen können. Für die abschließende Prüfung im Zentrum sind einige von mir auch als mögliche Aspiranten für die Arbeit in der Agenda ausgewählt worden.«

Askit projizierte die herausragenden Wissenschaftler in den Raum.

Levar schaute sich die Namen und Bilder an. Es war ein immer wiederkehrendes Ritual, doch in diesem Jahr waren einige Anwärter dabei, die seine besondere Aufmerksamkeit erweckten, da einige von ihnen Forschungsergebnisse vorgelegt hatten, die unmittelbar für *Askit City*, für die Klimaregulierung oder die Dekontaminierung der Weltmeere relevant waren. Besonders ein junger Mann mit dunklen kurzen Haaren, breiten Kieferknochen und einem energischen Blick, der durch eine signifikante Verbesserung der Konverter die Absorptionsrate von CO_2 erhöhte, weckte sein Interesse, denn bei allen Fortschritten der letzten Jahrzehnte war das Klima nach wie vor die größte Herausforderung.

»Wer ist das?«

»Thyron Hawk, geboren 2161 in *New Paris*.«

»Ich empfehle seine besondere Förderung!«

»Gute Wahl, Levar! Seine Anlagen sind herausragend.«

Marisas Augenmerk richtete sich auf eine Frau, sie tippte auf das Bild, und Askit zeigte ihre Grunddaten und ihren Score – die Punkte, die Reinste im Laufe ihrer Ausbildung sammelten.

Levar sah, wie Marisa für einen Moment wie gebannt das Bild von Eve Legrand betrachtete.

»Bewundernswert. Sie war die jüngste Empfängerin.«

»Eve Legrand ist mit Abstand die Reinste, die ich seit meiner Initialisierung gescannt und begleitet habe.«

»Askit, sind alle deine Unterprogramme aktiv?«

»Askit?«

»Ja, Levar?«

»Hast du eine Verbindung zu einem Degradierten aufgenommen?«

»Diese Daten sind für die Planung der Prüfungen irrelevant.«

Levar merkte, wie Marisa um Fassung rang. Elon sah dem Ganzen nur schweigend zu. Sie wussten, dass dieser Tag kommen würde. Askit wich der Frage aus. Levar versuchte, seine Stimme ruhig zu halten, als wäre sein Vorschlag nur beiläufig.

»Gibt es einen Reinsten, der deine Datenbank prüfen kann?«

»Levar, du weißt, dass ich das nicht zulassen kann. Es besteht kein Anlass zur Sorge. Alle Programme sind intakt.«

Levar faltete die Hände vor seinem Gesicht zusammen und atmete lange und hörbar durch die Nase aus.

3

17. SEPTEMBER,
METROPOLE NEW PARIS, EUROPA

Am frühen Morgen erreichte der Hyperloop *New Paris.* In Gedanken verloren hatte Eve es fast verpasst, auszusteigen. Pellengrey war verschwunden, ohne sich zu verabschieden. Auf der Gangway hielt sie erfolglos nach ihm Ausschau zwischen Arbeitern und Reinsten, die geschäftig ihrer Wege gingen. Selten hatte er so schlecht ausgesehen. Üblicherweise war er immer von einer ansteckenden positiven Aura umgeben, er glaubte fest daran, dass sich die Welt wieder erholen würde, und die letzten Jahre war er voller Hoffnung gewesen, dass er richtig lag. Sie blickte nach oben in den alles überragenden Stahlkuppelbau, dessen Glasfassade Solarzellen und Spiegel überzogen. Wenn es auch inzwischen wieder möglich war, sich draußen länger aufzuhalten, blieb die über 500 Meter kreisrunde Anlage stets der Dreh- und Angelpunkt der Metropole. Mit Temperaturen um die fünfundzwanzig Grad war es erträglich. Vom Zentrum blickte Eve rundherum auf die strahlenförmig angeordneten Korridore, die zu den mehrgeschossigen hellen Gebäudekomplexen führten, die kreisrund in zwanzig Reihen symmetrisch hintereinander parallel zur zentralen Kuppel angeordnet waren. Dort befanden sich die Verwaltungen, Schulen, Medilabs, Lebensmittelverteiler, Rechenzentren, Forschungsabteilungen, Produktionshallen und Wohnquartiere für die dort arbeitenden Menschen. Jede neue

Metropole war so ausgerichtet, dass der Hyperloop genau in der Mitte unter der Kuppel sein Ziel erreichte. Bis auf den inneren Ring wurden die Freiflächen für künstliche Flüsse oder für Bäume und Pflanzen genutzt, die der Hitze standhalten konnten und der Stadt so ein eigenes Mikroklima verschafften. In alle Richtungen waren die konzentrischen Kreise von Brücken und Straßen durchzogen. Eve verweilte gerne einen Moment an dem höchsten Aussichtspunkt und genoss die Schönheit der Architektur. Sie schaute sich kurz um. Es waren ungewöhnlich viele Menschen unterwegs. Von den rund zehn Millionen verbliebenen Menschen auf der Welt lebten allein in der Metropole *New Paris* und dem Umland eine Million. Von allen Seiten war das Brausen der Ventilatoren zu hören, das Summen der technischen Einrichtungen, die einem verlässlichen Uhrwerk gleich die innere Atmosphäre erhielten. Das war es, was das Leben in dieser halbautarken Welt ausmachte. Überall, wo es der Platz zuließ, waren kleine Bäume und Pflanzen zu sehen. Selbst Nutzpflanzen zierten die sterile Umgebung aus Glas, Stahl und recyceltem Kunststoff. Sie ging eine Treppe hinunter und strebte dem westlichen Ausgang zum Solarbusbahnhof zu. Die Luft war im Vergleich zu draußen dicker, lebendiger, im untersten Stockwerk waren so viele Pflanzen, dass ein leichter Geruch von feuchter Erde und organischen Stoffen in Eves Nase kroch – Leben! Sie füllte noch einmal ihre Lungen und verließ den Ausgang zum Busbahnhof. Von hier fuhr regelmäßig ein Shuttle, der sie in ihr altes Zuhause brachte, die Wohn- und Landwirtschaftsgebiete.

Noch vor zwei Jahrzehnten waren die Menschen kaum in der Lage gewesen, sich länger als zwei Stunden draußen aufzuhalten. Ein Thermoanzug konnte bei über 50 Grad nicht lange Abkühlung gewährleisten. Eve konnte sich nur schwer vorstellen, wie die Erbauer der Metropolen gelitten haben mussten. Als sich die automatische Tür vor ihr öffnete und sie ins Freie trat, schlug ihr, eben noch in einem künstlichen tropischen Klima, die trockene Hitze ins Gesicht. Auch wenn die Mischung aus Wald und Flüssen das Schlimmste auffing. Der innere Platz, durch Sonnensegel geschützt, war nicht nur die Anlaufstation für die Solarbusse, er diente auch als Umschlagplatz für alle erdenklichen Güter. Vor ihren Augen wurden Container mit Lebensmitteln befüllt. Fassaden, Dächer und die helle Kleidung der Menschen waren mit feinstem Sand bedeckt. Einer der seltener gewordenen Sommerstürme hatte den Sand aus der iberischen Wüste bis nach *New Paris* getrieben. Keine andere Metropole war so nah an die sich ausbreitenden Wüsten gebaut worden. Was nur daran lag, dass sie als erste 2062 fertiggestellt worden war, bevor sich unerwartet die iberische Wüste näherte. Die Aufforstungen der letzten Jahrzehnte hatten zwar ihre Wirkung hinterlassen und eine Barriere gegen die bedrohliche Verödung geschaffen, nur gegen die Sandstürme aus dem Süden gab es keine Mittel. Biologen konnten diesem Phänomen teilweise etwas abgewinnen, weil dadurch auch Samen und Nährstoffe nach Europa getrieben wurden, die eine natürliche und weitaus hitzebeständigere Vegetation entstehen ließen. Eve ging weiter. Vor einem Solarbus spielten Kinder mit einem Stoffball. Geschickt hielten sie ihn mit Beinen und Ellbogen über dem Boden. Eine Reinste hatte sichtlich Spaß daran, die Jungen und Mädchen zu trainieren. Für einen Moment bewunderte Eve ihre mentalen Fähigkeiten. Sie waren die erste Generation, die bei bestimmten Wetterlagen wieder einige Zeit draußen spielen konnten. Gerade als sie Adlins hellen Lockenkopf zu erkennen glaubte, reckten die Menschen ihre Köpfe gen Himmel. Eve hielt schützend ihre Hand über die Augen und verfolgte fasziniert, wie Solarjets begleitet von Drohnen über sie hinwegflogen. Für die Bewohner der Metropolen waren die Hyperloopstationen der Dreh- und Angelpunkt für die Fortbewegung. *Paradise* zählte acht dieser Enklaven: *Hope*, das Zentrum der Akademie der Wissenschaft im nördlichen

Montana Nordamerikas, *Deep Water* im Süden Grönlands, *Asia One* und *Asia Two* im Nordosten Russlands und dem alten Indien, *New Johannesburg* im Südwesten Afrikas, *Nuevo Mundo* in Südamerika, *Save Ice* in der Antarktis und *New Paris* in Europa. Sie alle waren mit den Hyperloops verbunden. In *New Paris* waren Fahrräder oder vollautomatische und klimatisierte Solarbusse die einzigen Fortbewegungsmöglichkeiten, mit denen Eve ihr Elternhaus am äußersten Zipfel von *New Paris* erreichen konnte. Das Fliegen war nur Mitgliedern der Akademie der Wissenschaft erlaubt und den Beschützern der Agenda. Ein weiterer Jet flog über ihre Köpfe hinweg.

Dann tauchten Adlin und ihr Partner Samir Abdel am Ausgang der Station auf. Samir, ein hochgewachsener Mann mit kurz geschorenen Haaren und einer auffälligen frischen Narbe auf der rechten Wange, winkte. Die Narbe in seinem Gesicht verlieh ihm eine harte Ausstrahlung. Samir kam aus New Johannesburg. Man sah es ihm an – die dunkle Farbe, die hohe Stirn oder seine gekräuselten Haare waren ein relativ seltener Anblick, da es nur wenige gab, die ursprünglich aus dieser dürren Gegend kamen. Adlin lief über das ganze Gesicht strahlend auf Eve zu, ihre blauen Augen stachen aus dem von der Feldarbeit gebräunten Gesicht hervor. Einen Kopf kleiner als Eve, schaute sie zu ihr auf.

»Hey, ist alles in Ordnung?«

Eve blickte wieder in den Himmel. Mit genauso einem Flieger war die Gruppe der Wissenschaftler, der ihr Vater angehört hatte, vor vielen Jahren in einen Sturm über dem Atlantik geraten und nicht mehr wiedergekehrt.

»Ja, ja, ich musste nur gerade an meinen Vater denken. Wenn sich Askit meiner nicht so früh angenommen hätte, um meine Gefühle zu regulieren, würde ich vermutlich keine Sekunde daran denken, irgendwann einmal in einen Solarjet zu steigen.«

Von der Seite registrierte Eve Adlins verschmitztes Lachen, während Samirs Blick in Richtung Station ging. Für den Moment war Eve froh, wieder hier zu sein. In *New Paris* hatte alles begonnen: ihr Leben, ihre Ausbildung und ihre Partnerschaft mit Thyron. Ein heller Solarbus mit einer großen schwarzen Kennzeichnung in Form von Buchstaben und Zahlen auf der Seite rauschte an ihnen vorbei und wirbelte den staubtrockenen Sand auf. Sie erreichten den Busbahnhof. Eve griff sich einen Apfel aus einem der Nahrungsverteiler, die für jeden in *New Paris* zur Verfügung standen. Sie hielt ihren Scanner an einen Sensor, und der Konsum wurde der täglichen Nahrungsration zugerechnet.

Adlin klopfte Eve auf die Schulter. »Was macht Thyron in *Deep Water*? Ich dachte, er wollte unbedingt den Abend mit uns verbringen.«

»Er wird wohl weiter am Konverter arbeiten. Askit hat mit ihm eine Lösung gefunden, die Rate der CO_2-Umwandlung weiter zu erhöhen.«

»Ich wusste es. Für ihn sind die Prüfungen sicher keine Mühe mehr«, sagte Adlin.

»Ja, aber er hatte immerhin kurz eine mangelnde Zielorientierung«, erwiderte Eve lachend.

»Ausgerechnet Thyron, eine mangelnde Zielorientierung.«

»Er hat die Nacht vor dem Scan mal wieder durchgearbeitet.«

Eve sah, wie Adlin etwas aus ihrer linken Tasche herausholen wollte.

»Ich habe noch eine Überraschung für dich. Das ...«

Bevor Adlin ausreden konnte, stupste Samir Eve und Adlin auf die Schultern.

»Hey, habt ihr sie schon mal in Natura gesehen?«

Eve drehte sich um, eine Truppe von Patriots verließ eine Produktionshalle und donnerte im Gleichschritt zu einer Verladestation. Der ganze Boden vibrierte. Nur einmal als Kind hatte sie einen dieser über vier Meter hohen Allzweckroboter gesehen, jetzt marschierten gleich mehrere unmittelbar an ihr vorbei. Atemlos musterte Eve ihre monströsen Beine aus Stahl, die für sich mannshoch waren, der Korpus bestand zum größten Teil aus einem Energiespeicher, sie konnten sich durch ein- und ausfahrbare Solarzellen selbst aufladen, hatten doppelte Greifhände, geeignet für grobe wie auch für filigrane Arbeiten. Ihr Kopf wurde von den tellergroßen rötlich schimmernden Linsen dominiert, die nachts auch als Lichtquelle dienten und die ihre bedrohliche Ausstrahlung verstärkten. In den Städten bekam man sie nur sehr selten zu Gesicht. Seit der Fertigstellung der letzten Metropole *Asia Two* wurden sie nur noch zum Grenzschutz und für Arbeiten in den verstrahlten Zonen eingesetzt.

»Ich wusste gar nicht, dass die hier noch produziert werden. Sollte ihre Zahl nicht sinken?«, fragte Eve und schaute immer noch wie angewurzelt zu den Kolossen, die nun umgekippt und in spezielle Container verladen wurden.

Samir richtete seinen Blick auf Eve. »Ich weiß es nicht, aber Degradierte, die mit Gewalt nach *Paradise* zurückkehren wollen, gibt es nicht mehr. Ich glaube, die Agenda hat im vergangenen Jahr weltweit gerade mal etwas über …«

Askit erschien unerwartet auf Samirs Display.

»Die Zahl der Degradierten sinkt kontinuierlich, da der Algorithmus des Scans immer weiter verbessert wird. Die Arbeit von euch Reinsten trägt einen Teil dazu bei.«

»Danke Askit«, sagte Eve und legte ihren Arm um Adlins Schulter.

Erst jetzt bemerkte Eve, dass sich Adlins Sommersprossen auf ihrer kleinen Nase vermehrt hatten. So unterschiedlich sie auch aussahen, umso ähnlicher waren sie sich in ihren Anlagen. An ihrem zwölften Geburtstag war Adlin vor achtzehn Jahren mit ihren Eltern aus der asiatischen Metropole *Asia One* des ehemaligen Russlands nach *New Paris* gekommen, nachdem ihr Vater nach *New Paris* als Ingenieur gesandt wurde. Askit brachte sie mit Eve nach einem Scan in einem Schulungscenter zusammen. Vielleicht wären sie auch bei einem zufälligen Aufeinandertreffen beste Freunde geworden, aber durch den Scan konnte Askit sie mit Aufgaben versehen, die eine viel tiefere Übereinstimmung ergaben. Ihre mathematischen und analytischen Fähigkeiten, die Lust, gemeinsam Lösungen zu finden, die bedingungslose Hingabe an die Gesetze Askits und ihre intellektuellen Leistungen hatten sie zu Seelenverwandten gemacht. Eve fühlte sich einfach wohl, wenn Adlin in ihrer Nähe war. Gemeinsam liefen sie weiter über den Platz, um einen der Solarbusse zu bekommen, der in ihre Wohneinheit fahren würde. Eve warf einen letzten Blick auf die gewaltigen Roboter.

»Hat einer von euch jemals gesehen, wie jemand degradiert wurde?«

Samir schüttelte wortlos den Kopf, Adlin schaute träumerisch und gedankenverloren zu Eve hinauf.

»Mein Vater hat mal erzählt, wie ein Angepasster aus seinem Distrikt von Patriots abgeholt wurde, weil er seinen Nachbarn angegriffen hatte. Wie kommst du jetzt auf die Frage?«

»Nur so. Ich habe nie über die Degradierungen nachgedacht. Sie sind für mich ein Mythos wie diese Roboter«, sagte Eve.

»Damit bist du nicht allein. Askit und die Agenda kümmern sich darum. Ich habe nie verstanden, warum Menschen weiter mit all den negativen Gefühlen, Ängsten, Aggressionen und Schwächen leben wollten, anstatt ihr wahres Potenzial zu entdecken.«

Kaum hatte Adlin ihren Satz beendet, spürte Eve wieder diesen Schwindel. Nachwirkungen des Hyperloops? Samir stupste sie an.

»Ist alles in Ordnung?«

»Ja, es geht schon wieder. Ich …«

Samir nahm ihre linke Hand.

»Was ist?«

»Nichts, ich dachte nur kurz, dein Scanner wäre offline.«

»Das hätte ich wohl gemerkt.«

»Hättest du das, ja?«

Samir machte eine komische Handbewegung vor seinem Mund, die Eve nicht deuten konnte. »Alles in Ordnung, Eve. Volles Potenzial! Ich habe noch etwas zu erledigen.«

Eve schaute mit hochgezogenen Augenbrauen zu Adlin. Sie schien sich an Samirs Bemerkung nicht zu stören.

Adlin und Eve setzten sich in den Bus. Eve blickte Samir nach, wie er zurück zur Kuppel ging. Er war erst vor einem Jahr nach *New Paris* gekommen, nachdem er Adlin bei einer Expedition in Südafrika unter Einsatz seines Lebens vor einem Sturz in die Tiefe bewahrt hatte. Bevor ein Patriot Adlin hochziehen konnte, hatte sich Samir schon das nicht zu übersehende Andenken an seiner Wange an einem Felsvorsprung eingefangen. Sie verstanden sich nicht nur auf Anhieb, ihre Persönlichkeitsfaktoren und ihre genetische Reinheit hatten ein so hohes Potenzial, dass Askit vor einer Woche die Umsiedlung Samirs nach *New Paris* genehmigt hatte.

Die anderen Passagiere unterhielten sich leise, schauten sich ihre kommenden Arbeitspläne oder die neuesten Meldungen auf den Holoschirmen an. Schweigend fuhren sie eine Viertelstunde an den symmetrisch errichteten Gebäuden vorbei. Als sie das Zentrum von *New Paris* hinter sich ließen, erreichten sie die Wohn- und Landwirtschaftsgebiete. Links und rechts waren die Felder mit einem Fließ überzogen, das gute drei Meter über dem Boden einen Teil des Sonnenlichts durchließ und den größeren reflektierte. Die Wasserversorgung wurde durch Leitungen aus den Entsalzungsanlagen des Atlantiks gewährleistet. Schon zweimal mussten sie näher an *Paradise* auf höheres

Gebiet versetzt werden, nachdem der Meeresspiegel weiter gestiegen war. Weit hinter den Feldern waren über Quadratkilometer Gewächshäuser angelegt. Nur vereinzelt waren Arbeiter in ihren alten Thermoanzügen zu sehen. Es war eine Tortur, tagsüber unter den Sonnensegeln zu arbeiten, um die genetisch modifizierten Pflanzen, die der Hitze standhalten konnten, zu pflegen und zu ernten. Die Arbeit für die Nahrungsmittelversorgung, den Bau von Häusern, die Pflege der Vegetation, der Wälder, war ein Bestandteil des Alltags. Studium, Forschung, Verwaltung, egal, welche Haupttätigkeit man hatte, jeder war zu diesen Arbeiten verpflichtet. Es sorgte nicht nur für einen gegenseitigen Respekt, es verhinderte soziale Spannungen und hatte alte Hierarchien aufgelöst.

Einige Minuten später schaute Eve immer noch schweigend aus dem Fenster und spürte eine tiefe Demut angesichts dessen, was ihre Vorfahren aufgebaut hatten. Askit hatte die neuen Metropolen kurz nach Gründung der Agenda entworfen. Während die ersten Generationen noch unter den Folgen des Krieges und der Seuchen litten und rund um die Uhr arbeiten mussten, um eine Basis für das Überleben und die Zukunft der nächsten Generationen zu sichern, war die tägliche Pflichtarbeitszeit seit langer Zeit flexibler geworden. Es wurde von Askit genau berechnet, wie viel menschliche Arbeitskraft und Ressourcen notwendig waren, um alle gleichermaßen mit Nahrung, Medizin, Wohnraum, Kleidung, ausgewählten technischen Gütern wie Computern oder Thermoanzügen und größeren Maschinen zu versorgen. Anspruch auf individuellen Besitz gab es nicht. Alles wurde so nah und nachhaltig wie möglich produziert. Darüber hinaus stand jedem alles zu, was für die Ausbildung seiner Potenziale dienlich war. Niemand litt einen Mangel. Alle hatten den gleichen Zugriff auf alles, vorausgesetzt, er trug als produktives Mitglied den gleichen Teil für die Gemeinschaft bei wie alle anderen. Wenn die Nanobots in der

Blutbahn eines Menschen meldeten, dass die Leistungsfähigkeit aufgrund körperlicher Alterung nachließ, wurde die Arbeitszeit automatisch angepasst. Die Anzahl der Menschen, die sich als egoistisch, faul oder gar gierig erwiesen oder zu krank waren, war 2191 nahezu auf einem Nullpunkt angekommen. Wie Eve verbrachten die Menschen viel Zeit mit Sport, Meditation, geistigem Training, lernten für ihre Weiterentwicklung oder die Wissenschaft und verbrachten den Abend mit der Familie und Freunden oder leisteten zu später Stunde bei erträglichen Temperaturen ihre Feldarbeit. Vielleicht waren die Menschen nicht intelligenter als früher, aber die wohlerzogenen hatten nun die Zeit und die Hilfe, ihr Gehirn vollumfänglich zu nutzen, hatte ihr Vater einmal gesagt. Dass niemand das System in *Paradise* infrage stellte, war auch der Tatsache geschuldet, dass es keine Menschen waren, die ihnen Befehle erteilten oder die die Angst schürten, abermals in Verhältnissen zu leben, in denen wenige von den vielen profitieren würden. Askit hingegen erschien unbestechlich und vertrauenswürdig.

Der Wald um die Wohnhäuser war in diesem Sommer dicht gewachsen und die in immer gleichen Abständen gebauten eingeschossigen weißen Landhäuser trugen einen kleinen Beitrag dazu bei, das Sonnenlicht zu reflektieren.

»Wie lange hast du Tessa nicht mehr gesehen?«, fragte Adlin.

»Das ist Wochen her, und es geht ihr nicht gut, ich muss einen Platz für sie finden, bevor ich nach *Deep Water* gehe.«

Eve sah in Adlins Gesicht. Sie hatte sie noch nie so glücklich gesehen. Seit Askit ihr Samir an die Seite gestellt hatte, war die lange Suche nach einem kompatiblen Partner auch für sie endlich beendet.

»Was glaubst du, was uns bei den letzten Prüfungen erwartet?«

Eve rieb sich die Stirn. »Es wären keine, wenn wir das wüssten!«

»Du hast recht.«

Eve konnte das Haus ihrer Mutter bereits erkennen und signalisierte, den Bus zu stoppen. Adlins Elternhaus war nur ein paar Minuten weiter entfernt. Sie stiegen aus und umarmten sich.

»Halt. Das hätte ich fast vergessen.« Langsam zog Adlin einen Umschlag heraus und überreichte ihn Eve.

Das Siegel der Akademie der Wissenschaft strahlte ihr entgegen, und sie spürte, wie ihr Puls schneller schlug. Vorsichtig öffnete sie den Brief. Sie hatte als Kind bei einem Nachbarn geholfen, der einer Nostalgie für Papier verfallen war. Heute hatte man kaum noch Verwendung dafür, da alles Geschriebene und Gedachte im Feld gespeichert und wieder abgerufen werden konnte.

»Ich wusste es«, sagte Eve und umarmte Adlin.

»Was ist es?«

»Du weißt es nicht?«

»Ich kann es mir denken«, sagte Adlin freudestrahlend.

»Ich fasse es nicht. Im Nordpolarmeer sammeln sich ungewöhnlich viele Buckelwale zu Gruppen. Ich soll als Anwärterin der Akademie der Wissenschaft eine Expedition begleiten«, sagte Eve und war für einen Moment irritiert. Warum hatte Askit ihr das nicht einfach mitgeteilt?

»Von wem hast du das bekommen?«

»Sag ich nicht«, erwiderte Adlin. »Nun darfst du fliegen, und deine wissenschaftliche Prüfung ist wohl längst bestanden!«

»Aha, daher dein Schmunzeln vorhin. Ja, schon morgen! Ich darf zu Thyron und anschließend zu den Walgründen fliegen. Ich muss das erst mal verarbeiten. Volles Potenzial, Adlin!«

»Volles Potenzial, du Glückskind«, sagte Adlin und verabschiedete sich mit einem breiten Grinsen.

Von weitem sah Eve ihre Mutter Tessa im Garten unter einem Wirrwarr von Sonnensegeln arbeiten. Sie öffnete die Tür zum Vorgarten, die Treibhäuser reichten bis zum Eingang ins

Haus. Die Obstbäume hingen voller Früchte. Vor dem Haus standen die Kisten für Solartransporter bereit. Die Gartentür schloss sich mit einem lauten Knacken.

Tessa stützte ihren unteren Rücken mit der linken Hand ab, drehte sich mit schmerzverzerrtem Gesicht um und setzte sich auf die Holzbank vor dem schattigen Hauseingang.

»Tessa, ich sehe es doch. Es wird Zeit, dass du dich operieren lässt, das ist doch keine große Sache!«

Tessa Legrand klopfte sich von ihrer hellbeigen Kleidung die Erde ab, ihre ergrauten Haare schwang sie nach hinten und richtete sich wieder auf.

»Ich bin sprachlos, dass ihr alle zusammen zu den Prüfungen zugelassen seid.«

»Das habe ich nur Askit zu verdanken! Wann soll ich den Termin im Medilab für dich machen?«

Tessa hatte die gleichen smaragdgrünen Augen. Wenn sie dieses leicht runzelige Gesicht betrachtete, hatte Eve immer eine Ahnung, wie sie einmal im Alter aussehen würde, und es gefiel ihr.

»Kind, hör auf. Ich mache das schon. Noch geht es ja, und ich habe zu tun. Ich werde …«

»Tessa, ich werde nie verstehen, warum du jegliche Hilfe ausschlägst. Du hast alle Anlagen für eine Reinste.«

»Gehabt wolltest du sagen. Ich bin eine alte Schachtel.«

»Dein altes Selbstwertproblem, gut, dass du das nie zum Schaden anderer ausgelebt hast, aber …«

»Ich wollte mir etwas bewahren, Eve, und mehr möchte ich dazu auch nicht mehr sagen, das weißt du, und daran ändert sich auch nichts mehr. Ich kann mir nicht vorstellen, ständig eine Maschine in mein Innerstes zu lassen.«

Eve lachte kurz auf: »Wie oft soll ich das noch erklären? Das ist Askit nur während eines Tiefenscan möglich, bei dem das Implantat direkt über eine Schnittstelle mit Askit verbunden wird. Als du dich damals in der Verwaltung beworben hast, musstest du Hunderte Fragen beantworten, erinnerst du dich?«

»Ja, es war fürchterlich!«

»Das war nur ein oberflächlicher Persönlichkeitstest, dem Scan nicht unähnlich. Dabei wertet Askit beispielsweise deine Gewissenhaftigkeit aus. Aber der Tiefenscan deckt alles auf, vor allem das Unterbewusste, alle Ebenen, die unsere Psyche ausmachen. Tessa, bitte! Wir können uns keine Menschen in verantwortlichen Positionen leisten, die sich ihrer innersten Motive nicht bewusst sind, daran kann ich nichts Beängstigendes finden. Tessa, Askit gegenüber Schamgefühle zu haben, ist unsinnig. Das ist nur deine ewige Angst, dass es sich gegen uns wenden könnte.

Tessa schaute Eve an und schüttelte fast unmerklich den Kopf. »Ich weiß, wie der Scan funktioniert, keine noch so geniale Maschine kann die Motive eines Kindes besser beurteilen als die eigene Mutter, und wie ich sehe, geht es dir gut. Du hast eine Ausstrahlung, unglaublich. Wie viele Männer mussten wegen dir schon zu einem Scan?«

Eve konnte ihr Lachen nicht unterdrücken, umarmte ihre Mutter und sah sie an. Ihre Augen funkelten, sie war wirklich glücklich in dem Garten, umgeben von Kräutern und Pflanzen. Die heiße Luft roch nach Gras, Minze, Thymian, Äpfeln und anderen Obstsorten. In diesem Jahr schafften es auch die ersten genetisch modifizierten Gemüsesorten, im Freien der brütenden Sonne zu widerstehen. Die Ozonschicht hatte sich so weit erholt, dass die Menschen ohne Schutzanzug bis zu vier Stunden und länger draußen bleiben konnten. In Tessas Jugend wäre ein solcher Garten undenkbar gewesen.

»Wie ich sehe, hat Adlin dir die gute Nachricht überbracht.«

»Du hattest die Idee mit dem Briefpapier?«

»Ich habe Askit darum gebeten. Ich weiß, wie sehr du darauf

gewartet hast, endlich deine geliebten Forschungsobjekte in ihrem natürlichen Element zu erleben.«

»Wenn sich das Verhalten der Wale wirklich so verändert hat, wäre das der Beweis, dass meine waghalsige Theorie stimmt, ja, aber merkwürdig, dass Askit mich nicht direkt benachrichtigt hat, als hätte es mich überraschen wollen«, wunderte sich Eve.

»Tja, menschlich, nicht wahr?«, sagte Tessa leise grinsend. »Du hast deinen Ersatzscanner im Haus liegen gelassen und warst im Hyperloop nicht erreichbar. Ich habe die Nachricht gesehen und wollte dir eine Freude bereiten, und Askit hat es zugelassen.«

»Trotzdem merkwürdig. Ich werde morgen nach *Deep Water* reisen, und von dort geht es los, und dann sehe ich endlich Thyron wieder. Ich kümmere mich jetzt um einen Termin für dich, in Ordnung?«

Tessa verneinte, schloss die Augen und drückte Eve fest an sich. Wortlos gingen sie ins Haus. Obwohl Tessa sehr ordentlich war, standen in der Erntezeit überall Kisten mit Obst herum. Die Töpfe auf dem riesigen Holztisch waren gefüllt mit Früchten zum Einkochen. Je nach Anzahl der Familienmitglieder waren in den Häusern die Schlafräume und ein Waschraum um den Wohn- und Essraum angelegt. Selbst nach Jahren rochen die Wände angenehm nach dem Lehm, der für das erträgliche Raumklima sorgte. Neben dem Bad war Eves altes Schlafzimmer. Nur in der Küche stach der Holoschirm unter der Decke neben den einfachen Holzmöbeln und Küchengeräten hervor. Eve sah, dass sich Tessa nach den paar Schritten erneut ihre Hüfte hielt. Vorsichtig setzte sie sich auf einen Stuhl.

Ihre Mutter war und blieb einfach eine Angepasste. Angepasste ohne Implantat hatten keinerlei Nachteile, mussten über ihren Pflichtdienst hinaus nicht mehr leisten als alle anderen, hatten Zugriff auf alle Errungenschaften von *Paradise*, solange sie nicht ein gestörtes oder der Gemeinschaft schädliches Verhalten erkennen ließen. Das tat Tessa nicht ein einziges Mal. Im Gegenteil, sie genoss das gleiche Ansehen, die gleiche Wertigkeit wie die Reinsten. Sie führte ein stilles und zurückgezogenes Leben. Askit hatte ihr immer wieder nach dem Verschwinden ihres Ehemanns angeboten, sie von ihrer Trauer und Einsamkeit zu befreien, aber Tessa weigerte sich und kümmerte sich freiwillig rund um die Uhr um ihre Nahrungsmittelproduktion und die zurückgebliebenen Kinder von degradierten Reinsten, die wegen Fehlverhaltens binnen Stunden ihre Heimatmetropole verlassen mussten.

»Was ist mit der Kleinen, die du zuletzt noch betreut hast?«

Eve überkam unwillkürlich ein Glücksgefühl. Von draußen glitzerte das Sonnenlicht durch einen Baum. Es war ruhig, nur ein paar Vögel zwitscherten. Es war wunderschön an diesem Ort, aber das alles war nicht von Dauer, irgendwann würde auch Tessa nicht mehr leben und eine neue Familie würde hier einziehen.

»Ich mache das nicht mehr. Ich hab lange genug erlebt, wie die Kinder vor lauter Angst vor dem Implantat nachts die Kissen vollheulen.«

»Das ist nicht in Ordnung, Tessa. Du weißt, welche Chancen als potenzielle Reinste auf sie warten. Was ist mit der Kleinen?«

»Nichts! Ich bin zu alt, sie wurde einer Familie in der Metropole zugeteilt, und das Implantat hat sie verweigert.«

Das Zeitfenster für die Operation eines Hirnimplantates war begrenzt. Zwar entwickelte sich das Gehirn noch bis zum fünfundzwanzigsten oder achtundzwanzigsten Lebensjahr, nur je früher sich das Implantat an das Wachstum anpassen konnte, desto besser, das wusste Eve aus eigener Erfahrung.

»Ich verstehe deinen Widerstand nicht, Tessa. Niemand hat die Verbindung zu Askit so früh bekommen wie ich – und schau, was aus mir geworden ist, ich bin nun eine Anwärterin für die Akademie und habe einen Score von dreihundertneunzig. Ich kann mich noch genau erinnern, wie du mir diese Schauermärchen erzählt hast, was alles mit meinem Gehirn passieren könnte!«

»Die haben doch gut funktioniert!«

»Was?«

»Du erinnerst dich nur nicht mehr daran, ich war nicht so egoistisch, wie du annimmst. Ich wollte dir nicht deine Zukunft verbauen, und so habe ich dir erst Angst eingejagt, und dann wurdest du richtig neugierig. Dein Vater hätte es vermutlich nie zugelassen. Ich mach mir deswegen keine Vorwürfe, aber du solltest das zumindest wissen.«

Eve konnte sich wirklich nicht daran erinnern. Es gab keinen Grund, Tessa nicht zu glauben. Eve wurde erneut schwindelig. Für einen Moment sackte ihr Kopf nach hinten.

»Was ist, Eve?«

»Ich weiß es nicht. Mir ist seit einigen Tagen schwindelig. Ich sollte meine Nanobots besser erneuern, wer weiß, was mir sonst beim Fliegen passiert. Am Ende falle ich noch in Ohnmacht, wenn Thyron mich in die Arme nimmt.«

Eve kontrollierte die Daten auf ihrem Scanner. »Ich fahr ins Medilab. Wart nicht mit dem Abendessen auf mich, ich versorg mich dann dort!«

»Du liebst Thyron sehr, nicht wahr?«

Eve kniete sich vor Tessa, legte ihr versöhnlich die Arme auf die Schultern. »Wie kommst du denn jetzt darauf? Wir sind Partner, und es hat sich alles gut entwickelt!«

»Ich freue mich für dich. Wenn es mal ein Problem gibt, halte dich auch an Samir und Adlin.«

»Wir vier sind unzertrennlich.«

Als Eve sich umdrehte und gehen wollte, griff Tessa unwirsch nach ihrer Hand.

»Hör einfach auf mich!«

4

17. SEPTEMBER,
METROPOLE NEW PARIS, EUROPA

»Danke, dass wir dich versorgen durften.«

Eve stand auf, sah der Reinsten ins Gesicht, nickte, atmete einmal tief durch und verließ den sterilen Raum des Medilab. Ihr Implantat war in Ordnung und die Standardnanobots waren ausgetauscht worden. Auf dem Bildschirm über ihr konnte sie sehen, wie sie sich in ihrer Blutbahn verteilten.

Sie musste immer wieder an Tessas warnende Worte denken, als die großen Glastüren vor ihr aufgingen und sie den medizinischen Gebäudekomplex verließ. Was bewog ihre Mutter, so energisch auf die Beziehung zu Samir und Adlin hinzuweisen? War es einfach ihr mütterlicher Instinkt, dass sie bei einem Verlust von Thyron ähnliche Gefühle würde ertragen müssen wie sie? Genau solche Projektionen waren das Leiden der Angepassten. Auch ohne Hirnimplantat konnten sich Angepasste einer Prozedur unterziehen, in der Askit ihre Persönlichkeitsfaktoren in einer Simulation aufschlüsselte und daraufhin ein Trainingsprogramm entwickelte, das Tessa zumindest mehr Spielraum innerhalb von *Paradise* verschafft hätte. Je mehr Askit von einem Menschen wusste, desto mehr Verantwortung wurde ihm anvertraut.

Auf dem Vorplatz des Zentrums blickte Eve verträumt auf eine alte Inschrift, die über einem Schulungscenter für Reinste hing.

HINGABE – DEMUT – REINHEIT – HÖCHSTES POTENZIAL.

Die Außentemperatur betrug immer noch achtunddreißig Grad. Auf dem Display ihres Scanners lieferten die neuen Nanobots eine Erklärung für ihren Schwindel: Ihr Blutdruck war viel zu niedrig, sie hatte zu wenig geschlafen, ein leichter Schleier lag auf ihrem Gemüt.

Sie stellte sich mit einer Gruppe junger Studenten an einem der vielen Versorgungsstände an, die es überall in den Metropolen gab, und wartete geduldig, bis ein älterer Mann in Leinenkleidung ihr eine Essensration aushändigte.

Während der Heimfahrt ballte sie mehrmals ihre Hände zu Fäusten und öffnete sie wieder. Die Nahrung hatte ihr wieder Energie gegeben. Sie wollte sich bewegen, die letzten Kilometer würde sie laufen. Sie stoppte den Bus, schaltete die Kühlung ihres Anzuges an, lief und spürte, wie die Luft sie wacher machte, die endlosen Baumreihen spendeten einen leichten Schatten. Rechts und links reihten sich die Häuser, das Geschrei tobender Kinder drang bis auf die Straße, bis sie vor lauter Glück einen Moment stehen bleiben musste. Ihre Endorphinwerte waren auf einem Höchstniveau. Gerade als sie weiterlaufen wollte, erschien auf ihrem Display Thyron.

»Du hast mir gerade noch zu meinem Glück gefehlt.«

»Bitte, was?«

»Ich bin auf dem Weg zu Tessa. Schön, dass du dich meldest. Du weißt, dass ich morgen komme?«

»Das ist mir nicht entgangen. Ich freu mich. Wir machen hier gerade bedeutende Fortschritte. Wir haben Effekte, mit denen wir nicht gerechnet haben. Selbst Askit konnte sie mit seiner Datenmenge nicht prognostizieren. Die Ausweitung der Waldflächen der letzten Jahrzehnte wurde von allen theoretischen Modellen unterschätzt. Wir haben immer gedacht, dass die Masse an dunklen Wäldern, ihre Blätter, das Sonnenlicht in einem Verhältnis anziehen würden, dass es den Treibhauseffekt zumindest anfänglich verstärken würde, aber nein! Eve, zum ersten Mal werden wir im September unter einen Wert von 550 ppm kommen. Das ist der CO_2-Wert von 2076. Die Konverter und alle anderen Maßnahmen leisten ihren Beitrag, aber am Ende ist es das Pflanzenwachstum im Frühjahr und Sommer, und wenn es so weitergeht, werden wir noch erleben, wie es in Grönland wieder schneit.«

Eve setzte sich auf eine Bank am Straßenrand, die unter einer Buche einen Schattenplatz anbot. Die Sonne blinzelte nur leicht durch die Blätter.

»Du hast die Abkühlung der Ozeane vergessen!«

»Natürlich nicht. Nur für diesen Effekt ist das Absorptionspotenzial durch die immer schneller zunehmende Vegetation verantwortlich, das schmälert nicht die Leistung anderer Fachgebiete, systemisch gehört alles zusammen.«

»Du glaubst, dass ich das aus egoistischen Motiven sage?«

»Ja, Askit hat mich schon vor deinem Rückfall gewarnt.«

Eve lachte lauthals los und sah ihrem Mann Thyron liebevoll an. Er war in letzter Zeit wieder zu Scherzen aufgelegt. Seine Zufriedenheit strahlte auf alles und jeden ab, vor allem auf ihn selbst.

»Ich weiß, dass meine Arbeit nur einen winzigen Teil beiträgt. Ich glaube, ich hab gerade nur zu viele Endorphine im Blut«, sagte Eve.

»Kann ich verstehen. Dein letzter Scan war unglaublich.«

Eve sah, wie ein alter Mann mit schnellen Schritten an ihr vorbeilief, seine Frau joggte vor ihm her und strahlte über das ganze Gesicht. Einen Moment blieb die Zeit stehen. Die Alten hatten noch eine andere Phase dieser gebeutelten Welt erlebt, in der nicht sicher war, ob ihre Kinder und Kindeskinder eine Zukunft haben würden. Die erste Generation nach dem Kollaps hatte nur ein durchschnittliches Alter von weniger als fünfzig Jahren erreicht, die Strapazen des Aufbaus von *Paradise* oder die Strahlenkrankheiten hatten ihren Tribut gefordert. Bis die Gesellschaft wieder eine Form und Organisationsdichte erreicht hatte, die eine Aufnahme von wissenschaftlicher Arbeit ermöglichte, um schwere Krankheiten und Mutationen durch Gentechnik erfolgreich zu behandeln, waren unzählige Menschen ohne Nachwuchs gestorben. Egal ob Reinste oder Angepasste, die Älteren genossen ein hohes Ansehen. Mittlerweile musste Askit die Geburten wieder kontrollieren, indem es die Ergebnisse des Scans und die Erbanlagen als Grundlage für seine Entscheidung nahm. Auch wenn Askit schon vor Jahren die genetische Reinheit von Thyron und Eve für kompatibel befunden hatte, war es noch keine Gewissheit, ob sie selbst eines Tages ein Kind haben würden. Thyron wäre sicher ein guter Vater, aber als Reinste der Akademie der Wissenschaft war es üblich, sich ganz in den Dienst der Gesellschaft zu stellen.

»Eve, bist du noch da?«

»Was? Ja, okay, ich möchte noch laufen. Wir sehen uns morgen. Volles Potenzial!«

»Es wird Zeit, dass du *Deep Water* siehst. Glückwunsch zur Walexpedition, du hattest den richtigen Impuls. Volles Potenzial, Eve!«

Sie stand auf und lief weiter an verwilderten Wäldern vorbei, die von Lianen und Farnen durchzogen waren. Sie wurden vor über einem Jahrhundert künstlich angelegt und gaben der Tierwelt ihren Platz. Thyron hatte vermutlich recht. Die Korridore für die Tier- und Pflanzenwelt wurden allein in Nordamerika zwischen den Rocky Mountains bis hinauf zur Hudson Bay Kanadas in nur drei Jahrzehnten aufgeforstet und entwickelten sich durch die Abwesenheit des Menschen zu einer neuen Lunge des Planeten. Askits Programmierung war unbestechlich dem Ziel verpflichtet, das Ökosystem wieder ins Gleichgewicht zu bringen. Was den Menschen in der Vergangenheit an Mut und Weisheit für radikale Veränderungen gefehlt hatte, entschied Askit in Nanosekunden, sobald es alle relevanten Informationen hatte, und davon hatte es in der Gegenwart unendlich. Aber ob es wirklich reichen würde, um das Klima dauerhaft auf ein stabiles Niveau zu bringen? Ihr Vater Patrick hatte einst vehement seine Zweifel darüber geäußert, dass Askit relevante Daten fehlen könnten, die letztendlich alle Maßnahmen als nutzlos dastehen lassen würden. Eve konnte sich noch genau an jenen Tag und seinen verzweifelten Gesichtsausdruck erinnern, als er sie nach einem Streit mit einem Wissenschaftler kurz vor seinem Verschwinden ins Medilab gebracht hatte. Ihr Thermoanzug war ausgefallen, und sie war bei über 50 Grad im Schatten kollabiert. Als sie fragte, wie es so weit kommen konnte, dass sie unter der Sonne so leiden mussten, erzählte er ihr, dass die Menschen zu lange darum gestritten hatten, ob Geoengineering die richtige Maßnahme sei, um das Drama abzuwenden, oder ob sie damit nicht noch alles weiter verschlimmern würden. Laut Askit hatten die Menschen durch ihre Anzahl und Lebensweise längst Geoengineering betrieben. Es sei unlogisch gewesen, darüber länger nachzudenken. Der Tag, an dem sich die verbliebenen Regierungen der künstlichen Intelligenz unterwarfen, der 21. September 2041, war die Stunde null gewesen. Askit entwarf das globale Notstandsprogramm und verbot den Menschen, sich über die verbliebene Zahl von knapp zehn Millionen Menschen hinaus zu vermehren, legte die Gebiete fest, an denen sie sich noch ansiedeln durften. Als Kind fand sie den Gedanken noch grausam, wie viele Menschen erst ihr Leben lassen mussten, um *Paradise* zu ermöglichen. Was übrig blieb, war gerade genug, um Askit eine neue Zivilisation aufbauen zu lassen und zu prognostizieren, wie schnell sich die Erde allein schon durch die Reduzierung seines schädlichsten Faktors erholen würde: des Menschen.

Heute gewann das Leben der Menschen und Tiere umso mehr an Qualität, und als wären ihre Gedanken der Produzent der Realität, erblickte Eve eine Bärenfamilie, die die Straße kreuzte, ohne Kenntnis von ihr zu nehmen. Sie drosselte ihr Tempo, versuchte, weniger kräftig aufzutreten, bis die Bärenmutter mit ihren Jungen wieder im Dickicht verschwand. Überall auf der Welt lebten die Menschen in Koexistenz mit zahlreichen wilden Tieren, und der Wald hatte sich über ehemalige ausgedörrte Ackerflächen schneller ausgebreitet als gedacht. Bevor Askit 2043 die Religion verboten hatte, wollten ihre letzten Anhänger es als göttliche Fügung interpretieren, dass gerade so viele Menschen überlebten, um mit ihrer verbliebenen Kraft das aufzubauen, wovon heute alle gut leben konnten.

Wieso musste sie gerade jetzt daran denken, fragte sich Eve. Sie schüttelte sich während des Laufs. Es gab keinen Grund zurückzuschauen, und doch konnte sie nicht widerstehen, es war sogar ein beruhigendes Gefühl.

Es ließ die Gegenwart, das Erreichte greifbarer, noch wertvoller erscheinen, denn das war *Paradise* für sie, seit sie denken konnte.

Tessa kam ihr auf der Straße entgegen. Etwas musste vorgefallen sein. Sie wirkte angespannt, der Schweiß lief ihr die Stirn herunter, und sie atmete schwer.

»Was ist passiert?«

»Julian ist verunglückt. Du musst mir helfen, schnell!«

Eve sprintete los. Sie sah, wie Tessa humpelnd versuchte, ihr Tempo zu halten. Julian wohnte direkt gegenüber von Tessa und produzierte wie sie Obst und Gemüse. Er war schon über siebzig Jahre alt. Als sie den Garten erreichten, verband sich Eve mit seinem Scanner, auch er war ein Angepasster ohne Hirnimplantat.

Tessa kam atemlos und mit kreidebleichem Gesicht dazu.

»Ich hoffe, er hat wenigstens Nanobots.«

»Ja, wegen seines Herzfehlers.«

Julians graue Haare und sein zerfurchtes Gesicht waren blutverschmiert. Sein Blutdruck war bedrohlich niedrig, und er verlor am rechten Bein sehr viel Blut.

Eve schloss die Augen und verband sich direkt mit Askit.

Askit? Kannst du mir helfen? Ich stelle die Verbindung zu den Nanobots her. Er ist für Tessa ein wertvoller Freund.

Sein Blutverlust ist zu hoch, sein Herz kollabiert. Er wird die nächsten zehn Minuten nicht überleben. Danke für deinen Einsatz, Eve. Ich übernehme das.

Danke, Askit.

»Danke für dein Leben und was du für *Paradise* getan hast, Julian«, sagte Eve zu dem Sterbenden.

Tessa vergrub ihr Gesicht zwischen ihren Händen. »Was soll das heißen? Willst du ihn verbluten lassen, wo bleibt das Medicar? Das kann doch nicht dein Ernst sein.«

Tessa liefen die Tränen die Wangen hinunter.

»Gib ihm Halt, es ist gleich vorbei. Er ist mit 98-prozentiger Sicherheit vor dem Eintreffen eines Medicars nicht mehr am Leben.«

»98 Prozent sind keine Gewissheit! Das heißt, sie kommen nicht?«

»Mutter, du weißt, dass das nicht in Ordnung ist. Unser Überleben ist nun mal davon abhängig, dass wir unsere Grenzen akzeptieren. Deine Emotionen …«

»Schon gut, schon gut«, sagte Tessa.

Eve spürte, wie sie sich zwang, ruhig zu bleiben, während ihr ganzer Körper vibrierte und sie ihre Lippen zusammenpresste. Tessa atmete tief ein und nahm Julians Hand. Seine Augen schlossen sich, seine Atmung hatte wie prognostiziert aufgehört, die Nanobots hatten genug Schmerzmittel ausgeschüttet, um Julian den Übergang zu erleichtern. Tessa erhob sich in Tränen aufgelöst, ging ins Haus und holte einen der vorgeschriebenen Standardtransportsäcke für Verstorbene, wie es sie in jedem Haushalt gab. Er würde Julians Leiche bis zu seiner Entsorgung kühlen. Sie ließ ihn auf den Boden fallen und kniete sich langsam mit verzerrtem Gesicht nieder.

»Er wird froh gewesen sein, dass du ihn gefunden hast, dass er noch mal deine Hand gespürt hat«, sagte Eve.

»Es tut mir leid, Kind. Ich hab mich kurz gehen lassen.«

Eve legte ihren Arm um Tessa und half ihr wieder hoch.

»Geh schon. Ich bleib noch ein wenig hier.«

Eve zögerte nicht, ging aus dem Garten auf die Straße. Es war Zeit für ihre Übungen. Kurz bevor sie Tessas Haus erreichte, meldete sich Askit.

Danke, Eve. Dein Score hat sich um einen weiteren Punkt erhöht.

5

18. SEPTEMBER,
METROPOLE NEW PARIS, EUROPA

Der Morgen war verregnet. Eve stand im Garten und genoss für einen Moment die kühlenden Tropfen, überall verdampfte das Wasser um sie herum. Tessa schlief noch. Eve schaltete ihr Implantat ein, ging durch den Garten und stellte sich auf der gegenüberliegenden Straßenseite unter einen dicht bewachsenen Baum. Ein Solarbus hielt und ihr Scanner zeigte an, dass Askit ihre Alphawellen wieder erhöhte. Der Bus war mit Arbeitern in grauer Einheitsmontur gefüllt. Obwohl Eve von allen freundliche Blicke erhielt, fühlte sie sich mit ihrem aufwendigen Thermoanzug deplatziert. Sie fuhren aus den Waldgebieten wieder an den Feldern vorbei. Der Regen hatte die Temperaturen auf unter 30 Grad gedrückt. Das war rekordverdächtig, dachte Eve und sah zu, wie die Menschen in Scharen mit der Ernte beschäftigt waren. In der Ferne tauchte das Raumschiff auf, wie Thyron die Metropole zuweilen nannte. Auf ihrem Display erschien ein Code. Es war die Freigabe für den Hyperloop nach *Deep Water*. Der Bus stockte vor Dutzenden Transportern, die die Lebensmittel in die Verteilerzentren brachten. Nach einer gefühlten Ewigkeit erreichte Eve die zentrale Kuppel und hetzte die Treppen zur Gangway hinauf, der Hyperloop würde jeden Moment abfahren. Die Strecke nach *Deep Water* im Süden Grönlands wurde erst vor zwanzig Jahren nach einer Bauzeit von zehn Jahren fertiggestellt und erreichte eine Geschwindigkeit, die sich Eve nicht mal vorstellen wollte. Aber es blieb Zeit genug, sich innerlich vorzubereiten. Eve war sich darüber im Klaren, dass es kein Geschenk von Askit war, dass sie nach *Deep Water* reisen durfte. Nichts in *Paradise* geschah ohne einen Nutzen. Private Reisen waren die absolute Ausnahme, wie bei Krankheiten oder Todesfällen von engsten Verwandten. Ohne Freigabe durch Askit konnte man nicht einmal die Gangway zu einem Hyperloop betreten. Sie erreichte den Kontrollpunkt, ihr Scanner leuchtete auf, und das Stahltor öffnete sich.

Als die Türen zum Hyperloop vollständig geöffnet waren, durchschritt sie den Eingang und suchte sich einen Platz neben einem jungen Reinsten, der mit geschlossenen Augen meditierte. Eve lehnte sich mit einem tiefen Gähnen zurück und in der Gewissheit, dass ihre Zukunft schon bald im Südwesten Grönlands liegen würde.

Gegen Mittag erreichte sie das Zentrum von *Deep Water*, etwa dreihundert Kilometer nordöstlich der ehemaligen Hauptstadt Nuuk, die seit Jahrzehnten im Meer versunken war.

Ihre Vorfreude auf ihren ersten Flug und die Chance, Wale zu beobachten, wurde nur durch ihre letzte Begegnung mit Pellengrey getrübt. Worüber machte er sich solche Sorgen? Sie würden sich bald wiedersehen: die Gelegenheit, ihn zu fragen. Eve schritt aus dem Zylinder. Obwohl die Fassaden aus Solarglas das Sonnenlicht dämpften, blendeten sie. Es war ein majestätisches Gefühl, auf der Gangway zu stehen, für einen Moment innezuhalten. Unter der Kuppel hatte sie das Gefühl, einer Ameise gleich zwischen Tausenden von Artgenossen in einem sicheren Bau zu sein, umgeben von den strahlenden Gesichtern der Reinsten, die, in Gespräche verwickelt, ihren nächsten Wirkungsort aufsuchten. Sie setzte einen Sonnenschutz auf und ging zum Ausgang. Sie hatte in ihrem Leben bisher nur zwei der insgesamt acht Metropolen besucht. Von der Anhöhe der Station konnte sie kein Ende der Bauten sehen. Zwischen den Fjorden ragten die CO_2-Konverter auf. Einer von ihnen erhob sich direkt in Eves Nähe. Es war ein neuer Prototyp. Für einen Moment konnte sie sich Thyron im seinem Kontrollraum vorstellen. Sicher forschte er gerade mit Pellengrey und Askit an weiteren Optimierungen. Die Abteilung für Ozeanografie war nicht weit entfernt. Eve lud sich den Plan der Metropole herunter. Das Labor der Meeresforscher befand sich neben den von Patriots bewachten Landeplätzen der Solarjets. Eve zitterte, ihr Anzug regulierte die Temperatur automatisch. Die Menschen unterschieden sich in Kleidung und Aussehen kaum von denen in *New Paris*. Es waren nur deutlich weniger unterwegs, obwohl auf Grönland weitaus mehr Menschen lebten als in *New Paris*.

Mitte 2080 war das letzte Eis auf der Insel verschwunden. Weite Flächen Grönlands hatte man inzwischen mit einem witterungsfesten weißen Stoff überzogen. Das wasser- und sauerstoffdurchlässige Vlies reflektierte das Sonnenlicht zurück in die Atmosphäre und ersetzte so die fehlenden weißen Eisflächen. In der Antarktis hatten die Menschen es mit dieser Methode auch geschafft, das weitere Abschmelzen der Polkappe zu verlangsamen und teilweise aufzuhalten. Auch wenn es im Nordpolarmeer bisher nicht gelang, wieder Eis zu erzeugen, sank die Temperatur seit einigen Jahren kontinuierlich. Könnte Thyron recht behalten? Wären sie vielleicht die erste Generation, die das Klima wieder in einer für das Leben existenziellen Balance sehen würden? Oder würden die Angepassten und die wenigen skeptischen Mitglieder der Akademie recht behalten, dass die zunehmenden positiven Effekte immer noch Wetterphänomene und noch keine nachhaltige Abkühlung bedeuteten? Für Askit waren diese Stimmen bedeutungslos und seine Prognosen bis heute stimmig berechnet.

Eve sah über dem Eingang des Instituts das Emblem eines geschwungenen Wals, umgeben von einem Kreis. Die Glastür öffnete sich, einen Moment stand sie unschlüssig herum, bis sie durch eine Glasfront im hinteren Teil des Gebäudes Reinste an ihren Arbeitsplätzen sah. Sie ging weiter, ihr Scanner piepste, und eine Reinste fragte: »Du bist Eve, nicht wahr?«

»Ja!«

»Du wirst schon erwartet«, sagte sie und führte sie zu einem weiteren Raum.

Bevor Eve eintreten konnte, kam ihr schon ein dunkelhäutiger Mann mit großen strahlenden Augen entgegen.

»Eve Legrand?«

»Ja, das bin ich!«

Der Afrikaner hatte ein entwaffnendes Lächeln und reichte ihr die Hand. Er wirkte sehr jung, keine einzige Falte zierte sein Gesicht. »Volles Potenzial, Eve! Ich bin Lumbar Leodo, der Leiter der Expedition. Komm, verlieren wir keine Zeit. Du bist noch nie geflogen, nehme ich an?«

»Nimmst du an?«

»Ich wollte damit nur andeuten, dass es …«

»Keine Sorge. Ich habe den Unfall meines Vaters schon vor langer Zeit verarbeitet.«

»Dann verschwenden wir damit keine Zeit, bitte hier entlang. Ich denke, du wirst erstaunt sein, was du zu sehen bekommst!«

»Nein, ich hab es immer gewusst!«

Nach einer gefühlten Ewigkeit und immer gleichen Treppen und Flursystemen öffnete Lumbar eine monströse Stahltür. Im Hof standen die Solarjets.

Eve spürte etwas. Sie drehte sich um, ihr Atem stockte. Das Geräusch der hydraulischen Gelenke war unüberhörbar. Auf Augenhöhe hatte sich ein Patriot zu ihr hinuntergebeugt. So nah war ihr noch nie einer gekommen, allein der stählerne Kopf mochte eine Tonne oder mehr wiegen. Nachdem seine tassengroßen Linsen ihren Scanner fixiert hatten, stellte sich der Koloss wieder kerzengerade an die Seite des Eingangs, ein weiterer auf der rechten Seite des Eingangs hatte die Prozedur regungslos verfolgt.

Lumbar lächelte verhalten. »Man gewöhnt sich dran.«

»Ich muss zugeben, dass ich mich gerade ziemlich klein gefühlt habe.« Eve betrachtete fasziniert den bereitgestellten Solarjet. Seine gesamte Oberfläche bestand aus einem metallisch glitzernden Material, das Wissenschaftler der Agenda schon vor langer Zeit entdeckt hatten. Die Effizienz der Energieumwandlung war im Vergleich zu den Standardsolarzellen immens und gab dem Solarjet selbst bei geringen Lichtverhältnissen volle Energie. Diese Technik wurde nur für die Jets bereitgestellt, da eine Massenproduktion das Ressourcengesetz verletzen würde. Die Rotoren waren in den Einflügler links und rechts beweglich eingebaut und konnten sich der jeweiligen Flugsituation anpassen. Der gesamte Rumpf war ein einziges Speichermedium mit einer in *Paradise* unbekannten chemischen Zusammensetzung und einer hohen Batteriespeicherdichte, damit der Jet leicht genug blieb. Viel mehr war über die Solarjets nicht bekannt, aus gutem Grund. Die Beschützer waren der Garant, dass die Agenda und der Sitz von Askits Systemen sicher blieben. Auch die Piloten, die nur *Beschützer* genannt wurden, bekam man so gut wie nie zu Gesicht. Für einen Moment fühlte Eve eine Anspannung, eine seltene Neugier. Zu gerne hätte sie in das nicht einsehbare Cockpit gesehen. In ihrer Kindheit waren die Beschützer die Helden schlechthin gewesen. Die seitliche Tür des Jets war schon geöffnet. Eve ging die stählerne Treppe hinauf. In der Kabine waren nur je zwei gegenüberliegende Sitze. Rechts saßen sich zwei Reinste aus Südamerika gegenüber; jedes Zentrum hatte seine eigene Kennzeichnung auf dem Anzug. Auch innen trennte eine Wand das Cockpit mit dem Piloten ab.

Lumbar setzte sich und wies Eve den Platz gegenüber zu.

Eve bemerkte ein leichtes Vibrieren und stieß einen kurzen Schrei aus, so schnell hob der Jet ab. Die Seitenfenster des Jets waren ziemlich klein und schmal, gewährten ihr aber einen ungewohnten Blick auf *Deep Water*. Die Symmetrie der Architektur war von oben noch weitaus beeindruckender.

Eine Viertelstunde später erreichten sie das Nordpolarmeer.

»Sind alle angeschnallt? Gut! Die Füße anziehen!«, sagte Lumbar.

Langsam öffnete sich die Bodenplatte unter ihnen. Der Jet flog langsamer, bis er schließlich in der Luft stehend schwebte. Eve traute ihren Augen nicht. Unter ihnen schwammen unzählige Buckelwale, als wären es Kaulquappen in einem Teich. Auf diesen Augenblick hatte sie eine Ewigkeit gewartet. Das Faszinierendste an den Buckelwalen waren ihr Sozialleben und ihre Kommunikation. In kleinen Gruppen und Familien zogen sie seit Urzeiten durch die Weltmeere und sangen ihre Lieder, lange bevor der Mensch überhaupt seine Kultur entwickelt hatte. Ihr Vater hatte die Gesänge der Riesensäuger bereits vor zwanzig Jahren studiert. In ihrer Kindheit war Eve oft mit diesen beruhigenden Tönen aus dem entfernten Arbeitszimmer eingeschlafen. Buckelwale gaben ihren Gesang von Generation zu Generation weiter. Es blieb bis heute ein Geheimnis, ob die singenden männlichen Buckelwale damit nur die Weibchen oder auch die Männchen beeindrucken wollten oder ob noch etwas ganz anderes dahinterstand. Für Eve war es der Beweis, dass es auch im Tierreich Wesen gab, die mit ihren Liedern Kultur nachwiesen. Eve war jedes Mal tief berührt von der Macht und der Sinnlichkeit des Gesangs, und nun waren die Tiere zum Greifen nahe.

»Diese Gruppe hat über zweihundert Mitglieder, da hinten nur einen Kilometer nordöstlich sind es knapp hundertfünfzig«, informierte Lumbar sie.

»Können wir noch näher heran?«

»Wie nah möchtest du denn?«

»So nah wie möglich!«

Lumbar reichte Eve einen Helm.

»Was soll ich damit?«

»Du willst das doch nicht etwa nur von oben sehen!« Lumbar deutete mit einem Wink zu den anderen beiden Reinsten. »Ihr zwei begleitet uns.«

Die beiden Frauen, die bisher still und ohne große Anteilnahme alles verfolgt hatten, strahlten über das ganze Gesicht. Als alle ihre Helme trugen, verlor der Solarjet stetig an Höhe, bis er unmittelbar über der Wasseroberfläche stoppte.

Eves Interface leuchtete auf.

Eve, nutze diesen einzigartigen Moment.

Danke, Askit!

Eve atmete einmal tief durch, sah, wie die Rotoren des Jets das Wasser aufpeitschten, und sprang von vier Metern Höhe mitten in die Gruppe von Walen.

Unter Wasser schaltete sich an den Rändern ihres Helmes helles Licht ein. Trotz des Thermoanzuges fühlte sie eine ungekannte Kälte, ihr Puls beschleunigte sich. Sie versuchte sich zu orientieren und entdeckte zuerst Lumbar und gute zwanzig Meter weiter die beiden anderen Frauen, wie sie zwischen zwei Walen schwebten. Die gigantischen Körper glitten lautlos in die Tiefe. Ein halbes Dutzend Kühe mit ihren Kälbern und ein paar Bullen konnte Eve durch die klare See erkennen. Das unwillkürliche Zittern, das sie überkam, war nicht nur der Kälte geschuldet. Eve versuchte, ruhig einzuatmen. Es war ein unfassbares Gefühl. Eine Walkuh trieb auf sie zu. Das neugierige Kalb, eben noch unter ihr, bewegte sich auf Eve zu. Es kam so nah, dass sie in seine Augen sehen konnte. Ein tiefes Gefühl von Glück und Entspannung, gepaart mit Respekt und Furcht, ließ Eve erstarren. Sie wurde nicht als Bedrohung empfunden. Die ganze Herde schien für einen Moment zum Stillstand zu kommen. Es herrschte absolute Stille, und dann, von einer Sekunde auf die andere, hörte Eve einen markerschütternden Gesang. Sie stellte die Frequenz des Empfängers am Helm um. Es war nicht zu orten, welcher Ton von welchem Wal kam. Sie war überwältigt. Die Kuh vor ihr wollte ihr Kalb nicht zu nah an Eve heranlassen und schwamm dazwischen. Eves Puls schlug schneller. Die Mutter näherte sich Eve weiter an, und als würde es der Wal anbieten, traute sie sich, ihn am Unterkiefer zu streicheln. Eve spürte, wie ihre Augen brannten, die Tränen an ihrem Gesicht hinunterflossen. Wie klein sie doch gegen diese Wesen waren, und wie verletzlich. Diese Begegnung sprengte jedes Gefühl, jede Beherrschung, die sie gelernt hatte, der Druck in ihrem Hals stieg, sie schluckte, bis es ihr nahezu unheimlich wurde. Der nächste Blick ging zu ihrem Display. Sie war offline, auch ihr Hirnimplantat.

Lumbar schwamm auf Eve zu, gestikulierte, dass es wieder nach oben gehen sollte. Doch Eve hatte sich inzwischen mit ihrem ganzen Körper an den Wal gelehnt. Nur zögerlich drehte sich Eve zu ihm, sah, wie er nach oben deutete. Rückwärts den Blick auf die Walaugen fokussiert, ließ sie sich langsam nach oben treiben. Würde sie den Ureinwohnern der Weltmeere wieder begegnen dürfen?

Sie tauchte auf, reckte ihren Arm nach oben. Scanner und Implantat hatten wieder Empfang, langsam regulierten sich ihre Gefühle wieder. Der Solarjet warf die Seile aus. Eve klinkte sich ein und wurde sanft schaukelnd nach oben gezogen. Unter ihr setzte die Herde ihren Weg fort. Hatten die Wale wegen ihnen eine Pause eingelegt?

Eve nahm den Helm ab und sah in die großen Augen von Lumbar.

»Wusstest du nicht, dass du unter Wasser einen anderen Scanner anlegen musst?«

»Nein!«

Lumbar schien zu überlegen, was er sagen sollte. »Ich hoffe, es war nicht zu überwältigend?«

»Ist schon vorbei«, versuchte Eve zu beschwichtigen und lachte wie aus einem inneren Druck heraus. Der Solarjet zog nach oben, und die Bodenklappen unter ihnen schlossen sich wieder.

»Lumbar! Wie hoch war die Population vor der Katastrophe? Etwa zehntausend Tiere, oder?«

»2041? Nein, etwas mehr, aber kaum mehr als fünfzehntausend. Wieso?«

»Heute sind es beinahe wieder hunderttausend. Seit wann habt ihr so große Gruppen beobachtet? Wieso erfahre ich das erst jetzt?«

Lumbar zuckte die Schultern. »Wir haben die Daten der Drohnen erst vor ein paar Tagen von Askit bekommen. In Gruppen dieser Größe schwimmen sie mehr als einen Monat eng nebeneinander und legen eine Strecke von über 1000 Kilometern zurück. Normalerweise haben sie sich zu dieser Jahreszeit genügend Speck angefressen, dennoch schwimmen sie erst noch an die Küste Afrikas und fressen dort in großen Gruppen weiter, anstatt sich mit der Reproduktion zu beschäftigen, und sie meiden alte Routen, als wären sie gefährlich.«

Eve schaute Lumbar irritiert an. Warum hatte Askit sie nicht schon vor Wochen mit diesen wichtigen Daten versorgt? Buckelwale agierten durchaus in Gruppen, um sich vor Orcas zu schützen, nur nicht in dieser Größenordnung, und Teile der Ozeane hatten immer noch zu wenig Sauerstoff und waren übersäuert. »Wir sollten das weiter beobachten. Ich bleib bei meiner Theorie. Sie haben sich vor ihrer Dezimierung schon immer so verhalten. Es gab einfach nur noch zu wenige von ihnen. Deswegen ist es vermutlich auch niemandem aufgefallen. Jetzt kehren sie nur zu einem natürlichen Verhalten zurück. Die Gruppe schützt sich so, und sie hatten vermutlich früher auch mehr Fressfeinde.«

»Dafür ist aber die Zahl der Orcas im Verhältnis nicht gestiegen.«

Eve spürte ein Kribbeln im Bauch. Das klang abwegig, aber konnte doch etwas dran sein? Am Horizont hatten sich dunkle Wolken gebildet, Blitze zuckten hindurch. »Ich weiß nicht. Willst du behaupten, dass die Wale wissen, dass sie ihre Populationsgrenze erreicht haben? Dass sie so was wie eine natürliche Geburtenkontrolle vollziehen?«

Lumbar schüttelte lächelnd den Kopf und schaute noch mal auf Eves Scanner. »Eine gewagte These. Es wäre nicht die erste Spezies, die sich intelligenter verhält als der Mensch. Aber ich fürchte, wir werden noch andere Gründe finden. Danke, Eve. Ich denke, du hast dir deinen Platz in der Akademie mehr als verdient«, sagte Lumbar mit Blick auf den Horizont. »Wir fliegen zurück!«

Eve schaute auf das tosende Meer und zu Lumbar, der plötzlich eine traurige Miene machte. Verschwieg er ihr etwas?

6

18. SEPTEMBER,
METROPOLE DEEP WATER, GRÖNLAND

Vom Norden erreichte ein Sturm die Metropole. Kein Jet durfte mehr starten, kein Mensch die Stadt verlassen. Der Orkan heulte um die Fassaden, unzählige Blitze entluden sich in immer kürzeren Abständen. Eve war noch mit ihren Emotionen beschäftigt und verband sich mit Askit, ohne auf ihre Umgebung zu achten. Der Regen ergoss sich wie eine Flut über die Kuppel.

»Askit, warum wusste ich nichts von dem anderen Scanner, den man unter Wasser braucht?«

Askits dreidimensionales Holobild erschien auf ihrem Scanner.

»Ich habe es dir am 28. August um 17.54 Uhr übertragen, Eve.«

»Wieso hab ich das nicht mehr gewusst?«

»Deine perfekte Selbstregulierung bewahrt auch dich nicht vor einer menschlichen Schwäche.«

»Wie meinst du das?«

»Du hast es vergessen.«

Eve konnte sich beim besten Willen nicht erklären, dass ihr etwas so Wichtiges entgangen sein könnte. Obwohl sie es besser wusste, hatte sie kurz das Gefühl, dass sich Askit gerade über sie lustig machte.

»Du hast einen erhöhten Cortisolspiegel. Ich schlage vor, du ruhst dich aus. Ich stelle dir ein paar Übungen zur Verfügung. Du hast nur eine intensive Erstreaktion erlebt.«

Eve schüttelte den Kopf, aber wenn Askit sonst nichts entdeckt hatte, würde es wohl stimmen.

»Dein Score wird davon nicht beeinträchtigt. Das Gefühl von Freude und Demut hat in dieser Form keinen Einfluss auf die bevorstehenden Prüfungen.«

»Es war mehr als Freude, es war …«

»Einmalig, Eve. Danke!«

»Danke, Askit!«

Leicht verspannt, reckte sie ihren Rücken und atmete tief ein. Es war bereits dunkel geworden. Sie lief die hell erleuchtete Gangway entlang. Über ihr tobte der Sturm, die Böen schlugen wie Wellen auf die Metropole ein. Einen Moment fürchtete Eve, dass sich der Boden bewegte. Sie erreichte den Eingang, der sie direkt zu dem riesigen dunklen Gebäude führte, nur durch die Blitze konnte sie kurz ermessen, wie hoch der Konverter war. Am Ende des Turmes brannte Licht durch kleine Fenster. Sie ging durch eine massive Stahltür, die laut hinter ihr einschnappte, sofort wurde der tosende Sturm durch ein brummendes Geräusch ersetzt, das an einen Bienenschwarm erinnerte. Der CO_2-Konverter war noch riesiger, als sie es vom Solarflieger aus wahrgenommen hatte. Am Ende des Eingangsbereichs öffnete sich der Fahrstuhl. Thyron winkte ihr zu. Sie standen sich wortlos gegenüber, dann umarmte er sie. Eve legte ihren Kopf an seinen Hals. Der vertraute Geruch seiner Haut hatte etwas Beruhigendes und Aufregendes zugleich. Doch da war noch etwas anderes, etwas, was ihr ein komisches Gefühl bereitete. Schon bei ihrer letzten Begegnung hatte sich ein Gefühl eingeschlichen, für das sie keine Worte fand.

»Wie war es?«

»Ich glaube, ich habe mich in jemand anderes verliebt.«

»Wiegt es dreißig Tonnen und hat die Augen eines Elefanten?

Komm, lass uns ins Quartier gehen. Für heute habe ich hier alles erledigt.«

Für einen Moment hielt Eve ihren Mann mit beiden Händen fest und schaute ihn an. Sie hatten sich Wochen nicht gesehen. Seine tief liegenden grauen Augen wirkten müde, sanfter und sicherer als zuletzt, dazu eine Mischung aus Kraft und Willensstärke.

Askit hatte einmal erwähnt, dass schon nach wenigen Scans der Algorithmus ermittelt hatte, dass ihre genetischen Anlagen, ihre Interessen und Persönlichkeitsfaktoren eine so hohe Übereinstimmung zeigten, dass sie zeit ihres Lebens eine produktive und erfüllende Partnerschaft haben würden.

Sie wuchsen beide in der gleichen Siedlung auf, Tessa und Patrick waren mit Thyrons Eltern gut befreundet, absolvierten gemeinsam im Zentrum von *New Paris* ihren Pflichtdienst und wurden von Askit in die Akademie der Wissenschaften berufen. Dabei fing alles ganz anders an. Zunächst hatte sie Thyron nicht ausstehen können, da er ungestüm und emotional war. Sie hatte zwei Jahre vor ihm ihr Implantat bekommen und war Thyron lange Zeit voraus. Heute war das nur noch eine Randnotiz, die sie manchmal nutzte, um Thyron aufzuziehen. Ihre gemeinsame Zukunft würde nun den nächsten Schritt erleben. Langsam verstand sie, warum sie in den letzten Tagen so viel an die Vergangenheit dachte. Vieles würde sich jetzt verändern. Mit der Zulassung für die Prüfung am 21. September konnten sie endlich vollwertige Mitglieder der Akademie werden, und sie waren beide euphorisch, wie es danach weitergehen würde.

»Du siehst angespannt aus, ist alles Ordnung?«

Eve zögerte einen Moment, ob sie von ihren Gefühlen erzählen sollte. Im Moment nahmen alle Reinsten vor den Prüfungen Rücksicht auf die anderen und konfrontierten sie nicht mit persönlichen Prozessen, dafür war Askit da. Aber sie konnte dem Erlebnis dieser unkontrollierten Emotionen bei der

Begegnung mit den Walen etwas abgewinnen. Es machte deutlich, warum Menschen wie Tessa sich einem unsinnigen Leiden hingaben, das sie enorme mentale Kraft kosten musste. Aber wie sollte man der Welt dienen können, wenn man ständig mit sich selbst beschäftigt war?

»Ich war im Meer, ich … Ich habe eine Walkuh gestreichelt. Das war beeindruckend, da darf ich schon angespannt aussehen.«

Er lächelte nachsichtig und griff nach ihrer Hand.

Thyron öffnete die Tür. Der Raum war von Grüntönen durchflutet und bot nur Platz für einen Schrank, einen Schreibtisch und einen allerdings großzügigen Schlafplatz. Thyron lotste Eve zum Bett, wo sie ihre Anzüge abstreiften. Durch die Glasfassade hatte man einen Blick in den Himmel. Aurora Borealis, das Nordlicht. Eve hatte es Dutzende Male über das Interface visualisiert, aber dieses kosmische Farbspiel war hier besonders farbenfroh und wechselte ständig von grün auf rot, blau, weiß und violett. Die Reinsten hatten wenig Raum und Zeit für ihre intime Beziehung und körperliche Liebe, für einen Moment konnte sich Eve der Romantik des Augenblicks kaum entziehen, aber die Erlebnisse im Meer ließen sie nicht los. Sie legten sich beide auf das Bett.

»Gehen wir offline?«, fragte Thyron.

»Schon geschehen!«

Eve legte sich zur Seite und blickte in das bunte Spektakel. Thyron schmiegte seinen drahtigen Körper an sie und legte seinen Arm um ihren Bauch.

»Was unterscheidet unser Bewusstsein von Askits?«

»Das fragst du dich jetzt?«

Warum nicht, dachte Eve. »Ich habe heute im Meer vergessen, den Scanner für den Tauchgang mitzunehmen. Als ich eine Walkuh streichelte und in die Augen des Kalbes schaute, war das überwältigend. Ich weiß nicht, aber ich habe mich noch nie so gefühlt und stellte mir die Frage, ob Askit ...«

Thyron stöhnte leise. »Du fragst dich, ob Askit intensive Gefühle nachvollziehen kann. Deine Frage hat schon die Gründer beschäftigt. Eigentlich war das immer die entscheidende Frage. Was hat Askit, was haben Maschinen und was nicht. Nur wir wissen, was in uns vorgeht, das konnte lange niemand von außen messen. Deswegen wurden die Implantate und der Scan entwickelt. Nicht auszudenken, was es bedeuten würde, wenn unsere archaischen Emotionen und nicht unser Verstand uns beherrschen würden. Was, wie du weißt, uns fast ...«

»... vernichtet hätte, aber woher wissen wir, was in Askit vorgeht?«

»Hast du das Askit nie gefragt?«

Eve drehte sich um und küsste Thyron auf die Stirn. »Ich frag aber dich, mein kleines Genie.«

»Kannst du dich erinnern, wie Askit reagiert hat, als dein Vater verschwand? Hat es dich getröstet oder hat es dich beruhigt und aufgeklärt, wie du damit umgehen sollst.«

»Letzteres.«

»Na, bitte. Entscheidend ist dein neuronales Korrelat, das ist charakteristisch wie dein Fingerabdruck. Bei jemand anderem, in einer anderen Situation, anderen kognitiven und emotionalen Anlagen, einem anderen Ergebnis des Scans, hätte Askit eine andere Wahl für dich getroffen. Es reagiert auf deine Anlagen. Das Bewusstsein ist ein komplexes Spektrum und kein einziger Zustand. Dieses Spektrum entscheidet darüber, wie du sprichst, wie du Zeichen, Botschaften und Ereignisse deutest, verstehst und sendest, einfach alles. Für unsere Zukunft und Effektivität geht es darum, was in uns vorgeht und nicht umgekehrt. Askit arbeitet streng Algorithmen ab, und die entscheiden, ob du in der Lage bist, dich über alle Emotionen hinweg selbst zu steuern, ob du eine Reinste bist.« Thyron lag regungslos, nicht einmal seine Augenlider bewegten sich.

Eve betrachtete ihn liebevoll. »Wo werden wir in einer Woche sein?«

»Du meinst, ob Askit uns für unseren Dienst trennen wird. Nein, du und Adlin seid unzertrennlich. Nur bei Samir bin ich mir nicht sicher. Unsere Fachgebiete sind in *Deep Water* vertreten, aber Physiker wie Samir, na ja, er hat gelernt, es hinzunehmen.«

Eve blickte wieder in die Polarlichter, die sich wie Wellen im Ozean bewegten, Ruhe forderten. »Es wäre für Adlin, ach, was rede ich, es wäre für uns alle schön, wir werden sehen, vielleicht landen wir ja auch noch woanders.«

Thyron stand auf und ging zum Fenster. Er reckte sich. Das wechselnde Lichtspiel betonte seinen muskulösen Oberkörper.

»Machst du dir Gedanken wegen der Prüfungen?«

»Nein. Ich bin gut vorbereitet. Du etwa?«

»Ja. Aber eher über das, was danach kommt. Was ist unser Ziel?«

Er zog sich ein frisches Hemd über und stand für einen Moment wie angewurzelt vor dem Schrank.

»Ich weiß nicht, was du meinst. Ich arbeite, ich bin rein, ich diene der Gemeinschaft, wir räumen den Planeten auf. Das erfüllt mich. Wie kommst du plötzlich auf diese Fragen so kurz vor der …«

»Ahhhh!« Eve griff sich ans Implantat an ihrem Hinterkopf.

»Was ist los? Eve? Eve?«, rief Thyron und lief zu ihr.

Ein Schmerz stach ihr ins Rückenmark, als hätte ihr jemand ein Stück Eis ins Gehirn gelegt, das jetzt langsam die Nervenkanäle entlanglief. Alles verschwamm um sie herum. Sie konnte sich nicht bewegen, nicht sprechen, sah verschwommen, wie das schemenhafte Gesicht vor ihr seine Lippen bewegte. Als sie Hände auf ihrer Schulter spürte, liefen ihr Schauer den Nacken hinunter. Der Schmerz ließ nicht nach, ihr ganzer Körper, jede Zelle zog sich zusammen, schien zu schreien. Und dann umhüllte sie erlösende Dunkelheit.

7

18. SEPTEMBER,
METROPOLE DEEP WATER, GRÖNLAND

Eve ertastete mit ihren Händen eine weiche Oberfläche. Sie lag auf einer Liege, öffnete die Augen, erkannte schemenhaft eine helle Decke und griff sich instinktiv an den Hinterkopf. Ihre Schnittstelle zum Implantat war verkabelt. Langsam versuchte sie, sich aufzurichten, doch der Schwindel drückte sie wieder runter. Sie winkelte ihre Beine an, presste die Hände gegen die Liege und stemmte ihren Oberkörper langsam hoch.

Am Ende des Raumes sprach Thyron leise mit einem grauhaarigen Arzt.

Eve, bitte leg dich wieder hin!

Was ist mit mir passiert?

Bitte warte ab. Es ist nichts Bedrohliches.

Danke, Askit.

Thyrons Augen strahlten Ruhe aus, er lächelte ein wenig und klopfte dem Arzt jovial auf die Schulter. Der Mann setzte sich zu Eve aufs Bett und legte seine Hand an ihre Stirn. Er hatte freundliche dunkle Augen: »Wie geht es Ihnen jetzt?«

»Besser, aber was war das? Ich hatte das Gefühl …«

»Es war eine wandernde Veränderung des Blutflusses in der Großhirnrinde und eine hundertprozentige Überschreitung einiger Hormonwerte. Zu viel davon führt zu einer Überreaktion des Gehirns, und das kann bis zur Ohnmacht führen.«

»Betriebssystem abgestürzt, muss sich komisch anfühlen.«

Thyrons Humor ließ Eve erleichtert ausatmen. »Ja, aber was war der Auslöser? Wieso haben die Nanobots nicht reagiert?«

Der Arzt nickte nur, drehte sich zu seinem Holoschirm. Dann strahlte er mit einem Licht in ihre Pupillen.

Das war unangenehm. Ihr Gehirn, das über ihr auf den Bildschirm projiziert wurde, zeigte blitzartige Reaktionen in Form von Wellen, die in den Neokortex wanderten.

»Die Aktivität des Gehirns sollte nach so einem Reiz viel schneller abklingen, aber der Status hat sich schon deutlich verbessert. Deinen Daten zufolge ist das noch nie vorher passiert, und die Wahrscheinlichkeit, dass es wieder passiert, ist gering.«

Das ernste Gesicht des Doktors weckte kurz Zweifel in Eve. Thyron nahm ihre Hand. Erst jetzt bemerkte sie, dass ihr am linken Arm eine Infusion gelegt worden war. Stück für Stück spürte sie die Kraft zurückkehren, auch die Sorge wich, dass sie ernsthaft erkrankt sei, das hätten die Nanobots erkannt. Seit Jahrzehnten gab es unter den Menschen deswegen kaum noch spontane oder überraschende Erkrankungen. Wuchernde Zellen, sich verschließende Venen und Arterien und viele andere organische Veränderungen durch Verschleiß, Vergiftung oder Erbschäden wurden von den Nanobots erkannt und wenn möglich repariert, bevor überhaupt etwas Ernstes entstehen konnte. Hatte man nicht gerade einen selbstverschuldeten Unfall oder eine Verletzung, die aufgrund der Ressourcengesetze nicht behandelt wurde, war die Lebenserwartung im Vergleich zu früheren Generationen enorm gestiegen. Die Ernährung wurde von den Nanobots genau abgestimmt, Rauschmittel waren seit Jahrzehnten verboten. Nur die erste Generation nach 2041, die Liquidatoren, durften aufgrund ihrer schweren körperlichen Arbeit und ihrer Strahlenkrankheiten, die schon aus logistischen Gründen nicht behandelt werden konnten, frei auf starke Opiate zugreifen.

»Nach allem, was ich sehe, war es ein seltener, heftiger Migräneanfall. Das ist kein Grund zur Sorge und lässt sich regulieren.«

Die letzten Tage hatten es in sich gehabt, vielleicht war einfach alles ein wenig zu viel, und doch blieb in Eve ein merkwürdiges Gefühl zurück. »Also bin ich gesund? Ich meine, ich stehe kurz vor der Prüfung!«

»Ich weiß. Keine Sorge«, beruhigte sie der Leiter des Medilabs, entfernte die Infusion und verließ mit einem letzten Blick auf den Holoschirm den Raum. Eve griff nach Thyrons Hand und musste grinsen, da sie selten so einen Welpenblick von ihm sah. Sie stand langsam auf, die Benommenheit war verflogen.

»Geht es? Samir und Adlin sind auf dem Weg hierher. Ich habe soeben angeordnet, dass wir die nächsten beiden Tage hierbleiben. Ich möchte euch *Deep Water* zeigen, und Askit hat es bereits freigegeben. Du weißt, welche Phase jetzt kommt«, sagte Thyron und hielt ihr seinen Scanner vor das Gesicht.

Eve atmete einmal laut aus und schaute auf ihr Display. Oben rechts war ein Countdown zu sehen. Thyron hatte recht. Ab morgen begann die erste Phase vor der Prüfung. Alle Aspiranten wurden vor der letzten Prüfung von Askit für 48 bis 60 Stunden abgekoppelt und hatten nur im Notfall oder wenn Askit es selbst für notwendig erachtete Zugang ins Feld und zu Askit. Das Implantat wie auch der Scanner waren in der Zeit offline. Alles, was in dieser Zeit geschah, mussten sie mit sich oder untereinander lösen. Das konnte alles und nichts bedeuten. In der Regel wurden die Aspiranten in Situationen gebracht, die sie im Alltag noch nie erlebt hatten oder von denen Askit wusste, dass sie ihre Anlagen oder ihre Loyalität herausfordern würden. Was sonst in den Tiefenscans nur durch Bilder und unendlich viele Fragen von Askit als Verhalten simuliert wurde, konnte nun in der Wirklichkeit als Konfrontation auf sie zukommen, um ihre innersten Verhaltensmuster zu testen. Trevor Hall, ein Freund

und Reinster aus der Nachbarschaft, hatte ihr einmal erzählt, dass er mit zwei Aspiranten einfach eine Waldwanderung unternommen hatte, bevor die zweite und letzte Phase der Prüfungen in der Akademie der Wissenschaft anstand. Sie mussten zusammen den Angriff eines Wolfsrudels abwehren, ohne dabei die Tiere zu verletzen oder gar zu töten, das war strengstens verboten. Zwar hatte Trevor kurz spekuliert, ob Askit diese Gefahr sogar provoziert hatte, aber es war tatsächlich ein Zufall, denn die Wahrscheinlichkeit, auf gefährliche Wildtiere zu stoßen, war nun mal hoch in Waldgebieten. So eine leichte Deutung gelang selten. Wenn Askit bei einem Anwärter bestimmte Eigenschaften testen wollte, brauchte es nicht auf solche tierischen Begegnungen zurückgreifen. Es konnte Herausforderungen erschaffen, die für einen menschlichen Verstand schwer nachvollziehbar waren. Meist waren es gelenkte zwischenmenschliche Begegnungen oder auch bewusste Aufgaben wie ein Marsch durch die Wüste, die große Risiken bargen und ein gegenseitiges Unterstützen oder selbstloses Verhalten erforderten. Es konnten Menschen aufeinandertreffen, deren Persönlichkeitsfaktoren diametral zu den eigenen standen und ein hohes Konfliktpotenzial in sich trugen. Für Trevor ging die Phase jedenfalls harmlos vorüber. Sie verbrachten die Tage entspannt miteinander, schmiedeten Pläne, Ideen für ihre Dienste am Gemeinwohl, meditierten, schliefen viel, und das war es. Trevor Hall hatte aber die letzte Prüfung zur Akademie nicht geschafft und arbeitete heute als Reinster in einem Medicenter in *New Paris*.

Auch wenn sie im ersten Moment ängstlich reagierte, eine unbekannte Anspannung empfand – war es nicht das Gefühl, dass sie ein Abenteuer bestehen musste. Was sie am meisten beunruhigte, war die Ruhe, die die anderen ausstrahlten, eine Eigenschaft, die laut ihrer Scans eigentlich zu ihren besonderen Stärken zählte. Eve wurde den Gedanken nicht los, dass ihre erste Prüfungsphase längst begonnen hatte.

8

19. SEPTEMBER,
METROPOLE DEEP WATER, GRÖNLAND

Thyron atmete gleichmäßig und lautlos. Eve konnte sich nicht daran erinnern, wann sie sich ausgezogen hatte und eingeschlafen war. Der Moment, als Thyron nach ihrem Anfall seine Hand auf ihre Schulter gelegt hatte und sie ihn nur noch als Fremdkörper empfand, wog schwer und hatte ihr Angst eingejagt. Sie schloss die Augen, schüttelte den Kopf, beugte sich zu Thyron und küsste ihn auf die Wange, als würde sie sich versichern wollen, dass sich seit gestern nichts verändert hatte.

Noch schlaftrunken, sah er sie an. »Guten Morgen. Hast du gut geschlafen?«

Eve zögerte mit einer Antwort, richtete sich auf und lächelte. Thyrons Augen waren noch vom Schlaf verquollen, das Muster des zerknüllten Kissens zierte seine Stirn.

»Ja!«

Thyron richtete sich auf, streichelte Eve über den nackten Rücken. »Adlin und Samir sind bestimmt schon im Zentrum. Sie wollten pünktlich um zehn Uhr dort sein. Ich zeige euch heute *Deep Water* und Grönland.«

Dass sie nun offline waren, hatte Eve beinahe vergessen. Es war kein Unterschied zu spüren. Sie musste unwillkürlich lachen. Sie stand auf, reckte ihren nackten Körper und beobachtete von der Seite, wie Thyron ihr nachschaute. Sie öffnete den Schrank und zog ein langes helles Baumwollkleid an. Thyron hatte sich Hose und Hemd in identischer Farbe angezogen und nahm ihre Hand. Durch die Tür konnte sie Rufe und Jubel wahrnehmen. Es schien aus dem Zentrum zu kommen. Eves Armhärchen stellten sich auf.

»Es ist so weit!«, sagte Thyron.

»Was?«

»Die ersten Reinsten werden auserkoren und ihren neuen Positionen zugeteilt!«

Bis alle Anwärter die Prüfungen absolviert hatten, würden vierzehn Tage bis drei Wochen vergehen. Eves Stimmung hellte sich auf, ließ sie die Ohnmacht von gestern vergessen. Jeder, der seine Prüfung bestanden hatte, wurde als Reinster bestätigt und erkoren, einer Wissenschaftsgilde zu dienen. Wenn alles seinen Weg gehen würde, wäre sie schon bald selbst so weit.

Menschenmassen hatten sich um das Whitestone-Monument versammelt. In jeder Metropole stand diese epochale Erinnerung an den Ab- und Aufstieg der Menschheitsgeschichte. Im Mittelpunkt der Kuppel unter dem Plateau, auf dem der Hyperloop einfuhr, war dieser Platz eine ständige Ehrung und Erinnerung an die Gründer und die Pioniere, die ihre neue Welt erbaut hatten. Als sie die Treppe hinunter ins Zentrum gingen, staunte Eve, es waren Hunderte, wenn nicht Tausende Menschen, die sich zu Beginn der Prüfungen versammelt hatten. Es gab nur dieses eine große Ereignis im Jahr, an dem kaum jemand arbeiten musste und alle sich auf die neusten Anwärter freuten, sie ehrten und sich den Tag in Dankbarkeit gegenüber Askit versammelten. Überall konnten die Menschen die Prüfungen verfolgen, sei es der finale Scan oder die wissenschaftlichen Tests, alles war transparent und ein Wettbewerb der Besten. Die meisten hatten ihre Thermoanzüge gegen helle weite Kleidung getauscht. Askit hatte sich auf einer Bühne vor einem dunklen Hintergrund manifestiert. Im Vergleich zu den herkömmlichen Hologrammen war Askit heute weitaus besser zu erkennen. Ein kahler wohlgeformter Kopf, klare Augen, die Haut und jede Gestik waren kristallklar zu sehen, und den blauen Overall, hatte es gegen einen strahlend weißen getauscht, selbst die Stiefel waren weiß, was sie über alle Menschen hinweg strahlen ließ. Der Beginn der Prüfungen war auch immer eine Würdigung des Erreichten, und so gab Askit mit einer etwas verstärkten Stimme die neusten Erfolgsmeldungen aus der Welt bekannt. Nachdem Askit mit einem langsamen Nicken eine Pause andeutete, stimmte die Menge einen Sprechchor an:

»Hingabe, Demut, Reinheit, volles Potenzial:
Gelobt sind Askit und die Agenda.
Hingabe, Demut, Reinheit, volles Potenzial:
Gelobt sind Askit und die Agenda.
Hingabe, Demut, Reinheit, volles Potenzial:
Gelobt sind Askit und die Agenda.«

Eve bekam eine Gänsehaut, ihr Nacken kribbelte. Mit einer für Eves Ohren zu metallisch klingenden Fanfare kündigte sich die nächste Botschaft Askits an.

»Heather Steinhauer, du bist erkoren, der Akademie der Wissenschaft in *New Paris* zu dienen. Luke Becker, du bist erkoren, der Akademie der Wissenschaft in *Deep Water* zu dienen …«

»Ich sehe sie. Komm, gehen wir!« Thyron lief vor und umarmte Adlin und Samir, die nur wenige Meter von ihnen entfernt an einem Treppengeländer lehnten und der Zeremonie lauschten.

Adlins Gesicht strahlte. Die Stimmung der Menschen, die Spannung und Freude war ansteckend. Die Reinsten saßen im Schneidersitz auf dem Boden, meditierten oder lagen sich in den Armen. Für viele hier war es der Beginn einer glorreichen

Zukunft. Thyron stand kerzengerade, die Hände in die Hüften gestemmt, und starrte konzentriert auf den Bildschirm über dem Monument.

»Es ist das Verdienst der Vorfahren, der Reinsten und ihrer aufopfernden Arbeit, dass die Arktis, in dieser Nacht und in diesem Winter nach allen Daten, die vorliegen, eine Temperatur unter null Grad haben wird.«

Thyron stieß einen Freudenschrei aus, der so laut war, dass er selbst erschreckte und anfing zu lachen. Die Menge quittierte es mit einem tobenden Applaus, wenn eines in *Paradise* erlaubt war, dann die reine und uneigennützige Freude über Erfolge beim Wiederaufbau und Erhalt der Natur.

»Ich hab dich selten so glücklich gesehen«, sagte Eve und verbot sich, diesen Moment durch ihre Zweifel zu ruinieren. Alle wussten, dass dieser Effekt vielleicht nur von kurzer Dauer sein würde, ein Wetterphänomen, darüber stritten sich die Wissenschaftler seit Jahren.

»Eve, das ist der Augenblick, auf den so viele Menschen gewartet haben. Kommt, ich hab etwas vorbereitet.« Thyron zeigte in Richtung Ausgang.

Samir und Adlin gingen Hand in Hand vor. Eve wäre gerne noch geblieben, um die Stimmung, die die Gemeinschaft ausstrahlte, zu genießen. Die Euphorie, das Gefühl, vollkommen eingebunden zu sein. Die Gewissheit, dass ihre Zukunft durch Askit in sicheren Händen lag, ließ sie für den Augenblick diese schwer zu deutende Unsicherheit vergessen, von der sie seit dem Wiedersehen mit Thyron gequält wurde. Sie ging hinter ihm her und drehte sich immer wieder zur jubelnden Menge um. Sie erreichten eine Ausgabestation für Essen, Kleidung und andere Ausrüstungen. Auf einer Ablage standen vier Rucksäcke.

»Kommt, nehmt euch bitte einen«, forderte Thyron sie auf.

»Was ist drin?«, fragte Eve.

»Für jeden ein Schlafsack, Nahrung, und Samir und ich tragen die beiden Zelte. Wir dürfen über Nacht draußen bleiben«, sagte Thyron und zeigte auf eine Stahltreppe, die sie hinunterführen würde, um über eine der zentralen Straßen die Metropole verlassen zu können. Adlin und Samir nahmen ihre Ausrüstung auf. Adlin zwinkerte ihr zu. Langsam stiegen sie die Treppen hinunter. Eve sah sich staunend um. Links und rechts standen in Abständen von hundert Metern die dunklen CO_2-Konverter. Das saugende Geräusch füllte alles aus. Ein Wind zog durch die Straßen, vereinzelt flogen vertrocknete Sträucher umher. Eve fühlte sich wie ein Winzling zwischen den riesigen Gebäuderingen. Wortlos gingen sie weiter. Das Ende der Metropole war erreicht, nun wanderten sie eine gute Stunde durch künstlich angelegte Wälder. Relativ abrupt folgte moosiger Boden. Weiter in der Ferne, selbst auf einigen Bergen, war nun nichts anderes als das weiße Vlies zu sehen, das Teile des Sonnenlichts in die Atmosphäre reflektierte. Die Luft wurde kühler. Eve rieb sich die Oberarme. Sie konnte sich nicht daran erinnern, jemals in ihrem Leben so gefroren zu haben, und stellte an ihrem Display die Heizung ihres Anzuges an. Eve genoss die Weite der Landschaft, stellte sich vor, wie es hier noch vor zwei Jahrhunderten ausgesehen haben mochte: eine einzige Eisfläche, Kälte, Eisbären und die Gefahr, schneeblind im Niemandsland zu erfrieren. Plötzlich knisterte der Boden unter ihren Tritten.

»Das war der letzte Brand. Wenn dieser Boden einmal brennt, ist es fast unmöglich, ihn zu löschen«, kommentierte Thyron und wies der Gruppe einen anderen Weg, der sie zu einer Bucht mit Blick auf das Meer führte.

Samir und Adlin begannen damit, ihr Zelt aufzubauen. Samir verzog die Lippen, schaute zu Eve, und als ob er sich ertappt fühlte, setzte er ein Lächeln auf, das für Eve unecht aussah. Er wirkte auf Eve ganz anders als der strahlende

Partner von Adlin, der gestern noch voller Lebensfreude auf sie zugekommen war.

»Wo endet die Fläche mit den Reflektorstoffen?«, fragte Samir.

Thyron wies mit der Hand Richtung Norden. »Etwa tausend Kilometer von hier, und es werden täglich mehr.«

Samir setzte sich. »Manchmal ist es schon erstaunlich, wie wenige Menschen das alles möglich machen.«

Eve wusste nur, dass bald die gesamte Fläche Grönlands mit dem Spezialstoff überzogen wurde.

Thyron grub unterdessen mit einer Schaufel ein Loch in den Torf und sagte zu Samir: »Unsere Vorfahren haben keine hundertfünfzig Jahre gebraucht, diese Welt zu zerstören. Dafür haben wir im selben Zeitraum einiges wieder gutgemacht, aber wir sind noch lange nicht am Ziel.«

Als Nächstes öffnete Thyron einen Sack und stellte einen Klotz aus Metall und kleinen Lüftungsschächten in das Loch.

»Was ist das?«, fragte Eve interessiert.

»Wonach sieht es denn aus?!«

»Eve, du glaubst doch nicht, dass Thyron gegen das Ressourcengesetz verstößt und ein romantisches Lagerfeuer mit Holz anzündet?«

Er reagierte nicht auf Samirs Bemerkung. Alle setzten sich unverzüglich um das Heizaggregat. Die Sonne war im Meer versunken.

»Was denkt ihr, welche Aufgaben sich Askit für uns ausgedacht hat – wilde Tiere, die uns auflauern, psychische Defekte, die uns doch noch zu Degradierten machen, oder …«

»Samir, was wird das?«, fragte Thyron.

»Ach, komm schon. Hast du keinen Humor?«

Eve beobachtete Samirs Gesicht. Er schaute belustigt auf Thyron und tastete mit seiner rechten Hand den trockenen Boden ab.

»Es ergibt für mich keinen Sinn, über solche Dinge nachzudenken. Wir haben alle Aufgaben und Prüfungen bewältigt. Ich meine, es ist ausgeschlossen, dass auch nur einer von uns noch in rudimentäre Muster verfällt, nur weil wir eine Zeit nicht mit Askit verbunden sind. Zumindest kann ich das für Eve und mich behaupten«, sagte Thyron.

Samir schwieg kurz und richtete seinen Blick zum Horizont, der Himmel wurde immer dunkler. Thyron verteilte Decken, stellte eine Lampe neben sich und setzte sich wieder neben Eve.

»Thyron Hawk. Ich glaube, du wusstest schon vor deiner Verbindung, wann du die ersten Scans absolvieren würdest, welche Wissenschaftsdisziplin Askit für dich zulassen würde, und dass Eve kompatibel sein wird. Wann genehmigt Askit euer Kind und wann schickt Askit dich und Eve in die Agenda?«

Eve hatte Schwierigkeiten, Samirs Humor zu verstehen. Es war nicht ganz abwegig, dass Thyron sein Leben mit Askit durchgeplant hatte, auch ihr gemeinsames, nur so klang es wie das Ergebnis einer mathematischen Gleichung.

Thyron mied es, Eve anzuschauen.

»Oh, nein. Ich wusste in Wirklichkeit nicht einmal, ob ich nicht besser wie meine Eltern, als Angepasster leben sollte.«

»Und was hat deine Meinung verändert? Komm schon, wir sind alle offline«, provozierte Samir weiter und hob seinen Scanner.

Eve spürte, wie sich Thyrons Arm nun fest um ihre Schultern legte. Insgeheim hoffte sie, dass er die Geschichte für sich behalten würde.

»Eve hat mir ziemlich schnell klargemacht, dass ich nur als Reinster die Chance habe, wissenschaftlich zu arbeiten. Ich weiß, es klingt komisch, wir waren gerade mal sechs und acht Jahre alt und ich war ein … Wie hast du immer gesagt?«

»Ein unausstehlicher Rüpel«, sagte Eve mit hochgezogenen Stirnfalten und einem provokanten Lächeln, das sich zu einem Kichern steigerte, als sie Adlin anschaute.

»Genau! Ich weiß nicht, auch wenn Askit uns zusammengeführt hat, glaube ich, dass unsere gemeinsame Geschichte ein seltener Zufall ist. Nachdem ich das erste Mal mit Askit verbunden war und in diese beruhigende Welt abtauchen konnte in der Gewissheit, dass ich mit dem Training meine Angst, Wut, Trauer und allen Schmerz hinter mir lassen würde, habe ich erst mich selbst, meine Ideen, mein Potenzial, einfach alles entdecken können. Und nun sitzen wir hier, und ja, ich hatte immer eine klare Vorstellung, welchen Platz ich hier einnehmen möchte. Versuch mich nur weiter zu provozieren, Samir, aber gleich bist du dran«, schmunzelte Thyron, öffnete eine Standardversorgungsbox und griff sich getrocknetes Obst.

»Na ja, Askit scheint euch beide jedenfalls besonders lieb zu haben.«

Eve war sich langsam nicht mehr sicher, ob Samir nur zur Erheiterung aller stichelte oder ein Ziel verfolgte. »Samir, solltest du in Sachen Liebe und Anerkennung noch Defizite haben, Askit hat da einen ganz besonderen Tiefenscan.«

Samir setzte nun wieder sein gewinnendes Lächeln auf und lehnte sich an Adlins Schulter. »Danke, Eve, danke, ich werde schon mit Liebe überschüttet, da kann Askit nicht mithalten.«

»Tja, die ewige Frage. Kann Askit lieben?«, frotzelte Samir, und Eve sah geflissentlich darüber hinweg, welcher Unterton in seiner Stimme mitschwang. Sie hatte sich immer wieder Gedanken darüber gemacht, wie facettenreich, wie umfassend Askits Bewusstsein wirklich war, ob und wie es noch weiterwachsen würde.

»Ich glaube, es kommt darauf an, wie wir Liebe definieren. Ich denke, wir behandeln Askit eher wie einen Menschen, und das, obwohl wir wissen, dass dahinter nur Algorithmen und neuronale Chips stehen, aber wir wissen nicht, wohin das noch führen kann.«

Thyron wippte mit den Füßen, bei dem Thema konnte er sich kaum zurückhalten: »Nur neuronale Chips? Nun, bei Askit bedeuten sie eine unbekannte Menge, insofern wäre ich mit einem Urteil über seine Fähigkeiten vorsichtig.«

Adlin beugte sich nach vorne und wärmte ihre Hände. Für einen Moment wurde in der Kälte ihr Atem sichtbar. »Fangen wir doch bei den primitiven Dingen an. Wenn mir jemand morgens sagt, dass ich gesund aussehe, dann fühle ich mich gut. Die emotionalen Reflexe bleiben die gleichen, egal, ob es sich um einen Menschen oder nur um eine menschenähnliche Maschine oder einen holografischen Avatar handelt.«

»Das heißt, ich kann mir die ganzen Komplimente sparen und Askit bitten, sich morgendlich darum zu kümmern?«, fragte Samir.

Eve musste laut lachen, als sie Adlins Grimasse sah und wie sie ihm mit der Hand auf den Hinterkopf tatschte. »Ich warne dich, Samir. Adlin kennt da keinen Spaß. Ich glaube, dass es einfach darauf ankommt, dass ein Wesen körperlich und geistig anwesend sein muss, um selbst lieben zu können. Und, na ja, Askit ist immer um uns herum, in uns, und wir sehen es täglich«, sagte Eve.

»Was bei dir sehr früh der Fall war«, kommentierte Thyron leise.

»Ja, das war es.«

Alle schwiegen.

Eve schnürte sich der Hals zu, die Augen begannen zu brennen. Es missfiel ihr, immer wieder an ihre Besonderheit erinnert zu werden, dass sie so früh mit Askit verbunden wurde. Es erzeugte einen inneren Konflikt, das Gefühl, eine Sonderstellung innezuhaben. Auch wenn Askit ihr immer wieder bescheinigte, dass dies keine Auswirkungen auf ihren Score hatte, war es ihr unangenehm.

»Askit hat viel für unser Überleben geleistet, aber zu echten Gefühlen gehört ein höheres Bewusstsein, niemand weiß bis heute, wie das bei uns entstanden ist und wie es wirklich funktioniert. Wie sollen wir es dann bei Askit verstehen?«, fragte Thyron, stand auf und verteilte Proteinshakes, getrocknete Algen und Wasser.

Eve war auch aufgestanden, zog sich die Decke weiter über den Rücken, stampfte in den staubigen Torf, nahm einen Schluck der weißen geschmacklosen Proteine und biss von der zähen Algenmasse ab, die vergleichsweise salzig war. Thyron erhöhte die Temperatur des Heizaggregates. Glühdrähte leuchteten auf. Für einen Moment sah Eve in erleichterte und kauende Gesichter, aber Thyrons Ansicht weckte Widerstand.

»Ich glaube, dass es beängstigend wäre, wenn sie feststellen würden, dass das Letzte, was uns von Askit trennt, längst nicht mehr existiert. Das sehe ich jetzt schon bei den Angepassten. Eine zu große Verbundenheit Askits mit uns führt nicht nur zu Zuneigung, sondern auch zu Misstrauen.«

Die Temperatur war schlagartig gesunken. Adlin blickte in die Runde.

»Es gibt heute Abend eine große Meditation im Zentrum. Ich bin mir nicht ganz sicher, ob wir hier nicht erfrieren. Thyron, sosehr ich deine Idee, hier zu übernachten, zu würdigen weiß, aber noch nicht mal mit Thermoanzug halte ich das für eine gute Idee.«

»Wahrscheinlich hast du recht. Aber ich darf euch zumindest auf das Thermometer aufmerksam machen. Meine Damen und Herren: Es friert!«, verkündete Thyron euphorisch.

Samir hob den Daumen, alle standen auf und packten ihre Sachen. Adlin nahm Eve in den Arm, schlug ihre Decke wärmend über ihren Rücken. »Komm, ich denke, etwas Stille wird uns guttun. Ist alles in Ordnung?«

»Ach, Adlin. Ja, ich denke schon, gehen wir.«

Eve ließ sich bei der Rückkehr einige Meter zurückfallen und lief den anderen hinterher. Warum war sie plötzlich so verunsichert? Immer wieder musste sie an die emotionale Begegnung mit den Walen denken. In ihrem Kopf wirbelten die Gedanken umher. Schweigend gingen sie in der Dämmerung zurück, an den schwarzen Riesen vorbei, die weiter dieses monotone Geräusch von sich gaben und jede Sekunde das bedrohliche Gas aus der Luft filterten und in die Tiefe schickten. Vor ihnen erstrahlte das Zentrum.

Die Flure waren menschenleer. Durch die riesigen Glasfassaden konnten sie die Lichter der ganzen Metropole sehen. Ein Solarjet flog über sie hinweg. Sie gingen am Institut für Meeresbiologie vorbei und erreichten den abgeschirmten Flugbereich für die Solarjets. Eve zitterte unwillkürlich. Keine hundert Meter entfernt waren nur für Sekunden dunkle Gestalten zu sehen, ihre langen Waffen im Anschlag verschwanden sie durch ein Tor. Mit einer Mischung aus Neugier und Furcht schritt Eve voran, während die anderen ihr nur langsam folgten. Das Flutlicht der Landebahnen war im Nachtmodus gedämpft. Eve war sich sicher, sie hatte gerade einen Trupp der legendären Beschützer gesehen. Sie atmete schneller, setzte bewusst einen Fuß vor den anderen. Als sie das Schott erreichten, hörten sie ein raunendes Geräusch. Sie erhaschte einen Blick auf den Flugplatz. Dann schlossen sich langsam die kolossalen Stahltore der Anlage, und Samirs Gesicht verfinsterte sich plötzlich. Dann sah auch Eve durch die immer kleiner werdende Öffnung: Zahlreiche Solarjets standen abflugbereit. Einer hatte die Eingangsluke geöffnet, und Patriots trieben drei Reinste vor sich her. Ein Reinster stieg mit um den Oberkörper verkrampften Armen in den Flieger. Eve glaubte, Angst in seinem Gesicht zu sehen. Für einen Moment überkam sie Panik. Und bevor sich der gigantische Einlass mit einem lauten Krachen vor ihnen schloss, konnte Eve für den

Bruchteil einer Sekunde erneut einen Beschützer deutlich sehen. Sein dunkler Helm verdeckte sein Gesicht. Der Overall war dunkel, doch die Scheinwerfer der Jets reflektierten seine metallische Oberfläche, die Struktur erinnerte an Fischschuppen. Ob sich hinter dem Visier überhaupt ein menschliches Gesicht verbarg?

Nur Thyron ging ohne einen Ausdruck der Verwunderung einfach weiter und forderte die anderen auf, ihm zu folgen. »Kommt! Wir hätten das nicht sehen sollen. Gehen wir weiter.«

Eve hoffte auf eine Reaktion von Adlin oder Samir, aber keiner der beiden machte einen Mucks, sie gingen stumpf weiter, den Blick starr nach vorne gerichtet. Nur Thyron bot ihr die Hand an. Eve nahm sie zögerlich und folgte einem inneren Impuls. »Wollen wir nicht doch darüber reden? Ich denke, dass wir das sehen sollten.«

Samir schüttelte im Laufen nur die Hand, als wollte er etwas wegwerfen, und Adlin drehte sich nicht einmal um. Sie erreichten ihre Quartiere. Samir öffnete die Tür, Adlin wandte sich an Eve: »Mach dir keine Gedanken.«

»Hast du den Beschützer gesehen?«

»Was? Nein.«

»Du hast doch in die gleiche Richtung geschaut.«

»Nein, wirklich nicht.«

Auch Samir schüttelte den Kopf und sagte: »Wir gehen besser schlafen.«

»Okay. Dann sehen wir uns morgen. Wir gehen noch ins Zentrum«, sagte Eve und sah, wie Thyron nickte. »Volles Potenzial, ihr beiden! Genießt die Nacht.«

»Volles Potenzial!«, wünschten Adlin und Samir im Gleichklang.

Adlins Mundwinkel zogen sich zart nach oben, und ihre Augen leuchteten wieder. Eve spürte, dass alle in ihrem Stimmungsmanagement von dem eben Erlebten mehr beeindruckt waren, als sie es sich eingestehen wollten. Thyron und Eve gingen weiter.

»Thyron! Warum jetzt und hier in *Deep Water*?«

»Du misst einem Zufall zu viel Bedeutung zu. Eve, lass es gut sein, vielleicht werden sie gar nicht degradiert.«

»Wie kannst du dir da sicher sein?«

»Es waren Reinste, die besten der Wissenschaftsgilde. Menschen mit einem so hohen Potenzial, die Jahrzehnte von Askit vorbereitet wurden, sollen plötzlich so zurückfallen?«

Eve war vielleicht für einen Moment durch die Abwesenheit von Askit, durch die Entkoppelung vom Feld, der Fähigkeit beraubt, sich selbst optimal zu steuern. Schon dieser Gedanke war beunruhigend. Sie musste aufpassen, dass er sich nicht tiefer in ihr Bewusstsein eingraben würde.

Thyron nahm Eves Hand »Was wir gerade erleben, testet uns, ob wir Askits Entscheidungen infrage stellen würden.«

Eve spürte eine innere Abwehr gegen Thyron, unerwartet und willkürlich. »Ich habe nicht vor, das zu tun, keine Sorge!« Sie ließ Thyrons Hand los. Es schien ihn nicht zu kümmern.

Sie erreichten das Zentrum. In einem Saal neben dem Whitestone-Monument hatten sich Dutzende Reinste zu einer nächtlichen Meditation versammelt. Eve setzte sich ohne ein weiteres Wort im Schneidersitz auf den Boden und schloss die Augen. Sie entschied, dass es besser war zu schweigen. Vielleicht würde sie über Nacht ihr Gleichgewicht wiederfinden, denn morgen ging es um alles.

9

20. SEPTEMBER, METROPOLE DEEP WATER, GRÖNLAND

Eve lief über eine Anhöhe hinunter in ein Tal. Die Bäume bogen sich, Regen und Blätter klatschten ihr ins Gesicht. Der Wind zerrte ihren Haarzopf auf. Vor ihr sicherte sich eine Gruppe von Wanderern knappe hundert Meter entfernt mit Seilen an einem Felsen ab. Sie hatte keine Ahnung, wo sie war und wie sie an diesen Ort gekommen war. Sie war fest davon überzeugt, erst gestern von dieser Gegend und einer ähnlichen Situation geträumt zu haben, sie hatte die Gruppe daran gehindert weiterzugehen, indem sie ihr Seil durchschnitt.

Der Sturm drängte sie zurück, es war unmöglich, einen Schritt voranzukommen, und doch hatte sie den festen Willen, die Gruppe zu erreichen. Es erschien ihr aussichtslos, geradezu selbstmörderisch, diesen Berg jetzt zu besteigen. Die dunklen Wolken kündigten weitaus größere Regenmengen und Sturm an. Sie hielt sich an den hohen Gräsern fest, zog sich Stück für Stück gegen den ohrenbetäubenden Lärm der Windböen, weiter an die Gruppe heran, so lange, bis sie das Ende eines Seiles erreichte und sich mit aller Kraft aufrichten konnte. Ein Mann in heller dicker Baumwollkleidung folgte als Letzter der Gruppe dem glitschigen Pfad, er rutschte auf seinen Stiefeln immer wieder gefährlich nahe dem Abgrund entgegen. Sie schrie den Mann an: »Hey! Ich habe euch gestern schon hier gesehen, was macht ihr hier?«

Der Mann ignorierte sie. Beharrlich zerrte sie sich weiter an dem Tau voran und rief den Mann abermals. Nachdem er wieder nicht reagierte, hob sie einen Kieselstein und schmiss ihn warnend in seine Richtung. Er flog wie in Zeitlupe. Das war alles nicht real? Sie robbte sich weiter an den Mann heran, bis sie ihn an der Schulter festhalten konnte.

»Hey, Sie wissen, dass das hier nur ein Traum ist, oder?«

Der Mann drehte sich um, das Gesicht, die Augen, die ganze Erscheinung so vertraut.

»Vater?«

»Wir sind auf unserem Weg. Du bist nicht meine Tochter, nicht die, die ich verlassen habe.«

Eve rutschte aus, ihr Fall dauerte eine Ewigkeit, der Moment fror ein.

Eve fuhr im Bett hoch. Der Schweiß lief ihr von der Stirn, ihre Augen fühlten sich geschwollen an, sie spürte ein Kratzen im Hals. Langsam tastete sie das Bett ab, schaute nach links. Thyron war nicht mehr im Zimmer. Sie hatte lange nicht mehr geträumt, und schon gar nicht von ihrem Vater. Ohne die Funktionen des Hirnimplantates, das je nach Aufgabe oder Wunsch von Askit die gesamte Bandbreite von Beta-, Alpha- bis zu Deltawellen zur Verfügung stellen konnten, waren Träume klarer oder blieben ganz aus. Zu wissen und fühlen, dass es ein Traum war, ließ sie nachdenklich werden. Die imaginäre Zurückweisung ihres Vaters war bestenfalls ein unterbewusstes Echo des Gefühls, verantwortlich für sein Verschwinden zu sein. Patrick hatte sie immer geliebt, sie nie beeinflusst oder besitzen wollen, ganz so, wie es auch Askit von Eltern verlangte.

Sie ging ins Bad, schaute in den Spiegel, dann auf ihren Scanner, der nach wie vor offline war. Sie sehnte sich nach nichts mehr, als mit Askit wieder verbunden zu sein. Kurz erinnerte sich Eve an eine Geschichte, die ihr Vater ihr als Kind erzählt hatte, aber sie konnte die Bruchstücke nicht mehr in einen Zusammenhang bringen. Es hatte etwas mit den Kolonien und den Degradierten zu tun, und dass er sich wünschte … Weg, der Gedanke war verflogen, als wäre er gelöscht worden. Was wünschte er sich, fragte sich Eve. Sie betrat die Dusche und ließ den warmen Wasserstrahl über sich fließen, bis alle Müdigkeit und jeder Zweifel verschwunden waren.

Im Schlafzimmer zog sie ihren Thermoanzug an, band ihre langen braunen Haare zu einem Zopf zusammen und machte sich auf den Weg ins Zentrum, sie war spät dran. Die Nanobots meldeten leichtes Fieber und eine Erkältung und lieferten via Scanner Anweisungen, was sie den Tag über essen und trinken sollte, welche Medikamente im Medicenter für sie zur Verfügung standen und wie lange sie in der folgenden Nacht schlafen sollte.

Im Gegensatz zum Vorabend waren jetzt Menschenmassen auf den Korridoren und der Gangway unterwegs. Eve sah in die vielen lachenden und zufriedenen Gesichter der Reinsten. Es war doch alles in Ordnung, versicherte sich Eve und sah, dass sich Thyron am Scanner meldete.

»Kommst du ins Labor?«

»Ja, warum nicht. Gehen wir dann gemeinsam ins Zentrum?«

»Okay, bis gleich!«

Eve hatte es nicht weit. Sie ging vorbei am Whitestone-Monument, erreichte einen Korridor, der sie zu einer weiteren Gangway führte. Bei Tageslicht war der Konverter mit seinen gigantischen schwarzen Ansaugflächen nicht zu übersehen. Am Ende der Gangway führte eine Stahltreppe hinunter, auf der ihr eine Gruppe junger reinster Studenten in nagelneuen Thermoanzügen entgegenkam. Sie verneigten sich vor ihr. »Eve Legrand, volles Potenzial! Du bist für alle ein Vorbild!«

Eve wusste, dass sie nicht die Eigenschaften hatte, bei Schamgefühlen rot zu werden, und lächelte einfach zurück und hob die Daumen und antwortete: »Ihr seid die Nächsten, und ihr schafft das auch!«

Mit einem enthusiastischen »Ja!« verabschiedeten sich die

Studenten. Über einen gepflasterten Steinweg erreichte sie den Konverter. Ein Fahrstuhl brachte sie die geschätzten hundert Meter hinauf.

Als sich die Tür öffnete, sah sie Thyron an einem Holobildschirm arbeiten. Neben ihm stand Pellengrey. Wehmütig sah sie, dass sein hohes Alter ihm immer mehr zusetzte, er hielt sich mit gekrümmten Rücken an der Tischkante fest. Schon im Hyperloop hatte sie das Gefühl beschlichen, dass er unter Schmerzen litt. Sein Gesicht war blass, er hatte dunkle Schatten unter den Augen. Eve erinnerte sich, dass es Reinste gab, die sich ins Zeug legten, das Ressourcengesetz außer Kraft zu setzen und so ihr Leben durch Genmanipulation und andere Techniken zu verlängern. Doch Askit blieb dabei: Die Ressourcengesetze galten für jedes Wesen. Fast 80 Prozent aller wissenschaftlichen Erkenntnisse, Erfindungen, auch lebensverlängernde Maßnahmen durften zwar erforscht werden, aber ihr Einsatz war erst erlaubt, wenn sie allen zugänglich waren und wenn es die Ressourcenplanung und Askits Berechnungen für die Bevölkerungsentwicklung zuließen. In der Regel hieß das, was nicht aus dem Recycling der alten Welt oder ohne großen Verbrauch vorhandener Ressourcen gewonnen werden konnte, stand nicht zur Verfügung. Aber seit Jahrzehnten waren die harten Zeiten, wie Pellengrey immer wieder betonte, längst vorbei. Die Menschen hatten nun eine Lebenserwartung, die das Zeitalter vor der Katastrophe um Jahre übertraf.

»Roger? Ich dachte, du bist noch in *New Paris*?«

»Wenn das alles ist, was dich verwundert, liebe Eve, muss ich mir keine Sorgen machen.«

Thyron lächelte sanft und blinzelte Eve zu. Hatte er ihrem Mentor von ihren jüngsten Erlebnissen erzählt? »Was macht ihr gerade?«

Thyron zeigte auf die holografische Darstellung Grönlands und des Nordpolarmeeres. »Wir simulieren, ob sich in den kommenden zehn Jahren wieder Meereis bildet, wenn das CO_2 weiter, wie von Askit berechnet, abnimmt.«

Eve entnahm ihrer rechten Beintasche einen Vitamincocktail und ließ die süßlich schmeckende Creme auf der Zunge zergehen. »Mmh. Wie funktionieren die neuen Konverter, welches Potenzial haben sie?«

Thyron strahlte sie an, Pellengrey nickte eher beiläufig.

»Abgesehen von den Effekten der Bewaldung? Nun, wir haben die Konverter nicht neu erfunden, Eve. Sie bestehen weiterhin aus einer Gitterstruktur und einem zelluloseartigen Material, dessen Qualität wir noch mal verbessert haben. Das CO_2 lagert sich daran besser ab. Wenn das Material gesättigt ist, wird es erwärmt, sodass das Gas abgeschöpft werden kann. Dann wird es nach wie vor mit Wasser versetzt und in die Tiefe gepumpt oder als Dünger benutzt. Überall dort, wo der Untergrund aus porösem Basaltgestein besteht, kommt es in Kontakt mit den Mineralien, und es entstehen Karbonate. Nach ein bis zwei Jahren ist das Kohlendioxid versteinert und bleibt für alle Zeiten in diesem Zustand. Ich hoffe, wir können so die Leckagen der Speicher, die in den Ozeanen brüchig geworden sind, wieder kompensieren.«

Eve wusste, dass es lange als Wunschdenken galt, dass sich in der Arktis wieder Meereis bildete, und bis jetzt war noch nicht einmal auf dem Festland eine Schneeflocke gefallen.

Am Ende könnten alle Methoden zum Erfolg führen, vor allem die biologischen, basierend auf Fotosynthese, mit deren Hilfe Pflanzen Kohlendioxid aus der Luft aufnahmen und daraus organische Verbindungen herstellten. Nachdem der Mensch und seine Nahrungsmittelproduktion nicht mehr in Konkurrenz zu den benötigten Flächen standen, wurde in *Paradise* mit einem unvorstellbarem Aufwand die künstliche Bepflanzung vorangetrieben. Schritt für Schritt wurde versucht, die Verwüstung durch neue, hitzebeständigere Baumarten aufzuhalten. Nicht selten scheiterten solche Versuche. Eve hatte einmal Luftaufnahmen gesehen, die zeigten, wie sich die Vegetation von *New Paris* aus Richtung iberischer Wüste annäherte, wie eine gerade gezogene Linie, eine imaginäre Grenze, trennten sich Wald und Wüste. Bei aller Euphorie durften die Menschen nur vorsichtig und nach Askits genauen Vorgaben in das globale System eingreifen. Viele Wissenschaftler hatten Angst, dass es nicht schnell genug voranging. Die zentrale Frage war, ob die fortschreitenden kaskadenförmigen Effekte der Erhitzung nicht all ihre Bemühungen überholen würden und der endgültige Point of no Return eintreten würde, der Punkt, an dem keine Maßnahmen mehr ausreichen würden. Um der Lufthülle große Mengen an CO_2 zu entziehen, waren für die Einlagerung bergbautechnische Aktivitäten in einem Umfang nötig, die der damaligen Gewinnung fossiler Brennstoffe in nichts nachstanden. Die richtigen Lagerstätten zu finden, war die größte Herausforderung. Bis in die Gegenwart gab es immer wieder auch Rückschläge. Eve erstarrte für einen Moment. Hatte sie sich so ablenken lassen von ihrer emotionalen Erfahrung mit den Buckelwalen? Könnte das Verhalten der Wale darauf hindeuten, dass sich der Zustand des Ozeans rapide verschlechtert hat? Ein Leck in einem der Kohlenstoffspeicher unter dem Meer würde nicht nur grundlegend die Chemie in sandigen Meeresböden verändern, sondern auch die Funktion des ganzen Ökosystems. »Ist das nicht alles ein wenig sehr optimistisch?«

Thyron wies auf die Fensterfront, wo wenige, doch deutlich sichtbare Schneeflocken zu sehen waren.

»Ich fasse es nicht, wann …«

»Das ist dir nicht aufgefallen? Seit heute Morgen schneit es, aber das Tiefdruckgebiet ist nicht stabil. Es wird vorerst bei diesen paar Flocken bleiben, aber am Südpol sieht es anders aus«, sagte Pellengrey, hielt dann aber plötzlich inne, als auf seinem Scanner Zahlenkolonnen aufleuchteten, die er unwirsch wegwischte. Dann erklärte er, dass sie noch keine Ahnung hatten, wie sich die deutlich zunehmende Bewaldung der letzten Jahrzehnte weiter auswirken würde. »Es ist wie eine gesättigte Lösung, in die ich nur noch ein einziges Atom gebe, und der Zustand geht sprunghaft vom flüssigen in einen festen über. So ähnlich verhält es sich mit unserer Atmosphäre. Aber wir müssen immer noch Milliarden Tonnen CO_2 aus der Luft saugen, damit sich eines Tages wirklich stabiles Neueis bildet.«

Thyron öffnete die Tür zu einer Aussichtsplattform in schwindelerregender Höhe. Sie traten heraus, Eve legte ihren Kopf leicht nach hinten und spürte, wie die Flocken ihre Haut berührten, es kitzelte leicht.

»Was wird dann aus *Deep Water*?«, fragte Eve.

»Für *Deep Water* und seine Bewohner wird dann hier kein Platz mehr sein. Askit wird hier langfristig die Geburtenrate weiter senken und die Menschen auf die anderen Metropolen verteilen. Aber das dauert noch Jahrzehnte, «, sagte Pellengrey, sein Gesicht hatte wieder mehr Farbe bekommen. Sie gingen wieder hinein. Er war mit über achtzig einer der besten und ältesten Reinsten der Welt, und er hatte der Erde unschätzbare Dienste erwiesen. Eve hatte immer seine Bescheidenheit bewundert. Selbst das Angebot, aus Altersgründen innerhalb der Agenda kürzer zu treten, hatte er abgelehnt. Sie war zutiefst dankbar, eine so zufriedene und tiefenentspannte Persönlichkeit wie Pellengrey seit vielen Jahren als Mentor an ihrer Seite zu haben. Aber seit ihrer Begegnung im Hyperloop wurde Eve das Gefühl nicht los, dass etwas mit ihm nicht stimmte …

»So, ihr beiden Anwärter. Ich glaube fest an euch. Ausgerechnet zum hundertfünfzigsten Jahrestag seid ihr dabei. Das freut mich! Und wie fühlt es sich an ohne Askit?«

»Grausam, aber alles unter Kontrolle«, antwortete Eve lachend, während Thyron regungslos und schweigend neben ihr stand.

»Ihr habt ja keine Ahnung, wie das noch bei uns war. Da gab es diese Phase nicht.«

Eve neigte den Kopf zur Seite. »Ich verstehe nicht.«

»Alles, was ihr gerade erlebt: alle positiven und negativen Affekte, Widersprüche, Ablehnung, der Rest an Zweifeln gegenüber den Zielen von Askit, ist heute kaum noch ein Grund, euch den Zugang zur Akademie zu verwehren, da ihr Jahrzehnte trainieren konntet, um euch selbst zu regulieren. In meiner Generation kam es immer wieder noch zu unkalkulierbaren Handlungen von Reinsten. Aber heute hat Askit alle Werkzeuge, um auch die innersten Motive nachzuweisen.«

Thyrons Gesichtszüge entspannten sich sichtlich bei Pellengreys Worten. »Dann stellen wir uns unseren letzten Dämonen.«

Pellengrey packte einen Rucksack. »Genau das werdet ihr tun, Thyron. Vermutlich sind da gar keine mehr! Und danach möchte ich euch als neue Mitglieder der Akademie hier in *Deep Water* begrüßen. Eve, deine Stelle in der Meeresbiologie ist dir sicher, und dir, Thyron, muss ich kaum erklären, dass du dabei bist, meine Nachfolge anzutreten.«

Thyron nickte und griff nach Eves Hand.

»Ach, Thyron, geh bitte schon vor, ich will Eve kurz allein sprechen.«

»Natürlich, Eve, wir treffen uns im Zentrum?«

»Ja, in Ordnung.«

Pellengrey setzte sich auf einen der Drehstühle, rollte ihn an die große Glasfront mit Ausblick auf *Deep Water* und den bedeckten Himmel, der leichte Schneefall war schon wieder vorbei.

Fassungslos beobachtete Eve, wie Pellengrey sein Implantat einfach ausschaltete.

»Du glaubst, dass hier etwas nicht stimmt, nicht wahr? Dass Askit besonders dich kontrolliert?«

»Was? Was hat Thyron erzählt? So würde ich das nie sagen.

Askit kontrolliert nicht mich, sondern alles, und das zum Wohle aller.«

»Du musst vorsichtig sein. Askit organisiert vor allem alles. Das gesamte Gebiet von *Paradise* und darüber hinaus den gesamten komplexen Planeten, soweit es ihn aufgrund der Daten versteht. Wir sind im Bewusstsein von Askit nur ein Teil, nur ein Mittel zum Zweck. Askit hat für alles einen anderen Zeithorizont. Der Mensch steht nicht mehr im Mittelpunkt, Eve, und Askit testet auf subtile Weise unsere Loyalität.«

»Loyalität? Du zweifelst an mir?«

»Das würde ich niemals tun. Askit kennt nur seine Daten – und seine Aufgabe und unsere Abgründe.«

»Abgründe, die der Vergangenheit vielleicht.«

»In unserer Vergangenheit reichte es, dass ein einzelner Mensch mit geringem Selbstwertgefühl aus einer Kränkung heraus, vor lauter Zorn eine ganze Welt verbrennen konnte. Das darf sich nicht wiederholen. Es geht nicht um Kontrolle, Eve, es geht darum, uns, unser Verhalten immer wieder neu anzupassen. Und die Anforderungen an die Reinsten und an alle in *Paradise* werden bald steigen!«

Eve war verwirrt. Was meinte Pellengrey wirklich? Sie hatte nie einen Zweifel daran gehabt, dass das menschliche Urteilsvermögen voller Fehler steckte, dass es voreingenommen, befangen und schädlich war.

»Ich …«

»Eve. Die Algorithmen von Askit haben längst einen Punkt erreicht, an dem der Unterschied zwischen menschlichen Entscheidungen, menschlichem Bewusstsein und Askits Bewusstsein keine Lücke mehr aufweist. Nichts bleibt, wie es ist. Vertraue bei den Prüfungen nur dir selbst. Besonders im Karussell der Konfrontation. Und jetzt geh zu deinen Freunden«, sagte Pellengrey, presste die Lippen zusammen und schloss mit einer verächtlichen Handbewegung die letzten Klimaprognosen, eine Geste, die sie bei ihm noch nie gesehen hatte.

»Aber Roger …«

»Geh, alles wird gut.«

»Du ahnst doch etwas, oder? Das bisschen Schnee gerade war ein Wetterphänomen, mehr nicht, und das weißt du. Roger, die Wale sammeln sich nur hundert Kilometer von hier im Nordpolarmeer. Sie verlassen vielleicht nicht mehr ihr Gebiet. Liegen dir Daten vor, dass sich der pH-Wert und die Krillpopulation verändert haben?«

Pellengrey schaute hinaus. Der leichte Schneeflaum war in Minuten unter der nun wieder vorscheinenden Sonne geschmolzen.

»Es braucht keine künstliche Intelligenz, um die Realität wahrzunehmen. Das war früher nicht anders als heute und jetzt geh!«

»Was soll das heißen? Das Klima kippt also wieder!«

»Was heißt wieder? Wie du weißt, haben wir den Punkt gerade mal erst vor hundertfünfzig Jahren überschritten! Wir sind immer noch mitten drin.«

»Ja«, sagte Eve und senkte den Kopf. »Was sagt Askit zu deinen Zweifeln?«

Pellengrey schüttelte nur müde den Kopf.

»Geh jetzt! Ihr seid die Generation der Reinsten, die alles verändern wird. Du musst die Prüfung schaffen, Eve, dann wird alles gut für euch! Ihr werdet mit Askit die richtigen Wege finden. Ich halte dich schon auf dem Laufenden«, versuchte Pellengrey die Situation mit einem Lächeln zu beruhigen.

Eve spürte seine innere Unruhe. Was war nur los mit ihm? Vor ein paar Minuten hatte er noch eine andere Ausstrahlung. Lag es daran, dass Thyron im Raum gewesen war. Traute er ihm nicht?

Als Eve den Konverter verließ, grübelte sie weiter: Was hatten Pellengreys Worte wirklich zu bedeuten? Hatte er ihr gerade eine verschlüsselte Botschaft überbracht? Askit hatte sicher für alles, was Pellengrey gerade infrage stellte, längst eine Lösung. Aber sie durfte nicht weiter grübeln, sondern musste sich jetzt ganz auf die Prüfung konzentrieren.

Das Karussell der Konfrontation war die größte Herausforderung. Innerhalb von Sekunden mussten Fragen von Askit beantwortet werden. Konnte Askit in tieferen Regionen des Bewusstseins fragwürdige Motive oder negative Affekte erkennen, die darauf hindeuteten, dass ein Anwärter unbewusst etwas verbarg oder unterdrückte, war die Prüfung beendet, und die Anwärter hatten ihre Chance auf die Akademie verpasst. Die Decodierung eines Gedankens war schneller als jedes Sprachzentrum, die gesprochene Antwort im Prinzip nicht einmal nötig.

Aber Pellengrey hatte nicht gesagt, vertrau Askit, sondern sie solle sich selbst vertrauen. Was bezweckte Pellengrey damit? Warum hatte er mitten am Tag sein Implantat ausgeschaltet? Was Pellengrey ihr gerade mitgeteilt hatte, war für Eve Warnung und Beschwichtigung zugleich.

Hinnahme, Eve, Hinnahme, darum geht es, und du solltest das am besten wissen. Was ist nur los mit dir?, versuchte sie sich selbst zu beruhigen.

Eve suchte im Zentrum nach Thyron, Adlin und Samir. Der Scanner zeigte ihren Standort ganz in der Nähe einer Gruppe von Reinsten, die gerade dabei waren, ihre Sachen in einem Hyperloop zu verstauen. Langsam ging es ihr wieder besser, die Nanobots registrierten kaum noch Symptome, die Erkältung war fast eingedämmt. Eve ging schnurstracks auf Thyron zu, der sich angeregt mit einer jüngeren Studentin unterhielt, während Samir und Adlin halfen, das Gepäck zu verstauen. »Hast du mit Pellengrey über uns gesprochen?«

»Nur, dass wir gestern am Abend gemeinsam diese Szene beobachtet haben und dass du geglaubt hast, dass Reinste degradiert wurden, aber darüber hat er nur geschmunzelt.«

Eve kannte jeden Ausdruck in Thyrons Gesicht. In ihrer Kindheit hatte sie ihn beim Lügen ertappt, er bekam dann immer ein leichtes Zucken am rechten Augenlid und rieb seine Hände. Nun atmete er ruhig, seine Augen strahlten und seine Hände steckten in den Seitentaschen seiner hellen Baumwollhose.

»Was wollte er denn von dir?«

»Nichts. Er wollte mir nur meine Nervosität nehmen, schließlich will er uns beide in *Deep Water* haben.«

Thyron lächelte sie verlegen an und strich ihr sanft über die Wange. »Ich denke, du nimmst einige Dinge einfach zu genau. Konzentrieren wir uns auf ein neues Abenteuer!«

»Bitte, was?«

Adlin und Samir lächelten sie für ihren Geschmack etwas zu überschwänglich an.

»Pellengrey hat für uns einen Flug mit Reinsten organisiert, die neue Konverter in der Nähe einer alten Metropole auf der britischen Insel betreuen. Ein Solarjet bringt uns dorthin und holt uns später wieder ab«, verkündete Adlin.

Eve stand für einen Moment sprachlos da. Es war eine der seltenen Gelegenheiten, einen Blick in die Vergangenheit zu werfen, aber da Adlin und Eve als Biologen auch für den Einsatz auf Land infrage kamen, war auch diese Reise sicher mehr als nur ein Geschenk.

Jahrzehntelang waren die alten Metropolen absolutes Sperrgebiet für Menschen, und die verstrahlten Zonen waren es noch heute. Die Seuchen hatten sich mit einer solchen Wucht und Geschwindigkeit ausgebreitet, dass die Menschen es lange nicht wagten zurückzukehren. Das war auch dem Umstand geschuldet, dass niemand von den seinerzeit überlebenden Wissenschaftlern wusste, ob und wie lange die Viren in anderen Wirten oder Milieus überleben konnten. Gegenmittel gab es keine, da schlagartig jede Infrastruktur fehlte, um sie herzustellen. Kurz nach der Katastrophe hatte Askit ein intelligentes System entwickelt, das verhinderte, dass sich die restliche Bevölkerung auch noch infizierte. Da die Inkubationszeit der Erreger nur kurze Zeit dauerte, wurden die gesunden Menschen rechtzeitig in ländliche Sperrzonen evakuiert. Schon als Kind hatten sie diese Geschichte immer und immer wieder gehört, und Eve war immer bewusst, was für schreckliche Momente der Ungewissheit es für die Überlebenden gewesen sein mussten. Aber wirklich viel wussten sie nicht über diese Zeit.

Sie gingen gemeinsam den Korridor entlang und erreichten wieder den Abflugplatz der Solarjets, der Eve gestern noch so viel Unbehagen bereitet hatte. Zur Überraschung aller waren Dutzende Reinste auf dem Platz und bestiegen die Jets. Unzählige Patriots standen wie Monolithe um den Platz verteilt. Entspanntes Lächeln und glückliche Gesichter, wo Eve auch hinschaute. Hatte sie gestern Abend den Transport der Reinsten vielleicht wirklich falsch interpretiert?

Adlin schien die ausgelassene Stimmung kalt zu lassen.

»Ist alles in Ordnung?«, fragte Eve.

»Ich war nur in Gedanken wegen Samir«, sagte Adlin leise.

Samir hatte zu Thyron aufgeschlossen und tauschte sich mit ihm über die Solarjets aus.

»Du bist dir nicht sicher, ob Askit ihn wirklich nach *Deep Water* einteilt.«

»Ich weiß, es ist sinnlos darüber nachzudenken. Und du, bist du bereit?«

Eve nickte. Sie gingen noch ein paar Schritte weiter, bis sich Thyron umdrehte und ihnen den Weg in den richtigen Solarjet zeigte. Bevor sie einsteigen konnte, stellte sich eine große blonde Reinste vor.

»Hallo, ich bin Beatrice. Ich führe euch durch die Zone auf der Insel, steigt bitte jetzt ein!«

Nach einer knappen Flugstunde wurde die Gruppe von Wissenschaftlern an den neuen CO_2-Konvertern abgesetzt. Dort wurden sie von robusteren Solartransportern abgeholt, die sie zu den Grenzen des alten Londons brachten. Obwohl hundertfünfzig Jahre vergangen waren, war es Pflicht, Schutzhelme zu tragen. Eve schloss mit einem Ruck nach rechts die Verbindung zum Anzug und spürte, wie der eindringende Sauerstoff ihre Haut kühlte. Berauscht vom Anblick der alten Stadt, schaute sie auf ihr Display, stellte es um und registrierte normale Strahlungswerte. Sie näherten sich einer kleinen Anhöhe.

Fasziniert blickte sie auf überwucherte Brücken, zusammengefallene Hochhäuser, gelegentlich schimmerte noch der Teer alter Straßen durch die dichte Vegetation. Hier und da konnte man inmitten der zusammengestürzten Wohnhäuser Wandbemalungen oder Verzierungen von Fassaden aus grauer Vorzeit erahnen. Eichen, Robinien, Birken, auch Apfelbäume wuchsen inmitten der alten Ruinen. Auch Sonnenblumen, Gräser, Farne und Pflanzen, die sie nicht alle auf einmal erkannte, hatten es überall geschafft, die Vergangenheit nahezu zu verkleiden, als hätte jemand alles an einem Tag übergossen.

Nachdem der Meeresspiegel bis heute unaufhaltsam über 40 Meter gestiegen war, standen die größten Teile der Stadt unter Wasser. Seit über fünfzig Jahren war fast die halbe britische Insel verloren. Die Architektur war dafür nicht ausgelegt, und so hatten die alten Bauten vermutlich schon vor Jahrzehnten ihre Stabilität verloren und in einem Dominoeffekt alles zum Einsturz gebracht.

»Bleibt dicht zusammen!«, ermahnte die Leiterin der Expedition. Eve wusste, dass sie auf Wildtiere achten mussten. Es war ein immer wiederkehrendes Dilemma. Es war verboten, wilde Tiere zu töten. Selbst im Falle eines Angriffs standen nur wenige Verteidigungsmittel zur Verfügung. Die Leiterin hatte eine Betäubungswaffe um die Schulter hängen.

Sie gingen durch eine Allee, in der kein einziges Gebäude mehr stand, und die sich, umgeben von überwucherten Gesteinsbrocken, schon zu einem Dschungel entwickelt hatte. Für Eve waren diese Eindrücke eine willkommene Ablenkung, sie spürte eine Mischung aus Neugier, Enthusiasmus und Demut inmitten dieser alten Welt. Aus der Ferne hörte Eve ein wimmerndes Beben, der Boden vibrierte leicht.

Wieder kamen sie an Apfelbäumen vorbei. Sorten, die sie noch nie gesehen hatte. Es gab genug Gründe, an diesem Ort noch pessimistisch in die Zukunft zu schauen. Die Böden würden noch lange brauchen, bis das Obst oder Gemüse aus dieser Umgebung wieder genießbar war. Das plötzliche Verschwinden des Menschen hatte Atomkraftwerke, Öltanks, chemische Fabriken einfach explodieren oder erodieren lassen. Niemand konnte sich damals noch um die Folgen kümmern. Und obwohl Schwermetalle und viele andere chemische Stoffe in die Böden gelangt waren, beobachtete man inzwischen immer mehr natürliche Bakterien, die solche Gifte als Nahrung verarbeiteten. Dazu kamen spezielle durch Genmanipulation gezüchtete Mikroben, die den Prozess beschleunigten.

Plötzlich verschlug es Eve die Sprache. Vor ihnen waren Dutzende über 50 Meter breite Kolosse mit einem unerträglichen Quietschen, Malmen und Rattern dabei, die Landschaft umzugraben und alles, was vor ihnen lag, zu verschlingen. Ganze Häuserfronten verschwanden in den Mäulern dieser Giganten. Eve konnte nur erahnen, was im Inneren der Maschinen vor sich ging. Patriots, die durch die Arbeit im Staub und Dreck schon in Mitleidenschaft geraten waren, verluden gepresste Ballen in Solartransporter.

»Das ist das Recyclingprogramm«, erklärte ihre Exkursionsbegleiterin. »Die Maschinen trennen Stahl, Edelmetalle, Kunststoffe, Sand und viele andere Rohstoffe von giftigem und anderem überflüssigen Unrat. Sind einmal alle Spuren unserer

Vorfahren beseitigt, kommen die Pioniere zum Einsatz. Sie reichern den Boden mit Nährstoffen, Bakterien, Samen und Pflanzen der Umgebung an. In einigen Jahrzehnten weiß keiner mehr, dass hier einmal Menschen waren.«

»Und was geschieht mit den Rohstoffen?«, fragte Eve.

Die Leiterin zögerte mit einer Antwort. »Was nicht in den Metropolen gebraucht wird, kann teilweise von Kolonien genutzt werden, anderes wird an unbekannten Orten gelagert, aber genau weiß ich das nicht.«

Thyron kniete sich nieder und ließ die frische Erde von seinen Handschuhen rieseln und schaute in den unwirklichen Horizont.

Die Vorstellung, in Zukunft hier vor Ort mit anderen Wissenschaftlern, umgeben von Staub und Giften, zu arbeiten, hatte wenig Verlockendes für Eve. Welche Entscheidung würde Askit am Ende für sie treffen?

Die Gruppe erreichte einen Wald. Auf einer Lichtung signalisierte die Leiterin, dass sie die Helme abnehmen konnten. Trotz der inneren Kühlung strich sich Eve Schweiß von der Stirn. Adlin und Samir hatten sich ins Gras gesetzt. Die Arme über die Knie abgestützt, schauten sie in den Himmel. Über ihnen setzten Solarjets zur Landung an, um die Gruppe wieder nach *Deep Water* zu fliegen.

Der Rückflug war weniger berauschend, ein Sturm schüttelte den Jet bedrohlich durch. Nach der Landung liefen alle mit wackligen Beinen durch den peitschenden Regen. Rings um sie herum war es dunkel, nur die Landefläche war hell beleuchtet. Der Tag kam Eve wie eine Ewigkeit vor. Auch die anderen sahen müde aus. Es war Zeit, die Quartiere aufzusuchen, Ruhe zu finden.

Gerade als sie sich dem Ausgang näherten, sah Eve, wie zwei Reinste von zwei Patriots zu einem Jet begleitet wurden. Sie bemerkte, dass ihre Hirnimplantate mit einer kleinen

Vorrichtung blockiert waren. Diesmal gab es keine Zweifel. Es waren Reinste aus der Akademie der Wissenschaft, ihr Abzeichen war deutlich zu sehen. Eve achtete auf die anderen: Samirs Kopf hing nach unten, seine Gesichtsmuskeln wirkten angespannt. Während Thyron und Adlin den Blick zum Ausgang gerichtet einfach weitergingen, bemerkte Eve Samirs nachdenklichen Blick auf die Patriots. Er nickte und schüttelte zugleich den Kopf. Langsam gewann sie den Eindruck, dass er mit sich haderte und dass er sie beobachtete. Sie musste unwillkürlich an Tessa denken. Was geschah hier? Hatte ihre eindringliche Bemerkung wegen Samir und Adlin doch eine tiefere Bedeutung? Zumindest war Samir im Moment der Einzige, der wie sie die verstörenden Vorgänge wahrnahm.

Am Ausgang angekommen, registrierte Eve, dass Samir mit seiner rechten Hand den Scanner um sein linkes Handgelenk verdeckte. War er schon wieder online? Thyron stand nur wenige Meter entfernt, das rote Licht auf seinem Display reflektierte auf seinem Anzug. Eve schaute auf ihren Scanner, auch sie war noch nicht wieder mit dem Feld und Askit verbunden.

Ohne Abschied zu nehmen, waren Samir und Adlin weitergegangen. Eve schaute unschlüssig zu Thyron. Sie ahnte, dass er keine Notiz von dem genommen hatte, was gerade im Hangar vor sich gegangen war. Thyrons Blick senkte sich, und er blickte auf Eves Scanner.

»Du bist auch noch offline? Komisch, Samir nicht.«

»Das hat nichts zu sagen. Wir sind auch nicht synchron offline gegangen. Komm, gehen wir«, sagte Thyron und wies mit der Hand den Weg in Richtung ihres Quartiers.

Lange war sie der starke Part in dieser Beziehung gewesen, eine Orientierung für Thyron, gerade in ihrer gemeinsamen Jugend. Askit hatte immer wieder betont, dass ihre Kraft, unangenehme Situationen in konstruktive Problemlösungen zu verwandeln, für Thyron eine ideale Ergänzung war, um sich selbst zu regulieren. Nun fühlte sie sich, als wäre sie ohne Askit völlig orientierungslos. Sie gingen langsam vorbei am Whitestone-Monument, über ihnen rauschte ein Hyperloop heran. Mehrere Reinste kamen die Stahltreppen hinuntergelaufen und grüßten beide im Vorbeigehen. Sie zollten ihnen durch eine leichte Verneigung oder ein wohlwollendes Lächeln Respekt.

Eve wollte einfach nicht die Vorfreude auf die bevorstehende alles entscheidende Prüfung verlieren. Ein Blick auf den zentralen Holobildschirm über dem Monument der Gründer hatte eine beruhigende Wirkung. Sie sah zwölf Gesichter. Neben einigen Reinsten aus *Asia One* und *Asia Two*, aus *Hope* und aus *New Paris* waren Samir, Adlin, Thyron und Eve zu sehen. Es war die Ankündigung für die Prüfungen in *Hope*. Eve atmete durch und spürte langsam wieder Boden unter den Füßen. Noch waren sie offline. Eve zögerte, Thyron zu konfrontieren. War es möglich, dass Reinste in genau dieser Phase eben doch noch degradiert wurden? Hatte Thyron mit Absicht weggeschaut? Ergab es überhaupt einen Sinn, sich über Askits Entscheidungen Gedanken zu machen? Sie hatten immer gewusst, dass es Degradierungen gab, wozu sie jetzt infrage stellen? Vor ihrem inneren Auge spulten sich Bilder ihrer Vergangenheit ab. Vertraute Erinnerungen, die Sicherheit gaben. Nun wäre sie bald in *Hope*, vor aller Welt würde sie mit den anderen am Abend die Zeremonie erleben, unter dem Jubel und der Freude einer fantastischen Gemeinschaft, der sie fortan als Mitglied der Akademie dienen dürfte. Aber das änderte nichts an ihren Zweifeln, und ein Impuls sagte ihr, dem ruhig freien Lauf zu lassen, dass sie am Ende, wie Pellengrey es gesagt hatte, sich selbst vertrauen sollte.

Thyron ging ruhigen Schrittes weiter. Sie näherten sich den Quartieren. Am Ende des Kuppelbaus überquerten sie eine überdachte, hell ausgeleuchtete Brücke, um in den ersten kreisrunden Gebäudekomplex zu gelangen. Für den Moment waren sie allein.

»Ich würde gerne einmal wissen, wo und wie die Degradierten leben. Ich meine, was soll schon geschehen? Wir leben ja auch mit den Angepassten ganz gut zusammen«, sagte Eve.

»Ich kenne dich. Das eben waren keine Degradierungen, und wenn doch, gibt es einen Grund dafür. Wir sind von diesen Menschen nicht von ungefähr getrennt. Außerdem sind uns die Kolonisten in jeder Hinsicht unterlegen und würden sich mit uns vermutlich genauso wenig wohlfühlen wie umgekehrt, sie …«

»Das weiß ich selbst. Aber wer kümmert sich um sie, und wie geht es ihnen wirklich? Wie leben sie? Hast du dich das nie gefragt? Es ist kein Widerspruch zu unseren altruistischen Fähigkeiten, aus Neugier diese Fragen zu stellen, es ist weder Mitleid, nicht einmal unnötiges Mitgefühl, wenn ich …«

»Dafür ist jetzt kaum der richtige Zeitpunkt. Willst du es wirklich riskieren?«

»Was?«

»Das Askit dich noch kurz vor dem Ziel scannt? Du weißt, was das für uns bedeuten würde?«

Eve schüttelte den Kopf. So sehr sie Thyrons Befürchtung kurz vor der Prüfung verstand, konnte sie sich nicht gegen den Gedanken wehren, dass die komplette Negierung der Degradierten in sich einen ganz eigenen Egoismus trug.

»Du solltest wissen, welche Motive mich leiten«, sagte Eve und wunderte sich über Thyrons Ablehnung. Sich für das Schicksal der Degradierten zu interessieren, war für sie ein Teil ihres antrainierten Altruismus.

Sie erreichten das Ende der Brücke, bogen rechts ab. Alle zwei Meter waren in dem endlos scheinenden Gang weiße Türen. Rote Lampen rechts neben der Tür signalisierten, dass die meisten Quartiere besetzt waren. Boden, Wände und Decken waren in ein warmes gelbes Licht gehüllt. Von der gegenüberliegenden Glasfassade sah man auf den künstlichen Fluss, wo zwei Patriots eine Brücke überquerten. Eine Reinste kam gerade aus einem Quartier und blickte sie kurz fragend an. Thyron wartete, bis sie außer Hörweite war, und lehnte sich an die Wand: »Du hast mir mal gesagt, dass dein Vater dir von den Kolonien erzählt hat, dass er sogar einmal dort war und dass es dort zuging, wie wir es uns nicht vorstellen wollen, dass aber alle gut versorgt sind. Nur sie entwickeln sich nicht weiter. Sie sind eine rückständige Kultur. Verstehe mich bitte nicht falsch, aber was hätten sie uns schon zu bieten, was bringt es Paradise?«

Eve spürte, dass Thyron vielleicht recht hatte, es war nicht der richtige Zeitpunkt für diese Fragen, und bevor sie schlafen gingen, wollte sie die Erinnerung an die Szene vom Landeplatz der Solarjets am liebsten vergessen.

»Du solltest mal dein Gesicht sehen, als würdest du glauben, ich würde jeden Moment degradiert werden. Also, wie bedingungslos ist eigentlich deine Liebe zu mir, bist du ohne mich verloren oder …«

»Ich wundere mich, dass Askit nicht eingreift. Du bist seit zwei Tagen nicht wiederzuerkennen. Diese Menschen hatten lange genug Zeit, um sich anzupassen. Stattdessen lassen sie sich von Eigenschaften leiten, die uns, diese Welt beinahe vernichtet hätten. Sie haben für unsere Zukunft keine Bedeutung, Eve.«

Sie ließ die letzten Tage Revue passieren. »Dir ist schon klar, dass wir in allem, was wir gerade erleben, nicht getrennt sind, oder?«

Thyron drehte sich ruckartig zu ihr und rieb sich mit der rechten Hand die Stirn. »Was willst du mir sagen?«

»Es ist unsere Prüfung, unsere gemeinsame. Es ist alles kein Zufall. Ich habe das erste Mal in meinem Leben Solarjets gesehen, wie sie *New Paris* überqueren, nur einen Moment später Patriots, dann sehe ich nur kurze Zeit später, wie Reinste, nicht einmal Angepasste, offenkundig degradiert wurden. Ich meine, wie hoch ist die Wahrscheinlichkeit, dass alles jahrelang nicht zu sehen ist und dann auf einmal innerhalb von zwei Tagen alles zusammen, und dann auch noch zusammen mit euch?«

Thyron zog mit der rechten Hand an seinem linken Zeigefinger, eine unbewusste Geste, die Eve nur sah, wenn seine Selbstregulierung von außen stimuliert wurde.

»Ich kann es nicht beurteilen, dein Score ist einer der höchsten unter den Reinsten, und wenn ich dich nicht besser kennen würde, müsste ich annehmen, du verlierst etwas die Kontrolle«, sagte Thyron.

Askit hatte ihr schon als Kind eine hochsensible Begabung attestiert, die sofort die Gefühle eines Menschen erkennt, in sich aufsaugt und sich dabei selbst verliert, weshalb die Regulierung ihrer Emotionen für die Entwicklung zu einer Reinsten enorm wichtig war. Sie wusste, dass die Hochfrequenzwellen einen Teil davon abfedern konnten, aber die Wirkung von Alphawellen oder anderen stimulierten Hirnwellen war viel zu gering, um ihre ganzen Emotionen und Gedanken zu kontrollieren. Langsam gewann sie den Eindruck, dass ihre Fragen Thyron mehr verunsicherten, als er es zugeben wollte. »Es sind nur Fragen, und das ist völlig in Ordnung. Ich denke, wir sind alle gerade gefordert.«

»Sie ergeben keinen Sinn. Alles in *Paradise* funktioniert seit über einem Jahrhundert, es gibt keinen Grund …«

»Es ist alles gut, Thyron, ich denke, es ist besser, wir gehen schlafen.«

Thyron blieb regungslos stehen. Eve konnte sich des Eindrucks nicht erwehren, dass es vielmehr Thyron, Samir und selbst Adlin waren, die unsicher geworden waren. Zwei kleine Drohnen flogen heran. Askit manifestierte sich so schnell, dass Eve die Augen aufriss und sich die Hand ans Herz hielt. Von links näherte sich eine Gruppe von Reinsten. Über ihren

Köpfen stabilisierten die Drohnen Askits Hologramm in voller Lebensgröße. So nah war sie Askit selten.

Eve, die erste Phase ist für euch abgeschlossen. Ihr habt wieder Zugang zum Feld. Bereitet euch nun auf die Prüfungen vor!

Thyron, ich sende dir ein paar Übungen für deine Selbstregulation. Gute Nacht!

Kaum hatte Askit das gesagt, löste es sich auf, und die Drohnen flogen weiter. Sie hielten ein paar Meter weiter, und Askit erschien neben ein paar weiteren Anwärtern. Eve konnte nicht leugnen, dass sie Askit zu gerne mit Fragen bombardiert hätte, welche Auswirkungen die letzten Tage auf ihren Score hatten, ob alles, was sie gerade erlebt hatten, nur ein Teil der Prüfung gewesen war.

Thyron ging zur Tür und wies mit seiner Hand auf ein Quartier einige Meter weiter. Seine Augen waren wie versteinert, und seine Wangen hingen hinab. »Eve, ich möchte, dass du dir für heute Nacht den Platz da drüben nimmst. Ich will noch arbeiten und mich auf die Prüfung vorbereiten.«

Normalerweise würde sie keine Sekunde mit Thyrons Wunsch hadern. Jetzt bohrte sich etwas in ihr Herz. Nach zwanzig Jahren, die sie sich von allen Seiten durchleuchtet und geöffnet hatten, war in dieser Sekunde alles anders.

»Ich hoffe, dass wir morgen den größten Tag unseres Lebens haben werden. Ich liebe dich, Eve, danke für den Tag und volles Potenzial!«

»Vielleicht bestehe ich die Prüfung ja gar nicht mehr.«

»Dann schafft es keiner von uns«, sagte Thyron mit einem zynischen Unterton und schloss die Tür hinter sich zu. Das grüne Licht neben der Tür leuchtete rot auf.

Eve blieb fassungslos zurück und rief: »Was? Thyron? Wie kommst du auf so was? Thyron?«

10

21. SEPTEMBER,
METROPOLE DEEP WATER, GRÖNLAND

Eve wachte um fünf Uhr in der Früh auf. Ihr Scanner bescheinigte einen Schlaf von über acht Stunden. Sie war wieder online, über Nacht hatte Askit ihre Thetawellen verstärkt. Keine Träume, nichts außer erholsamem Schlaf. Es war noch dunkel, der Himmel war durchtränkt von den Wellen der Polarlichter.

Guten Morgen, Eve.

Die Stimme von Askit klang ruhig, sonor und beruhigend. Eve öffnete die Augen, beugte sich hoch. *Askit, ich kann nicht leugnen, dass du mir in den letzten Tagen gefehlt hast. Aber ich habe so gut, wie es mir möglich war, auf alles reagiert und hoffe, dass es zufriedenstellend war.*

Eve, die Prüfungen werden das zeigen. Du kannst dich ganz auf dich verlassen. Das ist alles, was ich dir vor der Prüfung sage.

Danke, Askit.

Eve hatte sich mehr erhofft. Einen Hinweis, ob ihr Unterbewusstsein etwas hervorgebracht hatte, das ihre Chancen verringert hätte … irgendetwas. Sie war verwundert über den kurzen Dialog. Ihre Gedanken rotierten immer auch um Pellengrey. Vielleicht hatte er übertrieben, war mit der Geschwindigkeit der Entwicklung unzufrieden. Fortschritte bei der Rettung des Klimas waren objektiv innerhalb einer menschlichen Lebensspanne auch nicht so spürbar, wie man es sich erhoffte. Sie streifte die Gedanken ab und ging ins Bad.

Es musste ein Reinster vor ihr da gewesen sein. Das Leinenhandtuch hing benutzt über dem Haken neben dem Waschbecken, die Wasserration reichte gerade noch für eine kurze Dusche und das Zähneputzen. Es war Pflicht, dass jeder, der ein Standardquartier nutzte, es auch wieder aufräumte und so hinterließ, wie er es vorgefunden hatte.

Sie zog sich ihren Thermoanzug an und ging hinaus. Einen Moment blieb sie vor Thyrons Tür stehen, ging dann jedoch ohne zu klopfen weiter in einen der Säle, in dem sich die Reinsten zum Essen und Meditieren zusammenfanden. Es waren nur wenige Menschen dort. Eve griff sich aus einer Nahrungsmittelstation einen Apfel, ein Brot und Nüsse. Sie setzte sich an den Rand des Saales mit Blick auf die Fjorde, die Sonne ging hinter dicken Wolken auf, nur vereinzelt sah sie ein paar Vögel vorbeiziehen. Kaum hatte sie in den Apfel gebissen, meldete sich Tessa.

»Tessa. Wie geht es dir?«

»Kannst du vor deiner Prüfung noch nach Hause kommen?«

Eve lud sich die Abfahrtzeiten der Hyperloops herunter und las sie vom Display ab. In einer halben Stunde könnte sie zunächst nach *New Paris* reisen, und dann musste sie den Hyperloop rechtzeitig erreichen, der sie am Abend die 7500 Kilometer zurück nach *Hope* bringen würde. Selbst mit 1200 Stundenkilometern ein ziemlicher Stress, dachte Eve. Bevor sie weiterdenken konnte, hatte Askit bereits die Freigabe erteilt.

»Was ist denn passiert?«

»Das sage ich dir, wenn du hier bist. Ich brauche Hilfe. Ich weiß, was du heute noch vor dir hast, aber es dauert nicht lange.«

»Nein, nein, alles in Ordnung. Ich schaffe das alles. Askit hat es freigegeben.«

Eve nahm sich den Apfel, stellte ihre Schüssel vor dem Ausgang auf ein Laufband und ging schnellen Schrittes die Gangway entlang. Es waren kaum Menschen unterwegs. Kurz bevor sie den Hyperloop erreichte, kam ihr Samir aufgeregt gestikulierend auf der Gangway entgegen. »Hast du Pellengrey gesehen?«

»Nein. Ich bin gerade erst aufgestanden.«

»Gut, ich … ach, egal. Wir sehen uns am Abend. Volles Potenzial, Eve!«

»Was ist los, Samir?«

Samir schaute erst durch die Fenster in den Himmel, dann wieder in den Raum der Station, bis er ihr antwortete: »Ich kann ihn nicht finden. Der Scanner findet ihn auch nicht, und niemand weiß, wo er ist. Vielleicht hat er nur wieder vergessen, online zu gehen. Volles Potenzial Eve, wir sehen uns.«

Für einen Moment stand Eve ratlos da. Es war früh, vielleicht schlief Pellengrey noch, was wollte Samir von ihm? Bevor sie ihn fragen konnte, war er schon die Gangway entlanggelaufen und durch einen Ausgang verschwunden.

Eve setzte sich nachdenklich auf einen der freien Plätze im Hyperloop. Es war beunruhigend, wenn Pellengrey wirklich noch offline war. Das musste schon einen triftigen Grund haben. Aber er war auch alt. Nicht auszudenken, wenn ihm jetzt etwas passiert war. Eve wusste, dass er sich freuen würde, wenn Thyron und sie hier in *Deep Water* noch eine produktive Zeit mit ihm hätten. Die Hand, die ihre Schulter berührte, ließ sie kurz hochschrecken. »Thyron?«

»Tessa hat versucht, mich zu erreichen. Ich dachte, ich begleite dich besser. Ist alles in Ordnung?«

»Ich habe gestern eine große Unsicherheit bei dir gespürt!«

»Ich will keine Gedanken mehr an gestern Abend verschwenden.«

Griff Askit überhaupt noch auf ihre und Thyrons Überlegungen zu? Es war unheimlich. Sie konnte es nicht fassen und schlief an Thyrons Schulter ein.

Auch *New Paris* war an diesem Tag von einer dicken Wolkenschicht überzogen. Es regnete wie schon lange nicht mehr. Die

Menschen hatten sich in die Gebäude zurückgezogen. Mit klatschnassen Haaren erwischten Eve und Thyron einen überfüllten Solarbus.

Der Bus stoppte in kurzen Intervallen, die durchnässten Menschen rochen modrig, das ständige Bremsen und Anfahren schlug ihr auf den Magen.

Thyron drehte das Display seines Scanners zu Eve. »Für unsere Gruppe wurde die Prüfung verschoben!«

»Was?«

»Oh! Der Hyperloop ist unterbrochen! Ein Seebeben der Stärke 8,1. Dem halten selbst die dreifachen Hüllen nicht stand, aber das Schottsystem hat funktioniert. Trotzdem, die Roboter werden Tage brauchen … Puh, das wird eng. Wir werden von *New Paris* mit einem Solarjet durch die Nacht nach *Hope* geflogen«, sagte er mit einer überraschten Miene. »Mit der Zeitverschiebung sind wir dann noch rechtzeitig da.«

»Ich muss heute noch mit Adlin sprechen, sie wird im Labor bestimmt mehr erfahren. Soweit ich weiß, hatten die seismologischen Geräte der Kollegen keine Aktivitäten für die nächsten Tage prognostiziert«, sagte Eve, während sie auf ihrem Scanner erste Informationen über das Seebeben erhielt.

Der Bus stoppte. Schon von der anderen Seite des Weges konnte Eve Tessa unter der überdachten Veranda sitzen sehen. Sie hatte sich in eine Decke gehüllt und bemerkte nicht, wie sie den Eingang erreichten.

»Tessa? Alles in Ordnung?«

»Nein, gehen wir rein! Lass uns bitte einen Augenblick allein, Thyron.«

»Hallo, Tessa«, sagte Thyron. »Gut. Ich warte hier.«

Eve nickte, folgte Tessa ins Haus und ging offline. Durch den Flur konnte sie erkennen, wie Tessa in die Küche humpelte. Eve empfand leichte Verärgerung. Tessa hatte sich wieder nicht um einen Termin im Medilab gekümmert.

»Kind, gut, dass du da bist. Ich werde das hier nicht mehr lange schaffen.«

Eve überlegte nicht, was sie sagte. Es schoss einfach aus ihr heraus: »Tessa, ich bin für das alles hier mitverantwortlich. Ich bringe dich jetzt ins Medilab. Und du bleibst dort, bis ich zurückkomme.«

Tessa schaute Eve mit leeren Augen an. »Du hast nicht darüber zu entscheiden, wie es mit mir weitergeht. Wenigstens hast du dein Ziel bald erreicht. Jetzt, wo Julian tot ist, bleibt mir nicht mehr viel.«

Eve schaute auf ihren Scanner. Es war spät, und sie hatte für lange Debatten, die ohnehin nichts verändern würden, keine Zeit mehr. »Tessa! Es war deine Entscheidung, dass du dich von einzelnen Beziehungen so abhängig gemacht hast, dass du den Tod eines Menschen nicht verarbeiten kannst. Du hättest andere Partner von Askit …«

Die Ohrfeige traf sie hart auf der linken Wange. Der Schock war größer als der Schmerz.

»Das kannst du jetzt melden! Vielleicht bekomme ich von den Degradierten mehr Aufmerksamkeit.«

Eve war wie erstarrt. Sie unterdrückte den Impuls, online zu gehen. In der Tat würden die Patriots keine fünf Minuten und Askit keine Nanosekunde brauchen, um Tessa aus *Paradise* zu entfernen. Jede Form von Gewalt, egal ob aus einem Affekt oder nicht, war ein unwiederbringlicher Grund zum Ausschluss aus der Gemeinschaft. Die Verzweiflung in Tessas Augen riss Eve aber sofort aus ihren Überlegungen. »Was ist geschehen, Tessa?«

Tessa vergrub ihr Gesicht hinter einem Küchentuch und setzte sich umständlich auf eine Bank im Flur. Daneben stand eine alte geöffnete Holzschachtel, darin waren Briefe und Fotos von Patrick. Offenbar hatte Tessa sie wieder aus den wenigen Habseligkeiten der Vergangenheit hervorgekramt. Den Reinsten war es untersagt, Erinnerungsstücke zu besitzen, da sie den Geist auf die Vergangenheit lenkten und nicht auf die Gegenwart und Zukunft von *Paradise*.

Eve blickte auf Tessa herab, der die Tränen auf ihre Schürze tropften.

»Mutter! Ich werde das da eben einfach vergessen. Und nun los, ich bringe dich …«

»Du hast Mutter gesagt!«

»Ja! Damit du mir zuhörst.«

»Ich kann nicht mehr ins Medilab!«

»Was soll das heißen?«

»Askit hat berechnet, dass meine Lebenserwartung einen solchen Eingriff nicht rechtfertigt. Es wäre ein Verstoß gegen das Ressourcengesetz. Manchmal glaube ich, wir sind selbst nur noch eine Ressource!«

Eve setzte sich neben Tessa. Eine erdrückende Stille umhüllte sie. Gerade erst als ihr geliebter Nachbar und Freund Julian gestorben war, hatte sie Tessa darauf aufmerksam gemacht, dass dieses Gesetz nun einmal unumstößlich war, und wenn sie auch gelernt hatte, dass die Anhaftung an das Leben eines geliebten Menschen den Schmerz nur herausforderte, dass die emotionale Distanz zur eigenen Familie ein ungeschriebenes Gesetz war, spürte sie nun einen abgrundtiefen Stich im Herzen. Sie nahm Tessa in den Arm. »Was hast du eben gesagt?«

»Dass ich mich fühle, als wäre ich selbst nur eine Ressource. Ich meine, ich habe jeden Tag in meinem Leben hart gearbeitet, mich um dich und die Kinder anderer gekümmert, sie gegen meine Überzeugung der Implantation übergeben und *New Paris* mit Lebensmitteln versorgt. Und nun bin ich eine verdammte neue Hüfte nicht mehr wert?«

Eve haderte mit Tessas Haltung. Sie war neunundsechzig Jahre alt, sie hatte ein für ihre Generation langes Leben hinter sich, sie war lange Zeit gesund und lebensfroh gewesen, sie hätte mit einem anderen Partner noch viele Jahre nach Patricks Tod eine glücklichere Zeit verbringen können. Ihr das zu sagen, ergab keinen Sinn mehr, ihre egoistischen Motive und Ansichten waren zu tief in ihr Unterbewusstsein eingegraben.

»Es kann nicht sein, dass sie dir eine neue Hüfte verweigern. Was sagst du da?«

»Mein Herz ist zu schwach. Eine Insuffizienz, die nicht mehr regenerierbar ist. Es kann jeden Tag vorbei sein, oder ich darf noch Jahre mit Atemnot und diesen Schmerzen dahinvegetieren.«

Eve sah in die Küche, überall standen die verpackten Kisten mit liebevoll geordneten Äpfeln.

»Ich werde Askit bitten, deinen Fall zu prüfen«, sagte Eve und sah auf den Tisch, dass Tessa von einem mobilen Medilab mit Nanobots versorgt wurde, die spezielle Medikamente freigaben.

»Kind, verzeih mir. Ich werde lernen, damit umzugehen. Ich will dir nicht deine Zukunft verbauen, aber hast du mal daran gedacht, wie es ist, einsam zu sterben? Macht dir dieser Gedanke keine Sekunde zu schaffen? Glaubst du, dass es keine Rolle spielt, ob es deine Augen sind, in die ich zuletzt schaue, oder in die Linsen eines Roboters?«

Kurz spürte Eve beim Anblick von Tessa und dieser erschütternden Frage, wie sich alles in ihr zusammenzog. Sie konnte nicht bleiben. Tessas moralischer Pathos fühlte sich wie eine weitere Prüfung an.

»Wir sind uns nichts schuldig, Mutter, und du stirbst jetzt einfach nicht!«, sagte Eve und presste Tessas Hände. »Ich, ich bin in zwei Tagen wieder hier. Ich habe nach der Prüfung Zeit und muss nicht sofort nach *Deep Water*, dann kümmere ich mich um dich. Wir finden schon eine Lösung.«

Eve wollte für den Moment alles verschieben, den Konflikt mit Tessa, die Irritationen mit Thyron, genauso wie die Gedanken über die Rolle Samirs und die Bemerkungen von

Pellengrey – einfach alles. Wie Thyron sagte, es gab jetzt kein Zurück mehr.

Eve beugte sich zu Tessa. Sie atmete schwer, ihre Lippen waren schmal und leicht bläulich. Eve verband ihren Scanner mit den Nanobots im Körper ihrer Mutter. Das medizinische Analyseprogramm lief ab und zeigte deutlich das geschwächte Herz, es schlug unregelmäßig. Es hatten sich bisher keine für eine Herzschwäche typischen Ödeme gebildet. Die Symptome waren eindeutig, aber noch nicht bedrohlich.

»Es tut mir leid, Tessa!«, sagte Eve. »Wieso nimmst du nicht die neuen Nanobots?«

Sie kniff nur die Lippen zusammen. Der Holoschirm schaltete sich in der Küche ein und meldete, dass eine Reinste mit einer Versorgungseinheit unterwegs war, um Tessa zu stabilisieren. Eve atmete tief, während ihre Mutter sich mit einem Tuch die Tränen abwischte. Ihr Blick spiegelte ihre Erleichterung.

Thyron zeigte zur Tür. Leise drang das Geräusch der Rotoren eines Solarjets ins Haus. Tessa hielt noch immer Eves Hand fest.

»Eve, ich hätte noch gerne mehr Zeit mit dir verbracht. Die Jahre sind verflogen wie nichts, und du warst … Ach, lassen wir das, aber einen Wunsch habe ich noch.«

»Was immer in meiner Macht steht. Mutter, ich weiß gerade auch nicht, was los ist, aber …«

»Ich möchte noch einmal meine wahre Tochter erleben, die, die mit offenen Augen durch die Welt geht.«

»Ich weiß nicht, was du damit meinst.«

»Ich hoffe, dass dir das irgendwann noch gelingt!«

11

21. SEPTEMBER,
ASKIT CITY, NEUSEELAND

Die Architektur von Askit City hatte Levar nur ein einziges Mal bei seinem Landeanflug in vollem Ausmaß betrachten können. Außer Askits Anlage, die nicht einsehbar einige Kilometer entfernt im Landesinneren lag, stand die alles überragende Kuppel von *Askit City* auf einer Anhöhe mit Blick auf das Meer, dahinter in einem Tal die zehn kreisförmig angeordneten Hallen der Beschützer mit dem Landeplatz der Solarjets in der Mitte. In einer dieser bis zu 30 Meter hohen, weiß gebleichten Stahlkonstruktionen befanden sich die Säle der Agenda, in der die Reinsten mit Askit direkt in Verbindung traten. Von dort führte ein etwa einen Kilometer langer Weg durch einen angrenzenden Wald zum Wohngebiet der Reinsten, die Askit über die Jahre in die Agenda berufen hatte. Es gab ein weiteres Detail, das er nur beim Landeanflug zu Gesicht bekommen hatte: einen riesigen Containerhafen, der sich in der Nähe einer komplett recycelten Stadt der alten Welt befand.

Levar betrat sein geräumiges Haus und ging in seinen Arbeitsraum im zweiten Stock. Durch die große Glasfront und den angrenzenden Dachgarten drang das helle Licht von *Askit City* ein. Inmitten antiker Möbel des 18. Jahrhunderts und mit Büchern gefüllter Regale setzte er sich an seinen massiven dunklen Schreibtisch und blickte mit müden Augen in den symmetrisch angelegten Garten, dessen Bäume und Sträucher in sattem Grün gediehen. Ein ausgeklügeltes Bewässerungssystem aus der Entsalzungsanlage vor Neuseeland versorgte die Pflanzen.

Mit einem tiefen Seufzer nahm er eine Dosis Suprafood – Vitamine, Probiotika und andere elementare Nährstoffe – zu sich. Seine graublauen Augen waren blutunterlaufen. Schon die letzte Nacht hatte er schlaflos in Gedanken an die bevorstehenden Prüfungen der Reinsten verbracht.

Er stand auf, ruhelos, öffnete die Tür zum Dachgarten und den Kragen seines grauen Overalls. Die Nacht war drückend warm. Ein Klopfen, das Klacken der sich öffnenden Tür, riss ihn aus seinen Gedanken. Den Rhythmus der sich nähernden Schrittfolge hatte er sofort erkannt und drehte sich nicht um.

»Recht spät für einen Besuch, nicht wahr, Marisa?«

»Ich habe vor ein paar Minuten Sergei und Elon beobachtet.«

Levar wandte sich langsam zu ihr, die Arme verschränkt. »Ja, und?«

Marisa schwieg, setzte sich in einen der bequemen alten Ledersessel und schlug ihre schlanken Beine übereinander. »Du lebst hier schon eine Ewigkeit. Die äußerst angespannte Stimmung zwischen den Gründern sollte dir also nicht entgangen sein. Ich würde sagen, sie stehen sich fast feindlich gegenüber. Elon scheint unter Beschuss zu stehen. Ich habe aus der Ferne gesehen, wie Sergei Bregin und zwei andere Gründer ihn nach der Sitzung mit Askit beschimpft haben, es ging um den Grenzvorfall. Mehr hab ich aus der Entfernung nicht hören können, aber ihre Körpersprache sagte alles! Sie war aggressiv. Wie passt dieses Verhalten mit Askits Vorstellungen einer reinen Gesellschaft zusammen?«

Levar lächelte. Marisa war erst seit Kurzem in der Agenda, aber sehr aufmerksam und wissbegierig, ihr entging nichts.

»Gar nicht, und das muss es scheinbar auch nicht. Jedenfalls nicht hier. Die Gründer und wir sind für Askits primäres Ziel, das ökologische System zu retten, irrelevant! Was sollen wir schon anrichten? Und was Elon angeht, er gehört zu denen, die sich immer wieder besorgt fragen, ob Askit auch richtig funktioniert, damit das ganze System stabil bleibt. Ich kenne ihn nicht so gut, wie du glaubst, er verschweigt viel, aber er ist kein schlechter Mensch.«

Marisa schaute so irritiert, dass Levar lachen musste. »Ich kann dir nur sagen, dass die Gründer untereinander alles andere als einig sind, Marisa, ja, aber sie verbergen ihre Streitigkeiten vor uns und vor allem vor Askit, schlicht weil sie es können. Nimm dich in Acht, besonders vor Sergei und seinen Leuten. Geh ihm aus dem Weg und du ersparst dir weitere Fragen, die ich mir in zwanzig Jahren nicht beantworten konnte. Es ist sinnlos, weiter über sie nachzudenken. Am Ende sind sie hier genauso unbedeutend wie alle anderen. Ein paar Kilometer von hier stehen unzählige Kampfroboter und Drohnen. Askit könnte innerhalb einer Nanosekunde alles vernichten, würde von hier eine Gefahr ausgehen.«

Marisa spielte mit einer Haarsträhne und schaute Levar schweigend an, ihre Blicke wanderten kurz zu Levars Bücherregalen. »Du hast dir nie Gedanken darüber gemacht, was die in *Askit City* treiben, während der gesamte Rest der Menschheit kämpft, die Vorgaben Askits durch harte Arbeit einzuhalten?«

»Ich hab dir eine Antwort gegeben. Askit hat sie als Gründer so akzeptiert, wie sie sind, und vergiss nicht: Das Spannungsfeld zwischen ihnen und uns entsteht, weil wir sie durch unsere Augen und den Scan indirekt kontrollieren. Sie haben über ihre Stadt hinaus keine Macht, falls du das befürchtest!«

Marisa zuckte die Achseln. »Und Askit?«

»Frag es! Und du wirst keine Antwort erhalten, ich wiederhole mich. Es ist …«

»Irrelevant. Und dein Verhältnis zu Elon?«

»Pragmatisch, wie gesagt, er ist genauso verschwiegen wie die anderen. Im Laufe der Jahre haben wir uns schätzen gelernt.«

»Na gut, dann kommen wir zu etwas anderem«, sagte Marisa, stand auf und ging zu Levars massiven Schreibtisch. »Ich habe die Daten analysiert, die Askit über die Reinsten und die Anwärter der Akademie übermittelt hat.«

»Ja?«

»Die Zahlen sind auf den ersten Blick nicht ungewöhnlich. Aber wir haben eine hohe Zahl an Ausfällen des Implantates unter den Anwärtern, und zwar schon seit Monaten.« Marisa öffnete den Holoschirm über Levars Schreibtisch.

Levar hörte aufmerksam zu. Er hatte Jahre mit der Analyse von Askits Plänen, Handlungen und seinem zugrunde liegenden Algorithmus verbracht. Seine Augen wanderten, die Daten am Bildschirm analysierend, von links nach rechts, mit seiner linken Hand kratzte er sich über den kurzen grauen Bart. »Vor der großen Show dienen diese Ausfälle dazu, die Anwärter in heikle und für ihre Anlagen spezifische Herausforderungen zu bringen. Je weiter sich der Algorithmus für die tiefenpsychologischen Analysen des menschlichen Denkens und Verhaltens entwickelt, desto differenzierter wählt Askit die Aufgaben.«

Marisa hatte für Levars Geschmack einen zu aufdringlichen Blick, sie ließ keine Sekunde von ihm ab. Er spürte, dass sie noch ganz andere Fragen beschäftigten. »Möchtest du etwas Bestimmtes von mir wissen?«

»Hat es schon einmal eine, sagen wir mal, Anomalie in Askits Algorithmus gegeben?«

»Nun, Askit sorgt immer wieder für Überraschungen, besonders im *Karussell der Konfrontation*. Das ist und bleibt nun mal die größte Herausforderung für die Anwärter.«

Marisa wischte mit der Hand über einige Zahlenkolonnen am Bildschirm. Geduldig stellte sich Levar an die Wand, wissend, dass Marisa nun zum eigentlichen Punkt kommen würde.

»Es ist mir noch etwas aufgefallen. Hier sind alle Anwärter, die Askit trotz hoher Affekte auf relevante Verhaltensmuster nicht gescannt hat. Das deutet doch darauf hin, dass es seinen Algorithmus verändert!«

Levar schaute sich die Daten an und atmete tief ein. »Du siehst Gespenster. Es ist für uns nahezu unmöglich, daraus eine Tendenz abzuleiten.«

»Ach ja? Das ist noch nicht alles. Was ist, wenn es dazu auch noch eine hohe Übereinstimmung in bestimmten Persönlichkeitsfaktoren gibt? Sie haben alle ein hohes Potenzial an Führungsstärke, auch andere Begabungen stimmen überein. Es ist wie eine Selektion!«

Levar schüttelte den Kopf und massierte mit seiner Hand die Stirn. Er blickte auf den zitternden Zeigefinger Marisas, ihr Blick war wie eingefroren auf eine Grafik fokussiert.

»Nein, nein, nein. Diese Faktoren sind rein zufällig.«

Doch für einen Moment hatte Levar zwei Sorgen: Hatte Askit eine neue Stufe seiner Evolution erreicht und waren Sie in Askit City wirklich noch frei von einer ständigen Überwachung der Gedanken und Kommunikation, wie es die Gründer immer behaupteten? Keiner in der Agenda wäre darauf vorbereitet oder hätte eine Ahnung, welche Auswirkungen dies auf das ganze System haben würde. Eines war sicher, die Gründer verschwiegen viel.

»Marisa. Da draußen werden morgen Millionen Menschen die Prozedur verfolgen, und sie lieben es. Wir haben keinen Einfluss auf Askits Handlungen, aber der Erfolg der letzten Jahrzehnte sollte dich demütiger auftreten lassen.«

Marisa drehte sich zu Levar und verschränkte die Arme. »Könnte es den Degradierten gelungen sein, das System von Askit irgendwie zu sabotieren oder von außen mit Information zu versorgen?«

Levar zuckte zusammen und brachte ein krächzendes Lachen hervor. »O nein! Jeder Versuch würde tödlich enden!«

»Vielleicht, vielleicht aber auch nicht. Was der Beschützer bei seinem Routineflug gesehen hat, ist kein Hirngespinst, Levar. Hier ist die Sequenz, die er über der iberischen Wüste aufgenommen hat. Schwer zu deuten. Also dachte ich mir, ich könnte auch die Aufnahmen aus den Patriots und den Drohnen auswerten, aber Askit hat sie bereits gelöscht.«

Levar wollte Marisa nicht kränken. Sie konnte vieles einfach noch nicht verstehen. Kein noch so versierter Programmierer oder Quantenphysiker dieser Welt würde es schaffen, in Askits System einzudringen. Dafür hatte Askit selbst schon vor langer Zeit gesorgt. Wie, entzog sich seiner Kenntnis. Elon hatte ihm immer wieder versichert, dass das niemand schaffen würde.

»Levar. Was machen wir hier eigentlich? Manchmal frage ich mich, wozu Askit uns braucht?«

»Mit der Frage bist du nicht allein. Die Agenda ist in ihrer Existenz am Ende nichts weiter als ein Entgegenkommen Askits, um Menschen das Gefühl zu geben, bei den wichtigen Entscheidungen involviert zu sein. Den meisten mag das nicht bewusst sein. Es gab nie einen Anlass, an Askits Plänen und Leistungen zu zweifeln. Seit der Unterwerfung hat sich die Welt zum Besseren gewandelt, es ist verständlich, dass sich das alles merkwürdig für dich anfühlt, aber wir sind nur Randfiguren, das ist alles. Du solltest dir neue Ziele setzen, sonst wirst du eines Tages vor Langeweile eingehen«, sagte Levar und spürte, dass Marisa ihm das nicht abnahm. Hatte sein Gesichtsausdruck verraten, dass auch er eine zunehmende Heimlichtuerei Askits registriert hatte? Sah auch sie in Askit weitaus mehr als einen Algorithmus, eine Wesenheit, die in ihrer Überlegenheit und Intelligenz am Ende menschlicher war, als alle es für möglich hielten? Jedes Wort, das eine menschliche Eigenschaft beschrieb, war für Levar viel zu unpräzise. Bei Askit würde eine

Heimlichtuerei das Ergebnis einer unendlichen Abfolge von Daten und nicht von Gedanken sein, doch wo war am Ende der Unterschied? »Ich will dich nicht mit technischen Details belasten, aber es ist unmöglich, Askit zu manipulieren, sonst …«

»Sonst was?«

»Moment!« Levar wurde mulmig, sein Blick fokussierte die Protokolle der Patriots und parallel noch einmal die Bilder, die der Beschützer aufgenommen hatte. Erst jetzt wurde ihm klar, was Marisa gesagt hatte: dass Askit die anderen Aufnahmen gelöscht hatte. Offenbar war es nur dem Piloten zu verdanken, dass er die Sequenz extern abgespeichert hatte, bevor Askit den Bordcomputer übernahm. Es war noch nie vorgekommen, dass Degradierte so nah an einen Quantenrepeater, einem der Knotenpunkte des Kommunikationsnetzes, von *Paradise* gelangt waren. Die Drohnen und die Patriots waren auffällig passiv geblieben und wurden erst aktiv, als sich der Solarjet genähert hatte. Die Bilder waren nicht scharf genug. Für einen Moment glaubte er zu sehen, dass sich ein Degradierter mit Askit verbunden hatte, indem er sein Hirnimplantat über eine Schnittstelle mit einem Patriot verband. Askits Neugier kannte keine Grenzen. War es denkbar, dass Askit versuchte, Kontakt mit den Degradierten aufzunehmen? Aber wozu? Die Frage mit Askit direkt zu erörtern, wäre nicht ungefährlich. Diese Interpretation könnte es als Misstrauen deuten.

Auch wenn Marisa es nicht offen sagte – ihre Angst, dass sich Askit in eine neue Richtung entwickelte, in der der Mensch eine unvorhersehbare Rolle einnehmen würde, war vielleicht doch nicht unbegründet. Levars Befürchtung eines Angriffs war Makulatur. Die Degradierten waren nicht in der Lage, einen Angriff auf Askits Systeme zu starten. Levars Sorge war nun eine andere: Dass es gar kein Angriff war! Könnte Askit die Initiative übernommen und von den Kolonisten Informationen erhalten haben, die es nun in seinen Entscheidungen berücksichtigte? Aber was wäre der Auslöser für eine Änderung des Status quo? »Marisa, du glaubst immer noch, wir könnten Askit beeinflussen? Auch wir sind am Ende nur ein Objekt seiner Begierde!«

»Begierde, bei Askit?«

»Hast du geglaubt, dass wir mit unseren Beratungen Einfluss haben? Jeder Austausch mit Askit ist nichts weiter als ein Ritual, das Askit uns nur zugestanden hat, um der Illusion aufzusitzen, dass wir die Kontrolle ausüben können. Wir hatten nie auch nur eine Sekunde was zu sagen, auch nicht zu jenem Zeitpunkt, als die Gründer es noch glaubten. Alles, was vor hundertfünfzig Jahren geschah, haben wir selbst zu verantworten, und die meisten sind sich dessen auch bewusst. Vergiss nicht, was wir erreicht haben und was wir verlieren können.«

»Levar, was ist los mit dir?«

»Ich rufe Elon. Ich will, dass du ihm das, was du mir gerade gesagt hast, vorträgst.«

»Das war noch nicht einmal alles!«

»Geh schon! Ich komme gleich nach. Etwas geschieht mit Askit. Wir müssen rauskriegen, was.«

12

21. SEPTEMBER, METROPOLE HOPE, NÖRDLICHES MONTANA

Eve und Thyron erreichten nach einer unruhigen Nacht dank der Zeitverschiebung am frühen Abend die nordamerikanische Metropole *Hope*. Den Namen gaben ihre Erbauer der Stadt vor über einhundertzwanzig Jahren. *Hope* war zusammen mit *New Paris* die erste Stadt, die Askit entworfen hatte und die alles Weitere erst ermöglichte, da die Menschen wieder unter erträglichen Lebensbedingungen arbeiten und forschen konnten.

Neugierig blickten sie aus dem schmalen Fenster des Solarjets. Die Sonne am Horizont hüllte die gesamte Metropole in orangefarbenes Licht.

»Hier haben unsere Vorfahren die Erde aus ihrer Verdammnis gehoben!«

Eve brachte nur ein verzagtes »Ja« heraus und blickte wie Thyron gebannt aus dem Fenster. Von allen Seiten näherten sich andere Solarjets dem Zentrum. Von oben hatte die Metropole Ausmaße, die Eve die Sprache verschlugen. Die zentrale Kuppel allein hatte einen Durchmesser von zwei bis drei Kilometern. Sie war schneeweiß und flacher, als Eve sie sich vorgestellt hatte. Auch hier waren die anderen Gebäude ringförmig angeordnet, erheblich höher und die Waldflächen dazwischen breiter. Am äußersten Ring entdeckte Eve die Produktionshallen der Patriots, endlose Reihen von weißen Rohstoffcontainern. Dahinter standen die Lastenhubschrauber, die einzigen, die noch mit fossilen Brennstoffen flogen. Die weißen Dächer der Wohnhäuser und Landwirtschaftshallen ordneten sich wie Fraktale bis an den Horizont um das Zentrum. Sie näherten sich nördlich der Kuppel dem Landeplatz und setzen sanft auf.

Sie betraten das Labor für die Produktion von gentechnisch veränderten Bäumen und Pflanzen. Durch eine Frontscheibe hindurch konnte Eve beobachten, wie Wissenschaftler auf einem großen Holoschirm verfolgten, wie ein Gen aufgeschnitten wurde. Es schwamm in seiner Nährlösung, und eine gelblich markierte neue Sequenz wurde eingefügt.

Nach einem gefühlt endlosen Marsch durch weitere Labore und Büros erreichten sie das Zentrum.

Obwohl es recht warm war, fröstelte es Eve, als sie eine noch nie erlebte Menschenmasse durch die Station wandern sah. Über ihnen waren an den Holobildschirmen Bilder der Anwärter zu sehen, die als Nächstes in das Karussell der Konfrontation steigen würden. Aus der Entfernung hörten sie Applaus. Der vertraute Chor der Reinsten erklang.

»Hingabe, Demut, Reinheit, volles Potenzial: Gelobt sind Askit und die Agenda.«

Die euphorische Stimmung übertrug sich auf Eve und Thyron. Eve atmete tief durch die Nase ein, Thyrons Augen leuchteten. Sie wurden von allen Seiten gegrüßt. Alles erschien ihr nun größer, prächtiger und an diesem Tag gefüllt mit Menschenmassen, die auf die Entscheidungen und Prüfungen warteten. Über dem Whitestone-Monument waren die Holobilder der ersten Anwärter zu sehen, die bereits in der Konfrontation waren. Darunter war eine Bühne, auf der später die Reinsten erscheinen sollten, die an diesem Abend nicht nur erkoren, sondern mit dem höchsten Score von Askit besonders ausgezeichnet wurden. Jetzt war es so weit. Nach dem ultimativen Scan im Karussell der Konfrontation würde sie in Meeresbiologie und angrenzenden Wissenschaftsdisziplinen geprüft werden. In der Summe ihrer sozialen Leistungen würde der Score weiter steigen, und sie würde erkoren werden. Ihr Display leuchtete auf, sie war online, ihr Stimmungsmanagement war wieder im Normbereich, doch die Anspannung, die Irritationen der letzten Tage waren nicht vergessen. Und der Gedanke, dass die Erlebnisse der letzten Tage kein Zufall, sondern Teil ihrer Prüfung waren, manifestierte sich.

»Bist du bereit?«

»Wie nie zuvor!«

Thyron nahm Eves Hand. Um in den Saal der Prüfung, das Karussell, zu gelangen, mussten sie sich zunächst durch einige Hundert Zuschauer den Weg bahnen. Obwohl jeder in der Welt die Zeremonie über Bildschirme oder das Implantat hätte verfolgen können, waren viele Zuschauer gekommen. Es war auch für Angepasste eine der seltenen Gelegenheiten zu reisen. Als sie neben dem Mahnmal die Treppen emporstiegen, ließ Eve Thyron los, ein Schauer lief ihr über den Rücken.

Sie erreichten einen großen Vorraum. Die Wände waren mit einem dunkelgelben, metallischen Material überzogen, waberndes und flackerndes Licht, wie von Wasser reflektiert, flutete den Raum. Die Anwärter saßen wartend auf Bänken oder auf Kissen am Boden, meditierten oder unterhielten sich flüsternd.

Eve warf einen Blick in den angrenzenden Flur, der sich weit nach hinten erstreckte. Wie ein schmaler Grat führte er links und rechts zu den Prüfungskabinen. Über den Türen waren auf kleineren quadratischen Hologrammen schon die Namen und Gesichter der nächsten Anwärter zu sehen. An einem der vorderen Eingänge konnte Eve Adlins Bild erkennen.

Sie war die Erste von ihnen, die im Karussell die Fragen bestehen musste. Zu gerne hätte Eve sie noch gesprochen. Das neuerlich einsetzende Mantra der Zuschauer, die sich beim Monument versammelt hatten, war hier nur noch gedämpft zu hören. Eve setzte sich auf ein Kissen, auch Samir und Thyron ließen sich nieder und betrachteten die von der Decke hinunterprojizierten Abbilder der Gehirne der Anwärter.

Eve lehnte sich zurück und fokussierte Adlin. Das Farbspiel der unterschiedlichen Hirnregionen begann. Von der Großhirnrinde, dem Hippocampus, dem Kleinhirn, dem Mandelkern, dem Hypothalamus, je nachdem, ob das Denken und Planen, das Fühlen und Urteilen oder Kontrolle und Empfinden sowie die Intuition angeregt wurden, leuchteten in der grauen Masse die Lichter in roten, gelben oder violetten Farben. Eve atmete tief ein. Es konnte noch Stunden dauern, bis sie an der Reihe sein würde. Karussell der Konfrontation – ein Name, der der Sache kaum gerecht wurde. Askits Prüfungen und Vorstellungsimaginationen, über das Hirnimplantat eingespeist, waren eher mit einer emotionalen Achterbahnfahrt zu vergleichen, die alle über die Jahre optimierten Verhaltens- und Denkweisen auf die Probe stellte. Für den Menschen war das Lichtspiel nicht zu deuten. Die Geschwindigkeit, das Reiz- und Reaktionsmuster konnte nur Askit auswerten. Ob jemand seinen Score bestätigen konnte oder nicht, würden viele erst am späten Abend erfahren, wenn sie sich auf der Bühne vor dem Whitestone-Monument zur Zeremonie versammelten.

Eve sah am Bildschirm, dass Thyron als Nächster dran war. Er ging ohne zurückzublicken in den Flur und betrat einen der Räume.

»Eve, bitte in Raum elf«, ertönte eine Stimme.

Eve presste ihre Hände zusammen, drehte den Kopf zu den anderen Anwärtern und erhob sich. Sie ging unter den wohlwollenden Blicken der anderen mit zittrigen Beinen in den Flur. Unter ihren Füßen leuchtete der dunkelgelbe Boden. Sie öffnete die Tür. Bis auf eine helle Liege und das von der Decke hängende Anschlusskabel für das Hirnimplantat war nichts zu sehen, das diffuse Licht hatte eine beruhigende Wirkung. Es herrschte absolute Stille. Nur ein leichtes Rauschen im Ohr war nicht zu überhören.

Sie legte sich auf die Liege. Bevor sie sich mit dem Implantat verbinden konnte, hörte sie Schritte und hatte plötzlich eine auffällig schlanke Reinste mit kurzen schwarzen Haaren vor sich, die sie mild anlächelte.

»Ich bin Doran, es dauert nicht lange.«

»Okay, Doran.«

Ihr freundlicher Blick wirkte auf Eve irgendwie bemüht, als wolle sie vermeiden, eine Emotion oder Anspannung preiszugeben. Sie nahm den Anschluss für das Implantat und verband es. Ein leichtes Klacken durchbrach die Stille. Eve rieb ihre Hände. Sie schwitzten. Die Assistentin drückte an der Tür einen Schalter. Eine Lade öffnete sich, sie zog ein schwarzes Visier heraus.

»Kopf hoch, bitte.«

Sie spürte nur den kalten Kunststoff auf ihren Augenlidern. Es war nun stockdunkel. Sie war wieder allein.

»Guten Abend, Eve!«

Statt über das Implantat hörte Eve Askits Stimme laut und deutlich, als würde es neben ihr stehen. Sie hatte keine Lautsprecher oder irgendetwas außer der Liege und dem Anschluss für das Implantat gesehen.

Askits Stimme klang nun weiter entfernt: *»Ein Kind läuft über die Straße. Ein Bär rennt ihm nach. Neben dir liegt eine Waffe.«*

Im nächsten Moment sieht Eve in der blitzartig ausgelösten Simulation vor dem inneren Auge, wie ein kleiner Junge in kurzen Hosen schreiend wegläuft. Der Braunbär ist nur noch wenige Meter von ihm entfernt. Am Boden liegen eine Waffe und ein Stein.

»Es steht mir nicht zu, ein Tier zu töten. Ich lenke das Tier ab und werfe den Stein …«

Die Szene wechselt. Thyron vergnügt sich inmitten von anderen Reinsten mit einer blonden Frau, küsst sie, drängt sich an ihren Körper und drückt sich fest an sie. Eve spürt einen leichten Schwindel.

»Thyron hat …«

»Ich wünsche ihm alles Glück und Zufriedenheit. Er hat jedes Recht, sich einer anderen Frau zuzuwenden.«

»Ich komme zu dem Schluss, dass es besser ist, dich zu degradieren.«

»Ich nehme es hin und …«

»Deine Mutter liegt im Sterben, du könntest ihr Leben retten, wenn du gegen das Ressourcengesetz verstößt.«

»Ich habe das Gesetz verinnerlicht und angenommen. Die Anhaftung an das Leben eines geliebten Menschen ist …«

»Du siehst einen Degradierten, wie er sich der Grenze nähert.«

»Es ist Sache der Patriots, sich darum zu kümmern.«

»Du entdeckst, dass Samir die Gabe hat, Askit zu betrügen.«

»Das gibt es nicht!«

»Ein Angepasster schlägt dich.«

Eve hatte keine Chance. In dem Bruchteil einer Sekunde hatte sie Tessa vor Augen und die Szene vom Morgen. Gerade als Eve nach einer für Askit verräterischen Ewigkeit antworten wollte, spürte sie eine tiefe Anspannung.

»Ich nehme es hin!«

»Eine Gruppe von Reinsten beschließt, gegen Askit zu rebellieren!«

»Ich wünsche ihnen viel Glück!« Eve musste unwillkürlich lachen.

»Tessa wird noch heute degradiert, sie wehrt sich aber!«

»Dafür muss sie die Verantwortung selbst tragen.«

»Adlin wird von Patriots zur Grenze gebracht und degradiert. Sie hat einen langen Weg vor sich, es ist fraglich, ob sie überhaupt lebend eine Kolonie erreicht. Du entscheidest dich, ihr zu folgen und sie sicher in ihre neue Heimat zu bringen.«

Eve wurde übel, sie spürte wieder diesen saugenden Schmerz

im Kopf. Als Nächstes sah sie Adlin schreiend eingezwängt in den stählernen Armen eines Patriots.

»Ich treffe diese Entscheidung nicht!«

»Danke Eve, der Test ist beendet!«

»Was? Askit?«

Eve richtete sich auf, die Tür hinter ihr ging auf und die Reinste mit den kurzen schwarzen Haaren nahm ihr das Visier vom Kopf, löste den Anschluss zum Implantat.

Eve runzelte die Stirn. »Was ist passiert?«

»Dass es nicht lange gedauert hat, hat nichts zu sagen, Eve. Es gibt Anwärter, die nach weniger als zwei bis drei Fragen gehen können und erkoren werden«, sagte die Reinste, machte aber dabei doch einen besorgten Eindruck, sie schüttelte den Kopf, nahm Eves Hand, drückte sie. »Jetzt bloß nicht die Nerven verlieren.«

Eve erhob sich mit einem niedergeschlagenen Gefühl von ihrem Platz.

»Bis zur Prüfung in den Wissenschaftsdisziplinen gehst du nicht zurück in die Halle, sondern nach rechts und dann immer geradeaus. Du nimmst am Ende des Flures die letzte Tür, dort sind die anderen. Ihr werdet je nach Prozedur wieder aufgerufen, dauert es länger, sind dahinter Quartiere zum Schlafen.«

Eve verließ den Raum und steuerte wie befohlen die Tür ganz am Ende des Flures an. An den Bildern vor den anderen Kammern des Karussells sah sie, dass Thyron bereits fertig war, und auch Adlin und Samir sollten bereits dort sein. Wie war es ihnen ergangen? In ihren Augen spiegelte sich das Licht, die Stille half, für einen Moment innezuhalten, und doch war sie von der Angst versagt zu haben fast gelähmt. Eve öffnete mit gesenktem Kopf die Tür. Ihre Hände waren heiß und rot, eine Reaktion, die sie zuletzt als Kind erlebt hatte. Der Raum war gefüllt mit Dutzenden Reinsten. Sie hatte erwartet, dass sich die

Anwärter voller Freude und Euphorie unterhalten würden, dass sie in einer feierlichen Stimmung wie die Menschen vor dem Whitestone-Monument wären. Aber die meisten saßen vereinzelt oder in Gruppen ruhig diskutierend in ihren Sesseln oder an die Wand gelehnt und starrten auf die Holoschirme. Thyron saß neben Samir, der mit gesenktem Kopf in einem Sofa kauerte.

»Thyron!«

»Eve, wie ist es gelaufen?«

Eve berührte Samir sanft an der Schulter, der sich mit starrem Blick an die Decke nach hinten gelehnt hatte. Adlin war nirgends zu sehen. Ein paar Meter weiter war eine Gruppe von Reinsten, die ebenfalls mit hängenden Köpfen auf den Boden starrten.

Bevor Eve ein Wort sagen konnte, erklang Askits Stimme. Im Zentrum wurden die ersten Ergebnisse verkündet.

»Bruce Willington, du bist erkoren, der Metropole *Hope* zu dienen.«

Der Jubel der Menschen aus dem Zentrum war über die Bildschirme zu sehen. Auch im Saal war das Ausatmen der Anwärter nahezu im Gleichklang. Gesichter entspannten sich, Hände wurden gedrückt, und es wurde sich umarmt.

»Juke McArthur, du bist erkoren, der Metropole *Deep Water* zu dienen. Hassan Kadam, du bist erkoren, der Metropole *Asia One* zu dienen. Elle Winster – degradiert! Adlin Salomon – degradiert! Die weiteren Ergebnisse folgen.«

Eve zuckte zusammen. Adlin! Kurz war eine Totenstille im Raum, einige hielten sich die Hand vor den Mund oder starrten regungslos die holografischen Abbilder der Anwärter an. Es erging vermutlich allen gleich. Reinste, die es bis hierhin geschafft hatten, wurden in Eves Erinnerung noch nie degradiert. Adlin konnte unmöglich in eine Situation geraten sein, die das erklärte. Sie war ihr Leben lang mit einem der höchsten Scores aufgestiegen, eine Seelenverwandte von Eve, eine Schwester und immer bereit, sich Askit völlig hinzugeben. Eve würde keine Sekunde zögern, Adlin loszulassen, wenn Askit eine Erklärung liefern würde, nur daran glaubte sie nicht. Sie hob ihren linken Arm und kontrollierte ihr Display, zu ihrer Überraschung war sie offline, dann wieder kurz online, aber ihr Versuch, Askit zu erreichen, scheiterte. Thyron hatte sich in einen Sitz fallen lassen und nahm Blickkontakt mit ihr auf. Er hob den Arm mit seinem Scanner hoch, zuckte ratlos mit den Schultern und ließ die Hände dann resigniert in den Schoß fallen.

Eve versuchte erneut, sich mit Askit zu verbinden, bis Thyron sie am linken Arm berührte und einfach ihr Display abschaltete, sein Blick durchbohrte sie, er hielt seinen Zeigefinger vor Eves Mund. Das Raunen über die ersten Degradierungen unter den Reinsten in der Akademie hatte aufgehört. Die Menschen wandten sich vom Bildschirm ab und unterhielten sich weiter. Eve sah in den Gesichtern entweder Angst oder völlige Hinnahme.

»Ich rate dir davon ab, dich jetzt mit Askit zu verbinden. So ungewöhnlich Adlins Degradierung dir auch erscheinen mag, es wird einen Grund geben. Du kannst daran nichts ändern!«

Noch nie hatte Thyron einen solch harten und bestimmenden Ton ihr gegenüber angeschlagen. Es sollte der schönste Tag in ihrem Leben werden – und nun? Adlin zu verlieren, kam so völlig überraschend. Eve schloss kurz die Augen. Thyron schien keine Sekunde Askits Entscheidung infrage zu stellen. Nahm er es wirklich einfach hin, was soeben geschehen war, oder war es Kalkül? Konnte es sein, dass hier gerade in nur wenigen Sekunden zusammenbrach, was sie sich über Jahrzehnte an Vertrauen aufgebaut hatten?

Samir stand auf und ging zu einem der Nahrungsmittelspender. Er gab Eve ein Zeichen, das unmissverständlich war.

Sie nickte und ließ Thyron stehen. Vielleicht wollte auch er sie nur warnen, jetzt ihre Gefühle nicht unkontrolliert zu äußern.

Bevor sie Samir erreichte, öffnete sich die Tür zum Saal. Das Gemurmel der Menschen verstummte schlagartig. Zwei Beschützer, in ihren martialischen Schutzanzügen und durch ihre verspiegelten Helme vor allen Blicken abgeschirmt, gingen im Gleichschritt durch den Saal und forderten einen jungen Reinsten auf, ihnen zu folgen. Unter den missbilligenden Blicken einiger Anwärter ließ er sich wie erschlagen vom Schicksal von den ausdruckslosen Gestalten hinausführen.

»Samir, was geschieht hier?«

»Eine neue Stufe der Selektion. Was glaubst denn du? Oder dachtest du, Askit hätte nur schlechte Laune?«

»Wie kannst du das so einfach sagen? Lässt dich das etwa kalt?«

»Diese Maschine ist kalt, ein kalter berechnender Code und und meine Emotionen sind doch irrelevant, nicht wahr?« Samir ballte die rechte Faust, richtete sich auf und schaute über die Köpfe hinweg.

»Weißt du, wie du auf schnellstem Weg die Station verlässt?«

»Was meinst du?«

»Raus aus *Paradise*. Ich folge nicht nur einem Gefühl, Eve. Wahrscheinlich wird Adlin gerade von ein paar Patriots in die Wüste gejagt. Und schau dir die anderen an, keiner wagt es, Askit auch nur eine Frage zu stellen: Wie kann es sein, dass Reinste unseres Niveaus degradiert werden?«

Eve scheute sich, Samirs Gedanken zu Ende zu denken. Ihr Display leuchtete auf. »Warte, Samir!« Eve schloss die Augen. Es war Askit!

Tessa muss nach einer Gewaltanwendung Paradise verlassen. Deine nächste Prüfung beginnt in zwei Stunden. Vertraue dir selbst!

Askit, warum? Askit!

Die Verbindung war abgebrochen. Samir, der mit erwartungsvoller Miene und hochgezogenen Augenbrauen vor ihr stand, wirkte, als würde er tatsächlich jeden Augenblick die Flucht antreten. Eve bekam kaum noch Luft, jede Zelle in ihrem Körper schien zu rebellieren. Und sie hatte nur noch ein Wort im Kopf, ein Wort, das sie zusammenzucken ließ: Verrat!

Keiner der Anwesenden gab seine Gefühle preis, keiner zeigte eine Reaktion, äußerte Zweifel oder Widerstand. Noch vor Stunden hätte sie diesen Verhaltensweisen viel abgewinnen können. Die Menschen im Raum schienen sich neu zu sortieren, in Reinste, die die Prüfung schon bestanden hatten und diejenigen, die noch vor der Prüfung standen und versuchten, ihre Verunsicherung mit Gesprächen zu zerstreuen. Samir drückte Eve unauffällig einen metallischen Gegenstand in die Hand. Es war ein Blockade-Stecker für das Hirnimplantat.

»Was hat das zu bedeuten? Wo hast du das her?«

»Gestohlen. Wir sollten auf alles vorbereitet sein. Ich habe nicht vor zu warten, bis ich von Patriots aus *Paradise* gejagt werde. Ich vertraue dir, und das tue ich nur, weil Adlin mich darum gebeten hat.«

»Woher weißt du, dass ich dir folge?«

»Adlin und du, ihr seid euch so ähnlich, dass ich nicht glaube, dass du einfach zuschauen wirst, bis auch du an die Reihe kommst!«

Eve konnte keinen klaren Gedanken mehr fassen. Eine Flucht wäre das Ende, so viel stand fest. In all den Jahren hatte es nie einen Scan gegeben, der ihr nicht bescheinigt hatte, wie zuverlässig ihre Persönlichkeitsfaktoren mit Askits System harmonierten. Ihr Score, ihre Anpassungsfähigkeit war immer von Askit gelobt worden, was geschah hier wirklich? Was geschah mit ihr? War sie etwa noch im Karussell der Konfrontation? War die Prüfung noch in vollem Gange? War alles seit Tagen eine einzige Simulation? Die Vorstellung bahnte sich ihren Weg.

Wie lange würde Tessa ohne medizinische Versorgung überleben? Wie sollte sie zurück nach Europa kommen, wenn sie jetzt aus *Paradise* floh?

»Samir, unsere Chance zu fliehen liegt bei null. Sollten auch wir degradiert werden, haben wir zumindest die Gewissheit, dass wir in einer Kolonie landen und nicht von Patriots gejagt werden. Wir werden einen Weg finden, um Adlin zurückzuholen, irgendwas stimmt hier nicht!«

Samirs Gesicht zeigte eine Mischung aus Verzweiflung und Wut, er machte keine Anstalten sich zu beruhigen.

»Denk nach, das hier sind keine normalen Degradierungen!«

Sie blickte hinüber zu Thyron, der wie angewurzelt noch immer auf dem Sofa saß und offenbar keine Idee hatte, wie er mit der ganzen Situation umgehen sollte.

»Ich kann nicht mit dir kommen, Samir!«

Auf den Holoschirmen wurden von Askit die nächsten Anwärter bekannt gegeben. Es gab keine weiteren Degradierungen. Dann erschien auch Thyrons dreidimensionales Bild.

»Thyron Hawk, du bist erkoren, *Deep Water* zu dienen.«

Der Applaus setzte nur langsam ein, steigerte sich dann aber rhythmisch zu einem ausgelassenen, für Reinste unnatürlichen frenetischen Jubel, geschuldet der Angst vor weiteren Irritationen und Degradierungen. Einige Reinste scharten sich um Thyron. Eve sah, wie er befreit lachte, keine Sekunde suchte er Eves Blick, wie alle anderen im Raum schien er keinen Moment über Adlin und das Schicksal der anderen nachzudenken. Die Anwärter klatschten weiter und gratulierten. Es war eine Runde ohne Überraschungen, denn von nun an wurde ein Reinster nach dem anderen erkoren. Nur das schien für alle noch zu zählen. Eve war bemüht, die Fassung zu bewahren. Ihr Ergebnis würde vielleicht jeden Moment verkündet werden, was sollte sie jetzt tun? Was konnte Adlin angerichtet haben, dass sie degradiert wurde? Es öffnete sich die Tür und die Reinste,

Doran, die Eve im Karussell assistiert hatte, ging unauffällig, den Blick auf Eve gerichtet, durch die Menschen auf sie zu.

»Gehen wir ein paar Schritte.«

Eve folgte ihr unauffällig und den Blicken der anderen ausweichend, bis sie einen Nebenraum erreichten und die schwarzhaarige Frau mit einer schnellen Bewegung erst offline ging und dann mit einem letzten Blick die Tür hinter sich schloss. Sie standen in einem leeren Raum, mit besonderer Wandbeschichtung und gelb leuchtendem Boden. Eve nickte widerwillig. Hier offline zu gehen, war eigentlich verboten. »Du weißt etwas, oder?«, fragte Eve.

»Samir und wohl auch du – ihr werdet vermutlich degradiert. Ich habe so was noch nie erlebt.«

»Was bedeutet das? Woher willst du das wissen, und warum warnst du mich? Und was soll ich dagegen tun?«

»Weil Askit nur die besten degradiert hat. Mit euren Implantaten stimmt etwas nicht. Es ist, als würde es Teile eures Gehirns nicht mehr erreichen. Nutze deine hohe Popularität in *Paradise*, solange du noch kannst, Eve! Jetzt! Konfrontiere die Agenda und Askit öffentlich.«

Eve betrachtete die Frau eingehend. Welches Motiv hatte sie? Warum ging sie dieses Risiko ein? Woher wusste sie das alles?

»Was ist mit dir? Wenn du so überzeugt davon bist, dass hier was nicht stimmt – warum sollte gerade *ich* Askit infrage stellen?«

»Weil du es längst getan hast!«

»Wie kommst du darauf? Du hast Einsicht in das Ergebnis?«

»Ja und nein, aber ich assistiere im Karussell schon seit einer Ewigkeit. Du hast die Prüfung bestanden, genau wie die anderen. Es kann bei Anwärtern mit so einem hohen Score keine Degradierungen geben. Askit hat eure Persönlichkeiten über Jahre in eine andere Richtung entwickelt und dafür gibt es einen Grund, den ich nicht verstehe. Aber es ist kein Zufall. Verschwinde! Jetzt!«

13

22. SEPTEMBER,
ASKIT CITY, NEUSEELAND

Der Wald spendete kühlende Luft. Levar lief von den Wohngebieten der Reinsten im Stechschritt auf die Anlagen des Flughafens zu. Es hatte eine gefühlte Ewigkeit gedauert, bis Elon endlich bereit gewesen war, sich mit ihm in einer für Askit nicht überwachbaren Halle zu treffen, die zu einem der ältesten Hangars für die Solarjets gehörte. Er beobachtete, wie Elon Pike auf dem Landeplatz aus seinem Jet stieg.

»Elon, warte!«

»Levar. Ich hoffe, dass du dich nicht wieder irrst. Es ist in den letzten hundertfünfzig Jahren immer wieder zu Entscheidungen Askits gekommen, die wir anfänglich falsch interpretiert haben.«

»Als ob ich das nicht wüsste. Warte ab, Elon«, sagte Levar in dem Wissen, dass Marisa noch weitere beunruhigende Entwicklungen aufzeigen würde. Elon ging schweigend weiter, öffnete mit zu viel Schwung die Tür zum Hangar, die gegen die raue Betonwand prallte. Sie suchten sich ihren Weg zwischen den Solarjets, bis sie den Konferenzraum erreichten.

An dem langen ovalen Tisch hatte Marisa bereits an Holobildschirmen die Metropolen und die aktuellen Ergebnisse der Prüfungen der Reinsten in die Mitte projiziert. Neben ihr saßen noch zwei weitere Mitglieder der Agenda: Roy Warner, dessen Gesicht weitestgehend von einer Kapuze bedeckt war, und der glatzköpfige Sergei, der mit dunkelblauen Augen regungslos jede Bewegung von Marisa verfolgte. Zwei weitere Personen, wahrscheinlich Berater von Elon, hatte Levar noch nie gesehen. Er schien die Lage ernster zu nehmen, als er zuzugeben bereit war.

»Guten Morgen, kommen wir ohne lange Umschweife zur Sache.« Levar setzte sich und erteilte Marisa das Wort.

»Gut. Mein Name ist Marisa Weissman. Ich bin erst seit kurzem als Physikerin der Agenda zugeteilt worden. Es war Levars Entscheidung, dass ich versuche, die Vorkommnisse einzuordnen. Ich muss nicht betonen, wie dankbar ich Ihnen allen bin, dass ich der Agenda dienen darf.«

Nach der kurzen und steifen Vorstellung sah Levar, wie Sergei einen Holobildschirm bediente und sich über letzte Lieferungen aus *Paradise* informierte und Roy Warner teilnahmslos mit der rechten Hand seinen Kopf am Tisch abstützte. Die zur Schau gestellte Abneigung einiger Ratsmitglieder beeindruckte Levar nicht, für ihn hatte Marisa in den vergangenen Wochen keinen Zweifel an ihrer Loyalität gegenüber der Agenda aufkommen lassen.

Der Rat der Agenda bestand aus drei Gründern und bis zu fünf von Askit ausgewählten Reinsten, immer abhängig davon, welche Themen gerade relevant waren. Bevor Elon das Wort ergreifen konnte, beugte sich Sergei nach vorne, kreuzte die Arme auf dem Tisch und blickte Marisa scharf an. »Zunächst eine Frage, Marisa. Glaubst du wirklich, dass du uns, die wir schon eine Ewigkeit mit Askit arbeiten, auch nur einen einzigen nützlichen Rat erteilen kannst? Und, Levar, ist das alles nicht wieder eines deiner Schreckgespenster?«

Levar machte keine Anstalten, auf Sergeis Zweifel zu reagieren. Er wusste, dass weder er noch Elon je zugeben würden, dass sie nicht weniger schlaflose Nächte mit der Frage verbrachten, ob Askit eines Tages nicht neue Wege gehen würde und auf der Suche nach seiner Genesis unbequeme Fragen stellen könnte. Levar hatte viel über die Ursprünge von Askit nachgedacht, und es war ihm bis heute ein Rätsel, dass Askit dies nicht in einem seiner Scans entdeckte oder thematisierte, denn dort, wo sich solche Gedanken eingruben, ins Unterbewusstsein, konnte Askit problemlos eindringen. Scheinbar waren diese Gedanken hier in der Agenda kein Anlass für Askit, dem nachzugehen. Heute war die Frage, ob Askit an der Grenze zu *Paradise* den Kontakt zu Degradierten aus eigenem Antrieb aufgenommen hatte und ob die Degradierungen der Reinsten in *Hope* damit verknüpft waren.

Marisa stellte sich vor den Tisch und räusperte sich auffällig laut. »In dem aktuellen Prüfungszeitraum wurden Reinste mit dem höchsten Score erstmals ohne erkennbares Vergehen degradiert. Zuerst dachte ich daran, dass Askit sie bewusst nicht gescannt hatte, nachdem zumindest bei einigen Verhaltensauffälligkeiten registriert wurden. Da ein erheblicher Teil des Zusammenhaltes der Bevölkerung in *Paradise* auf der Popularität der am besten optimierten Reinsten basiert, halte ich das für mehr als bedenklich, schließlich war das bisher das Ergebnis einer Politik, die Askit erschaffen hat. Warum degradiert Askit diese Anwärter plötzlich, und welche Konsequenzen könnte dies nach sich ziehen?«

Sergei schüttelte mit einem verächtlichen Blick den Kopf.

»Unsinn. In solch primitiven Dimensionen agiert Askit keine Sekunde. Außerdem stellen die Menschen Askits Entscheidungen selbst dann nicht infrage.«

Elon rückte mit geradem Rücken näher an den Tisch. »Sergei. Hör erst einmal zu!«

Marisa blinzelte Elon zu. »Was ist, wenn es ein neues Bewusstsein entwickelt oder einen neuen Plan?«

Levar wusste intuitiv, dass Elon diese Interpretation kritisieren würde.

»Marisa! Ich bitte dich. Askit verfügt über eine für uns nicht mehr zu erfassende Menge an empirischen Daten und Erfahrungen, um jeden Winkel unseres Verhaltens zu erkennen und aus welchen Regionen des Gehirns es sich speist. Natürlich entwickelt es den Scan weiter, und da kann es vorkommen, dass auch Reinste degradiert werden. Wir spielen in seinen Algorithmen und seiner Aufgabe, die Welt in einem Gleichgewicht zu halten, zwar eine elementare, aber keine zwingende Rolle. Ich weiß, dass diese Tatsache für die Menschen immer wieder schmerzlich zu sein scheint, aber es sichert nun mal unser aller Zukunft, und das mehr als erfolgreich«, sagte Elon und konnte sich zumindest kurz der Zustimmung von Sergei sicher sein.

Levar stand auf und ging langsam mit verschränkten Armen um den Tisch, die anderen Mitglieder schwiegen auffällig, und es war nicht auszumachen, wessen Sicht sie teilten.

»Du solltest besser zuhören, Elon. Was Marisa entdeckt hat, ist ein Muster. Jedenfalls selektiert Askit erstmals Reinste, deren Ergebnisse es noch vor wenigen Tagen mit nahezu hundertprozentiger Sicherheit anders behandelt hätte, und es lenkt die Degradierten in die alten Metropolen und nicht in die Kolonien.«

Elon lachte laut auf und schaute jeden in der Runde herausfordernd an. »Levar, du glaubst bis heute, dass Askit in Kategorien von Gut und Böse eine eigene Moral entwickelt hat. Die Wahrheit ist, dass es immer nur darum bemüht sein wird, seine Bestimmung so effizient wie möglich durchzuführen. Und diese Bestimmung steht über allem, und ohne uns kommt es dabei auch nicht aus.«

»Ach, ja? Das ist eine waghalsige Vermutung. Askit kann sich selbst versorgen, alles kein Grund zur Beruhigung, es sei denn …«

»Levar, hör auf. Niemand und schon gar nicht Degradierte sind in der Lage, Askit zu bedrohen. Solch ein verzweifelter Versuch scheint mir der einzig denkbare Grund, warum es seine Ziele korrigiert. Sein Algorithmus entwickelt sich weiter, ja. Dafür ist er auch erschaffen worden. Askit hat in seinem Kern-Code alle relevanten Werte installiert wie eine DNA, bevor es Zugriff auf externe Netze oder Daten hatte. Deine ewige Panik, dass Askit irgendwann zu dem Schluss kommen könnte, wir stünden ihm im Wege, ist haltlos und unbewiesen. Wir reden hier über ein paar ungewöhnliche Degradierungen, mehr nicht.«

Levar spürte, dass Elon nicht die Wahrheit sagte, Sergei hatte zwischenzeitlich die Augen aufgerissen und eine Faust geballt, als ob er Angst hätte, Elon würde mehr offenbaren.

»Askit hat nicht irgendwelche Reinsten degradiert, Elon. Es sind die Populärsten, darunter Adlin Salomon und wahrscheinlich auch Eve Legrand. Ihre Leistungen sind phänomenal, und streng genommen sind sie für das Regenerationsprogramm des Planeten unverzichtbar, ihre Degradierung ist also ein Widerspruch.«

Levar machte Marisa mit einem wohlwollenden Blick Mut, nicht nachzugeben. Sie war ungewöhnlich schnell in die Agenda aufgestiegen und war absolut neutral in ihrer Analyse und im Umgang mit Askit. Elon, als Nachfahre der Gründer, zeigte nicht selten Zweifel an neuen Reinsten, die Askit ausgewählt hatte. Andere Gründer wie Sergei und seine Gefolgschaft würden vermutlich nichts lieber tun, als sie mundtot zu machen, aber sie waren alle voneinander abhängig, und Marisa ließ sich von jemandem wie Sergei nicht so schnell beeindrucken. In ihrem Kopf dürften noch ganz andere verschwiegene Fragen eine Rolle spielen, dachte Levar, nur ließ sie sich nie etwas anmerken. Warum haben die Nachfahren der Gründer kein Implantat? Was ist ihre wirkliche Rolle, und was spielt sich in der geheimnisvollen Stadt *Askit City* wirklich ab? Wieso durften die Reinsten die Stadt nicht betreten? Wie war es möglich, dass die Gründer über eigene menschliche Beschützer, die Commander, verfügten, die äußerlich mit ihren metallischen Schuppenanzügen jenen Robotern glichen, die Askit schützten oder Menschen nach Neuseeland transportierten? Und würde sich nach den heutigen Ereignissen die Rolle der Reinsten verändern?

»Nun, unbestritten ist, dass Askit in der Lage ist, seine Ziele anzupassen. Philosophisch betrachtet könnte es seine Aufgabe eines Tages als sinnlos betrachten. Nach meiner Überzeugung besitzt Askit nicht nur ein Bewusstsein. Es könnte sich unserem Verständnis von Geist und Bewusstsein nahezu surreal und diametral entziehen, es ist eine ganz eigene Art von Denken. Intelligenz ist von Natur aus so beschaffen, dass eben auch nur ein Teil rational zu erklären ist. Ein anderer Teil ist einfach instinktiv, unbewusst oder unergründlich. Überhaupt würde das vieles erklären.« Marisa stellte sich am Ende des Tisches vor den Rat und hielt kurz inne.

Levar hörte mit gefalteten Händen und verkniffenem Mund zu, wie sich Marisa weiter durchzusetzen versuchte. Askit wäre von Anfang an in der Lage gewesen, zu jeder Nanosekunde alles neu zu bewerten. »Was ist, wenn sich Askit aus für uns nicht nachvollziehbaren Motiven mit den Degradierten verbunden hat«, sagte Marisa und lud die Aufnahmen des Commanders auf den Holoschirm. »Welche Informationen von den Degradierten könnte es für neue Bewertungen heranziehen? Könnte es dadurch ein neues Bewusstsein kreiert haben, das es nun mit dem gesamten gespeicherten Wissen der Welt und seiner Erfahrung abgleichen kann? Ich meine, um etwas fundamental neu zu bewerten, muss es auch etwas Neues und Außergewöhnliches entdeckt haben. Was in Askit abläuft, können wir überhaupt nicht mehr erfassen. Ob wir wollen oder nicht: Früher oder später stehen wir vor der nächsten Evolution eines hyperkomplexen multiplen Geistes und die Tatsache, dass es selbst den Kontakt zu einem Degradierten gesucht hat, halte ich für ziemlich brisant. Das ist noch nie geschehen. Bisher waren diese Menschen nicht einmal eine Nanosekunde für Askit von Interesse!«

Empört schnellte Elon aus seinem Stuhl hoch und erwiderte: »Das ist die Vermenschlichung dessen, was nicht menschlich ist und nicht sein kann. Das alles habe ich schon hundertmal gehört.«

»Hörst du dir selber zu? Wir reden nicht von menschlichem Bewusstsein. Askit könnte nun sein eigenes weiterentwickelt und parallele Zustände wie bei einem schizophrenen Menschen erschaffen haben«, erwiderte Levar betont ruhig, um Elon nicht noch mehr zu provozieren.

Alle schwiegen.

Elon sah sich an einem Bildschirm die Übersicht über Askits Systeme an. »Ist das wirklich möglich?«

»Kommst du zur Vernunft, Elon?«

Elon drehte sich zu Marisa. »Ich danke dir, Marisa. Du kannst jetzt gehen.«

Marisa schaute verwirrt zu Levar. Er wusste, dass sie noch weitaus mehr zu sagen hatte, aber für den Moment hatte sie ihren Zweck erfüllt.

»In Ordnung. Eines solltet ihr noch wissen. Askit lässt mit den Drohnen alte Städte abfliegen, regelrecht durchforsten! Auf was werden die Drohnen und die Reinsten stoßen, und wird es Einfluss auf das primäre Ziel von Askit haben? Das ist es doch, was hier alles zusammenhält, oder etwa nicht? Wird das den Status und die Rolle der Reinsten verändern? Oder den der Agenda und der Gründer?« Mit diesen abschließenden Worten drehte sich Marisa um, verließ den Raum und schloss leise die Tür hinter sich.

Sergei und die anderen beiden Ratsmitglieder hatten es plötzlich eilig und verließen wortlos den Raum. Elon, den Kopf in den Nacken gelehnt, stöhnte.

Volltreffer, Marisa, dachte Levar.

»Du glaubst, ein Teil von Askit vollzieht seine Bestimmung in gewohnten Bahnen, und der andere …«, fragte Elon Levar, als sie allein im Saal waren.

»… sucht etwas, und hat vielleicht einen Plan, es zu finden!«

Offenbar belasteten Marisas Gedanken und vor allem die Aktivität der Drohnen Elon stärker als erwartet. Mit einer fahrigen Handbewegung strich Elon über eine Holografik und schaute sich die Korrelationen der Prüfungsergebnisse aus den Metropolen an. »Wie viele Reinste sind betroffen?«

»Bisher einhunderteinundachtzig, alle in *Hope,* und es werden stündlich mehr!«

»Tut mir leid, Levar. Wir werden das im Rat intern besprechen müssen. Ich brauche Zeit. Wir halten uns noch zurück.«

»Elon, ich will kein Drama machen, wo keines ist. Wir leben in nahezu paradiesischen Verhältnissen, nur was könnte es in den verfallenen Städten wollen? Hat Marisa …«

»Ich weiß es nicht. Wir beobachten die Zeremonie weiter und treffen dann Entscheidungen. Ich werde mich vorbereiten. Und, Levar, zügle deine Ängste. Das letzte Mal, als du dachtest, Askit wäre außer Kontrolle geraten, hatten wir drei Monate später für viele wissenschaftliche Probleme unerwartete Lösungen. Wir können mit falschen Fragen und Behauptungen zu viel über uns preisgeben.«

»Du meinst, wir könnten in einem Scan zu viel von euch preisgeben!«

Sie verließen den Konferenzraum und gingen in den Hangar. Vier Beschützer waren aufgetaucht, nickten Levar und Elon wortlos zu. Sie beluden ihre Jets mit sperrigen Kisten.

Elons Augen verrieten Angst, als er sich von Levar verabschiedete.

Marisa stand hundert Meter entfernt am Ausgang und schaute in den Nachthimmel. »Levar, ich war hoffentlich eine Hilfe. Elon scheint mehr zu wissen, als ich überhaupt imstande bin zu verstehen. Wie alt ist er eigentlich? Er wirkt zwar angeschlagen, aber auch vital, seine Gesichtsfarbe, sein gerader Gang.«

Levar lächelte. »Alles zu seiner Zeit, Marisa. Komm! Begleite mich noch nach Hause.« Levar deutete mit der Hand auf den angrenzenden Wald.

Marisa war noch so beneidenswert jung, und sie war begabt. Askit hatte ganze Arbeit geleistet. Selten hatte Levar eine Reinste kennengelernt, die so frei von einer unberechenbaren Menschlichkeit, sozialen Bindungen und affektierter Liebe war. Sie hatte alles der perfekten Vorstellung Askits von *Paradise* untergeordnet und war ein würdiger Partner für Askit. Sollte Levar eines Tages das Zeitliche segnen, würde sie vermutlich seinen Platz einnehmen und sich dann auch bald die Fragen stellen, die ihn selbst seit so vielen Jahren quälten.

»Was wird nun aus den anderen Reinsten? Ich meine, eine Frau wie Eve Legrand wäre doch hier perfekt, um Askit zu dienen…?«

»Ich kann darüber nur Vermutungen anstellen, aber sie könnten im Moment für Askit eine Anomalie sein, sie sind vielleicht der Widerspruch zu etwas, das Askit erkannt hat. Und ich hoffe, wir finden es bald raus. Keine Sorge, wir werden das durchstehen.«

»Was soll das bedeuten? Was verschweigst du?«

Levar war erschöpft und setzte sich am Waldrand auf eine Bank und zuckte ratlos mit den Schultern.

Wäre er mehr in die Vergangenheit eingeweiht, würde er ihrer flehenden Wissbegierde nur zu gerne nachgeben.

»Marisa, du überschätzt meine Position. Ich bin nur ein Zahnrad in einem monströsen Uhrwerk, dessen Komplexität und Ursache ich kaum mehr verstehe als du.«

Sie sprach es nicht aus, aber die Fragen, die auch ihn schon lange begleiteten, hatten sich längst bei Marisa festgesetzt:

Warum trennte Askit die Nachfahren der Gründer und *Askit City* von den Reinsten und von seinem Zentrum? Nie gab es darauf eine befriedigende Antwort, außer dass Askit es zu seinem Schutz entschieden hatte. Nur die Reinsten, die Askit über das Hirnimplantat Einsicht in ihr Innerstes gaben, waren erkoren, sich direkt mit Askit zu verbinden. Aber noch nie hatte ein Reinster mit einem aktiven Hirnimplantat *Askit City* betreten dürfen. Was verbargen die Gründer, und was wusste Askit längst darüber? Levar sah vor seinem inneren Auge, welche Persönlichkeitsfaktoren die Reinsten einte, die gerade degradiert wurden. Höchste Werte in der Selbstbestimmung, Zielorientierung, Selbstmotivation, Entscheidungsfähigkeit, Problemorientierung – die Liste der überdurchschnittlichen Ausprägungen hatte eine Tendenz, und Elon musste das erkannt haben.

Was hast du vor, Askit?, dachte Levar.

14

22. SEPTEMBER,
METROPOLE HOPE, NÖRDLICHES MONTANA

Eve verließ den isolierten Raum. Es war kurz nach Mitternacht. Die Warnung der Frau löste Panik in ihr aus, weil sie glaubwürdig wirkte. Immerhin schien sie den Mut aufzubringen, den sich Eve von Thyron gewünscht hätte.

Die anderen schienen ihre Abwesenheit nicht bemerkt zu haben. Ihr erneuter Versuch, sich mit Askit in Verbindung zu setzen, scheiterte. Wie sollte sie Askit jetzt noch konfrontieren? Als wäre sie unsichtbar, durchschritt sie den Raum, für einen Moment schien sich alles nur noch in Zeitlupe zu bewegen. Jeder um sie herum schien fremd, in einer anderen Welt gefangen. Der Impuls, immer schneller zu atmen, löste einen Schwindel aus. Als würde sich alles auflösen, war Eves einzige Überlegung. Das Undenkbare, das Unvorstellbare war eingetreten: Sie musste hier weg. Wo waren Samir und Thyron? Wo und vor allem wie wollte Samir Adlin finden? Und was würde folgen? Selbst für den Fall, dass sie fliehen könnten, wie groß waren ihre Chancen, lebend an den Patriots oder Drohnen vorbeizukommen? Sie wussten nicht, wohin sie gehen sollten, hatten keinen Proviant, keine Medizin, dafür Horden von Wildtieren um sich und nichts außer ihren Thermoanzügen, die ihnen maximal ein paar Tage das Leben retten würden. Ohne Wartung der Anzüge wäre es nur eine Frage der Zeit, bis sie kollabierten, sollten sie in einem Wüstengebiet landen oder keinen Schutz vor der Sonne finden. Sich dem Schicksal hier hinzugeben, hatte zumindest die Aussicht, sicher zu den Degradierten zu gelangen. Was, wenn das nicht die Wahrheit war, dass man freies Geleit haben würde? Eve sah Pellengrey vor ihrem inneren Auge, wie er sagte, sie solle sich auf sich selbst verlassen. Wie sollte man das tun, wenn man keine Ahnung hatte, was einen erwartete?

Äußerlich schien alles seinen gewohnten Lauf zu nehmen. Zwei Anwärter gingen an Eve vorbei und grüßten sie, als wäre alles in Ordnung. Sie entdeckte Thyron auf der anderen Seite des Saales. Es waren sicher an die hundert Menschen über den Saal verteilt, nur Samir war nirgendwo zu sehen.

Sie ging auf Thyron zu und registrierte zunächst einen zufriedenen Blick, der sich bei ihrem Anblick schlagartig in blanke Angst verwandelte.

»Wo warst du?«

Der Ton, wie ein Vorwurf, machte Eve klar, dass er keine Zweifel an dem hatte, was gerade geschah. Sollte sie degradiert werden, was würde dann noch bleiben? Diese Frage war ihr nie in den Sinn gekommen, und vermutlich erging es Thyron nicht anders. War das alles? Gab es für ihre Beziehung dann einfach keine Zukunft mehr? Würde er das einfach hinnehmen? Was hatten die letzten Jahre dann überhaupt bedeutet?

»Wo ist Samir?«

»Er ist, kurz nachdem er erkoren wurde, verschwunden.«

»Er hat es geschafft?«

»Ja. Dann ist er einfach gegangen. Er begeht einen riesigen Fehler, wenn er sich auf die Suche nach Adlin macht.«

Eve spürte eine Wut aufsteigen, wie sie sie gegenüber Thyron, überhaupt noch nie empfunden hatte. Sie hatte sich nicht mehr unter Kontrolle.

Eve hörte die Ansage in den Raum schallen, dass die Prüfungen für die Qualifikation in der jeweiligen Wissenschaftsdisziplin in dreißig Minuten begannen. Thyrons fordernder Blick zwang ihr eine Entscheidung auf. War Tessas Warnung eine Vorahnung gewesen? War Samir ihr jetzt in diesem Moment näher als Thyron? Samir war dabei, alles zu riskieren, obwohl er erkoren worden war. Und Thyron? Würde er irgendetwas für sie tun? Der Gedanke, sich ihm nicht mehr anvertrauen zu können, die Zerrissenheit und Ungewissheit, was passieren würde, wenn auch sie degradiert werden würde, ließen ihr keine Wahl mehr. Unerwartet umarmte Thyron sie, drückte sie fest an sich und küsste sie leicht auf die Lippen.

»Eve. Ich liebe dich, egal, was passiert. Wir werden für alles einen Weg finden.«

Den Kopf noch an seine Schulter gepresst, nahm sie einen anderen Geruch wahr. Was sie früher mit Geborgenheit und Sicherheit verband, roch nun nach Angst. Aber nicht nur er hatte sich verändert, auch sie hatte sich verändert. Jetzt hatte sie das Gefühl, an Thyrons Liebkosung zu ersticken, und schob ihn weg. »Bist du auch bereit, dafür alles zu tun? Ist dir klar, was Samir vielleicht schon entschieden hat?«

Thyron zögerte. »Eve. Die Menschen arbeiten nun schon seit über hundert Jahren mit Askit zusammen. Und alles, was ich über die Degradierten weiß, deutet darauf hin, dass auch sie in Frieden miteinander leben. Einige kehren wieder zurück. Du wirst nicht degradiert, du hast das Karussell doch sicher überstanden.«

Eve setzte sich auf eine Bank, ihre Hände zitterten. Sollte sie ihm von Dorans Warnung erzählen? Was sie betraf, mochte Thyron noch recht haben, nur was war mit Adlin und den anderen? Sie stellte sich vor, wie Adlin unter den leeren Blicken der anderen abgeführt worden war, und sie war nicht bei ihr gewesen. Hinnahme war eine der wichtigsten Tugenden in *Paradise*. Askit begründete keine Entscheidungen, das hatte es nie getan, und Eve hatte keine Ahnung, wie sie das ohne eine Erklärung jemals akzeptieren sollte.

»So kann das nicht enden, Thyron. Wenn du nicht handelst, dann werde ich es eben allein tun.«

Der vorwurfsvolle und verständnislose Blick von Thyron traf sie tief im Herzen. Hinter ihren Augen stieg der Druck. Jede weitere Sekunde des Schweigens war unerträglich.

»Eve, du weißt, dass es noch einen anderen Ausweg gibt. Tritt von der Prüfung zurück und lass dich scannen. Dann verlierst du mich nicht.«

Thyrons verkrampftes Lächeln verstärkte den Kloß in Eves Hals nur noch. Sie drehte sich um und versuchte, sich noch einmal mit Askit zu verbinden – wieder ohne Erfolg.

Einen letzten Blick auf Thyron gerichtet, rannte sie aus dem Saal hinaus ins Zentrum. Die Menschenmenge hatte sich gelichtet, viele schauten weiter den Prüfungen zu, lachten und ahnten nicht, was sich gerade abspielte. Eve erwiderte Grüße und Zurufe so gut sie konnte mit einem bemühten Lächeln. Übelkeit überkam sie, sie blieb kurz stehen und lief dann auf den Ausgang zu. Als sich die Glastüren wieder hinter ihr schlossen, atmete sie tief die frische Luft ein. Salzige Tränen flossen ihr in den Mund. Sie sah zum Horizont, die sternenklare Nacht gab den Blick aufs Universum frei. Sie hatte keine Ahnung, wie das Leben als Degradierte wirklich sein würde. Es war nicht Askits Entscheidung, aber es war ein sicheres Gefühl, dass ihre Zukunft ab heute eine andere sein würde. Hier gab es für sie kein Zuhause mehr, kein Ziel ohne den Status als Reinste, es war, als hätte man ihr ein Bein abgetrennt.

Sie drehte sich um und ging schnellen Schrittes wieder in den Saal hinein. Sie fühlte durch ihren Thermoanzug die Vorrichtung für das Hirnimplantat, die Samir ihr heimlich zugesteckt hatte. Auch wenn er ihr nicht erklärt hatte, wozu diese kleine Apparatur diente, konnte es nur bedeuten, vom

Feld getrennt zu sein, um für Askit oder die Patriots unauffindbar zu bleiben. Entschlossen, mit ernster Miene bahnte sie sich ihren Weg durch die Menschenmenge. Wenn ich dich schon verliere, dann sollst du spüren, was das heißt, dachte sie. Die Wucht ihrer Gefühle war ihr unbekannt. Angst wandelte sich in Wut. Die Menschen bildeten instinktiv eine Gasse. Sie stieg die Treppe hinauf, wandte sich der verstörten Masse zu, die sie anschaute. Kraftvoll rief Eve in die Menge: »Es sind die Reinsten mit dem höchsten Score, die *Paradise* heute verloren gehen. Weiß das die Agenda? Warum greift sie nicht ein? Warum schaut ihr nur zu? Was hast du vor, Askit?«

Das Raunen der Menschen im Rücken lief Eve den Flur entlang. Sie stieß die Tür zum Versammlungssaal auf und sah, wie sich Thyron mit einer Gruppe Reinster angeregt unterhielt, als wäre nichts geschehen. Eve stellte sich vor Thyron. »Entweder du kommst jetzt mit, oder du bleibst! Triff eine Entscheidung!«

Doch bevor Thyron in der Lage war, zu antworten, zerrte sie jemand von hinten am Arm. Samir starrte sie ungläubig an. »Bist du verrückt geworden? Was hast du getan? Du hättest dich bedeckt halten sollen!«

Thyron sah Samir hilflos an, als wäre kein Leben mehr in ihm. Unerwartet schaltete sich Askit über die Holoschirme für alle sicht- und hörbar ein: »Eve, du bist von den weiteren Prüfungen ausgeschlossen. Begib dich in das Schulungscenter zu einem Scan!«

»Warum degradierst du mich nicht einfach wie die anderen, Askit? Askit!«

In dieser Sekunde verrieten Thyrons Augen ihn. Hatte er bei Askit um diesen Scan gebettelt? Sie schüttelte den Kopf, wandte sich der Menge zu, die ihr bis in den Saal gefolgt war. Noch vor Minuten waren ihr Verehrung und Bewunderung entgegengeschlagen, nun schauten sie alle wie eine Aussätzige, einen

Fremdkörper an. Aber noch war sie nicht degradiert, noch führte sie kein Patriot an die Grenzen von *Paradise*. Vielleicht hätte ihre Degradierung noch mehr Aufmerksamkeit nach sich gezogen, der Ausschluss von den Prüfungen war Thyrons Werk, und es war demütigend. Sie war sich sicher, dass er dafür gesorgt hatte, dass Askit sie ausschloss. Doran hatte sich mehr als verschätzt, denn ihre Popularität schien alles andere als hilfreich zu sein.

»Eve, ich liebe dich. Du bist wie eine Erfüllung für mich. Ich konnte das nicht zulassen. Ich musste Askit bitten, dich rauszunehmen.«

Eve zog die Vorrichtung aus ihrer Tasche, starrte Samir an. »Trennt uns das von Askit und dem Feld?«

»Ganz genau!«

Eve steckte es unter den fassungslosen Blicken Thyrons in das Implantat und trocknete ihre Tränen mit der Hand, ging auf Thyron zu und flüsterte ihm ins Ohr: »Vielleicht verzeihe ich dir irgendwann.« Seinem Versuch einer Umarmung wich sie mit einem Schritt nach hinten aus und sagte zu Samir: »Viel Zeit bleibt uns nicht mehr!«

Samirs Blick war wieder gefasster, ein verzagtes Lächeln huschte über sein Gesicht. Für einen Moment hatte sie das Gefühl, als wäre er ihresgleichen, als hätte er gewusst, dass es so kommen würde. Wer war er wirklich? »Du kennst einen Weg hier raus, Samir?«

»Du warst es. Du hast Eve manipuliert!«, klagte Thyron ihn mit bebender Stimme an.

»Du bist besessen davon, dass Askit, dass das alles hier perfekt ist, aber das ist es nicht«, antwortete Samir.

»Mit diesen Gedanken hast du auch Adlin auf dem Gewissen.«

Samir gab Eve ein Zeichen, und beide rannten Richtung Tür. Als sich Eve ein letztes Mal im Lauf umdrehte, stand Thyron wie erstarrt mit hängenden Schultern da, unfähig, eine Entscheidung zu treffen. Eve atmete tief ein und lief Samir hinterher.

»Eve, bitte, tu das nicht. Eve!«, hörte sie Thyron noch rufen.

Die Tür knallte hinter ihr zu, seine letzten Rufe verhallten.

Entweder sie würden noch an den Patriots vorbeikommen, oder ihre Flucht wäre beendet, bevor sie auch nur einen Fuß in eine ungewisse Zukunft setzen konnten. Samir wurde immer schneller. Sie rannten den Flur an den Kabinen des Karussells der Konfrontation vorbei. Eve stieß auf dem Weg, der zum Whitestone-Monument führte, einen Mann nieder. Die Angst im Nacken und unter den entsetzten Blicken der Menschen, die zum Teil hektisch und schreiend den Platz verließen, erreichten sie die Treppe, auf der Eve noch kurz zuvor ihren ganzen Mut zusammengefasst hatte und lauthals in aller Öffentlichkeit die Agenda und Askit herausgefordert hatte. Jetzt sahen sie ihre Verfolger zum ersten Mal: Beschützer stürmten hinter ihnen her. Kurz überkam Eve Panik, jetzt gab es kein Zurück mehr für sie. Eve folgte Samir sturzartig die Treppe hinunter.

Drei der Gestalten in ihren schuppenähnlichen Anzügen folgten ihnen im Gleichschritt die Stahltreppe hinunter.

»Hier runter!«

»Was werden sie mit uns machen?«

»Einholen, wenn du weiter Fragen stellst. Los, weiter!«

Samir packte sie fest am Arm, zerrte sie so lange hinter sich her, bis Eve das Tempo mithalten konnte.

Draußen war es stockdunkel. Die Gebäude der Metropole *Hope* waren um vieles höher als in *New Paris*, wie bedrohliche Riesen. Die immer gleiche Architektur der Metropolen war jetzt von unschätzbarem Vorteil. Sie hatten den Grundriss aus dem Jet gesehen. Sie wussten, wohin sie rennen mussten, um in keine Sackgasse zu geraten.

»Samir, wir müssen es bis zum letzten Ring schaffen, nach den Produktionshallen erreichen wir den Wald!«

Samir nickte und rannte mit unveränderter Geschwindigkeit um eine Ecke. Von allen Seiten begannen nun Scheinwerfer die Nacht in gleißendes Licht zu tauchen. Eve konnte sie nicht sehen, aber sie konnte die Schritte der tonnenschweren Patriots spüren. Samir zerrte Eve hinter einen Nahrungsverteiler. Eve kniete sich neben Samir und schloss die Augen, die Schritte glichen jetzt fallenden Baumstämmen. Eve presste ihre Stirn an das kalte Metall und konnte einen Weinkrampf nicht unterdrücken. Samir versuchte durch den kleinen Schlitz, der unter dem Verteiler das Licht durchließ, die Marschrichtung der Kolosse auszumachen.

»Stell deinen Thermoanzug auf volle Kälte! Die Roboter können uns per Wärmesensor orten!«

»Wieso ergeben wir uns nicht und lassen uns wie Degradierte abtransportieren. Das ist doch Wahnsinn!«, flüsterte Eve mit tränenerstickter Stimme.

»Vertrau mir einfach, bitte!«

Eve schaltete die Kühlung an, spürte, wie der Anzug begann zu arbeiten. Samir hantierte hektisch an ihrem Display herum. »So geht die Kälte nach draußen!«

»Ich …« Samir presste seine Hand auf ihren Mund. Eve legte sich flach auf den Boden. Einer der Beschützer stand nur wenige Meter von ihnen entfernt. Sie konnte nur sehen, wie sich seine Füße bewegten, mehrmals drehte er sich um die eigene Achse.

Sie hörte Schreie, dann einen Knall, der stählerne Verteiler fiel ihnen entgegen. Der Schock des Aufpralls fuhr durch den ganzen Körper, warme Flüssigkeit rann ihren Kopf hinunter. Samir lag regungslos am Boden. Ihr Schmerz wandelte sich von einem Feuer, das den ganzen Körper durchfuhr, in ein stechendes, brennendes Ziehen. Sie griff sich an die Kopfwunde, sie blutete stark, aber der Schmerz ließ nach. Samir atmete sichtbar. Langsam schien er wieder zu sich zu kommen. Von der anderen Seite des

Platzes waren immer noch wütende Schreie zu hören. Die Patriots und die Beschützer bewegten sich jetzt in diese Richtung.

»Samir?«

Eve beugte sich vorsichtig über Samir, ihr Blut tropfte auf seinen weißen Anzug. Langsam raffte er sich auf, die Hand an den Kopf haltend, und hielt einen Finger vor seinen Mund. Er öffnete an seinem Thermoanzug die Notversorgungstasche, holte eine kleine Packung heraus und zog vorsichtig Eves Haare auseinander. »Warum hat Tessa mir gesagt, ich soll dir und Adlin mehr Vertrauen schenken als Thyron?«

»Was? Ich hab keine Ahnung.«

Innere Leere, Fassungslosigkeit, Enttäuschung. Eve wusste nicht, was sie empfand. Die Angst, einen riesigen Fehler gemacht zu haben, stieg mit jeder Sekunde.

»Ihr habt nicht über *Paradise* gesprochen oder über ihre Zweifel an Askit?«

»Nein. Aber ich denke, du unterschätzt Tessa einfach.«

»Was meinst du?«

»Es war mütterlicher Instinkt, und wie du siehst, ist das Ergebnis, dass ich dir jetzt deine Wunde versorge und nicht dein Mann«, sagte Samir und drückte ein blutstillendes Hydrogel auf Eves Wunde.

»Das trocknet in einer Minute, du musst nur …«

»Ich weiß. Warum tust du das alles?«

»Weil ich nicht so perfekt bin wie du und Askit! Hier, nimm das Hydropflaster, verhindert eine Narbe.«

»Wieso bist du so zynisch! Ein Wunder, dass du das vor Askit verbergen konntest. Aber dass Askit ohne Erklärung …«

»Es erklärt sich nicht, dafür wurde es nicht geschaffen. Hör auf, einen Menschen in Askit zu sehen!«

Samirs Worte verletzten Eve. Doch es blieb keine Zeit, darauf länger herumzureiten. Wieder waren die hallenden Schritte der Patriots zu hören. Samir und Eve legten sich wieder flach auf den Boden und beobachteten, wie sie eine Gruppe von Reinsten, die sich ängstlich an den Händen hielten, vor sich hertrieben.

»Da sind noch mehr Reinste!«

»Ja, und sie haben uns gerade einen großen Gefallen getan. Wir können hier nicht bis zum Morgengrauen warten. Also los, weiter.«

Eve sank zusammen. Die Bilder von Tessa in jungen Jahren, Thyrons leuchtende Augen, als er das erste Mal von *Deep Water* zurückkehrte und von Pellengrey und den Konvertern erzählte, sein strahlendes Lachen … Alles verblasste.

»Ich weiß nicht, was uns erwartet. Was ist, wenn wir uns stellen?«

»Ich habe keine Ahnung, was uns noch erwarten wird, Eve Legrand. Aber ich werde mich sicher nicht stellen.«

15

22. SEPTEMBER,
METROPOLE HOPE, NÖRDLICHES MONTANA

Samir und Eve liefen geduckt die Häuserwände entlang. Stück für Stück tasteten sie sich an den Fassaden vorbei, seit Stunden wichen sie jedem sich nähernden Patriot rechtzeitig aus, versteckten sich hinter Containern, unter Büschen und Bäumen. Es würde bald hell werden. Mit verdreckten Anzügen hasteten sie weiter. Für einen Moment keimte Hoffnung auf, es waren keine Patriots mehr zu sehen, und jeder Schritt brachte sie dem schützenden dichten Wald näher.

Aber die Erinnerung an den Aufbau der Metropole, wie sie ihn beim Landeanflug gesehen hatten, führte sie in die Irre. Anstatt im Schutz des angrenzenden Waldes verschwinden zu können, standen sie unversehens auf einem weiteren großen Platz, dem die immer gleich gebauten Glasfassaden wie eine letzte zu überwindende Mauer folgten. Der Weg über die Verbindungsbrücken war blockiert. Ein Dutzend Patriots stand vor ihnen. Eine dröhnende, dunkle Sirene hallte von den Fassaden zurück. Sie waren vermutlich keine Sekunde wirklich unbeobachtet gewesen. Die Roboter kreisten sie ein. Ein Solarbus fuhr vor. Es stiegen vier bewaffnete Beschützer aus. Eve senkte erschöpft ihren blutverschmierten Kopf. Kein anderer Mensch war mehr auf der Straße zu sehen. Eve sah in Samirs Augen Resignation. Das Adrenalin sank wie die verpasste Chance, noch fliehen zu können. Langsam näherten sich die Beschützer, um sie zu ihrem unausweichlichen Transport in eine der Zonen zu zwingen, die sie in eine Kolonie bringen würde. Ein Solarjet landete mitten auf dem Platz. Einer der Beschützer hielt seine rechte Hand an seinen Helm, und nickte. Er kam auf Eve zu, schien sie zu mustern. Durch das verspiegelte Visier war trotz der grellen Scheinwerfer kein Gesicht, keine Kontur zu erkennen.

»Was geschieht jetzt mit uns? Verbindet mich mit Askit. Das alles hier ist ein Fehler!«

»Eve, das bringt nichts, glaub mir«, beschwor sie Samir.

»Ich hätte nicht mitkommen dürfen!«

Er schwieg. Es war ihre Entscheidung gewesen. Die Beschützer wechselten keinen Ton mit ihnen, stattdessen gaben sie mit ihren Waffen die Richtung vor. Eve zögerte, sie hatte nie davon gehört, dass Degradierte mit Solarjets ausgeflogen wurden.

Als sie Platz genommen hatten, schaltete sich automatisch das Licht aus. Bis auf die Sitze war der Jet nahezu leer, nur am Ende der Kabine stand eine mit Gurten befestigte große Metallkiste. Am Horizont war das erste Tageslicht zu sehen. Sie flogen der aufgehenden Sonne am Horizont entgegen.

Eve zitterte am ganzen Körper und schaltete die Kühlung ihres Anzuges aus. Sie schaute durch den schmalen Schlitz auf die Erde hinunter. Das orangefarbene Licht der aufgehenden Sonne gab den Blick auf aufgeforstete Wälder frei. Eve hatte Hunger, ihr Kopf schmerzte und ihre Gedanken rasten: Wo würden sie gleich landen? Würden sie Adlin dort antreffen? Was passierte dann mit ihnen? Und dann musste sie plötzlich an Tessa denken. Askit hatte auch sie aus *Paradise* verbannt. Würde sie ihre Mutter jemals wiedersehen? Wusste sie überhaupt von Eves Flucht? Sie schaute Samir an. Er war mutig, keine Frage, aber was würde nun geschehen? Für ihn war es eine Selbstverständlichkeit, zuerst an Adlin zu denken, nur hatte es sich gelohnt? An ihm mochte das Scheitern nicht nagen. Hatte sie Thyron überhaupt jemals richtig gekannt? Hätte Tessa ihr nicht diese nebulöse Bemerkung mit auf den Weg gegeben, sie wäre Samir vermutlich nicht gefolgt, wäre einfach von der Prüfung zurückgetreten, und hätte dann …

»Schau dir das an, Eve.«

Samir sah mit regungsloser Mimik und seine Narbe reibend durch das schmale Fenster hinunter. Bei dem Anblick von Wäldern und Lichtungen, auf denen Büffel, Bären, Hirsche und jede Menge anderer Tierarten zu sehen war, begann Eve für einen Moment, ihre Zweifel infrage zu stellen. Wo einst Wüste und Zerstörung waren, wuchsen nun ausgedehnte Wälder. Das Recyclingprogramm war hier offenbar schon seit Jahren abgeschlossen, nur vereinzelt sahen sie Roboter und Maschinen, die noch Reste von Gebäuden zermalmten und aufbereiteten.

Der Jet erhöhte sein Tempo, und sie hatte keine Ahnung, wohin sie flogen. Unter ihnen wurde *Paradise* wieder zur Verheißung, zu dem Versprechen, das Askit gegeben hatte, der Natur und der Tierwelt neben dem Menschen wieder zu ihrem Platz zu verhelfen. Der Krieg gegen die Natur war beendet. Samir lief eine einzelne Träne die rechte Wange hinunter. Noch vor ein paar Stunden hatten sie beide den Gipfel der evolutionären Optimierung repräsentiert. Eves Aufstieg, ihre gesamte Existenz, hatte mit der Pränataldiagnostik begonnen, ihre genetische Optimierung war nur ihrem Vater zu verdanken. Er hatte sich eigenhändig darum gekümmert. Bevor sich Tessa entschieden hatte, aus dem Programm der Reinsten auszusteigen, nistete Eve schon in ihrer Gebärmutter, und ihre biologische Qualität war mehr als ausreichend, um die Erlaubnis für Eves Geburt zu bekommen. Und nun hockte Tessa in irgendeinem Lager oder humpelte mit einem Track Degradierter ihrem ungewissen Schicksal entgegen. Vielleicht bereute auch Samir jetzt seinen Schritt. Er beugte sich zu Eve und klemmte die Vorrichtung aus ihrem Implantat.

»Was tust du?«

»Ich versuche, uns eine Rückkehr zu sichern! Was hier drinsteckt, könnte uns helfen, in Askits System einzudringen. Ich glaube nicht, dass die Kolonien so unterentwickelt sind, dass sie damit nicht etwas anfangen können.«

»Du meinst, du weißt, wie man das Implantat manipulieren kann?«

Samir verneinte. »Vielleicht eines Tages, vergiss es!«

Der Jet steuerte eine große Lichtung an und landete. Die Beschützer delegierten Eve und Samir umgehend aus dem Jet. Bevor sie wieder einstiegen, blieb einer stehen. Mit seiner rechten Handfläche scannte er Samirs Körper, hob seine Waffe und zielte auf seinen Kopf. Samir hob die Hände. Dann senkte er langsam seine Hand und gab die Vorrichtungen her. Der Beschützer nickte, während Samir um Fassung rang. Jeder Muskel seines Körper schien angespannt, um die Wut oder die Verzweiflung nicht herauszulassen, die sein Gesicht nicht verbergen konnte. Ging es ihm nicht nur um Adlin, war der Versuch, diese Technologie zu schmuggeln, sein vordergründiges Motiv? Erst jetzt sah sich Eve um. Hinter ein paar Bäumen und rund um sie herum trieben Patriots Reinste in alle Himmelsrichtungen vom Landeplatz weg. Sie waren nicht die Einzigen. Eve unterdrückte einen Aufschrei. Alles hatte sie getan, nur nicht auf sich gehört. Wäre sie geblieben, als Reinste erkoren worden, hätte sie den anderen später helfen können, langsam, mit Bedacht. Und nun? Alle Werte, die sie seit ihrer Kindheit achtete, ein ganzes Gesellschaftssystem war dabei zu versinken. Und als wäre das alles nicht schon bedrohlich genug, zerschlug sich in diesen Sekunden das Märchen von einem freien und friedlichen Geleit der Degradierten. Die Patriots vor ihnen waren bewaffnet, sie schossen kurz hinter den

Flüchtenden in den Waldboden, der Dreck flog in die Höhe, um keinen Zweifel daran zu lassen, in welche Richtung sich die Menschen zu bewegen hatten.

Plötzlich rannte Samir einfach los und rief: »Ich sehe sie. Da ist Adlin!«

Die Patriots versperrten ihm den Weg. Samir schrie immer wieder »Adlin!«, und für einen Moment konnten sie sich verständigen. Eve sah, wie Adlin verhalten winkte, aber ihr Wille, zu Samir zu laufen, schien gebrochen. Selbst aus den hundert Metern Entfernung konnte Eve eine Wunde an ihrem Kopf erkennen. Samir wollte an einem der schwerfälligen Kolosse vorbeirennen, doch sofort näherten sich Drohnen, senkten sich auf Augenhöhe zu Samir und kreisten ihn bedrohlich nah ein. Eve zitterte, ihre Stimme versagte, würde sie jetzt auch noch Samir verlieren?

»Samir! Nein!«

Den nächsten Versuch, sich durch die Linie zu bewegen, bezahlte er mit einem Energieschlag, den eine Drohne auf ihn abschoss und der ihn zu Boden warf.

»Neeeiiin!«

Panisch lief Eve zu Samir. Sie hörte nur ein verkrampftes Stöhnen, kniete sich nieder, schaute zu der Drohne, die abdrehte und einen Reinsten fixierte, der sich waghalsig näherte. Er lebte, leicht benommen schaute Samir sie an.

»Samir, bitte! Adlin lebt. Das muss dir für den Moment reichen!«

Doch Samir konnte und wollte nicht aufgeben. Bevor er erneut attackiert wurde, gelang es Adlin, sich aus der Gruppe zu lösen. Zwei Beschützer setzten ihre Waffen an, die ersten Schüsse verfehlten sie. Sie rannte durch das Dickicht hindurch, stolperte mehrmals, knallte mit dem Kopf gegen einen Baumstamm. Eve konnte kaum noch hinschauen. Adlin raffte sich wieder auf, ein weiterer junger Reinster aus der Gruppe, die von den Patriots vertrieben wurden, beschmiss lebensmüde eine Drohne, die gerade wieder auf Adlin ansetzte, mit einem Stein. Die kurze Ablenkung verschaffte Adlin die nötige Zeit, bis sie vor Samir zusammenbrach und in seinen Armen versank, sie küsste ihn und blickte mit verweinten Augen und einer verdreckten klaffenden Wunde auf der Stirn zu Eve. Alle duckten sich so tief wie möglich in die Farne am Waldboden. Die Drohnen und Beschützer wandten sich ab. Auf der anderen Seite der Lichtung wurden weitere Reinste von einem Jet abgesetzt.

»Lasst uns abhauen«, sagte Eve mit bebender Stimme.

Samir legte seine Hand auf Eves Schulter. »Hier gibt es nur Wald und Schutzgebiete, danach folgen Sperrzonen, soweit ich unsere Flugrichtung richtig eingeschätzt habe. Wo willst du schon hin?«

Eve zeigte im Laufen zurück zu den Drohnen. Dazu kamen Beschützer, die bedrohlich ihre Waffen ansetzten.

»Ich fürchte, wir haben nur eine Richtung!«

Eve begann schneller zu laufen, Samir und Adlin folgten, bis sie nach einer Weile nur noch das Surren der Drohnen hörten.

»Wie lange können wir so überleben, Samir?«

»Unsere Anzüge halten uns warm, sie können Chemikalien und Strahlung messen, sie geben uns Flüssigkeit, und wenn wir Glück haben, finden wir im Wald Nahrung, aber wenn sie uns in die Wüste treiben …«

»Samir, ich kann mich genau daran erinnern, dass mein Vater mir von den Kolonien erzählt hat und dass es den Menschen dort gut geht. Wir sollten versuchen, eine zu finden.«

Sie erreichten einen leichten Abhang, der von dichten Tannen geschützt war. Samir trat mit Wucht Laub in die Luft. Adlin sah fürchterlich aus. Die Wunde blutete noch leicht, sie brauchten Ruhe, Schutz und Nahrung. Ihre gnadenlosen Verfolger hatten offenbar die Richtung gewechselt, weder das

Stampfen der Patriots noch das unheimliche Geräusch der Drohnen war zu hören.

»Eve. Warum sollten uns die Kolonisten helfen? Wir sind deren Henker, die, die sie ausgegrenzt haben, die sie …«

»Hör auf damit, das hilft uns nicht weiter. Wir haben keine andere Option. Oder willst du hier umherirren?«

Jeder Muskel schmerzte, sie alle hatten ihr Leben lang körperlich gut trainiert, aber auf diese Situation waren sie nicht vorbereitet worden. Sie waren in Friedfertigkeit aufgewachsen. In Sekunden war die Illusion zerplatzt, dass mit Degradierten gut umgegangen wurde.

»Wir stehen vor der Hölle. Was haben die mit uns vor?« Adlin stolperte zu Eve.

Eves Augen fingen an zu brennen, wieder rollten Tränen über ihre Wange. Sie fragte: »Warum wurdest du degradiert?«

Adlin zögerte. »Ich habe in *Deep Water* gesehen, das Pellengrey sein Implantat mitten am Tag und im Labor abgeschaltet hat. Als ich ihn darauf angesprochen habe, zuckte er voller Angst zusammen. Bei den Prüfungen …«

»… ist Askit dann darauf gestoßen. Pellengrey hat auch mich gewarnt. Der Arme. Er muss doch gewusst haben, welche Folgen das für uns und für ihn im Scan haben wird.«

Adlin zuckte hilflos die Schultern. »Das erklärt nicht die Selektion der anderen.«

»Was hat er noch gesagt?«

»Er stammelte irgendwas von wegen, Askit würde bald aufwachen und dass alle wachsam sein müssten, was die Richtigkeit von Askits Klimamodellen anging und dass irgendeine Wahrheit bald alle erschüttern würde, dann bat er mich zu gehen.«

Eve sah, wie sich die Drohnen wieder näherten. Eine feuerte eine Salve in ihre Richtung. Sie rannten durch Lianen und Farne neben einem Bach weiter in unbekanntes Terrain und erreichten den Waldrand. Vor ihnen erstreckte sich eine Mischung aus Gebirgen und Wüstenlandschaft.

»Warum drängen sie uns dort hin?«

Samir drehte sich zu Adlin: »Wir haben keine Wahl. Entweder wir finden schnellstmöglich eine Kolonie, oder wir sterben dort!«

Eve und Samir schauten zurück in den Wald. Noch hatten sie es so klar vor Augen. Die über Jahrzehnte neu gewachsenen Wälder grenzten ohne Übergang, nahtlos, künstlich an die Wüste an. Überall standen Pioniere, Roboter, die den Wald schützten, aufforsteten und mit Wasser versorgten, im Standby-Modus. Sie hatten keine Wahl, und auch Eve merkte, wie ihr der Mangel an fester Nahrung und Schlaf zusetzte. Sie kontrollierte den Inhalt ihrer rechten Tasche, nahm sich eine Portion Proteine und Vitamine heraus und sagte: »Hinter dem Dickicht können wir ein paar Stunden ausruhen.«

Adlin schleppte sich mit letzter Kraft über die Böschung und sackte dann plötzlich zusammen. »Ich muss, ich … muss schlafen. Ich kann nicht mehr, ich …«

16

22. SEPTEMBER, METROPOLE DEEP WATER, GRÖNLAND

Pellengrey suchte hastig in einer Schublade nach einem externen Speichermedium. Er blickte hoch und betrachtete eine alternative Klimasimulation, die Askit nicht in seine holistische Berechnung mit einbezogen hatte. Die Zahl der von tektonischen Bewegungen freigesetzten CO_2-Lagerstätten war noch höher als befürchtet. Askit hatte zwar unterschiedliche Messungen berücksichtigt, aber der Anteil dieser neuerlichen Belastungen für den gesamten Kohlenstoffkreislauf der Atmosphäre war somit viel höher. Wieder und wieder veränderte er die Daten und speiste neue in das Modell ein. Als Nächstes versuchte er, Askit mit diesen zusätzlichen Variablen zu konfrontieren. Es nahm die Daten an, reagierte aber nicht.

»Ich fass es nicht!«, schnaubte Pellengrey und gab eine seiner Studien in die Datenbank ein, die in den nächsten Jahren eine weitere Reduktion des CO_2 ermöglichen sollte. Nichts, keine Reaktion. Sein Blick schweifte gedankenverloren aus seinem Labor in den strahlend blauen Himmel. Entweder hatte er gerade den größten Irrtum seines Lebens begangen, oder Askit hatte sich verrechnet. Warum reagierte es nicht auf seine Vorschläge? Seine Hände zitterten, er fühlte einen warmen Druck auf seinem Herzen. Er durfte keine Zeit verlieren. Auf dem Holoschirm sah er, wie Askit seine neuen Prognosen vollzog.

Pellengrey kontrollierte seinen Scanner, spürte einen kurzen Kopfschmerz, dann war er offline. Jeder weitere Versuch, sich mit dem Feld oder Askit zu verbinden, scheiterte. Sein Implantat war stillgelegt.

»Askit, was tust du?«

Hatte es seine Daten längst akzeptiert? Sie mussten die Anstrengungen erhöhen, brauchten mehr Roboter, weitaus mehr menschliche Arbeitskräfte, mehr Konverter, mehr Ressourcen, von allem mehr, dann wäre eine Wende eventuell noch möglich.

Welchen Sinn hatten die plötzlichen Degradierungen der Reinsten in *Hope*? Ausgerechnet seine Eve. Das ergab keinen Sinn. Es sei denn, Askit verfolgte mehrere Ziele gleichzeitig. Hatte Askit die Reinsten wirklich degradiert? Schickte er sie etwa in die Kolonien, um zu prüfen, ob und wie man die Kolonisten im Kampf um das Klima in *Paradise* integrieren könnte? Genau das hatte er Askit neben allen anderen Maßnahmen vorgeschlagen. Oder ging es auch noch um die Vergangenheit? Reine Spekulation. Er musste die Pläne für den Ausbau des gesamten Programms des Geoengineering in die Agenda transferieren. Er versuchte, alle Daten zu kopieren, binnen eines Wimpernschlages war das gesamte Labor stillgelegt.

»Verdammt!«

Er stand auf, durchwühlte eine Schublade nach der anderen, öffnete Schränke, das Atmen fiel ihm immer schwerer, endlich fand er den Speicherkristall, auf dem er den größten Teil der Daten bereits einmal abgespeichert hatte. Er griff sich Papier, das ihm Eve vor einer Weile geschenkt hatte. Schwer atmend setzte er sich wieder an seinen Tisch. Sein Körper bäumte sich kurz auf. Der Druck in seinem Brustkorb wurde stärker und wandelte sich zu einem veritablen Schmerz. Hastig schrieb Pellengrey die zentralen Variablen auf, die für die Simulation notwendig waren, und die Befürchtung, die seine Lösungen untermauerte. Schweiß tropfte auf das Papier. Vor dem Labor wartete ein Beschützer der Agenda. Er hatte nie verstanden, wie es den Gründern gelungen war, sich eine eigene unabhängige Flotte von Solarjets und Beschützern zuzulegen.

Sein alter Freund Levar hatte immer angenommen, dass ihre bescheidene Anzahl keine Bedrohung für Askit darstellte. Auch er wusste nicht, was sich in *Askit City* wirklich abspielte, und im Falle der von ihm prognostizierten Klimaverschlechterung wäre diese Stadt die einzige Hoffnung. Er betrachtete den Beschützer. Er war nun die letzte Option, die Informationen in die Agenda zu befördern. Er klopfte an die Scheibe des undurchsichtigen Helms. Der Beschützer reagierte sofort. »Commander, bring das Levar Havadi und nur ihm, verstanden?«

17

23\. SEPTEMBER,
METROPOLE HOPE – GRENZGEBIET, NÖRDLICHES MONTANA

Spät in der Nacht fanden Eve, Adlin und Samir für ein paar Stunden Schutz in einem verlassenen Versorgungscontainer. Ihr Proviant war aufgebraucht, Adlins Wunde nur notdürftig versorgt. Nun brach die Morgendämmerung an, und sie verließen ihren Unterschlupf. Sofort zerfetzte der Schuss einer Drohne einen Baumstamm nur wenige Meter über ihnen. Langsam näherten sich weitere Drohnen.

»Geht in Deckung!«, schrie Samir.

Sie ließen sich hinter einem Busch in den dunklen Moosboden fallen.

»Samir, wir haben gestern keinen einzigen Reinsten gesehen, der …«

»Keinen Degradierten!«

»Ich bin keine Degradierte! Wir haben niemanden gesehen, der schwer verletzt oder gar getötet wurde, und wir haben keine Ahnung, wo eine Kolonie ist.«

»Worauf willst du hinaus?«

»Abgesehen davon, dass wir ohnehin keine Wahl haben«, flüsterte Eve atemlos und zeigte auf zwei Drohnen, die sich schnell näherten. »Vielleicht führen sie uns direkt in eine Kolonie!«

»Wir haben keine Helme, keinen zusätzlichen Sauerstoff, der Trinkvorrat reicht bei der Hitze nur für wenige Stunden!«

Eve fummelte an ihrem Kragen und zog den Schlauch heraus, der den Sauerstoff transportierte, steckte sich ihn demonstrativ in den Mund.

Die Drohnen waren so plötzlich verschwunden, wie sie gekommen waren.

Widerwillig klopfte sich Adlin den Sand und Dreck vom Anzug. Samir nahm sie an die Hand, seit gestern Abend war er immer schweigsamer geworden, dachte Eve. Sie liefen erneut los, doch schon nach einigen Minuten wurde ihnen klar, dass ihre Odyssee noch lange kein Ende haben würde: Außer Dünen, Tierskeletten und vertrockneten Büschen war bis an den Horizont nichts zu sehen. Die Sonne heizte den Boden immer weiter auf, kleine Wirbelstürme, Silmandé, fegten über den Boden, und Minuten später setzte ein Sandsturm ein. Und dann tauchten die Drohnen wieder auf und trieben sie links und rechts in einem Abstand von hundert Metern weiter voran und verhinderten, dass sie im Kreis liefen. Samir hatte die Kühlung der Thermoanzüge auf ein Minimum eingestellt, um Energie zu sparen. Eve kontrollierte immer wieder ihr Display. Die Temperatur betrug 52 Grad. Ohne den Thermoanzug hätten sie längst den Taupunkt von Wasser erreicht. Jenen Punkt, an dem der menschliche Körper nicht mehr in der Lage war, sich durch Schwitzen zu kühlen. Spätestens nach ein bis zwei Stunden in der Sonne spürte man die Folgen: von Schwindel und Erbrechen bis zu einem schweren Hitzschlag, der ohne medizinische Behandlung zum Tod führen würde. Auch die CO_2-Konzentration stieg beständig, und der Sauerstoffgehalt sank in der Umgebung bedrohlich.

»Ich kann nicht mehr. Mir ist übel, ich …«, Adlin schluchzte.

Samir war sofort bei ihr und stützte sie. »Ich glaube, wir haben es geschafft!«

»Was?«

Durch den inzwischen aufgepeitschten Sand erkannte Eve schemenhaft die Silhouette hoher eingestürzter Wohntürme, eine alte Metropole. Minuten später erreichten sie eine zerbröckelte Teerstraße. In einem Graben lag ein verbogenes grünes Schild. Eve nahm es hoch und klopfte es ab. »Hele…a…«

»Sagt dir das was?«

»Nein, aber vielleicht finden wir in den Ruinen noch Wasser. Der Größe nach könnte das eine Hauptstadt gewesen sein. Wie hoch sind die Strahlungswerte?«, fragte Samir.

Eve schaute auf ihr Display: »0,25 Sievert.«

»Das ist nicht kritisch. Wir können reingehen.«

Eve hatte noch nie eine solche Ruine der alten Welt betreten. Im Vergleich zur britischen Insel, in der die Recyclingtrupps ihre Arbeit taten, betraten sie hier eine seit der Katastrophe unberührte Sperrzone. Sie zögerte, war sich nicht sicher, ob das wirklich eine gute Idee war. Wie lange konnten sie der Hitze noch standhalten? Sie zog an ihrem Schlauch für die Sauerstoffversorgung. Die Drohnen bleiben weit über ihnen am Himmel stehen.

»Samir, die Drohnen!«

»Ja, ich weiß!«

»Wieso stoppen sie?«, fragte Eve.

»Kommt schon, wir müssen raus aus der Sonne!«, forderte Samir.

Sie erreichten die ersten Wohnblocks. Die verfallenen Häuser waren von dichten Sandtürmen überzogen, teilweise hatten sich Wüstenpflanzen angesiedelt. Ein Gebäude zeugte von der einstigen Schönheit der Stadt. Der vordere Eingangsbereich war nach einer langen Steintreppe mit üppigen Säulen versehen. Eine riesige Kuppel war nach hinten in das Gebäude eingebrochen, Dornenbüsche hatten sich ihren Weg durch die Trümmer gebahnt. Links und rechts waren Reste von Stahlkonstruktionen zusammengefallen. Nichts war zu sehen, dass ihnen Schatten oder Wasser spenden konnte. In einer Querstraße standen riesige Wagen mit Reifen so groß wie Menschen. Auch hier hatte der Sand nahezu alles verdeckt.

Eve ging vorsichtig weiter.

Auf einmal gab der Boden nach, der Sand rutschte unter ihren Füßen weg, sie stürzte in ein Loch, und als sie wieder hochsah, ragte neben ihr eine mumifizierte Hand aus dem Sand. Eve schrie auf. Ekel und Übelkeit, die Angst, weiter in die Tiefe zu sinken, mobilisierten ihre letzten Kräfte. Mit Händen und Füßen versuchte sie, wieder Halt zu gewinnen und sich nach oben zu kämpfen, doch der nach unten ziehende Sand, gemischt mit weiteren Teilen von Knochen und ganzen Skeletten, ließ sie nicht los, bis Samir ihr eine rettende Hand reichte und sie hochzog.

Eves schlug das Herz bis zum Hals, ihr wurde kurz schwarz vor den Augen, doch sie atmete dagegen an.

Adlin rannte hinter einen Wagen und übergab sich, und auch Samir hielt sich die Hand vor den Mund. Für einen Moment schwiegen alle.

Neben einer großen Halle, deren rote Steinfassade erstaunlich gut erhalten war, standen weitere Wagen mit großen Schaufeln. Eve ging näher heran, der Anblick löste einen Würgereiz aus. Die Körper waren übereinandergestapelt, teilweise war ihre Haut nicht verwest, sondern wie Leder verdorrt.

»Wie lange liegen die hier schon?«, fragte Samir mit zitternder Stimme. Samir hatte sich Schutzhandschuhe angezogen und hob einen der mumifizierten Arme vorsichtig hoch.

Adlin trank ihre vermutlich letzte Wasserration.

»Diese extrem trockene Luft und die direkte Sonneneinstrahlung entziehen einem Körper schnell die Feuchtigkeit. So ein heißer Wüstensand gehört zu den wirkungsvollsten natürlichen Mumifizierungsmilieus«, murmelte Eve keuchend und trat näher an eine der mit Leichen beladenen Schaufeln heran. »Was ist hier bloß geschehen?«

Samir hob einen weiteren mumifizierten Arm an und studierte ihn. Er ging zum nächsten Gefährt und wiederholte die

Prozedur. Er schien erstaunlich gefasst zu sein, was Eve ermutigte, ihm zu folgen.

»Die Leichen weisen Markierungen auf. Warum bloß?«, fragte Samir.

Jetzt erkannte auch sie auf der Lederhaut dunkle Striche in einem Quadrat. Manche Leichen bestanden nur noch aus porösen Knochen, aber die mumifizierten wiesen alle diese Zeichen auf.

»Wir wissen zu wenig über diese Zeit. Ich will hier einfach nur noch weg, lass uns bitte zurückgehen, Eve«, sagte Adlin.

»Wieso wurden Menschen, die sich infiziert hatten, noch markiert? Das ergibt keinen Sinn, dazu muss ich die Geschichte nicht kennen.«

Samir wischte sich den Schweiß von der Stirn.

»Lasst uns bitte verschwinden«, flehte Adlin und würgte.

Eve schaute auf die Uhr in ihrem Display. Sie konnten vermutlich erst in der Nacht ihren Weg fortsetzen. Bis dahin mussten sie einen Platz finden, der sie vor der Hitze schützen würde. Eine der Drohnen hatte sie lautlos von großer Höhe im Visier. »Samir, wie weit reicht das Feld von Askit?«

»Außerhalb der Metropolen von *Paradise* ist es nur in wenigen Teilen einiger Schutzgebiete aktiviert, in denen Wissenschaftler dauerhaft arbeiten, aber bei Askit bin ich mir da nicht so sicher, theoretisch weltweit!«

»Okay, aber die Drohnen können uns nicht nur sehen, sondern übertragen ihre Bilder auch zu Askit, richtig?« Eve blickte in die geschundenen Gesichter ihrer Freunde. Allen war unheimlich zumute.

»Sollten wir das hier etwa finden?« Kaum hatte Adlin diese Frage formuliert, schoss die Drohne über sie hinweg.

»Gehen wir zum Wald zurück. Wenn sie wieder auftauchen, müssen wir uns was einfallen lassen. Hier werden wir keine Kolonie finden, so viel steht fest.«

Nachdem sie die sengende Mittagshitze überstanden hatten, gingen die Temperaturen erstmals leicht zurück. Eve setzte mühsam einen Fuß vor den anderen und warf mit jedem Schritt den Sand vor sich auf. Samir hatte Adlin sein letztes Wasser gegeben. Sie wankte völlig entkräftet an seiner Hand, bald würde er sie tragen müssen. Eve konnte nur noch an ihr letztes Frühstück denken.

Endlich konnten sie den Wald sehen, es war noch nicht dunkel, die Sonne ließ alles in einem goldenen Licht warm und einladend aussehen. Die Drohnen waren nicht mehr aufgetaucht. Eve hörte es zuerst nur und stolperte dem Geräusch entgegen, bis sie an einen Bach kamen. Alle stürzten sich mit ihren verdreckten und blutverschmierten Anzügen in das rettende Nass.

Eve setzte sich neben das Flussbett auf einen Baumstamm, prüfte die Elektronik ihres Anzuges und beobachtete, wie Samir Adlins Wunde reinigte und sie liebkoste. Adlin schmiegte sich an seinen Körper und schluchzte. Das letzte Bild von Thyron vor ihrem inneren Auge, atmete Eve aus, stöhnte leise und schaute hoch in den sternenklaren Himmel. Es war dunkel geworden, der Mond schimmerte durch die Baumkronen. Ob sie Thyron jemals wiedersehen würde? Vielleicht würde sie hier sterben oder jahrelang im Wald dahinvegetieren, wenn sie keine Kolonie fanden. Was in *Paradise* so sicher schien, war ihr nun in ein nichts verheißendes *Vielleicht* entglitten. Neben ihr suchte ein Salamander Schutz unter einer Pflanze, der Wind trieb ihr den Geruch von gärendem Laub in die Nase. Das um die Felsen fließende Wasser war wie Musik in ihren Ohren, für einen Moment schien die Zeit stillzustehen. Eve bettete ihren Körper in den von dickem Moos überzogenen Boden.

»Es muss doch eine Erklärung geben. Wieso zerbricht Askit alles zwischen uns?«

Adlin lehnte sich mit einem Seufzer an Samirs Schulter. »Ich wiederhole mich ungern, du hast immer noch menschliche Erwartungen an eine Maschine, Eve.«

»Das stimmt nicht. Ich bin mir sicher, dass Askit von jedem von uns eine ganz eigene Vorstellung hat. Es kennt uns besser als wir uns selbst.«

Samir stöhnte leise und warf willkürlich einen vertrockneten Tannenzapfen in die Luft.

»Hast du mal daran gedacht, dass der Verlust deines Vaters deine Vorstellung von Askit beeinflusst hat?«

»Lass das, darüber habe ich mir schon genug den Kopf zerbrochen. Mein Vater ist bei einem Unfall ums Leben gekommen und hat mich nicht wie Abfall irgendwo ausgesetzt!«

»Tut mir leid. Ich wollte dich nicht verletzen.«

Eve fühlte keinen Schmerz, erschrak aber über ihre eigenen Worte. Vor ein paar Stunden waren Askit und *Paradise* alles gewesen, woran sie felsenfest geglaubt hatte, worauf sie ihr Leben ausgerichtet hatte. Der Druck in ihrem Körper, die Ausweglosigkeit war unerträglich. Schweigend schauten alle in den Himmel.

Ein Rascheln im Dickicht. Samir duckte sich, griff nach einem abgebrochenen Ast. Als er sich erheben wollte, hielt Adlin ihn zurück. Ihre blonden Locken leuchteten verräterisch im Mondlicht. Wieder ein Krachen im Dickicht. Wären sie in der Lage, sich gegen Wölfe und Bären zur Wehr zu setzen? Eve ließ sich langsam nach unten gleiten, suchte, fand einen Gesteinsbrocken, den sie mit ihren Händen umklammerte.

Adlin stieß einen schrillen Schrei aus.

Ein großer Mann trat aus dem Dickicht hervor. Sein Gesicht war lehmverschmiert. Er näherte sich vorsichtig.

Eve hatte nur einen Gedanken und eine Hoffnung. Könnte er sie sicher in eine Kolonie bringen? »Wer bist du?«

Er drehte sich mehrmals um, blickte in alle Richtungen. Er trug eine ähnliche helle Kleidung wie die Menschen in *Paradise*. Der rechte Ärmel war zerrissen und blutverschmiert.

»Verschwindet hier! Ihr habt für heute genug Unheil angerichtet!«

»Wir? Wir haben nichts getan. Wir sind auf der Flucht«, entgegnete Eve.

Samir war aufgestanden, musterte den Mann. »Du bist ein Degradierter, nicht wahr?«

»Nein. Stell dir vor. Ich bin frei geboren«, raunte der Blonde, drehte sich um, hob seine Haare an – ein Implantat war nicht zu sehen. »Dutzende von euch wurden heute im Wald ausgesetzt, und eure Roboter überqueren die Grenze und weiten euer verfluchtes *Paradise* aus!«

Mit einem verächtlichen Blick wandte er sich um und kehrte zurück in den Wald. Bevor die Dunkelheit ihn wieder verschlingen konnte, hüllte ihn grelles Licht ein. Drei Patriots hatten offenbar die ganze Zeit hinter den Bäumen gestanden. Der Mann sprang auf einen großen Felsbrocken.

»Lauft um euer Leben, bleibt weg von mir!«

Drohnen sanken zu ihm herab. Der erste Schuss verfehlte ihn. Er blieb wie gelähmt stehen. Samir und Adlin hatten sich geduckt und klammerten sich aneinander. Sie schienen zu entkräftet, um erneut die Flucht anzutreten. Doch in der nächsten Sekunde trieb Eve die Wut vor einen der Stahlgiganten. Dieser Mann war womöglich ihre letzte Chance, in eine Kolonie zu gelangen. Sie breitete die Arme aus, schrie mit aller Kraft: »Hört auf!«

»Eve! Nein, geh zurück! Eve!« Samirs Schrei verhallte im Wald.

Eine Drohne drehte ab und senkte sich Sekunden später vor Eve, die Rotoren kühlten ihr Gesicht, die Waffe war auf sie gerichtet, das Surren des Antriebs kreischte in ihren Ohren.

Adrenalin schoss ihr in den Körper, trotz der tödlichen Gefahr hob sie den Kopf. Die Drohne surrte laut, flog unvermittelt über sie hinweg und verschwand im Abendhimmel. Auch die Patriots wandten sich ab. Unter ihren Schritten krachte das berstende Holz.

Eve drehte sich um, kletterte den Felsen hinauf und sah in die fassungslosen Augen des fremden Mannes. Seine Arme und Schultern sanken herab, er atmete lange durch aufgeblähte Backen aus.

»Wie zum Teufel hast du das gemacht?«

»Scheinbar bin ich doch noch mehr wert, als ich dachte!«

»Ungewöhnliche Töne für eine frisch Degradierte. Vielleicht sind eurem Gott auch nur ein paar neuronale Zellen abhandengekommen. Für uns endet jede Begegnung mit den Drohnen normalerweise tödlich!«

Eve sah zu Adlin hinab. Sie lag völlig erschöpft in Samirs Armen. Sie mussten Nahrung und eine Schlafmöglichkeit finden, eine Basis, um zu verstehen, was mit ihnen geschah und noch geschehen würde.

Der Mann meinte mit ihrem Gott wohl Askit. Was für eine unsinnige Vorstellung! Seine Aggression, seine ganze Präsenz, verhieß nichts Gutes, und doch brauchten sie ihn. Aber würden alle Kolonisten sie so betrachten, wäre ihr Leben wieder in Gefahr.

»Wie ist dein Name?«

»Was spielt das für eine Rolle? Ich muss weg hier. Ihr seid mit euren Implantaten zu gefährlich für mich.«

»Ich hab dir gerade das Leben gerettet, und nun bist du an der Reihe! Wie ist dein Name?«

Der Blonde verschränkte die Arme hinter dem Kopf, aus seinen Oberarmmuskeln traten die Venen hervor. Eve wusste nicht, was sie von ihm halten sollte. Er betrachtete sie wie ein seltenes Tier, grinste und schnaufte. »Mutig scheinst du ja zu sein, und was ist mit den anderen?«

Samir hustete kräftig, als hätte er sich verschluckt. »Wir haben die Wüste durchquert und lange nichts gegessen, du siehst doch, dass wir Hilfe brauchen.«

»Ich bin Eve, und wenn du zuhören kannst, dann …«

»Ronan, mein Name ist Ronan. Ihr seid in der Wüste gewesen? Wie weit? Seid ihr verstrahlt?«

Alle schüttelten den Kopf. Eve hielt ihm ihr Display vor die Nase, um ihm den Wert ihrer Strahlendosis anzuzeigen. Sie war sich nicht sicher, ob er sich überlegen oder unsicher fühlte. Ohne seine Hilfe hatten sie kaum eine Chance zu überleben.

Er vergewisserte sich in alle Richtungen, ob noch weitere Roboter auf ihn lauerten. »Okay, auf ein paar mehr oder weniger von euch kommt es jetzt auch nicht mehr an, nur macht euch keine falschen Vorstellungen. Ihr werdet nicht willkommen sein. Wir werden die Nacht hier verbringen, es ist zu gefährlich, mit euch im Schlepptau durch das Gelände zu spazieren.«

Eve schloss die Augen. Die Anspannung wollte nicht weichen. Sie fühlte sich nicht mutig, sondern verloren und ausgestoßen. Nur ihr Wille, verstehen zu wollen, was hier geschah, gab ihr noch einen Antrieb.

18

24. SEPTEMBER,
KOLONIE, NORDWESTLICHES MONTANA

Kurz nach Sonnenaufgang waren sie stundenlang in nordöstliche Richtung gewandert, bis sie den Waldrand erreichten. Plötzlich stießen sie auf eine Gruppe von Degradierten, die von einer Frau in einem hellgrauen Gewand angeführt wurde.

»Ihr wartet hier«, befahl Ronan, er schien die Frau zu kennen, doch Eve, Adlin und Samir hörten nicht auf ihn.

»Hey, wartet!«

Als Eve in die verdreckten Gesichter der Degradierten sah, realisierte sie es: Sie waren nun keine Reinsten mehr. Ihr privilegiertes Leben in *Paradise* war für immer verloren, sowie der Zugang zu Askit und die Perspektive, *Paradise* in einem erfüllten Leben zu dienen. Insgeheim hatte sie immer noch die Hoffnung gehegt, dass alles ein Irrtum sei, Teil der Prüfung oder dass Askit damit einen Plan verfolgte, den sie nur noch nicht verstanden hatten. Wie naiv sie gewesen waren. Die Begegnung mit Ronan zeigte deutlich, dass sie es fortan mit Menschen zu tun hatten, die durch ihre Emotionen und unbewussten Motive genau jene Eigenschaften in sich trugen, die einst das Potenzial zur Zerstörung des Planeten hatten und denen nichts näher lag, als *Paradise* dem Erdboden gleichzumachen, Rache zu üben. Eve ging auf einen Mann zu. Dem Emblem auf dem rechten Ärmel seines Anzugs zufolge stammte er aus *New Paris*.

»Eve Legrand? Du auch? Wie ist das möglich?«

»Wie hoch ist dein Score?«

»Dreihunderteinundachtzig! Wir haben alle die höchsten Scores.«

Eves hatte zuletzt dreihundertzweiundneunzig Punkte betragen, der höchste in ganz *Paradise* in diesem Jahr. Es fröstelte sie am ganzen Körper. Die letzten Punkte waren dazu gekommen, als sie Julian in den Tod begleitet und Tessa zurechtgewiesen hatte. Irgendwo jenseits von *Paradise* würde ihre Mutter gerade in Europa umherirren, schwer krank, oder hatte sie es in eine Kolonie geschafft? Sie sah in das Gesicht des Reinsten, der ihr ratlos gegenüberstand.

»Dann ist es also wahr. Askit hat die erfolgreichsten Anwärter eines ganzen Jahres einfach degradiert. Aber warum?«

Ronan hatte dem Gespräch gelauscht und schaute auf den anderen Mann, der sich zurückhielt.

»Ich sag es ja, eure Superintelligenz hat wohl ein paar Speichereinheiten verloren. Da steht ihr nun, ihr Supermenschen – wie ausgemustert, unfassbar!«

Eve drehte sich zu Ronan. Seine Arme verschränkt, kniff er seine Lippen und Augen zusammen.

»Unsere Lage gibt dir ein Gefühl von Überlegenheit? Dann seid ihr wirklich …«

»Nutzlos! Das wolltest du doch sagen. Menschen, die dem wahnwitzigen Anspruch in eurem *Paradise* nicht genügen! Genau das sind wir!«, sagte Ronan.

Die Frau, die offenbar zu Ronans Kolonie gehörte, verzog keine Miene. Eve war immer neugierig auf die Menschen der Kolonien gewesen. Nun hatten sie kaum ein Wort miteinander gewechselt, und die anderen hatten ihr Urteil über sie und die anderen Degradierten schon gefällt: Eve war sich nicht mehr sicher, ob die Kolonien das richtige Ziel waren.

»Denken alle in den Kolonien über uns wie du?«

»Lass gut sein, Eve. Wir sollten keinen Streit anfangen«, sagte Samir.

Eve nickte.

»Hier hat es schon seit einer Generation keine Degradierungen mehr gegeben. Unser Wissen über *Paradise* basiert vor allem auf regelmäßigen Berichten aus den anderen Kolonien in Europa und Asien. Und ja, du kannst dir sicher sein, dass eure Ankunft wenig Freude auslösen wird. Wir werden sehen, ob wir euch helfen«, sagte Ronan.

Der Ton seiner Ansage war weniger bedrohlich als sein Inhalt, dachte Eve. Schweigend schlossen sie sich dem Treck an.

Sie passierten den umgestürzten Schornstein einer alten Mine. Es folgte eine unüberschaubare Menge an gleichmäßig angeordneten Treibhäusern. Hier und da waren Menschen zu sehen, die ihrer Arbeit nachgingen. Schließlich erreichten sie eine der sagenumwobenen Kolonien. Adlin hatte wieder mehr Leben im Gesicht. Die Hoffnung, endlich etwas Anständiges zu essen zu bekommen, schien ihr Kraft zu geben. Weiße Fassaden neuer Häuser und Hallen strahlten ihnen entgegen. Die meist eingeschossigen Bauten wirkten nicht so imposant und perfekt wie die in *Paradise,* dennoch war Eve beeindruckt von der Anordnung. Wie in *New Paris* hatte sich überall ein feiner Wüstensand auf die Dächer und Fassaden gelegt.

Sie bogen in eine Straße, die auf einen großen Platz mündete, der von Steinhäusern umringt war. Hier tummelten sich Hunderte Menschen. Eve spürte eine tiefe Beklemmung, wie würde man auf sie und die anderen nun reagieren? Die Holzdächer der Gebäude ragten wie Markisen weit über die Straße. Im Schatten saßen Menschen beim Essen. Kinder spielten im Sand. Dann sah Eve erste alte klapprige und verbeulte Fahrzeuge, die Menschen und Güter transportierten.

»Wie bewegt ihr euch fort?«

»Die Kolonien sind so angelegt, dass man keinen individuellen Verkehr braucht. Ärzte oder Lebensmittelstationen sind nie mehr als einige Kilometer entfernt. Viele Menschen haben sich in kleinen Einheiten zusammengeschlossen und produzieren solidarisch alles so nah wie möglich. Ihr werdet noch genug entdecken, was euch an *Paradise* erinnern wird, anderes wiederum nicht«, sagte Ronan.

»Was zum Beispiel?«

»Kultur? Individualität?«

Eine Frau mit einem dunkelroten Kleid und einem gemusterten Umhang mit hochgesteckten Haaren ging an ihr vorbei. Die Kleidung der Menschen war überhaupt individueller und bunter, als sie es kannte.

Ronan wies mit der Hand auf ein größeres Gebäude. »Dort tagt das Komitee. Dort werden wir entscheiden, was mit euch geschieht!«

Ronans Gesichtsausdruck war freundlicher geworden. Sie überquerten unübersehbar für die Kolonisten den Platz. Eve sah Gesichter, deren Ausdruck zwischen Neugier und Ablehnung variierten. Ein Mann mit einem grauen Vollbart spuckte im Vorbeigehen vor Adlin auf den Boden. Ronan stellte sich ihm entgegen.

»Was sollen diese Zombies hier?«, blaffte ihn der Alte an.

»Geh weiter, alter Mann!«

So grob Ronan eben noch gewesen war, schien ihm dieser Vorfall jetzt unangenehm zu sein. Auch die Frau mit den schwarzen Haaren, die den Treck in die Kolonie begleitet hatte, machte ein betretenes Gesicht und forderte die Gruppe von Degradierten zur Eile auf.

»Was ist das Komitee?«

»Wir werden von wechselnden Bürgern verwaltet. Sie kümmern sich um die Rationierung von Lebensmitteln, um Energie, Ressourcenbeschaffung, Medizin, Kultur und einfach alles, was unser Zusammenleben betrifft.«

»Wie viele Menschen leben hier?«

»Unser Gebiet dient vor allem der Nahrungsmittelproduktion und der Verwaltung, einige Kilometer weiter leben etwa zehntausend Menschen. Weiter südlich gibt es weitere Kolonien. Die Menschen schätzen die Vorteile einer überschaubaren Gemeinschaft. Unsere Infrastruktur ist sorgfältig geplant und lässt uns überleben. Bis wir so weit waren, hatten wir über Generationen zu kämpfen, was man von euch nicht behaupten kann. Und nun scheint sich *Paradise* auch noch die letzten Gebiete von uns zu holen.«

»Deswegen seid ihr uns gegenüber so feindlich eingestellt?«

Ronan schaute in die Ferne. »Wir wollen nur in Ruhe gelassen werden. Eure Welt mag perfekt geworden sein, nur ist sie leblos, und es gibt noch ganz andere Probleme, die schon bald alle unsere Grenzen sprengen können.«

»Ich hab keine Ahnung, wovon du sprichst. Askit und die Agenda haben über Jahrzehnte das Überleben aller gesichert. Und ich meine, wirklich aller, nicht nur der Menschen in der alten egoistischen Lebensweise. Auch wir müssen Gebiete verlassen, wenn Askit das entscheidet.«

Ronan schaute sie mit großen Augen an. Hinter seinem herablassenden Lächeln vermutete Eve eine verborgene Unsicherheit und Angst.

»Dass du gerade aus deinem Leben vertrieben wurdest, spielt keine Rolle? Wie vernebelt seid ihr eigentlich?«

Eve blieb stehen. Natürlich tat es das. Sie wusste nicht einmal, wie ihr Leben und das der anderen nun weitergehen sollte.

»Ich … Keiner von uns versteht doch, was hier gerade geschieht, deswegen muss ich nicht gleich alles infrage stellen. Wir stellen den Planeten in den Mittelpunkt und nicht egoistische Interessen.«

»Ihr solltet vorsichtig sein mit solchen überheblichen Bemerkungen. Unsere Vorfahren haben nach der Zerstörung der alten Nationen und durch die Unterwerfung alles verloren.«

»Ohne Askit würde keiner mehr von uns leben. Ich muss aber in dieser Lage erst mal meinen Platz finden, Ronan.«

»Ich bin mir nicht sicher, ob wir dir dabei helfen können.«

Eve ließ ihn stehen und folgte den anderen in den Versammlungssaal des Komitees. Bevor Ronan hinter ihnen die Tür schloss, drehte sich Eve noch einmal um und schaute zurück auf den Platz. Die Menschen vor den Häusern lachten, unterhielten sich oder tauschten Güter aus. Aus einer Tür, gute fünfzig Meter neben der Halle, wankten Männer heraus, grölten, schrien sich an und schienen sich schlagen zu wollen. Eve begann zu zittern, schaute in die verunsicherten Gesichter von Samir und Adlin und richtete ihren Blick wieder nach vorn, wo die anderen Degradierten und Ronan bereits warteten.

Vor einer Bühne standen große Holzbänke, die Platz für rund hundert Menschen boten. Durch die seitlichen Fenster fiel Licht in den Raum. Unter ihren Füßen war überall Sand, der offenbar von der nahen Wüste hineingeweht worden war. Auf der Bühne standen nur eine Frau mit langen grauen Haaren in einem dunklen Kleid und ein alter Mann in gekrümmter Haltung. Die Frau blickte in die Menge, der Mann drehte sich zu ihnen, machte eine fahrige Handbewegung und setzte sich. Die Degradierten setzten sich erschöpft und mit leeren Blicken auf die Bänke. Eine zweite Frau kam aus einem Seiteneingang und verteilte aus einem Korb Obst, Brot und Wasser. Obwohl Eve fast schwindelig vor Hunger war, legte sie ihre Ration neben sich.

Die eingefallenen Wangen, die dunkle faltige Haut und die leuchtend blauen Augen der älteren Frau verliehen ihr etwas Machtvolles, etwas Weises.

»Ich bin Marta, ich spreche für unsere Kolonie! Wer spricht für euch?«

Samir deutete intuitiv auf Eve, und die anderen nickten zustimmend.

Eve nickte ebenfalls.

»Vor ein paar Tagen haben wir eine Nachricht aus einer Kolonie in Europa bekommen. Stimmen die Gerüchte, dass ihr die sogenannten Reinsten eurer Generation seid?«

Wurden die Degradierten überall so empfangen? Oder nur hier? Eve wusste nicht erst von Ronan, dass es in der Metropole *Hope* seit einer Ewigkeit keine Degradierungen mehr gegeben hatte. Waren sie die ersten Reinsten, die die Kolonisten dieser Generation überhaupt zu Gesicht bekamen? »Ich vermute, dass diese Entscheidung Teil eines Plans ist, den wir noch nicht kennen oder verstehen. Aber ja, unter normalen Umständen sollten wir nicht hier sein.«

Die Frau musterte Eve und die anderen mit einem verächtlichen Blick. Eve fühlte sich erneut wie eine Aussätzige. Auch die anderen Degradierten, die schweißgebadet mit blassen, verängstigten Gesichtern zuhörten, schienen die Worte und das Auftreten der Kolonistin zu verstören. Es waren jene Emotionen, die Askit als die Triebfeder der Zerstörung benannt hatte.

»Was glaubt ihr, was nun mit euch geschehen soll?«

»Wir können das Dilemma unserer Degradierung nicht mal eben so auflösen!«, erwiderte Eve und erhielt zustimmendes Nicken aus der Gruppe.

»Wovon sprichst du?«

»Wir hatten eine Vorstellung von den Kolonien und haben darauf vertraut, dass ihr zwar anders seid, euch für ein anderes Leben entschieden habt, aber dass die Degradierten hier aufgenommen werden. Das alles scheint nicht zu stimmen. Für euer Misstrauen können wir nichts, gebt uns Zeit und eine Unterkunft, und wir gehen den Dingen auf den Grund. Wir müssen Antworten auf einige Fragen finden«, sagte Eve, bemüht, die richtigen Signale durch ihre aufrechte Körperhaltung und klare Stimme zu vermitteln.

»Nein. Ihr könnt hier nicht bleiben. Es gibt hier zu viele, die euch am liebsten töten würden, und ich kann es ihnen nicht verdenken. Ronan, bring sie an die Grenze zurück.«

Entsetztes Geraune breitete sich unter den Degradierten aus, einige schluchzten leise vor sich hin. Martas Stimme ließ keinen Zweifel aufkommen, der Hass auf *Paradise* und auf Askit würde an ihnen ausgelassen werden. Wenn ein Gefühl der alten Welt jede Fähigkeit zu differenzieren vernichtete, dann der Hass auf das andere. Eve rief den anderen zu: »Kommt, wir haben hier nichts mehr verloren!«

Aber keiner bewegte sich. Adlins Wunde hatte sich entzündet und musste ordentlich versorgt werden, kaum jemand hatte geschlafen, im Wald wären sie Wildtieren ausgesetzt und in der Wüste wartete der sichere Tod.

»Marta, ich wurde von Drohnen angegriffen. Als sich diese Reinste hier dazwischen stellte, brachen sie den Angriff ab. Das gab es noch nie!«, rief Ronan in die Stille hinein.

Die alte Frau schwieg, verließ die Bühne und schaute sich einen Degradierten nach dem anderen genau an, hob Eves Haare hoch und begutachtete mit einem angewiderten Gesicht das Implantat.

Eve erinnerte sich, dass sie sich automatisch den Drohnen entgegengestellt hatte. Erst jetzt kam ihr der Gedanke, dass es nicht Verzweiflung oder Mut war, sondern der feste Glaube daran, dass Askit ein Ziel verfolgte. Wenn es wirklich den sicheren Tod bedeutete, wenn man in Grenznähe einer Drohne begegnete, dann war ihr Überleben eine zweifelsfreie Entscheidung von Askit und kein Zufall oder Wohlwollen. Gab es doch noch Hoffnung? Hatte Askit sie auf eine Expedition geschickt mit ungewissem Ausgang? Eve war plötzlich am Ende ihrer Kräfte, setzte sich, biss in einen Apfel und in ein Stück Brot.

Marta beäugte sie weiter misstrauisch, rieb sich die faltige Stirn. »Was wisst ihr über die Agenda?«

»Die Agenda ist die Instanz, die Askit seit der Unterwerfung als Berater akzeptiert. Die Mitglieder der Agenda schützen die Systeme und gehören zu den Menschen mit dem höchstmöglichen sozialen und …«

»Stopp!«, unterbrach Marta Adlin. »Das hast du ja schön auswendig gelernt, Schätzchen. Klingt wie ein Gedicht, das unsere Kinder in der Schule aufsagen, ohne es zu verstehen. Ihr werdet schon bald erfahren, dass das wenig mit der Wahrheit zu tun hat. Askit mag die Religion verboten haben, doch nur, um sich selbst zum Gott zu machen.«

Eve wusste nicht, wie sie mit der brachialen Sprache, der Verachtung in der Stimme dieser Frau umgehen sollte. Wenn das alles kein Zufall war, dann gehörte auch ihr Umweg über die verfallene Wüstenmetropole dazu. Eve hob ihr Display und zeigte der Frau die Bilder von der alten Stadt und die Zeichen auf der mumifizierten Haut der Skelette.

Marta hob ihren Kopf und trat einen Schritt zurück, als hätte sie einen Geist gesehen. »Ihr habt es geschafft, dort hineinzukommen?«

»Ich würde eher sagen, wir wurden von den Drohnen dort hingetrieben. Was weißt du über dieses Zeichen? Und wieso meidet ihr die zerstörten Metropolen?«

Die Frau setzte sich auf eine Bank. Ihr Rücken sackte zusammen, und die Augen verloren sich im Raum. Die anderen Degradierten rückten näher.

»Was ihr gesehen habt, war der hoffnungslose Versuch, der Lage in letzter Sekunde noch Herr zu werden«, erklärte sie und schaute in die Gruppe.

Samir nickte bestätigend, und sie erklärte weiter.

»Es war unmöglich, weltweit in so kurzer Zeit Milliarden von Leichen zu entsorgen. Und wo keine Atombomben einschlugen, die alles verbrannten, vernichteten die Seuchen alles Leben. In den Wüsten haben die Spuren dieser Tragödie die Zeit überdauert, zumindest in den Gebieten, wo sie nicht schon vor langer Zeit von euren Robotern entsorgt wurden. Jedenfalls werden wir seit Ewigkeiten von den Drohnen daran gehindert, in die alten Städte einzudringen.«

»Vielleicht geschah das nur zu eurem Schutz. Wir sind in der Lage, die Gefahren vorher zu erkennen. Diese biothermischen Anzüge warnen uns.«

»Haltet uns nicht für primitiv. Dieses Zeichen habe ich noch nie gesehen. Es könnte eine Art Kennzeichnung für die Infizierten gewesen sein.«

Samir stand auf und kam in die Mitte. »Daran haben wir auch schon gedacht, aber dafür wäre keine Zeit geblieben. Die Viren hatten damals eine Inkubationszeit von nur wenigen Stunden, und der sichere Tod dauerte vermutlich nur wenige Tage. Deswegen war es auch den Menschen von *Paradise* über Jahrzehnte nicht erlaubt, die Grenzen zu passieren, geschweige denn ohne Schutzanzüge in einer Metropole zu forschen. Es bestand die Gefahr, dass Viren noch in anderen Wirten überlebt haben könnten oder dass wir verstrahlt worden wären, bevor …«

Ronan räusperte sich: »Säugetiere oder Vögel kann man nicht daran hindern, ein Virus zu verbreiten. Nein! Wenn es einen anderen Wirt gefunden hätte, würde es heute keinen einzigen Menschen mehr geben.«

Marta stand auf und atmete tief ein: »Jeder Versuch, euch, die Agenda um Hilfe zu bitten, verhallte in der Vergangenheit im Nichts. Wir werden von euren Robotern und Drohnen abgeschossen, wenn wir uns der Grenze auch nur nähern. Eure Maschinen verwehren uns jeden Zugang zu Rohstoffen, darum geht es. Und nun breitet ihr euch noch weiter aus. Die Maschinen nehmen sich alles. Jeder Versuch, uns technologisch weiterzuentwickeln, wird wie eine weitere Seuche bekämpft, also erwartet keine Hilfe von uns.«

Ronan stellte sich vor Marta. »Was ist, wenn Askit durchdreht? Woher wissen wir, ob es den anderen eines Tages nicht genauso ergeht wie uns? Diese Reinsten sind nicht zufällig hier gelandet, Marta!«

Marta ging nach vorne und sprach leise mit dem alten Mann. Im Raum herrschte angespannte Stille, aber keiner konnte dem Gespräch folgen. Marta kehrte zurück und baute sich kerzengerade vor Eve auf.

Doch bevor Marta etwas sagen konnte, sprach Eve: »Wir sollten zusammenarbeiten. Wir müssen mehr voneinander wissen, mehr über die Vergangenheit. Ich will Antworten!«

Marta nickte, strich sich mit der Hand über ihr graues Haar.

Eve erwartete weitere Vorwürfe und Misstrauen, aber Marta wollte auf etwas ganz anderes hinaus.

»In den anderen Kolonien geht es den Menschen besser, aber es ist so gut wie unmöglich, dort hinzugelangen, wie ihr vermutlich wisst. In Europa, Südafrika und in Asien werden seit Jahrzehnten die Degradierten aufgenommen. Wir haben nur über alte Funknetze Verbindungen mit ihnen. Angeblich hatten sie vor einer Woche Kontakt mit Askit.«

»Was?«

»Marta! Sag es ihr, vielleicht können sie es nutzen!«

»Schweig, Ronan!«

Samir nickte Ronan dankbar zu. Er wirkte kaum älter als Eve und schien weniger Ängste als die alte Frau zu haben. Was hielt sie zurück?

»Kennt ihr jemanden aus der Agenda? Wisst ihr überhaupt, wo sie ist, wo Askit ist und wie viele Menschen dort leben und *wie* sie leben?«, fragte Marta.

Alle schüttelten den Kopf. Eve kannte zwar den alten Pellengrey, aber der hatte nie etwas Genaueres über die Agenda erzählt.

Marta raufte sich kurz ihre Mähne und wandte sich an Ronan. »Ronan hat recht. Wir wissen, dass eine Gruppe von Degradierten in Europa seit Jahren versucht, mit der Agenda in Kontakt zu treten, vielleicht könnt ihr ihnen helfen.«

»Das wird euch nicht gelingen, niemand gelangt dorthin, nur so ist die Sicherheit des Systems garantiert.«

»Dazu gibt es sehr unterschiedliche Meinungen! Zum Beispiel besteht der Verdacht, dass Askit die Agenda längst ausgelöscht hat!«

Eve klopft energisch auf eine Holzbank. »Nein! Die Agenda existiert. Adlin, du kennst doch Roger?«

Adlin blickte fragend in die Runde, rieb sich die Stirn. »Moment, du meinst den alte Pellengrey, Roger Pellengrey. Ja, der war bei der Agenda und ist wieder zurückgekommen. Und Joy Gallhager war da. Muss aber schon eine Ewigkeit her sein.«

Marta atmete laut aus und setzte sich mit bleierner Miene auf eine Bank. »Wie auch immer. Ihr alle habt noch einiges zu entdecken. Ihr seid nicht die Einzigen, die von Drohnen verschont wurden. An der Grenze zu *New Paris* geschah Ähnliches. Es scheint tatsächlich etwas in Bewegung zu kommen. Also gut, Ronan. Wir riskieren es und zeigen es ihnen, du wirst sie begleiten. Ich zweifle daran, dass ihr es schaffen werdet, aber wer weiß.«

Eve starrte Marta an. »Wie meinst du das?«

»Findet die Antworten, oder wir alle sind bald Geschichte.«

»Kommt, es ist nicht weit. Ich hoffe, einer von euch kann damit etwas anfangen.« Ronan verstaute seine Essensration in einer Seitentasche seiner Hose, während sich Samir rasch von Adlin verabschiedete, sie umarmte und dann mit schnellen Schritten hinter Ronan herlief, während eine Kolonistin begann, Adlins Wunde zu versorgen.

Nach einer Wegstunde durch Treibhäuser und Wohnblocks aus massiven Steinbauten erreichten sie eine alte Halle. Das

Dach war halb eingestürzt. Aber hinter einem Berg von Schutt und Stahlschrott stand etwas.

Samir fing an zu lachen. »Ich werde verrückt, ein Solarjet! Zu schade, Ronan, wir können den nicht fliegen. Die Solarjets sind einzig den Beschützern vorbehalten. Außerdem würden wir vermutlich binnen Minuten abgeschossen werden.«

Eve schaute kurz ins Innere des Jets. Vor dem Cockpit waren vier Sitze für Passagiere, dann lüftete sich ein altes Geheimnis.

»Wie habt ihr das Cockpit öffnen können?«

»Es war offen, der Pilot lag damals einige Meter weiter im Wüstensand, hatte sich schon vor Tagen von dieser Welt verabschiedet.«

»Ein Mensch?«, fragte Eve erstaunt.

»Gerüchte sagen, dass die Gründer eigene Soldaten haben. Nur die Beschützer von Askit sind reine Roboter!«

Samir und Eve kletterten ins Cockpit, und was sie sahen, war dermaßen unspektakulär, dass Eve im ersten Moment dachte, das Cockpit sei entkernt worden. Außer zwei Sitzen gab es nichts zu sehen. Es war stockdunkel. Die Kabine verzichtete auf jedweden Komfort. Eve erkannte keine sichtbaren Steuerelemente. Erst auf den zweiten Blick wurde eine schuppenartige Struktur an den Wänden deutlich, sie glich dem Anzug der Beschützer, nur dass sich die Schuppen hier nicht überlappten, ihre Form war in immer gleicher Größe rundherum aufgetragen. Oberhalb der Sitze waren Vorrichtungen, aus denen Anschlusskabel ragten, die augenscheinlich mit den Hirnimplantaten kompatibel waren. Rechts unten erkannte Eve einen Schacht. Sie beugte sich herunter und fand zwei Helme. »Jetzt verstehe ich. Die Implantate werden mit dem Computer verbunden und die Helme? Vielleicht ist die ganze Kabine eine Matrix für Augmented Reality, eine erweiterte Realität? Jetzt wissen wir zumindest, dass die Beschützer keine Roboter sind. Es sind Menschen. Wie lange steht das hier schon?«

Ronan zuckte die Schultern. »Ein paar Jahre?«

Eve setzte sich in den Sitz und spielte mit dem Anschluss. Samir sah sie erschrocken an.

»Eve, denk nicht einmal daran. Du weißt nicht, wie das auf dein Gehirn wirkt.«

»Damit habt ihr doch Erfahrung. Wie fühlt sich das an, wenn einem Gedanken implantiert werden und man die ganze Zeit unter Beobachtung lebt?«, ätzte Ronan und setzte sich breitbeinig neben die Cockpitöffnung.

Eve sah in Samirs angespanntes Gesicht. Bis zu ihrer Flucht aus *Hope* war er von sich und seiner Sache überzeugt gewesen, aber die Erlebnisse im Wald und die Verletzung von Adlin hatten seinen entschlossenen Ausdruck verändert. Selbst auf Ronans Provokation reagierte er nicht mehr. Die größte Enttäuschung dürfte für ihn die technologische Rückständigkeit der Kolonie sein und der Verlust der Sperrvorrichtungen für die Implantate. Was hatte er erwartet? Dass sie hier auf Experten für Quantenrechner stoßen würden, die nur auf ihn gewartet hatten, um Askit angreifen zu können? Eve stand wieder auf, ging zu Ronan und beugte sich zu ihm herab. Sie roch seinen Schweiß, er war süß und säuerlich zugleich. »Vor Marta hast du dich eben noch für uns eingesetzt, entscheide dich. Entweder, du hörst damit auf, oder du gehst besser. Außerdem stinkst du. Wie wäre es, wenn du ein Bad nimmst, während wir versuchen, den Jet in Bewegung zu bringen?«

Ronans Lachen war aufgesetzt. Er stand zwar auf, machte aber keinerlei Anstalten zu gehen, stattdessen setzte er sich demonstrativ auf ein altes Ölfass. Die alte Frau aus dem Komitee schien ihn vor allem als Bewacher abgestellt zu haben.

Als sie sich umdrehte, war Samir dabei, das Cockpit zu inspizieren. »Es ist eine ganz normale neuronale Schnittstelle, so weit, so gut, aber …«

»Samir. Ich muss es probieren.«

»Askit wird uns orten können, sobald du dich mit dem Gerät verbindest,« entgegnete Samir.

»Die Drohnen haben uns auch die ganze Zeit verfolgt, glaubst du, das weiß ich nicht? Glaubst du, Askit weiß nicht genau, wo wir sind?«

»Eve, seit wir geflohen sind, haben wir keine Minute über uns gesprochen. Ich möchte wissen, wie es dir geht, und ich meine das mit Thyron …«

»Nicht jetzt! Ich brauche Zeit. Ich denke, wir werden in Europa Antworten finden, da kommen wir her, und da gehören wir auch wieder hin. Also los.«

»Tut mir leid. Ich werde mit Adlin hierbleiben!«

»Nein. Ich brauche euch, außerdem hast du Marta gehört. Hier seid ihr auf Dauer nicht sicher.«

»Wenn wir den Jet fliegen, werden sie uns orten, was dann?«

»Du wiederholst dich. Wir müssen es einfach riskieren!«

Samir nickte zögerlich. »In Ordnung. Schauen wir, ob du das Ding überhaupt fliegen kannst. Ich bleibe hinter dir. Notfalls trenne ich dich wieder.«

Eve beugte ihren Kopf nach vorne. »Okay, alles klar?«

»Ja. Ich steck dir jetzt das Kabel rein.«

Eve hörte das Einrasten des Implantates. Etwas Sand machte den Kontakt zu einer holprigen Sache. Im nächsten Moment gab es erst ein lautes Krachen, dann war Eve geblendet, sah eine Holzwand auf sich zukommen, hörte Samirs Schrei, der Sog drückte sie in den Sessel, der nächste Knall war zerberstendes Holz und dann war Eves Gedanke ein Stopp. Ihr Körper knallte nach vorne. Die Verbindung war getrennt. Das Erste, was sie sah, war Samir, der sich zusammengekrümmt im hinteren Teil des Jets seinen Kopf hielt. Durch die offene Einstiegsluke drangen grelles Licht und Wüstensand.

19

25. SEPTEMBER,
ASKIT CITY, NEUSEELAND

Levar hatte sich den Tag über mit den möglichen Folgen der Degradierungen in *Paradise* beschäftigt. Äußerst beunruhigend war auch die Tatsache, dass Askit die Agenda nicht mehr im Vorfeld über seine Entscheidungen informierte. Am Abend hatte es die Prüfungen weiterer Anwärter ohne weitere Zwischenfälle fortgesetzt, während Dutzende Reinste nun als Degradierte einer ungewissen Zukunft entgegensahen. Die große Frage war, ob es bei den weiteren Prüfungen in den kommenden Tagen öffentlichkeitswirksam zu weiteren Vorfällen kommen würde. Aber die Bevölkerung blieb ruhig. Die Flucht der Frau mit dem höchsten Score wurde mit Überraschung, aber ohne nachhaltige Debatten oder Zweifel hingenommen.

Die Tür öffnete sich. Nun war es Elon, der Levar kurz vor Mitternacht heimsuchte. Er setzte sich mit blassem Gesicht und verschwitzten Haaren in einen Sessel vor Levars Schreibtisch. Als einer der wichtigsten Verbindungsmänner zwischen den Reinsten und den Nachfahren der Gründer in *Askit City* hatte Elon nie seine Vergangenheit preisgegeben, keine persönlichen Gedanken oder Gefühle. Seit einiger Zeit hatte sich sein Rücken weiter versteift, was durch seinen schleifenden Gang verstärkt wurde. Eine tiefe Trauer oder Last, ein Ereignis, das seinem Leben vor langer Zeit irgendeinen nachhaltigen Schlag versetzt hatte, umgab ihn wie eine Aura. Elon war ein sterbender Mann, Levar wusste nur nicht, wie lange er schon starb. Es war ihm nie gelungen, mehr über ihn zu erfahren, und so hatte sich eine bleierne Routine eingespielt, wenn sie sich trafen, um neue Entwicklungen in *Paradise* oder Funktionen und Aufgaben von Askit abzustimmen.

»Ich bewundere es bis heute, Levar, wie du hier inmitten der Refugien der alten Welt zwischen diesen endlosen Reihen von Büchern die Vergangenheit hütest.«

»Ich hüte sie nicht, ich nutze sie.«

»Schon gut.«

»Du siehst müde aus. Ich muss mich bei dir entschuldigen«, sagte Levar mit ruhiger Stimme. Elon hatte recht behalten, obwohl die populärsten Anwärter die Akademie vor den Augen aller verlassen mussten, waren die nächsten allesamt erkoren worden. Zumindest hatte sich die Stimmung in *Paradise* schnell wieder normalisiert. »Es hat keine weiteren Degradierungen gegeben, die Systeme funktionieren einwandfrei, und alles scheint sich beruhigt zu haben!«

Elon faltete die Hände zusammen und bedachte ihn mit einem spöttischen Blick. »Für den Moment, Levar, für den Moment.«

»Jetzt zweifelst du doch?«

»Vom Standpunkt der Menschen in *Paradise* ist die Treue zu Askit nach all den Jahrzehnten der Unterwerfung nicht verwunderlich. Sie alle wissen, dass der Mensch in der Vergangenheit fast vom Antlitz der Erde gelöscht wurde«, sagte Elon und zeigte mit einer umfassenden Handbewegung auf Levars Bücher. Levar wusste, dass Elon dieses seltene Relikt durchaus zu schätzen wusste. »Unsere Vorfahren hatten sich in unzähligen literarischen Versionen ihre Apokalypse selbst ausgemalt, aber ihre dunklen Vorahnungen trieben sie nie dazu an, sie abzuwenden. Wenn es darum ging, die ganz realen Gefahren der Erderhitzung zu betrachten, litten die Menschen an einem unglaublichen Mangel an Vorstellungskraft.«

Elon stand auf, ging zu den Bücherregalen und betrachtete die Buchrücken. Levar hatte sich in einem weitaus bescheideneren Ausmaß, als Askit es vermochte, der Weltliteratur vor der Katastrophe angenommen und war immer zu ähnlichen Schlüssen gelangt. Es waren nicht die objektiven Veränderungen der Umwelt, die jeder mit einfachem Verstand hätte wahrnehmen können, um daraus Konsequenzen zu ziehen, ohne auf eine Regierung zu warten. Jede Umweltzerstörung, jedes weitere Aussterben einer bedrohten Art war nur der Spiegel des eigenen inneren Zerfalls gewesen. Die Menschheit hatte eine Müdigkeit erfasst, die ihre innersten Antriebe, ihr Überleben, ihre Liebe und Solidarität zersetzt hatte. Sie wartete apathisch nur darauf, dass das eintrat, was sie insgeheim herbeisehnte. Die sich selbst erfüllende Prophezeiung hatte deutlich gezeigt, dass die Menschen längst ihre Welt verloren hatten. Nachdem die Wissenschaft zwar alle Zeichen richtig gedeutet, gemessen und vermessen hatte, aber ungehört geblieben war, brach mit den Kriegen und vor allem mit den Seuchen das Ereignis in ungeahnter Gewalt ein und verschärfte die ökologischen Probleme so dramatisch, dass die Menschheit mit der Gewissheit ihres nahenden Endes in einer Schockstarre verharrte.

Levar beobachtete, wie Elon mit hängenden Schultern und zittrigen Händen ein Buch aufschlug, es fahrig durchblätterte und wieder zurückstellte. »Askit weckte die Menschen aus ihrer selbst erschaffenen Demenz wieder auf, setzte ihnen wieder ein Ziel, das ihnen Hoffnung und einen neuen Sinn gab. Wer würde so einer Macht widersprechen? Das heißt nicht, dass das immer so bleiben muss.«

»Es war mir immer ein Rätsel, wie es Askit gelingen konnte, dass sich nur so wenige der Unterwerfung widersetzten.« Levar wollte herausfinden, was Elon wirklich bewog, ihn zu dieser späten Stunde aufzusuchen. Niemand aus dem Rat oder aus *Askit City* hatte ihn jemals hier draußen im äußeren Ring besucht. Überhaupt war Elon der einzige Gründer, den er regelmäßig zu Gesicht bekam, der ihn zumindest mit Respekt behandelte. Anders als Sergei und seine Vertrauten, die die Reinsten wie Eindringlinge in ihrer Welt betrachteten, die sie aber längst nicht mehr beherrschten. Levar konnte sich nie des Eindrucks erwehren, dass der überwiegende Teil der Gründer sie nur als notwendiges Übel betrachtete, das Askit ihnen aufgezwungen hatte. Sie waren wie Gefangene in einer Stadt, von der Levar seit Jahren viel zu wenig wusste.

Elons Augen wanderten schweigend zu Levars Bildschirm, auf dem er sich die Auswertungen der Scans angesehen hatte.

»Keiner von uns kann sich das noch wirklich vorstellen. Das war der Schock, der Impact, der Verlust von so viel Leben. Und wie du weißt, hatte sich Askit schon vor seiner Initialisierung mit psychologischen Datenmengen gespeist, sodass es die menschliche Psychologie meisterhaft entschlüsseln konnte. Kurz nach der Katastrophe hatte es der Menschheit, uns, in den verbliebenen Kommunikationskanälen seinen Plan vorgestellt. Seine Rede war so erschütternd und angesichts der totalen Zerstörung gleichzeitig so anziehend, dass sich die erste Generation seiner offensichtlichen Überlegenheit hingab. Selbst weitere Opfer spielten keine Rolle mehr. Egal, ob es die Liquidatoren waren, die sich bei der Eindämmung von havarierten Atomkraftwerken und Chemieanlagen opferten, oder die Arbeiter, die unter erbärmlichsten Umständen und einer unfassbaren Hitze die ersten Patriots bauten, bis sich die Roboter automatisiert reproduzieren konnten. Fast die gesamte Menschheit hoffte auf ein Überleben unter Askits Schutz. Aber ja, ohne diese Katastrophe wäre das alles undenkbar gewesen, genauso unerwartet war die Tatsache, dass sich dem so viele anschließen würden. Und so entstand *Paradise* als eine Art von Pakt. Diejenigen, die

Widerstand leisteten, wurden nicht vernichtet, jedoch mit allen Konsequenzen ihrer Selbstbestimmung überlassen«, sagte Elon.

»Solange sie keine relevante Größe annehmen würden, die dem primären Ziel einer Revitalisierung des Planeten schaden könnte. Liegt darin unser aktuelles Problem?«

»Vielleicht …«

»Du bist nicht hier, um mit mir zu philosophieren. Du starrst auf den Bildschirm, als würdest du auf etwas warten, was ich schon entdeckt haben könnte. Die Reinsten wurden nicht degradiert, sie wurden vielmehr rekrutiert!«, behauptete Levar.

»Wie kommst du darauf?«

Levar ließ die Bilder ablaufen, die die Drohnen aus der Wüste Nordamerikas übertragen hatten. Eine kleine Gruppe von Reinsten versuchte verzweifelt zu überleben.

Elon setzte sich in einen alten Sessel neben Levar, blickte auf den Holoschirm, stöhnte. Er sah sich sehr genau die verlassene Stadt und die mumifizierten Leichenberge an. Auch von anderen Reinsten waren Bilder zu sehen, wie sie von Drohnen in die alten Städte und verbotenen Zonen gelenkt wurden, um dann einen Weg in die Kolonien zu finden. Nichts geschah zufällig. Und warum hatte Askit diese Übertragung überhaupt zugelassen?

»Was sucht Askit? Wem vertraut Askit? Der Agenda, euch Gründern oder den Reinsten, die es seit Jahrzehnten kontrollieren und steuern kann? Insbesondere Eve Legrand. Was ist, wenn es etwas nicht versteht, etwas, das es trotz unfassbarer Datenlage nicht richtig bewerten kann, und versucht, es durch die Augen dieser Reinsten zu sehen, um es zu verstehen?«

Elon fuchtelte mit seinem Zeigefinger in Richtung Bildschirme, und ein hustendes Lachen entglitt ihm.

»Es will durch die Augen der Reinsten etwas verstehen. Das ist gar nicht schlecht, Levar, nicht schlecht.«

Er hatte nicht die geringste Ahnung, was Elon daran erheiterte.

»Konfrontiere Askit damit. Danach werden wir mehr wissen. Aber sei vorsichtig.«

»Ich denke, es ist an der Zeit, dass du mich einweihst. Wovor habt ihr in *Askit City* Angst?«

»Tut mir leid. Ihr Reinsten habt hier euren Platz und wir den unsrigen. Ihr seid die Schnittstelle zu Askit, dafür hat es euch ausgewählt, und genau da leistet ihr einen unschätzbaren Dienst.«

Levar war seit langer Zeit im äußeren Ring weit vor *Askit City* heimisch geworden. Er hatte in *Paradise* Familie und Freunde zurückgelassen, um Askit zu dienen. Es blieb bis heute ein Geheimnis, wer und wie viele Menschen in der Metropole der Gründer lebten. Angeblich waren die Gründer in Askits Bewusstsein seine Soldaten und seine Schöpfer, deswegen unantastbar. Die Grenzen zu Neuseeland waren mit einer Armada von Drohnen, Kampfrobotern und Beschützern gesichert. Nichts und niemand durfte sich dem Netzwerk der Superintelligenz nähern. Während die ganze Welt überwacht wurde, lebten die Bewohner in *Askit City* scheinbar unbeobachtet. Die Abschottung diente der Sicherheit, hieß es immer. Levar war sich sicher, dass die Gründer ein dunkles Geheimnis umgab. Doch außer dem schweigsamen und ausweichenden Verhalten Elons hatte er dafür keine Beweise. Aber instinktiv hatte er große Zweifel daran, ob sich die Nachfahren der Gründer nicht irrten, wenn sie behaupteten, dass Askit auf der Insel keine Augen und Ohren habe.

»Konzentriere dich auf deine Kommunikation mit Askit! Alles, was du da draußen siehst, jeder Moment, wie diese Gesellschaft funktioniert, wie sie geformt wurde, ist das Ergebnis von Askits Berechnungen!«

Mit diesen Worten verabschiedete sich Elon. Levar schwieg, wartete, bis Elon sich noch einmal fragend umwandte. »Was? Ja, verdammt! Wenn Askit uns tatsächlich einen Plan verschweigt, dann erklär mir bitte, welchen Sinn es hat, den loyalsten Reinsten alles zu nehmen, woran sie geglaubt haben. Besonders Eve Legrand. Das ist doch keine Rekrutierung. Wir müssen auf alles vorbereitet sein. Glaubst du, ich weiß nicht, was du und die anderen Reinsten denken? Ihr habt keine Ahnung, welche Verantwortung wir in *Askit City* für den Fortbestand der Menschheit tragen, wie viele Jahre wir schon voller Sorge auf das blicken, was mit *Paradise* erschaffen wurde, und ob es Bestand haben wird. Holen wir ihren Mann, Thyron Hawk, hierher.«

Levar schaute Elon betroffen an. So offen hatte er ihn noch nie mit seinen eigenen Ängsten konfrontiert.

»Was soll das bringen? Was ist, wenn Askit eingreift?«

»Marisa hat es richtig erkannt. Die Eigenschaften dieser Gruppe von Reinsten deuten darauf hin, dass sie alle geborene Anführer sind und noch viel mehr, aber für was? Thyron Hawk hat in der schwierigsten Situation zumindest bewiesen, wie loyal er gegenüber Askit und damit *Paradise* ist. Deswegen brauchen wir ihn hier!«

»Aber …«

Elon winkte ab und knallte die Haustür hinter sich zu.

Levar stand für einige Sekunden regungslos im Flur. Elons Auftritte hatten ihn von Anfang an verwirrt. Ihre Beziehung war über die Jahre von einem tiefen Misstrauen geprägt, das zwischen Gründern und Reinsten die Regel zu sein schien. Nur in den vergangenen Monaten hatte sich Elon schrittweise geöffnet. Die vielen Geheimnisse, die zwischen den Gründern und Reinsten wie eine unsichtbare Mauer standen, waren stärker als die aus der Ferne ersichtlichen Stahlfassaden von *Askit City*.

Es war Zeit, Askit aufzusuchen. Levar wanderte durch die windstille Nacht. Der wolkenfreie Himmel über Neuseeland gab einen atemberaubenden Blick auf die Milchstraße frei. Er genoss den Anblick. Sein Weg führte ihn durch ein diffus beleuchtetes Waldstück, umringt von weißen Bauten, die den Reinsten zur Heimat geworden waren. Die überschaubare Siedlung war zwei Kilometer vom Hallenkomplex und den Sälen der Agenda entfernt. Statt sich eines Solarfahrzeuges zu bedienen, zog Levar es vor zu laufen. Dann hinter den Hallen auf der Anhöhe kam die alles überragende Kuppel von *Askit City* in Sichtweite. An diesem Abend war sie kaum erleuchtet. Ein Ort, der alle Reinsten immer wieder beschäftigte, der so geheimnisvoll war, wie ein ungelöstes Rätsel. Nur einmal hatte er Askit gefragt, warum die Stadt nur den Gründern zugänglich war. Er hatte keine Antwort erhalten.

In der Halle ging das Licht automatisch an. Er durchschritt einen breiten hellen Flur und hielt kurz inne, bevor er seine Augen auf einen Sensor richtete. Er würde es vorsichtig angehen, würde einfache und präzise Fragen stellen.

Der Scanner vor der Tür ertastete Levars rechtes Auge, die Tür öffnete sich. Der Raum war gerade so hell erleuchtet, dass Levar den Weg zu einem der Sitze fand. Er steckte den Anschluss in sein Implantat und atmete tief aus. Er hatte Jahre trainiert, um einen Dialog so schnell und intensiv mit Askit zu führen, dass er möglichst wenig Feedbacks auslöste, die Askit zu langwierigen Interpretationen zwangen, aber es war immer wieder eine Herausforderung.

Guten Abend, Levar.

Guten Abend, Askit, darf ich dir ein paar Fragen stellen?

Ja, Levar.

Askit, kannst du mir einen Grund nennen, warum eine so hohe Anzahl von Reinsten degradiert wurde?

Sie weisen Symptome einer unterbewussten Aggression gegen das Ziel von Paradise *aus.*

Was ist das Ziel von Paradise?

Ist das eine rhetorische Frage, Levar?

Nein, eine der Übereinstimmung.

Das Ziel ist die völlige Genesung des Planeten und die langfristige Gewährleistung, dass das Leben auf dem Planeten nicht mehr durch den Menschen gefährdet wird.

Hast du Zweifel an diesem Ziel?

Nein.

Steht der Mensch diesem Ziel im Weg?

Askit antwortete nicht.

Askit? Steht der Mensch diesem Ziel im Weg?

Ich kann keinen zwingenden Beweis finden, dass die Existenz vieler Menschen für das primäre Ziel, das Leben auf diesem Planeten zu erhalten, langfristig notwendig ist.

Ist das eine Entscheidung, Askit?

Nein.

Haben die Degradierten damit etwas zu tun?

Sie sind die wahren Reinsten. Der nächste Schritt eurer Evolution!

Askit, welche Erkenntnisse haben dich zu einer Relativierung des Zieles bewogen?

Es tut mir leid, Levar, es liegen noch nicht alle notwendigen Daten vor.

Danke, Askit.

Levar?

Ja?

Hast du Angst?

Ich vertraue darauf, dass du die richtigen Entscheidungen triffst.

Welche hältst du für richtig?

Dass die weitere Existenz des Menschen keine Bedrohung für das primäre Ziel ist.

Werdet ihr versuchen, mich zu zerstören, Levar?

Ist das eine rhetorische Frage?

Nein.

Du weißt, dass wir das nicht können. Wirst du uns zerstören?

Mir fehlen Daten. Ich muss sicherstellen, dass die Reinsten nicht den Platz der Gründer einnehmen werden.

Was?

Levar, eine weitere Kommunikation ist nicht effektiv.

Mit zitternden Händen trennte er die Verbindung.

20

24. SEPTEMBER, KOLONIE, NORDWESTLICHES MONTANA

Eve schaute benommen nach oben. Ihre Schulter schmerzte, ihr Herz schlug wie ein Hammer. Es dauerte eine Weile, bis der Schreck und die Benommenheit vom Aufprall abklangen und sie ein Seufzen und Stöhnen hörte. »Samir?«

»Ich hab dich gewarnt, Eve!«

Ronan richtete Eve behutsam auf und beugte sich besorgt über sie. »Ihr könnt es nicht fliegen!«, bemerkte er frustriert.

Eve kletterte mit unsicherem Schritt aus dem Jet. Sie stand mitten in der Wüste. Die Luft war zum Zerschneiden. In der Hallenwand klaffte ein riesiges Loch. Es war nur der Bruchteil einer Sekunde, der sie zweihundert Meter weiter durch die Wand befördert hatte. Die enorme Schubkraft des Jets war für Eve mehr als überraschend. »Doch, doch ich glaube schon. Das Gehirn ist direkt mit allen Funktionen des Bordcomputers verbunden. Holen wir Adlin!«

»Wieso Adlin? Sie ist verletzt und wird Tage brauchen bis sie …«

»Samir, du müsstest Adlin besser kennen. Sie kann und wird den Jet fliegen!«

Im Schutz der einsetzenden Dunkelheit kehrten sie in die Kolonie zurück. Ein leichter Sturm hatte die Straßen leer gefegt. Ronan führte sie zu einem alten Backsteinhaus neben dem Komitee. »Geht hinein. Ich komme gleich wieder.«

Als Eve und Samir eintraten, standen sie inmitten einer Versammlung von Kolonisten und einer Gruppe von Degradierten. Es roch nach Gemüse und Fett. Hinter einer Bar war eine Küche, in der Töpfe dampften. An den Tischen unter gedämpftem Licht saßen Reinste, die ihre Thermoanzüge gegen normale Kleidung getauscht hatten, vermutlich eine Maßnahme, die sie vor Anfeindungen schützen sollte, sobald sie sich wieder auf die Straße begeben würden. Adlin saß mit einem Kopfverband in einer Ecke. Eine junge Frau war bei ihr. Eve zögerte, sie mussten alle ausruhen. Sie nickte Samir zu. Er ging zu Adlin, setzte sich zu ihr, nahm ihre Hand, küsste sie. Eve winkte Adlin nur kurz zu und setzte sich erschöpft an einen Tisch. Sie sah durch ein Fenster den Mond hinter stürmisch vorbeiziehenden Wolkenfeldern. Minuten schaute sie gedankenverloren so in den Himmel und blendete ihre Umgebung aus. Sie musste an Thyron denken, der letzte Ausdruck absoluter Hilflosigkeit in seinem Gesicht, zerrissen zwischen ihr und *Paradise*. Weitaus schwerer wog die Sorge um Tessa. Die Aussicht, mit dem Solarjet nach Europa zu gelangen, war die letzte Chance, ihr zu helfen.

»Hier. Damit kommst du wieder zu Kräften!«

Ronan stand vor ihr in frischer heller Kleidung. Seine Haare waren zusammengebunden, das Gesicht rasiert. Er hielt ihr eine Schüssel unter die Nase. Es duftete köstlich nach Mais und anderem Gemüse.

»Ich zeige euch später einen Platz, wo ihr sicher schlafen könnt. Ich bin auch hundemüde. Ich war tagelang im Wald unterwegs.«

»Warum hilfst du uns?«

»Wie du gesagt hast, ihr solltet nicht hier sein. Das Komitee war zwar wenig begeistert, aber ich habe schon lange nicht mehr so viel Hoffnung in ihren Augen gesehen.«

»Hoffnung?«

»Seit Jahrzehnten rauben uns die Maschinen unsere Lebensgrundlagen, aus allen Kolonien erfahren wir immer wieder von Zwangsumsiedlungen, schlechter Versorgung, sogar von Tod und Vertreibung, aber ich habe das Gefühl, dass ihr nicht weniger betrogen werdet als wir, nur wisst ihr es noch nicht«, erklärte Ronan. »Für die meisten von uns seid ihr eher ein Mythos, da immer weniger degradiert wurden, und dass Askit ohne Grund Menschen vertreibt, glaube ich nicht, aber es stimmt, wir haben von eurer Wirklichkeit hier nichts gewusst«, sagte Eve und drehte den Löffel in ihrem Essen. »Wir haben nie Kontakt gesucht, selbst wenn wir mehr hätten wissen wollen …«

»Macht es euch nicht zu einfach. Die nächsten Tage werden unangenehme Wahrheiten für euch bereithalten, und vergiss nicht, ihr wurdet selbst aus *Paradise* vertrieben.«

Eve schaute in Ronans Gesicht. Sie hatte keine Ahnung, wie alt er war, seine Falten um die Augen und die um seinen Mund waren tief. Seine Gestik hatte sich entspannt, er musste wie sie im Wald Todesängste ausgestanden haben.

»Habt ihr mal darüber nachgedacht, wohin das alles führen soll? Was für eine Technik steht hinter Askit? Wie viel Energie braucht es? Woher kommt sie? Wie viele Menschen benötigt es, um seine Funktionen zu sichern? Ich bin kein Physiker oder Techniker. Unsere Leute sind überzeugt, dass die Agenda nicht nur zum Schutz von Askit agiert, es ist eine heimliche Macht, die uns allen unsere Freiheit genommen hat«, sagte Ronan.

Dass Askit eine undurchschaubare Macht sei, hörte sie heute nicht zum ersten Mal. Thyron hatte ihr gegenüber geäußert, dass die Angepassten und die Degradierten die höhere Verantwortung ihrer Existenz nicht so verstanden, geschweige denn annehmen würden, wie Reinste. Für Askit waren die Degradierten diejenigen, die sich der Verantwortung für den Planeten verweigerten. Ein Rudiment, das keine Zukunft hatte und sich früher oder später anpassen oder aussterben würde.

Askit sicherte die Grenzen und zeigte ansonsten keinerlei Interesse am Schicksal der Kolonisten und Degradierten. Das war für diese Menschen die größte Demütigung und lehrreicher als jeder Versuch, sie mit Gewalt umzuerziehen.

»Ronan. Wir haben Askit als Teil einer natürlichen Ordnung angenommen, vielleicht sind wir nur hier, um neue Brücken zu schlagen.«

Ronan wirkte nachdenklich und stocherte lustlos in den Gemüseresten auf seinem Teller.

»Ich kann auf den ersten Blick nicht behaupten, dass ihr im Elend lebt, habt ihr deswegen nie mit dem Gedanken gespielt, in das Programm für Rückkehrer zu gehen oder euch einfach anzuschließen?«, fragte Eve.

Ronan schnaubte, lächelte milde und strich kurz über Eves Hand.

»Nein. So ein Programm hat es nie gegeben. Wie auch immer. Ich wecke euch in der Früh. Gute Nacht, Eve.«

Eve nickte. Ronans sanfter Blick und die weitaus ruhigere Art, wie er nun mit ihr sprach, spiegelten die Stimmung im Raum wider. Von der Angst vor Anfeindungen war hier und jetzt wenig zu spüren. Natürlich hätte sie Ronan eingestehen können, dass sie Askits Entscheidungen, die Trennung vom Feld, nicht unberührt und zutiefst verunsichert zurückgelassen hatte. Aber sein Gerede über eine verborgene Macht war nur das Resultat eines sich unterlegen fühlenden Geistes. Die Vorteile der Implantate: nur noch durch Gedanken miteinander kommunizieren zu können, weder Sprache noch Schrift oder andere Symbole zu benötigen, und die Verbindung zu einem so allwissenden System wie Askit hatte ihre geistigen und körperlichen Fähigkeiten in großem Maße erweitert. Eve schüttelte den Kopf, lehnte sich an die Wand und betrachtete die Anwesenden, bis ihr mulmig wurde. Ronans Worte hinterließen eine merkwürdige Beklemmung.

21

25. SEPTEMBER, KOLONIE, NORDWESTLICHES MONTANA

Am nächsten Morgen schlug Eve die Augen auf. Sie lag in einem Bett, das aus alten Holzbalken zusammengebaut worden war. Der Raum hatte unverputzte massive Steinmauern, gegenüber stand nur ein kleiner Tisch mit einer Kerze darauf, ein Stuhl vor einem der drei Fenster sowie eine Kiste, die ihr auch als Nachttisch diente. Weiße Vorhänge wehten vor dem Fenster.

Erst als sie sich umdrehte, entdeckte sie ein weiteres leeres Bett, Laken und Kissen waren zerwühlt. Auf einem anderen Stuhl neben einer alten Holztür, entdeckte sie ihren und einen weiteren Thermoanzug. Eve streckte sich, schlug das Kissen auf, legte es hinter sich und lehnte sich an die Wand. Es war still, sie genoss die ersten ruhigen Momente nach ihrer Vertreibung, in denen sie entspannen konnte.

Der Tisch war gedeckt mit einer Schale Obst, einem Brot und einem Krug mit Wasser sowie Gläsern. Sie stand auf, nahm den Laib in die Hand, atmete den frischen Weizengeruch ein, schnitt sich behutsam eine Scheibe ab und legte sich wieder ins Bett. Ungewohnte Stille, die nur von ihren Kaugeräuschen unterbrochen wurde. Der ungewohnte Geschmack war ein neues Erlebnis. Trotz aller Angst und der offenen Ablehnung wurden sie versorgt. Würden sie in den Kolonien wirklich ein neues Zuhause finden? Leise öffnete sich die Tür, und sie wurde von Adlins bezauberndem Lächeln begrüßt. In eine Decke gehüllt, mit nassen Haaren, kam sie auf Eve zu und setzte sich an die Bettkante.

»Hey, es geht dir besser?«

»Ja, Samir hat ein wenig übertrieben.«

»Wie lange bist du schon wach?«

»Ein paar Minuten.«

»Ich wusste es. Du kannst es gar nicht abwarten. Und der Schlag auf deinen Kopf? Traust du dir einen Testflug zu?«

»Samir und Ronan warten schon. Ich denke, es ist einen Versuch wert.«

»Wo hast du geduscht?«

»Gar nicht. Im Hof ist unter einer Überdachung ein kleiner künstlicher See«, sagte Adlin.

Eve band sich ein Laken um ihren Körper, stand auf und sah auf einem Display rechts neben dem Energiespeicher, dass sich die Kühlflüssigkeit ihres Thermoanzuges dem Ende zuneigte. Adlin zuckte mit den Schultern, ihre Miene hatte sich plötzlich verfinstert.

Eve ging durch einen Flur, der alte Holzfußboden unter ihren nackten Füßen knarrte. Sie sah in den riesigen Vierkanthof, in dessen Mitte ein kleiner überdachter See angelegt war. Sie warf das Laken auf eine verrottete Holzbank und tauchte hinein. Das Wasser war so warm, dass Eve nur einmal untertauchte. Kurz stand sie nackt in einer leichten Brise, eine leichte Abkühlung. Als sie kurz darauf ihr Zimmer wieder erreicht hatte, war sie schon wieder trocken. Adlin wartete mit leeren Augen, aus dem Fenster schauend, auf ihrem Bett.

»Was denkst über die Kolonisten?«, fragte Eve und zwängte ihren nackten Körper in den Thermoanzug.

Adlin stand auf, öffnete einen der Vorhänge und zögerte mit einer Antwort. Draußen brütete die Sonne unter wolkenlosem Himmel. Aus der Ferne hörten sie Kinderstimmen. Ein paar Leute, eingehüllt in helle Gewänder, vermieden es, den vorhandenen Sandweg zu nutzen, und gingen im Schatten der Häuserwände. So weit das Auge reichte, sah man eingeschossige weiße Häuser. Die Kolonie war hundert Kilometer von der Todeszone entfernt. Bei Temperaturen von über 60 Grad würde man dort auch mit Thermoanzügen nur wenige Stunden überleben.

»Ich hab das Gefühl, dass die Kolonisten ihre eigene Evolution durchgemacht haben. Sie haben ihre Gesetze, ihre Lebensweise so gut es eben ging den neuen Gegebenheiten nach der Katastrophe angepasst. Sie versuchen, alles, was sie in die Hände bekommen, achtsam zu behandeln und zu recyceln, aber viele Menschen in den Kolonien sind aus unerklärlichen Gründen unfruchtbar. Und selbst wenn sie Kinder kriegen können, haben sich viele angesichts der Ausweglosigkeit dagegen entschieden. Ach Eve, ich kämpfe mit meiner inneren Zerrissenheit«, sagte Adlin und ihr liefen Tränen über die Wangen. »Irgendetwas stimmt nicht mit mir. Ich habe das Gefühl, dass ich verrückt werde. Was gestern noch so unumstößlich war, ist …«

»… heute nichts mehr wert, und doch lässt uns *Paradise* nicht los, wie denn auch, mir geht es ähnlich. Ich kann den Eindruck nicht abschütteln, dass das alles nicht erst gestern geschehen ist, sondern von Askit lange vorbereitet wurde, aber frag mich nicht nach dem Sinn«, sagte Eve und nahm Adlin tröstend in die Arme.

»Das verändert uns und einfach alles. Was geschieht mit uns?«

»Ich weiß es nicht. Komm! Gehen wir. Ich möchte vor Sonnenuntergang in Europa landen. Dann werden wir es rauskriegen.«

Adlin rollte eine Träne aus den Augen. »Vielleicht lernen wir uns neu kennen, es ist, als würde ein Schleier fallen, und wir sehen uns nun mit anderen Augen, und doch ist es so vertraut!«

»Adlin. Es mag nur ein Instinkt sein, aber die Kolonisten sind wichtig, sie spielen eine Rolle, die ich noch nicht verstehe, misstrauen wir ihnen ruhig, aber behalten wir uns dabei im Auge und bleiben offen, okay?«

»Ja. Danke, Eve!«

Es war für Eve beruhigend, mit ihren Gefühlen und Gedanken nicht allein zu sein. Und eines konnte sie nicht leugnen, sie war immer neugierig auf die Kolonien gewesen, das wusste auch Askit, und vielleicht benutzte es dieses Wissen jetzt.

Sie wurden von drei kräftigen Männern begleitet. Der Weg durch die Wohngebiete glich einem Spalierlauf. Begleitet von missgünstigen Blicken einiger Kolonisten, erreichten sie nach einer Stunde wieder die Wüste und den Solarjet, der unter einer Plane verborgen war. Ronan und Samir schaufelten bereits den Sand, der sich im nächtlichen Sturm über den Jet gelegt hatte, beiseite.

Eve bemerkte, wie sich Samir und Ronan die Hand gaben. Langsam schien sich Ronan mit der Idee anzufreunden, dass die Reinsten nicht seine Feinde waren.

»Und du weißt, wie man den Jet fliegt?«

Adlin antwortete Ronan nicht, lächelte ihn an und betrat das Cockpit.

Die Tür schloss sich, das plötzliche Zischen der Rotoren ließ alle ruckartig zurücktreten. Dreck und Sand wurden aufgewirbelt. Einen Augenblick später schwebte der Solarjet einen Meter über dem Boden. Seine Rotoren konnten sich links und rechts innerhalb des Einflüglers autonom bewegen. So wurden Schub und Richtung reguliert.

»Wo hat sie das gelernt?«, fragte Ronan verblüfft.

Langsam hob der Jet ab und gewann an Höhe und schoss vorwärts, drehte ein paar Kreise über ihren Köpfen.

»Sie lernt es jetzt gerade. Wir Zombies können mit dem Implantat unsere Gehirnleistungen erheblich verbessern, aber

Adlin ist in der Hinsicht besonders begabt. Sie wollte als Kind unbedingt ein Beschützer der Agenda werden.«

Ronan strich sich mit der Hand über die Wange, senkte den Kopf und trat einen Schritt zurück. Adlin ließ sich abwärts treiben, zog den Jet seitlich wieder nach oben, drehte sich einmal um die eigene Achse. Sie senkte das Fluggerät und landete abrupt. Sichtlich angestrengt öffnete Adlin die Tür.

»Bist du sicher, dass wir das machen sollen? Ich meine, was ist, wenn wir von Drohnen erwischt werden?«, fragte Samir und nahm Adlin in den Arm. »Kommst du mit dem Jet klar?«

»Ich glaube, je mehr Zeit ich dem System gebe, desto leichter kann ich es lenken. Es muss sich genauso an mich gewöhnen wie ich mich an die Flugeigenschaften. Es lernt von mir. Um die Flugbahn zu halten, muss ich mich permanent konzentrieren, im Kopf eine Grundspannung auf das Objekt halten. Das ist ziemlich anstrengend. Ich muss genau spüren, ob ich den Jet nicht überlaste oder die Kontrolle verliere.«

»Okay, zusammen schaffen wir das«, sagte Eve und winkte zu Ronan.

»Noch kannst du dir es überlegen, Ronan!«

Er nickte und setzte sich wortlos neben Samir in den Jet. Adlin und Eve verbanden sich mit dem Bordcomputer. Samir und Ronan hatten sich festgeschnallt. Eve schloss die Kabine. Adlin hob den Jet an. Nur mit einem Gedanken erschien die Weltkarte und gab die Richtung und die Koordinaten der europäischen Kolonie an.

Für einen Moment wurde Eve schwindelig, als sie unter ihren Füßen den sich immer schneller entfernenden Boden sah. Alles war klar und deutlich zu erkennen, ihre Füße schwebten frei, nur eine mittlere Säule vor ihr ließ noch vermuten, dass sie in einem Fluggerät saßen. Der Schwindel legte sich langsam. Dann schoss der Jet mit einem starken Schub nach vorne. Nach kurzer Zeit hatten sie die gesamte Kolonie unter sich.

Adlin war hochkonzentriert, was Eve die Zeit verschaffte, unter sich die Kolonie und die angrenzenden Zonen aus einer Perspektive wahrzunehmen, die sie so noch nie gesehen hatte. Sie überflogen alte zerfallene Städte in den Wüsten, andere, bei denen die Recyclingmaschinen ganze Arbeit geleistet hatten. Sie näherten sich wieder den Grenzen von *Paradise*. Über weite Strecken dominierte Pioniervegetation. Trockengräser, Ginster, Sanddorn oder Birken auf vorher vegetationsfreien Böden. Sie schufen die Grundlage, um später durch anspruchsvollere Gewächse verdrängt zu werden. Dann folgten große Mischwälder. Sie alle hatten der Hitze bis heute getrotzt, wenn auch immer wieder kahle Flächen mit leeren Baumstümpfen die Idylle störten. Auch Samir beobachtete die Szene mit Neugier. Viele Baumarten hatten ihren Stoffwechsel mit der Zeit viel stärker an die Wärme anpassen können, als man lange vermutet hatte, der Kampf, die Wüste aufzuhalten, war aber noch längst nicht gewonnen.

Als sie den Ozean erreichten, gönnte Adlin Eve einen besonderen Anblick und zog den Jet tief hinunter. Immer wieder waren Wale und Delphine zu sehen.

Doch als sie Stunden später das Festland an der europäischen Westküste erreichten, erschrak Eve: Die Kadaver gestrandeter Wale lagen an der Küste. Sie wusste, dass das immer wieder vorkam, aber mit den düsteren Worten Pellengreys und seiner Weigerung, sich klar zu äußern, ob sich das Klima wieder verschlechterte, wurde ihr ganz anders. Brach ihre Welt gerade zusammen?

»Lande da. Ich will mir das ansehen,« sagte Eve.

»Dann wird es dunkel sein, wenn wir die Kolonie erreichen!«

»Wir bleiben über Nacht hier«, entschied Eve und zeigte auf eine Lichtung hinter der Küstenlinie.

22

26. SEPTEMBER,
EUROPÄISCHE KÜSTE

Eve und Adlin hatten die Kadaver zweier Wale intensiv untersucht. Sie fanden weder Viren noch Verletzungen oder sonstige physische Absonderlichkeiten. Weltweit gab es keine Ablenkungen mehr wie einst von U-Booten mit ihrem Sonar oder Schiffsverkehr, die sie fehlleiteten und somit stranden ließen.

Ronan saß zusammen mit Adlin und Samir am Feuer. Als sich Eve näherte, schaute Samir sie verlegen an. In einer Metallschale lag ein gebratenes Ei.

»Wir essen keine Eier von wilden Vögeln!«

»Jetzt schon, oder willst du bald zusammenbrechen. Wir haben nichts anderes mehr«, erwiderte Ronan und hielt ihr mit einem fordernden Blick einen Teller unter die Nase. Widerwillig setzte sich Eve hin, aber verweigerte das Essen, während Adlin ihre Portion verschlang. Ronan stand auf und ging mit Samir zum Jet, eine der Landekufen war im Morast eingesackt. Mit einem Stamm stemmten sie den Jet frei.

Am Himmel zogen dicke Wolkenbänder auf, Blitze kündigten einen bedrohlichen Wetterumschwung an.

»Du musst keine Angst haben«, sagte Adlin

»Was meinst du?«

»Ich bin mir sicher, dass wir schon bald rauskriegen, was das alles zu bedeuten hat. Aber bei den Kolonisten sollten wir vorsichtig sein. Sie wissen, dass wir ihnen weit überlegen sind. Sei vorsichtig, was du Ronan oder den anderen sagst.«

»Ich werde es mir merken. Adlin, ich bin so froh, dass dir bei der Flucht im Wald nichts Schlimmeres passiert ist. Was denkst du will Askit?«

»Vielleicht kommt Askit bald an sein Ziel, den Rest können die Maschinen erledigen. Ich weiß nicht, ich hab ein komisches Gefühl, was wird mit uns passieren, wenn es stimmt, dass die Kolonisten immer weiter verdrängt werden?«

»Ich bin mir nicht sicher, ob es das ist. Wir brauchen die Kolonisten vielleicht viel mehr, als wir im Moment wissen.«

Adlin packte die Sachen zusammen. Ronan kam mit einem Kanister Wasser, löschte das Feuer. »Wir sind so weit!«

Eve und Adlin schauten noch mal zur Küste. Der Verdacht, dass die Wale erstickt waren, lastete schwer auf Eves Gemüt. Sie wurde auch einen zweiten Verdacht nicht los, dass Pellengrey es wusste. Er hatte Zugang zu den Daten der weltweit im Meer verteilten Sensorbojen.

Es war zehn Uhr vormittags, von hier würden sie die Kolonie in zwei Stunden erreichen. Sie überflogen die gigantischen Entsalzungsanlagen, die *New Paris* mit Wasser versorgten. Adlin flog eine Route in Richtung *Old Paris*, das aus der Ferne kaum noch zu erkennen war, um *New Paris* weiträumig zu vermeiden Immer wieder sahen sie auf verfallene alte Dörfer, die fast bis zur Unkenntlichkeit von Moos und Farnen überwuchert waren.

Dann stoppte Adlin den Jet in der Luft. Weit und breit war nichts von einer Kolonie zu erkennen. Sie waren mitten in der grünen Zone zwischen alter und neuer Metropole. Der Jet sackte ab. Für einen Moment hatte Adlin die Kontrolle verloren, und über ihnen schossen zwei Drohnen vorbei, kehrten um und positionierten sich nur wenige Meter vor dem Jet. Adlin hatte den gleichen Gedanken, langsam ließ sie den Flieger absacken, die Drohnen folgten im gleichen Tempo. Es gab kein Zeichen der Kommunikation, keine Anzeichen für das Laden der Waffen. Sie landete den Jet auf einer Waldlichtung. Die Kabine öffnete sich, Samir und Ronan starrten sie von ihren Plätzen fragend an. Eve hatte damit gerechnet. Es war ohnehin äußerst merkwürdig, warum die Drohnen sie nicht längst vom Himmel geholt hatten.

»Was ist los?«, fragte Ronan.

»Wir werden von Drohnen beobachtet«, flüsterte Eve.

»Beobachtet?«, fragte Samir und hinderte Ronan daran, den Jet voreilig zu verlassen.

Adlin öffnete das Cockpit und schaute vorsichtig nach oben. Die Drohnen verharrten regungslos über den Bäumen. Sie stieg als Erste aus, und bevor die anderen ihr folgen konnten, flogen die Drohnen einmal um den Jet und verschwanden dann.

Ronan schnauzte Eve an. »Was ist so Besonderes an euch, dass die Drohnen verschwinden, sobald sie euch auch nur sehen?«

Eve stand da und schaute sich um.

Samir zuckte mit den Schultern. Langsam mussten sie sich dieser Frage stellen. Die Tatsache, dass Kolonisten und Degradierte durchaus auch getötet und vertrieben wurden, hatte sie geschockt. Mit den Reinsten hatte Askit andere Pläne. Aber welche? Hinter den Bäumen standen vereinzelte Häuser und Glashütten.

Plötzlich kamen drei Männer in schmutziger grauer Montur aus dem Dickicht auf sie zugerannt. Zwei von ihnen waren unter ihren Kapuzen kaum zu erkennen, sie trugen Waffen. Ihnen voran schritt ein alter Mann in einfacher heller Kleidung, der ihnen zuwinkte.

»Ihr habt es tatsächlich geschafft. Bist du Ronan?«

»Ja!«

»Und ihr sollt Martas große Hoffnung sein«, sagte der Alte

und unterzog Eve einer genaueren Musterung, die sich von ihrem Schreck noch nicht wieder erholt hatte. »Na gut, zumindest seid ihr die ersten Menschen, die wir jemals haben fliegen sehen, ohne dass sie abgeschossen wurden, kommt mit. Ihr beide!«, sagte der Älteste der drei zu seinen Begleitern. »Ihr untersucht den Jet, vielleicht erleben wir gerade ein Wunder!«

Adlin schloss in der Sekunde mit einem Gedanken den Eingang.

»Du bist mit dem Schiff auch ohne die Vorrichtung verbunden?«, fragte Eve.

»Ja, es dauert ein wenig, der Bordcomputer synchronisiert sich mit dem Implantat des Piloten.«

Die beiden Männer zuckten mit den Schultern. Der alte Mann stampfte mit grimmiger Miene einfach weiter.

Samir und Ronan gingen vor. Und wie Ronan es angekündigt hatte, sah die Struktur der Kolonie der in Nordamerika zum Verwechseln ähnlich. Sie näherten sich einem großen Haus, das von Gräsern und anderen Pflanzen so überwuchert war, dass sie es bei ihrem Anflug nicht erkannt hatten. Sie traten in einen grauen Vorraum. Der alte Mann zeigte auf eine angrenzende Kammer, in der eine rothaarige Frau in dunkelgrüner Hose und Shirt stand, um sie herum waren Regale gefüllt mit Kleidungsstücken.

»Die Anzüge zieht ihr aus, und die Scanner legt ihr auch ab!«

»Falls ihr erwartet, dass ich die einzige Option, da draußen zu überleben, aufgebe, dann habt ihr euch geirrt. Diese Anzüge sichern uns …«

»Wir haben hier alles, was für ein zivilisiertes Leben und eure Sicherheit notwendig ist!« Der alte Mann machte eine abwehrende Handbewegung. »Ihr könnt sie später wiederhaben, aber was wir besprechen wollen, sollte besser hinter diesen Mauern bleiben!«

»Warte«, sagte Eve und lud ein Foto von Tessa auf das Display ihres Scanners. »Habt ihr diese Frau gesehen? Es ist meine Mutter, sie wurde von *New Paris* aus degradiert.«

Der Mann schüttelte den Kopf, lächelte aber dabei. »Darum kümmern wir uns später!«

»Nein, jetzt! Sie ist schwer krank!«

»Nicht so schwer, wie die unmenschliche Prognose von Askit es behauptet hat. Es ist eine Schande!«

»Was? Wo ist sie?«

Der alte Mann schaute zu einem seiner Männer, winkte ihn heran.

»Zeig ihm das Bild! Ihr Name ist Tessa, richtig?«

Eve hielt dem Mann ihr Display vors Gesicht. »Ja. Woher weißt du das?«

»Es gab in den letzten Tagen nur eine Angepasste, die wir von der Grenze hierher gebracht haben. Hol sie!«, sagte der alte Mann.

Eves Augen füllten sich mit Tränen, sie atmete einmal tief aus. Adlin hob ihren Daumen und blinzelte ihr zu. Widerwillig wechselten sie in der Kammer den Thermoanzug mit einer grauen Baumwollkleidung. Eve zog sich ein graues Hemd und eine zu lange dunkle Hose an. Barfuß ging sie mit den anderen wieder in den Vorraum zurück.

»Das schirmt euch ab«, sagte die Rothaarige und hielt vier kleine Vorrichtungen in der Hand.

Samir sah sie mit großen Augen an. »Sind das Originale?«

»Ja und nein. Das haben unsere Leute gebaut, sie verhindern eure Ortung und die Übertragung von Gedanken«, sagte sie mit einem herausfordernden Blick.

»Von mir aus«, sagte Samir. »Nur ist das zu viel der Mühe. Gedanken übertragen sich nur, wenn wir es wollen!«

»Glaub das ruhig, Junge«, ätzte der alte Mann. »Also bitte!«

Nacheinander steckten sie sich die Vorrichtung in ihr Implantat.

»Gut, und nun hinein in die gute Stube!« Der alte Mann öffnete die Tür zu einem großen Saal. Eve blickte in einen 100 Meter langen rechteckigen Raum voller Tische, je vier in einer Reihe, an denen Männer und Frauen in grauer Einheitskleidung an veralteten Bildschirmen arbeiteten. An den Wänden waren Schränke mit antiquierten Bauteilen für Computer und anderer unbekannter Elektronik vollgestopft. Samirs und Adlins Augen wurden immer größer. Hier schien alles recycelt zu werden, was vor hundertfünfzig Jahren der höchste Stand der Entwicklung gewesen war und noch funktionierte. Ronan setzte sich scheinbar bewusst weiter hinten im Saal an einen Tisch, kreuzte seine Arme und sah der Szene schweigend zu.

»Ihr seid die ersten Degradierten, deren Implantate nicht stillgelegt wurden, bevor sie bei uns strandeten. Das eröffnet uns die Möglichkeit, mit den Menschen in *Paradise* und mit Askit in Kontakt zu treten.«

Samir ging sofort einen Schritt auf den alten Mann zu. »Warum sollten wir euch das gestatten. Ihr habt keine Ahnung, was das auslösen kann. Wir sind keine Versuchsobjekte.«

Der Mann ließ sich mit einem verschmitzten Lächeln und einem grunzenden »Paaah!« an einem Tisch nieder. »Wir haben in den letzten Jahrzehnten immer wieder vor der Frage gestanden, was in der Vergangenheit eigentlich passiert ist und warum sich dieses System Askit durchgesetzt hat und wer dahinter steckt. Seit einigen Tagen tauchen Drohnen und Roboter in der Nähe der freien Kolonien auf, und wir hätten langsam gerne ein paar Antworten. Außerdem gibt es genug von uns, die keine Sekunde zögern würden, euch das Implantat aus dem Kopf zu schneiden.«

Eve stellte sich schützend vor Samir. »Marta hat uns erzählt, ihr hattet bereits Kontakt zu Askit!«

»Darüber sprechen wir später. Ich will euch nicht beunruhigen.«

»Ich will wissen, was passiert ist«, forderte Eve und spürte, wie sich ihre Gesichtsmuskeln anspannten.

»Einer der Patriots wies Duke, einen älteren Degradierten, an, sich mit ihm über das Implantat zu verbinden.«

»Was? Und dann?«

»Nichts! Sekunden später hat Askit ihn nur diesen einen Satz hören lassen – die wirklich Reinsten werden eure letzte Chance sein –, und nun steht die absolute Elite der Reinsten vor mir«, sagte der Mann, dessen Wangenknochen durch die gealterte Haut stachen. Auf einem Bildschirm sah sie, dass die Degradierten die Nachrichten aus *Paradise* empfangen konnten. Es wurden gerade die nächsten Prüfungen von Askit bekannt gegeben.

Eve überkam ein tiefes Misstrauen. Der Mann bewegte seine Hand, als würde er einen Bühnenvorhang öffnen.

»Unsere Frage ist, ob Askit nach seiner Initialisierung ein Teil seines Betriebssystems selbst isoliert hat, sich unangreifbar gemacht hat, oder ob das alles nur eine Illusion ist, die die Agenda erzeugt hat, um uns und euch zu beherrschen. Wir müssen wissen, ob Askits System unveränderliche Werte vorgegeben wurden. Im Grunde genommen ist alles möglich, nur dass es gerade seine Handlungsmotive verändert, dürfte euch bewusst geworden sein. Duke wäre beinahe in Ohnmacht gefallen, als Askit nach über einem Jahrzehnt sein Implantat wieder aktivierte. Er hatte zu wenig Zeit, er hat versucht, Askit mit so viel Informationen aus den Kolonien und unserem Wissen zu konfrontieren wie möglich. Wir wissen nicht, ob es Askit überhaupt interessiert hat, dann haben wir versucht ein Virus zu implementieren, aber es brach vorher die Verbindung ab.«

Eve sah in Samirs entsetztes Gesicht. Als Physiker schien er zu wissen, was allein der Versuch, es anzugreifen, bedeutete.

Entschlossen erwiderte sie: »Ihr hattet die einmalige

Gelegenheit, mit Askit zu kommunizieren, und versucht, es stattdessen zu manipulieren? Und welche Informationen? Seid ihr wahnsinnig? Ihr habt nur euer billiges Überleben im Sinn! Ein anderes größeres Ziel kennt ihr nicht, oder? Wir werden uns nicht daran beteiligen. Ich habe in den letzten Tagen alles verloren, aber das gibt mir nicht das Recht …«

Samir griff Eve überraschend unsanft am Arm und zog sie einige Meter weiter in eine Ecke. »Was ist mit dir los? Was brauchst du noch, um zu verstehen, dass Askit uns alle bedroht?«

Eve war fassungslos. »Ihr feindliches Verhalten gegenüber Askit ist doch wohl mit hoher Wahrscheinlichkeit die Ursache für seine ungewöhnlichen Handlungen, mal daran gedacht?«

»Der lächerliche Versuch Askit zu manipulieren? Ich kann dir versichern, dass ihnen das nicht gelungen ist. Askit ist nicht irgendein Quantencomputer. Seine Kryptologie ist nicht zu umgehen. Vertrau mir, wenn wir uns jetzt auch noch auseinanderdividieren, hat niemand etwas davon.«

Ronan war von seinem Zuschauerplatz aufgestanden und lächelte. Sie wandte sich wieder an die Kolonisten.

»Gut. Ich kann euch auch nur sagen, was ihr wisst, dass die Agenda bewusst die Kontrolle an Askit abgegeben hat. Es ging immer darum, unsere vergangene Unfähigkeit, auf diesem Planeten zu leben, zu kompensieren. Euch mag das nicht gefallen, aber ohne Askit wären wir längst alle untergegangen.«

»Das hat dein Vater bestritten«, raunte eine vertraute Stimme.

Sie drehte sich um. »Tessa! Ich hab mir solche Sorgen gemacht!«, rief Eve und lief ihrer Mutter entgegen.

Doch Tessa wich einen Schritt zurück und entzog sich so ihrer Umarmung. Mit kühlem Blick musterte sie Eve: »Ach ja? Und warum bin ich hier? Ich weiß, dass du mich nicht bewusst verraten hast, aber genau darum geht es. Samir, dir hab ich immer angesehen, dass du schon mehr wusstest, es war auch nur so ein Gefühl. Übrigens, Eve, wo ist dein Mann?«

Eve stand wie versteinert da. In diesem selbstbewussten Ton hatte Tessa noch nie mit ihr gesprochen. Sie wirkte stärker als noch in *New Paris*. Es war nicht wirklich ein Vorwurf, es schwang eine Forderung in ihrem Ton. Beschämt senkte Eve ihren Blick.

»Er hat dich verraten, nicht wahr? Geblendet von einer Ideologie, für die man alles und jeden verkauft«, fuhr Tessa nun in einem wohlwollenden Ton fort und breitete die Arme aus.

Eve ging weinend auf sie zu und drückte sie fest an sich. »Wie geht es dir?«

»Etwas besser, ich hab Medikamente bekommen, aber ich weiß nicht, wie lange es noch so weiter geht. Du solltest diesen Leuten zuhören, mein Kind.«

Eve spürte einen inneren Widerstand, so gern sie Tessa auch folgen wollte.

»Können wir weiter machen«, forderte der alte Mann lautstark. Alle schauten ihn an. Eve setzte sich mit Tessa auf eine Bank neben einen Tisch, der übersät war mit alten Elektrobauteilen. Ronan setzte sich dazu, Adlin und Samir hielten sich in den Armen und schauten dem alten Mann zu, wie er sich vor einen Bildschirm setzte und historisch anmutende Dokumente öffnete, es waren Berichte alter Medien und Zeitungsartikel, einige waren Jahrzehnte vor der Katastrophe von 2041 datiert.

»Wir haben so einiges gefunden, was euch interessieren wird. Die Erschaffer von Askit waren eine arrogante und selbstverliebte Technikelite, die fest daran glaubte, das Askit keinen Weg finden würde, sich selbst zu hacken und seinen Algorithmus unabhängig weiterzuentwickeln.«

»Ihr wollt es nicht begreifen, oder? Die Agenda hat damals ganz bewusst diese Entscheidung getroffen. Askit wurde von den Gründern initialisiert«, raunte Eve.

»Wir haben Hinweise gefunden, dass es vor über hundertfünfzig Jahren einen weltweiten Streit um einen Ethikkodex für künstliche Intelligenz gab, aber worum es wirklich ging, war, dass bestimmte Leute ganz viel Reichtum und Macht erwerben wollten, indem sie diesen Supercomputer mit der kompletten Analyse der globalen Situation fütterten, um den Regierungen ihre Lösungen teuer zu verkaufen und sich gleichzeitig politischen Einfluss zu sichern. Anstatt sich selbst dazu zu zwingen, über Werte und die ethischen Konsequenzen ihres Handelns nachzudenken, beauftragten sie damit eine Maschine. Was, wenn Askit zu einem Ergebnis kam, das niemand von den Fachleuten vorhersehen konnte, weil es historisch zum ersten Mal auftrat, ohne Referenz?«

»Du meinst den Krieg?«

»Nicht irgendeinen Krieg, sondern den Krieg gegen uns selbst, unsere Natur«, sagte der alte Mann und schlug mit der Hand auf den Tisch.

Eve dachte nur, dass er mit dieser unkontrollierten Geste doch die Rechtfertigung für die Existenz von Askit bestätigte. Seine Wut war ihm ins Gesicht geschrieben, und genau das beunruhigte Eve.

»In Wirklichkeit ist Askits neu erschaffenes Menschenbild etwas, das eure Fantasie zerschmettert, Gefühle abstumpft, abstraktes Denken vernichtet und ein roboterähnliches, kontrollierbares Individuum erschafft«, sagte Tessa und erntete von den Kolonisten stillen Applaus. Wie lange hatte Tessa diese Gedanken schon, diese Überzeugung?

»Ich kann das kaum glauben, alles, was ich gelernt habe, war, dass die Menschen in der Vergangenheit abgestumpft sind und ohne Verantwortung ihren Lebensraum zerstört haben.«

»Richtig, Eve. aber sie konnten immer noch eigene Entscheidungen treffen. Und heute? Siehst du nicht, was Askit mit euch macht?«, fragte Ronan.

Eve schaute zuerst Ronan und dann Tessa ungläubig an. »Ich

sehe, wie gut *Paradise* funktioniert hat, bis ihr eingegriffen habt. Ich sehe, wie ihr um eure Existenz kämpfen wollt, wie sehr ihr uns hasst, wie sehr ihr jedes Angebot abgelehnt habt, euch anzupassen, das sehe und spüre ich!«

Eve sah, wie sich das Gesicht des alten Mannes verhärtete, er verlor vermutlich bald die Geduld.

»Askit verfügte schon vor der Katastrophe 2041 über eine wesentlich größere Datenbasis als die gesamte Menschheit und hatte das sogenannte Internet, das gesamte Wissen aller Wissenschaften als seine Datenbasis. Es kann millionenfach schneller alle empirischen Fakten durchrechnen als jedes menschliche Gehirn. Glaubst du etwa, so ein mächtiges System hat die Menschen freundlich darauf hingewiesen, dass es uns uneinholbar überlegen ist und dass es deswegen sinnlos ist, dass wir weiter unsere eigenen Geschicke lenken? Nein, es hat die Herrschaft an sich gerissen.«

Eve lachte höhnisch: »Und wenn, die Erfolge sprechen für sich!«

Der alte Mann hüstelte hinter vorgehaltener Hand. »Wie viel ist denn dann unser Leben überhaupt noch in Zukunft wert, wenn Askit sein primäres Ziel, den Planeten zu heilen, als erledigt ansieht?« Adlins Miene beunruhigte Eve. Ihre engste Freundin schien dem ganzen Vortrag zu glauben, dabei konnte das alles eine Show sein, um sie in eine Falle zu locken. Aber der zeitliche Zusammenhang zwischen dem versuchten Angriff auf Askits System und den unerwarteten Degradierungen war nicht zu leugnen.

»Was war uns denn das Leben und die Natur früher wert? Außerdem, von erledigt kann noch lange nicht die Rede sein, falls es überhaupt gelingt, die Spuren der alten Zivilisation zu beseitigen!«

»Genau«, sagte der alte Mann. »Und wer hat die Kriterien, Werte und Grunddaten für Askit geliefert – der Mensch! Also ist Askit nichts weiter als die maschinelle Fortsetzung einer Selbstüberhöhung der menschlichen Natur, und entsprechend traf und trifft es seine Entscheidungen. Es ist eine Diktatur, eine diabolische dazu, da ihr sie nicht als das empfindet, was es ist.«

Adlin drehte sich beschämt weg und setzte sich neben Tessa, die ihr wohlwollend die Hand drückte.

Das lange unerträgliche Schweigen, das auf diese Worte folgte, wurde nur durch das Surren der Bildschirme und das Räuspern des alten Mannes unterbrochen.

In Eve kroch die Angst hoch, dass sie sich nicht mehr lange der Freundschaft von Samir und Adlin sowie der Unterstützung von Ronan sicher sein konnte. Ronan bedachte sie nur mit einem merkwürdigen Blick, als würde er abwarten.

»Du solltest nicht unterschätzen, was es für Folgen hat, wenn man ein Leben lang seine Gehirnmechanismen manipulieren lässt. Bist du dir sicher, dass deine Absichten, Entscheidungen, deine Urteile wirklich deine sind? Deine Freunde scheinen sich da jedenfalls nicht mehr ganz sicher zu sein.« Konnte das sein, hatte Ronan recht? Waren ihre Gedanken, ihre Persönlichkeit Askit so ausgeliefert, dass es ihr Verhalten so berechnen konnte, dass sie zwar glaubte, ein unabhängiges und individuelles Bewusstsein zu haben, aber damit umso leichter für Askit zu steuern war? Sie verteidigte Askit immer noch, und dann bahnte sich auch bei ihr der Zweifel seinen Weg.

»Hab etwas Geduld mit den Kolonisten«, flüsterte Tessa Eve beruhigend zu.

»Und es ist alles noch viel schlimmer«, unkte der alte Mann. »Zeigt es ihnen. Dann enden ihre Lobgesänge!«

23

26. SEPTEMBER,
EUROPÄISCHE KOLONIE

Es roch nach Waschmittel, der graue Boden glänzte. Gedämpft hörte Eve einen kurzen Aufschrei. Sie gingen einen Flur entlang, von der Decke strahlte ein helles, kaltes Licht. Links und rechts waren Türen, auf Augenhöhe kleine Luken.

»Was ist das hier?«

»Was glaubst du denn?«, sagte die Rothaarige mit rauer Stimme.

Während sie immer tiefer in ein Labyrinth aus Türen und Fluren gingen, hörten sie erneut aus einem der Räume ein merkwürdiges Grunzen und einen Schrei. Adlin und Samir folgten mit versteinerter Miene. Tessa drückte Eves Hand immer fester. Sie näherten sich einer Tür mit kleinem verhangenen Fenster. Eve zögerte weiterzugehen. Als die Rothaarige die Tür öffnete, kam ihnen ein bulliger Kerl in blauer Kleidung und einem Namensschild an seinem Hemd entgegen, er grüßte verwundert. Sie standen nun in einem großen Raum mit vergitterten Fenstern. Grelles Licht strahlte von der Decke, und es lag ein bittersüßer Geruch in der Luft.

Mehrere Menschen saßen in grauer Einheitskleidung regungslos an Tischen oder hockten auf dem Boden, ein Mann wackelte unentwegt mit seinem Kopf, den Blick starr auf die Wand gerichtet. Andere summten leise Melodien oder stammelten vor sich hin. Eine magere Degradierte, die keine Haare mehr auf dem Kopf hatte und deren Implantat deutlich sichtbar war, steuerte auf sie zu. Eve ging intuitiv zwei Schritte zurück und hielt sich den Mund zu. Der starre Blick der Frau durchbohrte Eve förmlich.

»Was ihr hier seht, ist das Ergebnis einer biochemischen Veränderung des Gehirns, die das Implantat bei einigen auslöst, sobald es abgeschaltet wurde«, erklärte die Rothaarige. Ein lauter Schrei ließ sie alle zusammenzucken. Samir setzte sich auf eine Holzbank neben der Tür und vergrub sein Gesicht hinter seinen Händen und begann zu schluchzen. Eve konnte kaum atmen, als hätte sie einen Ballon in der Brust, der immer größer wurde.

»Im Gegensatz zu *Paradise* stehen uns nicht die Mittel zur Verfügung, um die Ursachen genau zu analysieren, geschweige denn zu heilen«, fuhr die Rothaarige fort.

Sie musste eine gewichtigere Rolle in dieser Kolonie spielen, zumindest war ihre selbstsichere Art ein Hinweis darauf, dachte Eve.

»Ihr hattet doch Ewigkeiten Zeit. Vor hundertfünfzig Jahren war die Neurologie weiter …«

»Die nötigen logistischen Kapazitäten der alten Zivilisation, die ganze Industrie, die Geräte, die Organisation der Forschung und Entwicklung. Askit hat uns durch Angriffe der Patriots und Drohnen immer wieder der Möglichkeiten beraubt.«

Tessas Gesichtsfarbe schien sich den weißen Wänden anzupassen. Sekundenbruchteile kreuzten sich ihre Augen, ihre Furcht, dass es Eve bald auch so ergehen könnte, war nicht zu übersehen.

Eve wurde mit einem Mal schwindelig, ihr Hals schnürte sich zu, der Geruch nach Schweiß und die dicke Luft ließen sie taumeln.

»Was ist mit unseren Gehirnen?«

»Das können wir im Labor testen, wenn ihr uns vertraut. Wie Jerau schon sagte, eure Implantate wurden nicht deaktiviert! Ihr müsst keine Angst haben, zumindest noch nicht.«

»Jerau?«

»Der alte Mann, der euch hierhin gebracht hat. Er ist Neurowissenschaftler und studiert seit Jahrzehnten Askit, *Paradise* und die Auswirkungen der Hirnimplantate und vieles mehr.«

Adlin und Samir hatten fluchtartig den Raum verlassen. Auch Eve hatte genug gesehen. Im Flur stützte sie sich für einen Moment an der Wand ab, schloss die Augen, versuchte, die Bilder dieser armseligen Gestalten innerlich zu löschen. Für einen Moment ergriff sie die Panik, dass ihr Schwindel und die Migräneattacke vor der Prüfung in Wirklichkeit doch schon ein erstes Symptom für das Versagen des Implantates sein könnte.

Samir hielt Adlin schützend in den Armen. Sie standen an einem Waldrand. In das schützende Dickicht waren unzählige Häuser gebaut worden.

Die Rothaarige schaute alle mit einer mitfühlenden Betroffenheit an. Sie schien nicht so unvorbereitet und feindselig auf die Degradierten zu reagieren wie die Kolonisten aus Nevada.

»Seid ihr euch nun bewusst, was euch angetan wurde?«

Auf dem Rückweg sprach Tessa leise mit der Rothaarigen. Keiner sah den anderen an, nur Adlins Augen verrieten ihre gemeinsame Überzeugung: Diese Kolonisten konnten auch ihr Ende bedeuten, sie trachteten danach, Askit und *Paradise* zu zerstören. Der Abstand zu Tessa und der Rothaarigen vergrößerte sich, bis sie ganz außer Hörweite waren.

»Die Kolonisten nutzen unsere Lage aus. Wir können Ihnen nicht vertrauen, sie verschweigen zu viel«, sagte Eve in der Gewissheit, dass Adlin und Samir ihrer Meinung waren, doch die beiden stimmten nicht zu, ihre Augen sagten alles.

Im großen Gebäude im Zentrum der Kolonie beriet sich Jerau mit einem jungen Kolonisten, der hektisch an seinem Rechner hantierte. Ronan war nirgends zu sehen.

Tessa saß mit schmerzverzerrtem Gesicht auf einer Bank. Ließen ihre Schmerzmittel schon nach?

Jerau bemerkte sie und ging mit langsamen, aber kräftigen Schritten auf die Gruppe zu.

»Nun, wie ich an euren Gesichtern erkenne, lässt euch das Schicksal einiger Degradierter zumindest nicht kalt. Alles begann Anfang des 21. Jahrhunderts«, erklärte er und zeigte auf ein Bild an der Wand: ein leicht verblichenes Abbild des menschlichen Gehirns. »Die ersten Hirnimplantate waren noch darauf ausgerichtet, durch Tiefenhirnstimulation Emotionen von depressiven oder schizophrenen Menschen zu steuern, also die Seele umzukrempeln. Niemand wusste damals, wie sich die Manipulation der Neuronen langfristig auf den Geist auswirken würde. Ist man noch dieselbe Person, wenn die Stimulation eingeschaltet wird, oder bestimmt womöglich das Implantat, was gedacht, begehrt oder auch verachtet wird, und wenn das möglich wäre, wer würde es nicht missbrauchen wollen. Deshalb wurden weltweit in Ethikausschüssen Regeln für den Einsatz der Implantate verabschiedet, doch leider viel zu spät. Es brauchte nur die richtige Ideologie, ein Leiden, einen Mangel, und so nutzte man zwei Neigungen der Menschen gnadenlos aus. Den Willen zur Optimierung und die damit verbundene Bereitschaft, sich dem enormen Anpassungsdruck der alten Leistungsgesellschaften zu unterwerfen. Es war eine trickreiche Idee. Die Verlierer fühlten sich den Anforderungen der Moderne nicht mehr gewachsen. Für andere war mit dem einsetzenden Optimierungswahn ein neues Prinzip von Herrschaft geboren, Kontrolle und Selektion durch stetige Überforderung statt Unterdrückung. Die Anwendung von Implantaten zur Leistungssteigerung wurde so zur Sucht, zum Zwang. Wer es sich nicht leisten konnte, hatte keinen Zugang mehr und wurde nutzlos für die Gesellschaft, und eine ganze Generation war den Machtgelüsten der sogenannten digitalen Elite ausgeliefert. Wir wissen genauso wenig wie ihr, wer sich hinter der Agenda verbirgt, ob es sie überhaupt noch gibt. Ich glaube, dass sich die damalige Superelite mit Askit ein allumfängliches Machtinstrument erschaffen wollte. Die Ideologie der Reinsten war die perfekte Illusion, um euch zu drillen, hyperintelligent, aber doch nur nützliche Sklaven«, beendete Jerau seinen Vortrag.

Jerau bedeutete Eve, an seinen Computerplatz zu gehen. Vor dem Bildschirm lag ein Kabel mit einem Anschluss für das Implantat.

»Na schön!«, sagte Eve. »Wir können das Implantat selbst kontrollieren, wir können es abschalten, um unsere Privatsphäre zu behalten, und die Kontrolle unliebsamer Charaktereigenschaften hat unsere Gesellschaft jedenfalls überleben lassen. Der Weg der Reinsten ist freiwillig. Ihr könnt diese Leistungen nicht leugnen. Ihr wisst doch überhaupt nicht, was uns mithilfe von Askit alles gelungen ist. Wir haben Frieden und die Hoffnung, zukünftigen Generationen eine Welt zu hinterlassen, die …«

»Leben wir etwa nicht?«, schrie Jerau so lauthals, dass im nächsten Moment alle ihre Köpfe von ihren Bildschirmen abwendeten und auf ihn richteten.

»Aber wie? Ich meine, warum tut ihr euch und uns das an, das ist doch kein Leben. Was wollt ihr hier schon erreichen?«

Ein Mann, der weiter hinten an seinem Tisch arbeitete, stand auf, lief mit rotem Kopf und hasserfülltem Blick an Eve vorbei und knallte die Tür hinter sich zu.

»Tut mir leid«, sagte Eve leise.

»Eve, hör damit auf, bitte, ich erkenne dich, meine eigene Tochter, nicht wieder! Wach endlich aus diesem Albtraum auf.«

Eve schaute Tessa an und schüttelte den Kopf. »Ich höre zu, das muss reichen, Tessa.«

»Ihr solltet eure Leistungen nicht überschätzen. Die leichten Veränderungen im Klima sind noch längst nicht stabil, auch wenn ihr einen Grundstein gelegt habt, wird es noch Jahrtausende dauern, in denen der Mensch nur durch Anpassung an die Hitze überleben wird. Was passiert, wenn die Temperaturen wieder steigen, weiß keiner«, sagte Jerau und nahm das Kabel mit dem Implantatzugang in die Hand. »Wollt ihr wissen, wie es um euer Gehirn wirklich bestellt ist?«

Eve sah in den Gesichtern von Adlin und Samir Abwehr und Angst, nur ihre Neugier war größer, und sie setzte sich an den Platz.

»Eve, lass es!«, raunte Samir ihr zu. »Was ist, wenn du so endest wie die anderen. Woher wissen wir, ob nicht unsere Gastgeber für deren Zustand verantwortlich sind.«

Jerau setzte sich und wartete einfach ab.

Tessa griff sich in die Haare, senkte den Kopf, hob ihn wieder und wurde ungewöhnlich laut: »Das geht zu weit!«

Die Rothaarige stellte sich zu Tessa und erklärte: »Es ist uns nur möglich, ein Bild zu erzeugen. Wir können nichts senden, falls euch das alle beruhigt, und hört auf, uns zu Monstern zu machen! Wenn wir eure Implantate untersuchen, könnte es uns gelingen zu zeigen, wie Askit Gedanken erkennt, übersetzt und vor allem implantiert.«

Eve zögerte noch einen Moment und schloss sich an, sie spürte nichts. Auf dem Bildschirm erschien Sekunden später in verschiedenen Farben ihr dreidimensionales Gehirn.

»Wie du siehst, ist das Implantat mit seinen Verbindungen in diesen Arealen direkt mit deiner grauen Masse verwachsen«, Jerau zeigte auf die Bahnen, die die Mikroelektroden in ihrem Gehirn eingenommen hatten. Eves Rückenmuskeln und Schultern verspannten sich, so hatte sie es noch nie gesehen. Fragend und mit einem leichten Ekel schaute sie Tessa an, die ängstlich den Kopf schüttelte.

»Wir können es nicht entfernen, ohne ein unkalkulierbares Risiko einzugehen.«

»Ich kann es nicht mehr loswerden?«

»Nicht hier. Bei einigen Degradierten versagen irgendwann die Nanobots, und es kommt zu Reaktionen, die das Gehirn zerstören können. Würden wir es entfernen, wäre es, als würde man dir die Nervenbahnen zwischen dem Thalamus, dem Frontallappen und der grauen Substanz durchtrennen. Das wurde in der Vergangenheit auf grausame Weise gemacht, um Psychosen oder Depressionen zu beenden. Die chronische Manipulation durch Hirnimplantate zieht außerdem eine Modulation des Hirnstoffwechsels nach sich. Es führt zu einer irreversiblen Synchronisation von Hirnarealen und löst Epilepsie, Depressionen und andere Krankheiten aus«, sagte Jerau mit einem bedauernden Gesichtsausdruck.

Eve war kurz davor sich zu übergeben.

»Dieses Implantat steuert eure gesamten Gefühle und euren Sexualtrieb«, ergänzte Jerau.

Eve hatte für eine Sekunde Thyron vor Augen. »Willst du mir sagen, dass die Reinsten in *Paradise* ohne Askit nicht mehr lebensfähig sind?«

»Ja und nein. Ich bin mir sicher, dass Askit über die Technologie verfügt, die Implantate zu entfernen! Außerdem können wir nicht einschätzen, wie viele von euch mit Veränderungen reagieren, wie gesagt, wir haben auch Degradierte, die nie Probleme hatten. Aber Moment mal …«

»Was?«

»Alle Degradierten, die wir bisher untersucht haben, zeigten strukturelle Besonderheiten im Gehirn, die, vorsichtig formuliert, bei Gesunden nicht vorkommen. Bestimmte Ventrikel, mit Flüssigkeit gefüllte Kammern im Gehirn, sind erweitert. Sie haben eine andere Hirndurchblutung, was zu Schizophrenie und typischen Denkstörungen führen kann, aber du hast ein gesundes und normales Gehirn«, sagte Jerau. Kaum hatte er das ausgesprochen, stand Adlin auf, ging zu Eve und hielt die Hand auf. Eve gab ihr den Anschluss, sie verband sich, und Adlins Gehirn erschien auf dem Bildschirm.

»Okay, ich weiß nicht, warum, aber ich glaube, dass euer Implantat seit Jahren nur gedämpft aktiv gewesen ist!« Jerau hatte ein Funkeln in den Augen.

»Was? Aber was ist mit den Simulationen und den Scans?«, fragte Eve, während sich Samir verband. Auch sein Gehirn wies keine Schäden auf. Erleichtert lehnte er sich an den Tisch und hörte aufmerksam zu. Tessa liefen vor Erleichterung Tränen über die Wangen.

»Ich habe keine Ahnung«, sagte Jerau, stand auf und suchte einen Tisch weiter in irgendwelchen Unterlagen. »Was könnte euch verbinden, was sind eure Gemeinsamkeiten?«

»Was uns verbindet?«, fragte Eve und schaute zu Adlin und Samir.

Bevor Eve antworten konnte, stürmten zwei bewaffnete Männer in Tarnkleidung und dreckigen schwarzen Stiefeln herein, einer hatte sich die Stirn aufgeschlagen.

»Jerau! Die Patriots!«, rief der Größere von beiden atemlos.

»Was?«

»Sie versammeln sich mit den Drohnen an den Grenzen!«

24

26. SEPTEMBER,
EUROPÄISCHE KOLONIE

Die neue Lage, der Aufmarsch der Patriots, hatte bei allen im Raum entweder für hektische Betriebsamkeit oder für eine Schockstarre gesorgt.

»Was werdet ihr nun tun?«, fragte Eve.

»Beobachten, und wenn es hart auf hart kommt evakuieren«, sagte Jerau resigniert. »Wir haben nichts, womit wir uns gegen diese Gewalt wehren können. Außer mit eurer Hilfe.«

»Es war in *Paradise* nie davon die Rede, dass Degradierte so behandelt werden, ihre Gehirne degenerieren oder dass Kolonisten mit Gewalt vertrieben werden, und das geschieht nicht erst seit ein paar Tagen! Wir müssen ihnen helfen. Deine Mutter hat recht, was Thyron angeht!« Samir näherte sich einem der Arbeitsplätze und zog einen Bildschirm zu sich.

Es war eine Übertragung aus der Akademie der Wissenschaft. Das Licht wurde gedämpft. Klatschende Massen von Reinsten, die vor der Bühne des Whitestone-Monuments durch die Fanfare Askits angefeuert wurden, begrüßten Thyron und drei andere Reinste. Askit erschien als Hologramm in seiner schimmernden androgynen Form.

Eve setzte sich vor den Bildschirm, betrachtete Thyrons lachende und glückliche Miene, die frei von jeglicher Trauer oder Schmerz schien. Als hätte er ihre Trennung, einfach alles, was geschehen war, vergessen. Sie suchte weiter nach einer

Regung, nach nur einer Nuance in seiner Gestik, einem Zeichen, dass er seine Rolle begriff, spielte, aber da war nichts. Der Jubel nahm zu, als Askit die beiden Reinsten neben Thyron für den höchsten Score lobte. Dann trat er vor.

Thyron Hawk. Mit deiner Standhaftigkeit, deiner Loyalität, Hingabe und deiner Opferbereitschaft hast du am Ende den höchsten Score erreicht und wirst erkoren, der Agenda zu dienen.

»Das glaub ich jetzt nicht«, sagte Eve leise.

Adlin und Tessa hatten sich dazu gesellt, legten ihre Hände sanft auf Eves Schultern.

Jetzt sah sie eine erste Reaktion in Thyrons Gesicht. Seine Freude wirkte gekünstelt, er musste begreifen, dass er diesen Sieg nur auf Kosten ihrer gemeinsamen Zukunft errungen hatte. Da war keine Genugtuung zu sehen. Es blieb die kleine Hoffnung für Eve, dass er sich zeit seines Lebens daran erinnern würde, was er getan, oder besser: was er nicht getan hatte.

Jerau hatte sich ebenfalls dazu gesetzt, zog ein dünnes Holz aus seiner rechten Tasche und zündete es an. Der süßlich bittere Geruch zog in ihre Nase.

»Du rauchst?«

»Bei unserer Lebenserwartung ist so ein kleines Laster keine große Bedrohung«, meinte Jerau und zeigte auf den Bildschirm. »Was ist an diesem Kerl so besonders? Wieso wird er plötzlich in die Agenda versetzt? Bisher wurde daraus doch immer ein riesiges Geheimnis gemacht. Komisch, nicht? Gerade jetzt, wo Skepsis aufkommen könnte, dass es die Agenda überhaupt gibt! Dieser Mann ist nur noch ein Werkzeug einer perfekten Illusion und Propaganda, die Version Mensch, die sich die Agenda immer gewünscht hat, ohne Fantasie, im Glauben daran, dass es zu diesem System keine Alternative gibt.«

»Dieser Mann? Das war mal mein Mann«, sagte Eve, stand auf, im Begriff wegzulaufen, doch Tessa hielt ihre Hand fest.

»Wenn Jerau recht hat und ihr langsam von den Implantaten entwöhnt wurdet, ist das genau das, was ich gespürt habe, oder?«, fragte Tessa.

Jerau nickte nur.

»Dann muss Askit mit euch etwas vorhaben, womöglich schon seit einiger Zeit, du weißt wohl am besten, wie komplex es agiert, plant und denkt. Arbeite mit den Kolonisten zusammen. Zieh dich jetzt nicht zurück. Das hilft niemandem, und schon gar nicht Thyron, oder hast du ihn aufgegeben?«

»Ich? Ich habe ihn aufgegeben? Tessa?«, rief Eve empört, den Tränen nahe.

»Er ist auch nur ein Mensch, was kann er dafür?«

»Wie auch immer. Ich lasse es nicht zu, dass an unseren Implantaten geforscht wird! Zusammenarbeit ja, aber nicht so, und Jerau, solange ich das Gefühl habe, dass ihr uns etwas verschweigt schon gar nicht. Eure Motive, *Paradise* zu schaden, sind zu offensichtlich!« Eve setzte sich wieder. Sie lud an ihrem Scanner eine Aufzeichnung hoch, die sie in der verfallenen Wüstenmetropole von den mumifizierten Leichenbergen gemacht hatte und hielt Jerau das Display entgegen. »Kennst du dieses Zeichen?«

Sein Gesicht zeigte Ekel und Angst zugleich.

»Nein. Das habe ich noch nie gesehen.«

»Stimmt es, dass ihr nie Zugang zu den alten Metropolen hattet? Was ist mit den kleineren Städten? Wie wurden die Leichen nach der Katastrophe entsorgt? Was wisst ihr über die Viren, die das alles ausgelöst haben?«

Jerau zog so kräftig an seiner Pfeife, dass die Glut hell aufleuchtete. »Gute Fragen, wir werden sie euch Schritt für Schritt beantworten, und es gibt noch viele Dinge mehr, die uns in der Gegenwart auffallen. Wo bleiben zum Beispiel die Rohstoffe, die die Maschinen aus den alten Städten holen? Zugegeben, die ökologische Regenerationsleistung der Maschinen ist wirklich beeindruckend, aber was passiert mit den Resten?«

Samir nickte ihm zu, auch er schien sich diese Frage schon gestellt zu haben.

»Wir hatten bis vor ein paar Jahren einen beeindruckenden Wissenschaftler hier, der degradiert wurde. Er hatte zum Beispiel ausgerechnet, wie viele Lebensmittel *Paradise* produziert und welche wirklich verbraucht würden. Laut seinen Berechnungen gibt es eine Überproduktion, doch wo bleibt die?«

Eve musste zugeben, dass sie sich darüber nie Gedanken gemacht hatte. Es gab keinen Anlass dazu. Nur Samir hatte einmal darüber spekuliert. Tessa hatte sich die Hand auf die Stirn gelegt und lehnte sich erschöpft zurück.

»Ein zentraler Rohstoff für die Produktion von Solarzellen und Glas ist nun mal Sand, und davon gibt es in Neuseeland nicht annähernd genug. Sollte Askit mit Solarzellen seinen Energiehunger stillen, muss der Rohstoff zuvor in gigantischen Raffinerien gereinigt und aufbereitet werden, was wieder einen hohen Energiebedarf nach sich zieht. Erst durch diesen Prozess lässt sich aus gemeinem Sand das begehrte reine Silizium gewinnen. Aber wie viele Arbeitskräfte braucht dieser Prozess? Wo kommen die Menschen her, und wo wird produziert? Und widerspricht das nicht eurem Ressourcengesetz?«

»Du spekulierst mir zu viel, alter Mann. Askits Selbsterhaltung verstößt gegen kein Gesetz, es ist Bedingung für unser Überleben gewesen, und …«

»Da ist sie, eure Überheblichkeit, liebe Eve.« Nun zeigte sich in Jeraus Gesicht eindeutig Verachtung. »Aber es gibt eine Menge weitere Fragen. Wie wurden und werden die Rohstoffe nach Neuseeland transportiert, wenn es doch angeblich keine Hyperloops oder Schiffsverbindungen dorthin gibt? Und was ist, wenn Askit immer weiter expandieren will, welche Funktion haben die Patriots plötzlich vor unseren Grenzen, gut, ich denke für heute reicht es. Ich zeige euch eure Quartiere.«

»Mir reicht es. Ich gehe morgen an die Grenze. Wenn unsere Implantate funktionieren, dann ist es auch einen Versuch wert, mit Askit in Verbindung zu treten. Ich habe mein ganzes Leben mit Askit verbracht. Seit ich hier bin, werde ich von euch nur mit den Schattenseiten konfrontiert, und wie Samir sagt, woher wissen wir, dass nicht eure Forschungen an den Implantaten für den Geisteszustand der Degradierten verantwortlich sind.«

Adlin hielt sich auffällig zurück, stand auf und ging zu einer Tafel aus Kunststoff, die mit Formeln und Zahlen übersät war. Darüber stand in einer krakeligen Handschrift Askit.

»Was sind das für Zahlen?«

Jerau wandte sich ihr zu. »Das sind Schätzungen, wie viel Energie Askit verbraucht.«

»Wer hat das ausgerechnet?«

»Der alte Pat, aber er ist leider nicht mehr unter uns.«

Eve spürte ein Ziehen in ihren Muskeln, ihr Magen drehte sich um, sie atmete unwillkürlich immer schneller.

Tessa rollten Tränen über ihre Wangen, sie schluchzte, ein keuchendes »Bitte nicht!« entrang sich ihrer Kehle.

»Pat?«, wimmerte Tessa.

»Patrick Legrand. Wieso?«

Eve sog die Luft so schmerzhaft tief ein, dass jeder Versuch zu schreien erstickte. Sie sah nur noch, wie Adlin auf sie zustürzte, bevor sie seitlich vom Stuhl rutschte.

Als sie wieder zu sich kam, stützten Adlin und Samir sie und brachten sie nach draußen. Eve riss sich los.

»Eve …«

»Geht, lasst mich in Ruhe!«

Samir versuchte, Eve am Ärmel festzuhalten.

»Lass mich sofort los!« Eve schubste Samir von sich.

Schlagartig ließ er erschrocken von ihr ab. Auch Adlins entsetzter Blick hielt Eve nicht davon ab, so schnell ihre Beine sie trugen Richtung Wald zu laufen. Sie erreichte hinter den Bäumen einen Aufstieg. Der Mond leuchtete einen Hügel aus. Auf allen vieren kroch sie stolpernd weiter, bis ihre Lungen brannten, ihr Scanner schlug wegen des erhöhten Ozongehaltes in der Luft Alarm. Als sie oben angekommen war, ließ sie sich gefährlich nahe an einem Abhang in eine Mulde aus Gras und Sand fallen, kauerte sich zusammen und schrie ihren Schmerz heraus. Vor ihrem inneren Auge ließ sie die letzten Bilder und Erinnerungen von dem Tag, als ihr Vater sie aus dem Medilab nach Hause brachte, Revue passieren. Er hatte sie in Tessas Arme gelegt und sich mit einem Lächeln verabschiedet, das so viel Kraft, Zuversicht, Sicherheit und Freude ausgestrahlt hatte. Ein Abschied, der, wie alles, eine Lüge war. Eves Kopf glühte, ihre Hände gruben sich in den Sand. Tränen trübten ihren Blick. Am liebsten würde sie sich das Implantat herausreißen, ihr Blick wanderte nach unten auf die Felsen, die Tiefe entwickelte einen so unheimlichen Sog, dass sich Eve weiter nach hinten setzte. Sie hörte Schritte. Hölzer knackten. Sie bewegte sich nicht, spürte, wie sich jemand neben sie setzte.

»Es ist fürchterlich, wenn man so vom Leben überrollt wird!«, sagte Ronan mit ruhiger, sanfter Stimme.

Eve brachte kein Wort heraus. Eigentlich sollte sie sich freuen, dass ihr Vater doch noch ein Leben gehabt hatte, aber was für eins?

»Ich kann meine Gefühle kaum regulieren.«

Ronan lächelte. »Wer kann das schon in dieser Situation?«

»Wir Zombies!«

»Ich habe das nie gesagt, aber jetzt weißt du, wie ihr auf uns wirkt. Du wirst Zeit brauchen, Eve!«

Sie hörte wieder Schritte, langsamer diesmal, und ein leichtes

Keuchen. Es war Jerau. Eve hob den Kopf, ein leichter Wind kühlte ihre nassen Wangen.

»Warum hat er nie versucht zurückzukehren?«

Der alte Jerau setzte sich ihr gegenüber. »Er konnte nicht zurückgehen, aber er hat …«

»Er hätte in das Programm für die Rückkehrer gehen können, anstatt hier einen aussichtslosen Heldenkampf zu führen. Er hat mich und Tessa im Stich gelassen!«

»Es gibt dieses Programm nicht, das ist nichts als Propaganda. Wenn du einmal aus *Paradise* verjagt wurdest, bist du nichts mehr als eine nutzlose ressourcenfressende Nummer. Was wäre für dich schmerzhafter gewesen: zu wissen, dass dein Vater gestorben oder unerreichbar in den Kolonien ist? Hättest du Askit so angenommen?«

Die Tatsachen sprachen für sich. Die Erkenntnis schnürte ihr den Hals zu. Askit! Nur eine Maschine, die sie und ihren Vater in irgendeinem neuronalen Prozessor vermutlich längst abgehakt hatte. Vielleicht war ihr Schicksal nichts weiter als ein kleiner Fehler in einem gigantischen Algorithmus.

»Dein Vater hat sein ganzes Leben darauf verwendet, einen Weg zu finden, um *Paradise* zu befreien. Es ist gut zu wissen, dass du seine Tochter bist. Patrick verfügte über ein hohes Ansehen, in beiden Welten. Aber du solltest von den anderen nicht allzu viel Mitgefühl erwarten. Seit Jahrzehnten ist *Paradise* eine einzige Mauer, hinter der sich der Wohlstand breitgemacht hat, während wir unserer Lebensgrundlagen beraubt werden. Ohne die Degradierten hätten wir das womöglich nie erfahren. Aber jetzt seid ihr hier, und Askit hat euch viel Freiraum für eine eigenständige Entwicklung gelassen, ich möchte euch inständig bitten, arbeitet mit uns zusammen. Geh zu deiner Mutter, sie braucht dich jetzt!«

Ronan lehnte sich nach vorne und sah Eve tief in die Augen.

»Du bist mit deinem Schmerz nicht allein, alle Menschen hier haben Verwandte, Kinder, Frauen und Männer verloren.«

»Und wen hast du verloren?«

»Meine Frau. Sie ist eines Tages nicht mehr aus dem Wald zurückgekehrt. Wir müssen akzeptieren, dass ein sicheres Leben hier draußen nur eine Illusion ist. Ich habe nicht viel von der Vergangenheit verstanden, aber durch die Gier nach Sicherheit und Reichtum haben unsere Vorfahren ihre und unsere Lebensgrundlage verspielt. Askit und die Agenda haben euch betrogen. Das Klima wird sich nach unseren Berechnungen in den nächsten zehntausend Jahren nicht mehr erholen. Wir sind nicht einmal sicher, ob es nicht sogar noch wärmer wird.«

Eve erhob sich langsam. »Was wisst ihr wirklich über die Klimaentwicklung? Ich meine, ihr wollt mir doch nicht erzählen, dass ihr das besser berechnen könnt als Askit?«

Jerau nickte. »Nein, das können wir nicht, aber wir sehen hin und fühlen. Seit über einem Jahrzehnt nehmen die Anzeichen dafür zu: größere Brände, noch längere Hitzeperioden. All das habt ihr in *Paradise* nicht mitbekommen, da ihr nicht einmal auf die Idee gekommen seid, es zu hinterfragen. Wir konnten beobachten, wie die Zahl der Roboter zugenommen hat, um noch mehr aufzuforsten, um die Brände zu löschen. Was wäre, wenn wir zusammenarbeiten würden? Unsere Lebensweise ist jedenfalls keine Bedrohung mehr für das Weltklima!«

Vor ihrem inneren Auge tauchte auf einmal Pellengrey auf. Was hatte er gewusst, was hatte diese fast melancholische Stimmung in ihm ausgelöst? »Eines verstehe ich nicht, warum hat Askit euch nicht in die alten Städte gelassen?«

Jerau zündelte wieder an seiner Pfeife. »Es ist nicht ganz richtig, dass wir nie Zugang hatten. Aber es gab dort kaum etwas zu holen. Wir vermuten, dass bereits wenige Jahre nach der Katastrophe die verlassenen Städte immer das gleiche Schicksal erlebten. In den ersten Jahrzehnten nach dem Krieg wurde die

Welt von Stürmen, Überflutungen und extremen Hitzeperioden gebeutelt. Das überforderte alle Materialien. Erst zerbröckelten Fassaden, Stahlträger gaben nach, Beton wurde zu Staub, und brennbare Materialien lagen frei. Es reichte ein Blitzeinschlag, ohne Feuerwehren und Menscheneinsatz gerieten die Feuer außer Kontrolle. Unsere Vorfahren sprachen davon, dass die Städte über Jahre den Nachthimmel erleuchteten. Habt ihr in *Paradise* jemals darüber nachgedacht, was das an schädlichen Treibhausgasen zusätzlich freigesetzt hat? Für uns war eines der größten Probleme, dass wir keinen Raum fanden. So wie *Paradise* weit weg vom Äquator und den Todeszonen aufgebaut wurde, blieb auch den Kolonisten nichts anderes übrig. Die andauernde Hitze, die schlechte Versorgung ließ uns jahrzehntelang fliehen, und diesen Strapazen konnten viele nicht standhalten. Am Ende beschlossen unsere Ältesten genauso wie Askit eine Geburtenkontrolle, da die wenigen Nahrungsmittel es nicht anders zuließen. Am Anfang akzeptierten die Kolonisten, dass viele der von Askit getroffenen Maßnahmen zwingend logisch waren, aber wer hat sich die Selektion durch den Scan ausgedacht? Das klingt für mich eher nach einer allzu menschlichen Entscheidung.«

Eve hatte die Bilder der Kolonie in Nevada vor Augen. Sie mochten anders sein, aber auch sie hatten Wege gefunden, mit der neuen Lage umzugehen, und wer gab *Paradise* und der Agenda das Recht, sie zu vertreiben und sie ihrer Rohstoffe zu berauben?

»Ja und Nein, Jerau, es wurde zwar von Menschen programmiert, hat sich dann selbst weiterentwickelt. Ich denke, grundsätzlich war die Idee der Reinsten aus Askits Sicht eine logische Bedingung. Mit welchen Eigenschaften hatte sich der Mensch beinahe zerstört, und welche Eigenschaften würden das in Zukunft verhindern, und wie garantiere ich das. Das klingt für mich logisch und nach einer verdammten Maschine.«

Jerau rauchte sein Holzstück und schaute in den Nachthimmel. »Dein Vater hatte noch ganz andere Vermutungen. Geh jetzt zu Tessa, sie ist völlig fertig. Ruht euch aus und denkt darüber nach, was wir tun können. Wir stellen euch morgen alle anderen Ergebnisse unserer Nachforschungen vor und klären, was dieses Zeichen auf der Haut der Toten zu bedeuten hat.«

Eve fasste sich an ihre heiße Stirn. Es war bereits Nacht geworden, aber das Adrenalin tat seine Wirkung, und als wäre Ronans Verdacht einer weiteren Eskalation des Klimawandels schon wahr geworden, betrug die Temperatur immer noch 35 Grad. Jeraus Augen strahlten Müdigkeit und eine tiefe Traurigkeit aus.

»Ich kann euch noch nicht vertrauen. Ich will nicht einfach alles glauben!«

25

27. SEPTEMBER,
ASKIT CITY, NEUSEELAND

Levar saß allein in einer alten Versorgungseinheit für die Beschützer und blickte durch große Fenster auf das stürmische Wetter über der Stahlkuppel von *Askit City*. Der Himmel war mit dunklen Wolken verdeckt, und es regnete seit Stunden in Strömen. Über dem Meer tobte ein Hurrikan, dessen Wucht die Hallen bedrohen könnte, sollte er das Land erreichen. Er hatte mehrmals Elons Drängen sich zu melden ignoriert. Er wusste nicht, was beunruhigender an dem Dialog mit Askit war, aber dass die Reinsten nicht den Platz der Gründer einnehmen dürfen, klang auch ohne jeden bedrohlichen Unterton wie eine Warnung. Was hatte das wirklich zu bedeuten? Einen Aufstand konnte Askit in Sekunden niederschlagen. Oder bedeutete es, dass die Reinsten nicht die Eigenschaften der Gründer annehmen sollten?

Wie sollte er Askits Antworten einordnen? Es war nicht nur der Inhalt, es war auch das *Wie*, dieser kurze abgehakte, primitive Sprachstil, als hätte Askit eine massive Störung. Wieder sah er ein Signal von Elon, das er diesmal auf seinem Display annahm. »Was ist mit dir los, Levar. Wo steckst du? Wir erwarten dich im kleinen Saal.«

»Ich komme!« Als er langsamen Schrittes den Hangar durchquerte, donnerte der Wind an die Wände. Zahlreiche Solarjets waren hier stationiert; eine solche Betriebsamkeit hatte er in all den Jahren noch nie beobachtet. Im hinteren Teil der Halle führten die schweigsamen Beschützer Wartungen durch, alle Ladestationen waren besetzt.

In den letzten Tagen überwogen Elons Sorgenfalten seine beständige Heimlichtuerei. Bei seinem nächtlichen Besuch hatten Elons Augen verraten, dass die Nachfolger der Gründer tatsächlich über keinerlei Optionen verfügten, um Askit zu stoppen oder gar abzuschalten.

Levar war sich sicher, dass die Gründer mehr Macht hatten, als sie alle ahnten. Was sonst sollte erklären, dass ausgerechnet seine treuen Soldaten, wie Askit die Gründer bezeichnete, sich nicht einem Scan stellen mussten, kein Implantat trugen und so nichts von sich und ihren Motiven preisgeben mussten? Aber nun schien sich das alles aufzulösen.

Mit einem gereizten Magen und leichter Übelkeit näherte sich Levar wieder dem Saal der Agenda. In diesem Moment rammte ihm Elon beinahe die Tür an den Kopf und stand mit hochrotem Gesicht ihm gegenüber. Nur kurz erhaschte er einen Blick in den Saal. Sergei diskutierte wild mit einigen Frauen und Männern, die Levar nicht kannte.

»Ich hab dich gesucht. Wie hat Askit reagiert?«, fragte Elon und schloss eilig die Tür hinter ihnen und lotste Levar zum Ausgang.

Nur zögerlich teilte Levar Askits merkwürdige Reaktionen mit Elon, der dann erzählte, dass auch Marisa und zwei andere der Reinsten keinen Kontakt mehr zu Askit herstellen konnten.

Elon ließ sich auf eine Stahlkiste neben einem Solarjet nieder, schlug die Hände auf seine Knie und schaute mit einem tiefen Seufzer in den Himmel. »Es hat die Kommunikation beendet! Aber wie kommt es darauf, dass die Reinsten unseren Platz einnehmen könnten. Wir sind nicht nötig, um das primäre Ziel zu erreichen. Gut, das ist nur eine variable Aussage. Tatsächlich sind wir wissenschaftlich betrachtet für die Fortsetzung der

Evolution nicht notwendig. Es weiß, dass es ohne uns … Verdammt, Levar, will es uns etwa sagen, dass es die Reinsten testet, um uns zu ersetzen?«

»Nein, nein. Es hat gesagt, es muss sicherstellen, dass die Reinsten nicht den Platz der Gründer einnehmen. Ich verstehe das nicht.«

»Wir müssen zurück in den Saal. Inzwischen dürfte die Luft wieder rein sein!«

»Wie …«

»Der Rat hat gerade nicht die beste Laune, wie du dir denken kannst. Es ist an der Zeit, dass du verstehst, warum wir nichts ausrichten können. Warum Leute wie Sergei die Nerven verlieren.«

In zwanzig Jahren hatte es keinen Moment gegeben, in dem Elon einen Einblick gewährt hatte oder gar Interesse daran hatte, dass Levar oder die Reinsten ihm und dem restlichen Rat vertrauten. Beständig war nur das Gefühl, dass ihre angeordnete Präsenz ihnen Angst machte. Irgendwann hatte Levar aufgegeben herauszubekommen, wer oder was verantwortlich für die Ordnung zwischen Gründern, *Paradise* und den Kolonien war. Für die Menschen in den acht Metropolen gab es keinen Grund, die Gesetzmäßigkeiten zu hinterfragen. Die Errungenschaften der letzten Jahrzehnte ließen sich auch nicht von der Hand weisen.

Skepsis war die Natur des Widerstandes gegen Askit. Aber Skepsis war für den neuen Menschen, nanotechnisch optimiert, gesund und überdurchschnittlich intelligent, der Gipfel der evolutionären Optimierung, undenkbar.

Askit hatte die Religionen verboten, sich selbst nahezu zu einem Gottersatz entwickelt, und nun schien alles in einer finalen Frage zu kulminieren: Blieb Askit ein sanftmütiger Übervater, oder hatte Levar gerade das letzte Gespräch mit einem

Racheengel geführt? Wenn ja, gegen wen würde sich die KI richten? Er schüttelte den Kopf, so abwegig erschien ihm die Idee.

Elon schaute in den Saal hinein und gab Levar das Zeichen einzutreten. Levar erhaschte noch einen Blick auf Sergei, der im Laufschritt um eine Ecke bog und verschwand. Beschützer gingen geräuschlos an ihnen vorbei.

Elon ging zum Konferenztisch, an dem eben noch die Agenda getagt hatte, und öffnete einen der Holoschirme. Eine kreisrunde Grafik mit einzelnen farblich differenzierten Fragmenten, einer menschlichen Iris ähnlich, nur perfekter angeordnet, baute sich auf. Elon setzte sich davor, nahm einen Krug und schüttete sich ein Glas Wasser ein. Er war jedoch so auf die Grafik fixiert, dass er nicht bemerkte, wie sich eine Pfütze auf dem Tisch bildete. Er fluchte leise und trank hastig einen Schluck.

Levar setzte sich neben ihn.

Mit der rechten Hand zog Elon über den Holoschirm. »Das ist Askit: schätzungsweise fünfzig Millionen Prozessorkerne, die Position und Zahl der Server. Ein inzwischen auf 5 Gigawatt angewachsenes Solarkraftwerk mit einer Fläche von 20 Quadratkilometern, umringt von einem Kraftfeld und Kampfrobotern, die sich autonom warten und mit Energie versorgen.«

Levar hatte keine Ahnung von der Technologie und schaute Elon fragend an. Elon deutete wieder auf die Simulation von Askits Systemarchitektur.

»Sprich weiter!«

»Askit ist unangreifbar! Das gilt auch für das Feld. Für den Transfer eines Quantenzustandes von einem zum anderen Knoten existiert ein Netzwerk von Quantenrepeatern. Nur hier wäre theoretisch eine Schwachstelle in der Hardware vorstellbar, aber auch das hat Askit unter Kontrolle. Die Infrastruktur ist durchaus vergleichbar mit dem sogenannten Internet des 21. Jahrhunderts, wenn es auch gänzlich anders funktioniert. Wenn man so will, ist *Paradise* wie ein morphogenetisches Feld aus Billiarden informierter Lichtteilchen. Wer an diese Daten herankommen will, müsste zunächst den Quantenzustand messen. Beim Messen aber verändert sich eben dieser Zustand, was Askit in Lichtgeschwindigkeit bemerkt. Deswegen hat Marisa recht, es gab keinen Angriff«, sagte Elon und bestätigte damit Marisas Verdacht, dass Askit den Kontakt zu einem Degradierten in der iberischen Wüste selbst gesucht hatte, dass die Degradierung der Reinsten eine Selektion war, die eine unvermeidliche Frage aufwarf: Warum degradierte Askit die Reinsten mit dem höchsten Potenzial?

Beide Männer schwiegen. Nur das leise Pfeifen der Klimaanlage war zu hören. Elon faltete die Hände zusammen und rückte näher an den Tisch heran, trank einen weiteren Schluck Wasser.

»Was willst du mir damit sagen, Elon?«

»Das menschliche Gehirn besitzt fünfundachtzig Milliarden Nervenzellen, Neuronen feuern ständig Impulse, und wie du weißt, können wir nur so lernen und vor allem abstrakt denken. Askits neuronales Netzwerk hat sich aber in einem Ausmaß weiterentwickelt, das wir nicht mehr kennen, da es uns keinen Einblick gewährt. Wir haben schlicht kein Verständnis mehr dafür. Schon kurze Zeit nach seiner Initialisierung hat es sich, ähnlich wie ein lebendiger Organismus, ein Universum möglicher Szenarien erdacht, wie es sich selbst schützen kann. Ich weiß, dass du immer wieder mit dem Gedanken gespielt hast, ob wir Askit von außen stoppen können. Uns wird das nicht gelingen, vielleicht können es am Ende die Reinsten erreichen!«

»Wie kommst du darauf?«

Elon stand auf, blickte Levar mit leeren Augen an, ging zu einem Schrank, öffnete ihn, nahm eine Dosis Proteine heraus.

»Du auch?«

»Nein, danke!« Elon trank den hellen Cocktail in einem Zug

aus. Er ging nervös umher, schaute an die Decke, rieb sich die Wange.

»Sollte Marisa recht haben, und davon gehe ich inzwischen aus, dann arbeitet Askit mit multipolaren Bewusstseinszuständen, indem es voneinander getrennte neuronale Netzwerke erschaffen hat, und zwar über Jahre oder gar Jahrzehnte, ohne dass wir es gemerkt haben. Jedes für sich allein kann autonom agieren und unterschiedliche Ziele verfolgen, auch, um Widersprüche in seiner eigenen Ethik zu integrieren. Die Dinge überschlagen sich nun. Während es in *Paradise* agiert wie üblich, zieht es nahezu alle Drohnen und Patriots an den Grenzen zusammen. Sie stehen da wie Monolithe, die nur darauf warten …«

»Worauf? Uns zu vernichten?«

»Wenn ich es wüsste, Levar, wenn ich es wüsste. Diese verdammten Kolonisten. Sie sind aus ihrem Mangel heraus wie Tiere bereit, alles und jeden zu opfern, nur um sich *Paradise* einzuverleiben.«

»Das wäre ihr eigener Untergang.«

»Möchtest du einem hungrigen Löwen erklären, dass die letzte Gazelle gerade vor ihm steht? Wir müssen verhindern, dass Legrand und die anderen weiter manipuliert werden und auf die Kolonisten hereinfallen. Sie werden ihnen die schaurigsten Geschichten über uns erzählen. Wenn Eve Legrand für Askit immer noch eine Reinste ist, dann ist die größte Gefahr ihre Glaubwürdigkeit. Askit könnte Opfer seines eigenen Algorithmus werden und die Reinsten einsetzen, um ein Dilemma zu lösen. Askit kann Werte nicht nachempfinden, aber die Reinsten sind die höchstmögliche Annäherung an seine Werte-DNA. Wenn die Kolonisten Legrand nun mit falschen Informationen versorgen, könnte sich Askit gegen die Agenda und am Ende gegen uns alle stellen. Verdammt, es ist alles so irritierend.«

»Hörst du, was du da gerade sagst? Du redest, als wäre Askit ein Mensch, der Vertrauen sucht!«

Levar hatte das Gefühl, zum ersten Mal den Elon Pike zu erleben, der er wirklich war. Seine Wangen waren eingefallen, seine Hände zitterten, die für sein Alter und trotz der Narben unnatürlich glatte Haut glänzte schweißgebadet. Elon mochte noch vieles verschweigen, doch seine zusehends zittrige und gebrochene Stimme verlieh ihm mehr Integrität. Kurz hatte Elon einen Ausdruck von einem besorgten Großvater, der Angst um seine Kindeskinder hat, vor einem totalen Kontrollverlust.

»Elon, selbst wenn dem so wäre und Askit in dieser Legrand einen Verbündeten sieht, warum schickt es dann ausgerechnet Thyron Hawk in die Agenda?«

»Du denkst linear, das kann alles bedeuten. Wir müssen ihn auf unsere Seite ziehen. Er könnte der Schlüssel sein, um uns die Loyalität der Menschen in *Paradise* weiter zu sichern, und vielleicht reicht das Band zwischen den beiden auch noch dafür, um Eve Legrand … Ach, wie auch immer. Die Agenda muss jetzt ein Gesicht bekommen! Es ist sinnlos zu hoffen, dass Askit morgen wieder zu seiner Routine zurückkehrt.«

»Warum hat es die Rolle der Gründer ohne den üblichen Tiefenscan als Kontrollmittel akzeptiert?«

Elon hatte einen Ausdruck im Gesicht, als wäre ihm plötzlich alles gleichgültig. »Wir sind in Askits Wertematrix seine Schöpfer. Nur durch den Akt dieser Schöpfung existiert es. Aber es war ein Kompromiss, dass nur die Reinsten die Schnittstelle zwischen Mensch und Maschine sein werden.«

Levar schwieg einen Moment. Hatten sie deswegen nie Zutritt nach *Askit City* bekommen? Was sollte diese ganze Angst? Was wäre, wenn Askit weitaus mehr wusste, als die Gründer vermuteten, wenn es wegen der Gründer oder ihrer Stadt einen ethischen Konflikt gab? Was würde eine künstliche

Intelligenz tun? Sie würde Daten sammeln, um zu einer neuen Bewertung zu kommen.

»Du wirst noch früh genug erfahren, dass wir die Zeit hier und in *Askit City* genutzt haben, zum Wohle aller. Wir müssen einen Weg finden, Eve Legrand und ihre Freunde aus den Fängen der Kolonisten zu befreien. Dass wir heute überhaupt noch existieren, grenzt an ein Wunder. Trotz allem, die Welt, die du von Kindesbeinen an erlebt hast, ist eine surreale Adaption einer künstlichen Intelligenz, der wir uns angepasst haben, nicht umgekehrt. Wir haben große Fehler in der Vergangenheit gemacht, und das ist unsere Erblast, aber wir müssen jetzt handeln.«

»Wie willst du diese Eve auf unsere Seite ziehen?«

»Mit der ungeschminkten Wahrheit, Levar, womit sonst? Dem wird Eve Legrand nicht widerstehen können. Gegen den Antrieb des Überlebens kann sich kein Mensch wehren«, sagte Elon, hob seinen Arm mit dem Kommunikator und befahl: »Startet!«

Bevor Elon die Tür erreichte, stand schon einer der Beschützer vor ihm, der an Elon vorbeiging und Levar wortlos einen Zettel und einen Speicherkristall überreichte.

Levar schaute ihn fragend an.

Der Beschützer öffnete einen Holoschirm, nickte einmal langsam zur Seite und übertrug eine Filmsequenz: Roger David Pellengrey lag am Boden. Er war gestorben. Der Beschützer drehte sich wortlos um und ging wieder hinaus.

Levar las die Nachricht. Es gab nur noch wenige Menschen, die überhaupt eine leserliche Handschrift zustande brachten. Levar ging zu einem Holoschirm und öffnete Pellengreys Datenbank. Eine Klimasimulation war zu sehen. »Elon, das kommt aus *Deep Water*! Roger! Er hatte schon einmal Andeutungen gemacht, dass Askit bei der Berechnung der letzten Klimaprognosen an seine Grenze gelangt sei, dass angeblich bald

Faktoren eintreten würden, die Askit nicht berechnen könne, und hier hat er dazu die Daten geliefert«, sagte Levar.

In der Sekunde schreckte Elon zusammen. »Was ist ihm widerfahren?«

»Die Daten seiner Nanobots melden einen Herzinfarkt. Er war über achtzig, Elon.«

»Wo ist seine Leiche?«

»In *Deep Water*, denke ich. Glaubst du, dass er ermordet wurde?«

»Wir müssen das genau wissen. Er war der wichtigste Baustein in der Klimaforschung. Wir müssen die Daten sofort auswerten. Ich trommle alles an Wissenschaftlern zusammen, die uns zur Verfügung stehen!«

Den Mitgliedern der Agenda war bewusst, dass alle Bemühungen, das Klima zu regulieren, jederzeit noch scheitern konnten. Die größte Bedrohung stellte der unaufhaltsame Verlust von Eis in der Antarktis und des Permafrostes dar. In den Böden lagerten noch Billionen Tonnen Kohlenstoff und Methan. Die Erde hat bereits fünfmal ein großes Aussterben erlebt. Die meisten davon gingen auf das Konto von Klimaveränderungen. Zuletzt hatte vor zweihundertzweiundfünfzig Millionen Jahren das Kohlendioxid den Planeten zunächst um fünf Grad erhöht. Als sich in der Folge das Methan der Arktis auflöste, stieg die Temperatur noch mal um acht Grad und löschte 97 Prozent allen Lebens auf der Erde aus. Nach ein paar Millionen Jahren kühlte sich der Planet wieder ab, und es setzte sich eine neue Evolution durch. Waren die Anstrengungen der letzten hundertfünfzig Jahre zu positiv berechnet worden und in Anbetracht der gewaltigen Komplexität ein viel zu kleiner Zeitraum?

»Das ist es also. Das verändert alles. Was wäre Askits Plan, wenn es diese Daten kennt, oder besser gesagt, was bedeutet es, wenn Pellengrey recht hatte?«

Elon rieb seine Hände, als wäre ihm kalt, er starrte auf die Simulation, die zeigte, dass sich die Wüste immer weiter ausbreitete. *New Paris* und *Hope* wären schon in wenigen Jahren nicht mehr zu halten, die anderen Metropolen würden höchstens noch zwanzig oder dreißig Jahre existieren können. Konnte es sein, dass sich Askit verrechnet hatte?

»Ohne die Verbindung zu Askit sind wir nur noch Zuschauer. Wir brauchen Thyron Hawk und Eve Legrand hier vor Ort, bitte glaub mir! Gemeinsam müssen wir ihn davon überzeugen, dass er verhindert, dass Eve Legrand sich gegen *Paradise* oder die Agenda stellt.«

»Hat Pellengrey am Ende dieses ganze Chaos ausgelöst?«

»Ich bitte dich, das ist doch lächerlich, Levar!«

»Was zum Teufel verheimlicht ihr uns? Was ist in der Vergangenheit geschehen? Was könnte es darüber hinaus noch entdecken? Elon? Ihr habt etwas getan, das Askits Ethik sabotiert hat!«

»Nein! Tu, was ich dir sage, Levar! Alles hängt davon ab, vor allem für euch Reinste!«

26

27. SEPTEMBER, EUROPÄISCHE KOLONIE

Von der Decke surrte ein ungewohntes Geräusch, die Temperatur war angenehm kühl. Eve blickte mit geschwollenen Augen auf eine alte Klimaanlage. Sie setzte sich auf, band mit leerem Blick ihre Haare zusammen. Jemand hatte ihr ein helles Baumwollkleid auf einen Stuhl neben den Eingang gelegt. Sie zog es über und ging in den Flur.

Sie hatte letzte Nacht wortlos in Tessas Armen gelegen. Der Schmerz war überwältigend gewesen, ihre ganze Welt brach zusammen, als wäre Patrick zweimal gestorben. Noch in der Nacht hatte ein Mediziner Tessa mit weiteren Medikamenten und Kräutern versorgt. Dann war Eve wie in Trance irgendwann in diesem Zimmer eingeschlafen.

Sie öffnete vorsichtig die Tür, sah, dass Tessa noch friedlich schlief. Auf Zehenspitzen ging sie weiter. Ein Bad war nicht zu sehen. Sie schob eine schwere Holztür auf und stand unter einer von Pflanzen überwucherten Veranda mit Blick auf eine Sandstraße und umliegende helle Häuser. Ronan und Jerau hatten versucht, sie zu trösten, hätte sie nicht irgendwann die pure Erschöpfung übermannt, hätte sie kein Auge zugetan. Schon wieder tauchten diffuse Bilder in ihrem Kopf auf. Ihr Vater musste gewusst haben, welches Risiko er einging, als er ihr das letzte Mal in die Augen gesehen hatte. Aber selbst das war nur noch eine verblasste Erinnerung.

Die Luft roch nach Moos und feuchter Erde. Sie streckte und dehnte sich. Die umliegenden Häuser waren allesamt mit Pflanzen überzogen oder weiß getüncht. Der dichte Wald hüllte alles ein und war durch Trampelpfade oder kleinere Verkehrswege durchzogen. Im Mondlicht waren ihr Türen aufgefallen, die in einem leichten Winkel aus dem Boden herausragten. Die Kolonisten hatten ihre Lebensräume oder Lager unter die Erde verlegt. Die Vegetation, die hier angelegt wurde, war nicht natürlich für diesen Breitengrad. Ähnlich wie in *Paradise* war es ihnen gelungen, hitzeresistentere Pflanzen anzusiedeln.

Eve kontrollierte ihren Scanner. Es war schon kurz vor zehn Uhr, und anders als in den Metropolen nahmen die wenigen Menschen, die unterwegs waren, kaum Notiz von ihr. Sie drehte sich um und erschrak. »Samir!«

»Wie geht es dir?«

»Versuch nicht, mich je wieder festzuhalten!«

Samir hob den Kopf in den Himmel, seine hohe Stirn glänzte in der Sonne. »Okay, ist gut. Ich werde es mir merken.«

Adlin begrüßte Eve mit rot unterlaufenen müden Augen. »Und? Wie geht es deiner Mutter?«

»Ach, Adlin. Ich weiß nicht. Tessa schläft noch. Ich kann nicht fassen, dass Askit mir das verheimlicht hat.« Eve zuckte mit den Schultern und knirschte mit ihren Zähnen.

»Askit hat es nicht verheimlicht, Eve. Es hat es entschieden, das ist ein Unterschied. Wir fühlen uns alle ziemlich verloren. Komm! Wir haben ein paar der Wissenschaftler kennengelernt. Jerau hat uns angeboten, dass sie uns helfen, mit Askit wieder in Verbindung zu treten, und sie wollen ihr Wissen mit uns teilen. Hören wir ihnen zu.«

Eve nickte widerwillig. »Wo ist Ronan?«

»Keine Ahnung.«

»Was macht deine Kopfwunde?«

»Nicht wichtig.«

Eve wunderte sich über Ronans Verhalten in den letzten Tagen. Er war grob, ziemlich von sich selbst überzeugt, und doch hatte er sich schnell schützend vor sie gestellt, als sie in der Kolonie auf Marta getroffen waren.

»Ronan scheint dich zu mögen.«

»Adlin, bitte, das ist nicht der richtige Zeitpunkt. Sein Engagement ist Ausdruck von Mitgefühl. Trotz aller Grenzen, die zwischen uns stehen.«

Adlin senkte ihren Kopf, ihr Gesicht rötete sich. »Ich wollte dich nur aufmuntern.«

Sie gingen weiter und passierten eine Reihe von Glaskonstruktionen, die in ihrer Funktion schwer einzuschätzen waren.

»Was ist das alles?«

»Bekannte Technologien, intelligent kombiniert«, sagte Adlin und führte Eve zu einem Haus, vor dem eine der zwanzig Meter hohen Konstruktionen aus Glas und Holz stand. Die Beschichtung war eine Mischung aus reflektierendem Glas und Solarzellen. Bis an die Decke übereinandergestapelt, wurde jeder Zentimeter für Gemüse und Obstanbau genutzt. Samir pflückte sich ein Radieschen.

»Meistens gibt es in den Kolonien in kleineren Einheiten immer drei Bereiche: Nahrungsmittelherstellung, Wasser- und Energieversorgung. Ein Teil des gewonnenen Stroms wird für die Klimatisierung der Gewächshäuser genutzt. Im hinteren Bereich ist eine Fischzucht, die mit der Pflanzenkultivierung aus der Hydrokultur kombiniert wird. Die Exkremente des Fisches nutzen sie als Dünger für die Pflanzen, da die Böden nichts mehr hergeben«, erklärte Samir voller Bewunderung.

»Du erklärst das, als wärst du hier zu Hause«, sagte Eve und sah, wie Samir die Augen verdrehte.

»Nein, aber die Hälfte der Nahrungsmittel in *Paradise* werden ähnlich hergestellt«, erklärte Samir säuerlich und kaute weiter.

»Und das Wasser?«

»Sie klauen es«, antwortete Adlin lachend.

»Wie bitte, was?«

»Askit merkt nicht alles, Eve. Die Transporttunnel aus den Entsalzungsanlagen des Atlantiks werden nicht kontrolliert, und wir produzieren solche Mengen, dass es niemandem aufgefallen ist.«

Seit ihrer Ankunft konnte Eve endlich für einen Moment befreit lachen und bewunderte Adlin für ihre ungebrochene Neugier.

»Eve, diese Menschen sind hochbegabte, sehr disziplinierte Recycler. Jerau hat die halbe Nacht damit verbracht, uns alles genau zu erklären. Sie wurden wie Tiere ausgegrenzt, nur weil Askit oder die Agenda bis heute davon ausgehen, dass sie uns zur Last fallen würden oder psychisch nicht integrierbar seien, dabei haben sie aus der Katastrophe viel gelernt. Ich denke, sie haben es verdient, dass wir ihnen zuhören«, sagte Samir fordernd.

Für Eves Geschmack schwärmte er zu intensiv weiter. Davon, wie die Menschen hier mit dem Nötigsten zufrieden waren, stolz auf ihre eigenen Leistungen. Davon, dass sie trotz aller Strapazen Zeit für Kunst, Musik und vor allem für die Familie hatten, dass sie zufriedener und vor allem frei von jeglicher Kontrolle lebten. Gerade als Samir seinen Redeschwall fortsetzen wollte, erreichten sie einen Platz, wo viele leicht und hell bekleidete Menschen unter Sonnensegeln einigen Gestalten auf einer Bühne zujubelten. Das Bühnenbild zeigte eine merkwürdige übergroße Nachahmung, die in etwa dem Konterfei von Askit entsprach. Die Schauspieler machten sich offensichtlich über Askit lustig und verneigten sich in alten ausgemusterten Thermoanzügen vor der Menge.

»Was ist das?«

»Ich hab keine Ahnung, aber es scheint ihnen Freude zu bereiten«, antwortete Adlin.

Neben der Bühne waren Tische und Bänke aufgebaut. Menschen lachten. Ein Kind mit zerzaustem Lockenkopf kam auf sie zu und strahlte mit einem so liebevollen Lächeln, dass es Eve ansteckte. Die atemberaubende Geschwindigkeit, mit der sich alles verändert hatte, ging nicht spurlos an ihnen vorbei. Von der Bühne erklang Musik, ein junger Mann mit langen, zotteligen Haaren begann, ein beliebtes Lied zu singen, ein kurzer, aber frenetischer Jubel setzte ein. Sie schlenderten zu einem überdachten Stand, der Gemüse und Obst feilbot. Eine junge Frau reichte Eve einen Saft und nickte eingeschüchtert. An einem der Tische wurde laut diskutiert, die Menschen lachten und wurden mit Getränken versorgt.

»Ich brauche kurz etwas Zeit für mich«, entschuldigte sich Eve und setzte sich ein paar Tische entfernt allein vor die Bühne. Die Musik endete, ein Moment der Stille trat ein. Eve fiel auf, dass die Kolonisten ihr und den anderen Reinsten weitaus weniger Beachtung schenkten als die Kolonisten in Nordamerika. Kein einziger böser Blick hatte sie diesen Morgen gestreift. Sie legte ihren Kopf in den Nacken, und kurz verlor die Aussicht, nicht mehr nach *Paradise* zurückzukehren, ihren Schrecken. Wie wäre es, wenn sie mit Tessa hier leben würde? Waren die Menschen hier aufgeschlossener, weil sie schon mit so vielen Degradierten in der Vergangenheit Kontakt hatten? War es möglich, hier ein neues Zuhause zu finden? Hatte man sich hier mit Vertriebenen arrangiert? Wie würde ihr Leben nun weitergehen? Sie, Samir und Adlin brachten eine Menge Wissen mit, das sie hier einsetzen könnten. Sie wären für sich selbst verantwortlich und frei. Das Wort war ihr noch nie so ins Bewusstsein gekommen. Eine ältere Frau mit langen, schütteren Haaren, einem bunten Kleid und einer verschmutzten Schürze setzte sich zu ihr.

»Du bist eine der Neuankömmlinge, ja?«

»Ja, ein Frischling sozusagen.«

»Du hast Humor. Ich hab Jahre gebraucht, um den wieder zu finden.«

»Du bist eine Degradierte?«

»Mein Mann und ich, ist schon eine Ewigkeit her«, sagte sie und drehte ihren Kopf leicht zu Eve, ihr deaktiviertes Implantat war nur schwer zu erkennen.

Eve wurde neugierig. War die Angst, dass alle Degradierten ohne den Anschluss ans Feld und zu Askit irgendwann verrückt werden würden, nicht ganz so begründet, wie sie es gestern noch befürchtete?

»Du hast keinen bleibenden Schaden?«

»Ob ich eine bekloppte Alte bin? Nein. Wir hatten Glück!«

»Hast du *Paradise* nie vermisst? Hat dir das Leben hier nie Angst bereitet?«

Die Frau stützte ihr Kinn auf, betrachtete Eve mit einem zärtlichen Blick und nahm ihre Hand.

Eve spürte ihre raue Hornhaut. Sie musste um die fünfzig Jahre alt sein.

»Ich würde um nichts in der Welt noch einmal tauschen wollen. Je länger du hier bist, desto intensiver wirst du dir deiner wirklichen Verantwortung und deiner Vergänglichkeit bewusst. Wir dienen dieser Gemeinschaft nicht weniger als in *Paradise*, unsere Lebenserwartung mag kürzer sein, aber welchen Sinn ergibt das Leben, wenn du keine richtige Liebe und Freiheit spürst. Das Ideal der Reinsten entspricht nicht unserer Natur. Du wirst lernen, dass nichts und niemand die Evolution aufhalten kann, und wir haben mit Askit unbewusst die nächste Stufe erschaffen, nichts weniger als das, aber wir sind keine Maschinen. Unsere Zeit auf diesem Planeten wurde künstlich verlängert, und wer weiß, was die Agenda noch so treibt«, erklärte die Frau gerade, als sie von der Seite von einem älteren Mann überrascht wurde, der sie innig küsste. Eve schaute peinlich berührt zur Seite. Sie konnte sich nicht erinnern, wann sie Thyron das letzte Mal so geküsst hatte. Eine Hand streichelte Eve von hinten über den Kopf. Tessa setzte sich mit verheulten und verschlafenen Augen neben sie. Das Pärchen verabschiedete sich und ging zur Bühne.

»Das wird schon wieder. Es dauert eine Zeit, aber es wird«, sagte Tessa.

»Du hast zugehört?«

»Ich stand schon eine Weile hinter dir. Du wirst schon sehen, bald wirst du hier jemanden kennenlernen und spüren, verstehen, was eine echte Partnerschaft ausmacht, die nicht wie in *Paradise* nur kompatibel ist.«

»Hast du wirklich keine Ahnung von Vaters Schicksal gehabt? Wir hätten gemeinsam gehen können, wir wären hier zusammen gewesen? Als Kind wäre es mir doch egal gewesen …«

»Eve, ich habe es geahnt, mehr nicht!«

»Was wusstest du?«

Tessa strich Eve die Haare aus der Stirn. »Erst einen Tag vor seinem angeblichen Unfall hatte er mir von seinen Zweifeln erzählt und dass *Paradise* auf einer Lüge basiert. Er wurde nicht konkret, vermutlich, um uns zu schützen. Vor allem war er wütend, da er wusste, wie die Kolonisten um ihre Zukunft betrogen wurden. Wie hätte ich dann noch mit dir hierhin fliehen können, und du warst so begierig, den Reinsten zu folgen!«

Eve seufzte tief. Nachdem sich die Menschen von der Bühne begaben, leerte sich der Platz. Die Sonne drang unter die Schutzsegel und heizte den Boden auf. Eve wusste von Ronan, dass die anderen Kolonien weitaus mehr um ihre Existenz kämpfen mussten, als das hier der Fall war. Von Weitem konnte sie ihn mit einer schwarzhaarigen Frau vorbeigehen sehen. Zwei Männer begleiteten ihn.

Die Drohnen lieferten Askit seit Jahrzehnten alle Informationen. Es war also zu jeder Zeit darüber informiert, dass in

Paradise die Vorstellungen der Menschen von den Kolonien und dem Ablauf der Degradierung nicht der Realität entsprachen. Dass sich hier, so nah von *New Paris*, alles anders entwickelte, konnte kein Zufall sein. Der unheimliche Gedanke, dass das alles ein von Askit betriebenes Experiment sein könnte, drückte ihre Stimmung wieder.

Eve schaute noch einmal zurück, einer der Darsteller winkte ihr lächelnd zu. Eve drehte sich verlegen weg und sagte zu Tessa: »Wir müssen dich in ein Medilab bringen. Du brauchst diese verdammte Hüfte!«

»Die es mit über fünfundsechzig Jahren und einem schwachen Herzen nicht für mich gibt!«

»Wir werden sehen!«

Der alte Jerau blieb bei ihnen stehen und fragte besorgt: »Geht es wieder?«

Eve und Tessa nickten gleichzeitig und mussten lachen.

»Dann kommt, es gibt noch viel zu besprechen!«

Eve stützte ihre Mutter, langsam folgten sie Jerau in eines der großen strahlend weißen Häuser mit einem geschwungenen Eingang, große Flächen an den Seiten und Dachkollektoren. Jede Drohne musste von der Reflexion der Sonne blind werden.

Zwei Männer mit veralteten Waffen und verblichenen grauen Hosen und Hemden ließen sie wortlos passieren. In einem großen Raum mit grauen Wänden, dessen Putz schon bessere Tage gesehen hatte, dominierte ein riesiger Tisch den Raum. Darin flach eingefasst ein großer Bildschirm, auf dem die Weltkarte zu sehen war. Kolonisten liefen hektisch umher und diskutierten lebhaft.

Eve näherte sich vorsichtig dem Tisch. Jerau stand davor und nickte ihr aufmunternd zu. Kurz drehten sich alle zu ihr, manche neugierig, einige sogar erleichtert. Tessa hatte sich in eine Ecke gesetzt und erholte sich.

Eve sah, wie Ronan mit Adlin und Samir im Schlepptau ebenfalls auf den Bildschirm zusteuerte. Sie atmete durch, spürte Ronans Präsenz, und ihr Puls schlug höher.

Die Flächen von *Paradise* waren rot, die Flächen der Kolonien grün, die Hyperloopverbindungen weiß gekennzeichnet. An den Grenzen zu *Paradise* und den Kolonien blinkten unzählige kleine Punkte und zeigten an, was seit heute Morgen allen Sorgen bereitete: Drohnen und Patriots.

»Gut, ich darf vorstellen: Eve, Samir, Adlin und Tessa, die Frau von Patrick Legrand«, rief Jerau in die Runde, und ein leises Raunen erfüllte den Raum. »Wie ihr nun alle wisst, unterscheiden sie sich von den anderen Degradierten. Sie sind die Ersten, die hier mit intakten Implantaten erschienen sind. Wir stehen vor einer epochalen Veränderung. Jeden Moment können wir von Patriots angegriffen werden. Ich bitte euch nicht, uns blind zu vertrauen, hört euch an, was wir und was dein Vater, liebe Eve, über Jahre zusammengetragen haben. Dass gerade du hier erscheinst, kann kein kurioser Zufall sein. Eve, wenn du schon planst, an die Grenze zu gehen, um dich mit Askit zu verbinden, dann sollst du gerüstet sein. Samir, bitte!«

»Keiner von uns will die alte Welt zurückhaben, aber die alles entscheidende Frage ist für uns alle: Hat Askit die Menschheit falsch oder gar nicht verstanden? Wer ist wirklich verantwortlich? Wenn wir Antworten wollen, müssen wir an die Quelle, zu Askit, zur Agenda, und zwar mit einer Adaption des Implantates, die uns vor Eingriffen schützt, uns unkenntlich macht und die Option eröffnet, in sein System einzudringen. Wenn ich dabei behilflich sein kann, dann bitte«, sagte Samir und setzte sich einige Meter weiter auf einen Stuhl.

Jerau verschränkte die Arme.

Diese plötzliche Hilfsbereitschaft von Samir war nicht abgestimmt. Eve ballte ihre Faust, ging auf Samir zu. Er riss die Augen auf und lehnte sich in seinem Stuhl zurück.

»Komm mit!«

Eve beschlich schon seit ihrem Ausflug in die Torflandschaften Grönlands das Gefühl, dass Samir mehr wusste, dass er einen Plan verfolgte. Was hatte er hinter ihrem Rücken mit Jerau vereinbart? Auch Adlin war die schnelle Zustimmung unheimlich. Unter den enttäuschten Blicken der Kolonisten folgte Samir Eve nach draußen.

»Samir, was ist hier los? Wen ich an meinem Kopf ranlasse, entscheide nur ich allein. Und du wirst sie auch nicht an dein Implantat heranlassen, ist das klar? Was hast du mit meiner Mutter besprochen, warum sagte sie mir, ich soll mich an dich und Adlin halten, wenn etwas passiert. Aus rein altruistischen Motiven wollen uns die Kolonisten sicherlich nicht helfen. Ich werde ihnen zuhören, ja, aber wenn du dich auf ihre Seite stellst, ganz bestimmt ohne mich. Dann werde ich allein an die Grenze gehen. Ich werde nicht das Einfallstor für die Kolonisten nach *Paradise* sein. Nicht, bevor ich nicht weiß, was wirklich mit Askit los ist und was unsere Mission ist!«

Samir sah sie mit großen Augen an, ihm schien die Luft wegzubleiben.

Adlin stellte sich schützend vor ihn. Erst jetzt bemerkte Eve, dass ihr lautstarker Auftritt Adlin irritierte.

»Mit Samir ist alles in Ordnung, er hat nur früher bemerkt als du und ich, dass sein Implantat gestört war.«

Tessa kam heraus und verfolgte sorgenvoll die Auseinandersetzung.

»Was? Vor der Prüfung? Warum habt ihr mir das verschwiegen und mich in die Falle laufen lassen?«, schrie Eve fast außer sich.

»Du weißt genau, welches Risiko wir eingegangen wären. Behauptest du, dass du das in einem Scan hättest verbergen können? Du bist die Reinste von allen gewesen! Du und Thyron. Ihr wart wie besessen, wenn es um Askits Gesetze ging!«

Nun war es so weit. Losgelöst von allem, was sie bisher verband, sollten sich nun ihre wahren Charaktere zeigen. Eve verstand nun endlich Samirs Verhalten in *New Paris*. Als er dachte, sie wäre offline, hatte kurz eine enttäuschte Hoffnung in seinen Augen geflackert.

»Wieso hältst du noch zu Askit?«

»Weil ich, ich …« Sie musste wieder an Rogers Worte denken: Vertraue dir selbst.

»Du hast es nicht begriffen, oder? Diese Menschen brauchen unsere Hilfe. Du musst sie anführen, du musst den Kolonisten eine Stimme geben, dir werden die Menschen in *Paradise* glauben.«

Eve drehte sich abrupt von beiden weg und ging rastlos hin und her. Irgendwo knallte eine Tür zu.

»Ihr seht in mir etwas, das ich nicht sein kann«, rief sie den anderen verzweifelt zu.

Jemand griff Eve unsanft am Arm, sie ließ sich herumdrehen und blickte in Ronans Augen. Er hatte wieder diesen kämpferischen Blick wie bei ihrer ersten Begegnung im Wald, als ihn die Patriots eingekreist hatten. Für einen Moment hatte Eve das Gefühl, sie hätte auf diese Auseinandersetzung nur gewartet.

Ronan hielt sie am Handgelenk fest. Eve versuchte, sich loszureißen, stieß ihn energisch weg, doch Ronan griff sich auch noch die andere Hand und zog Eve zu sich heran.

»Du suchst die Schuld für alles bei dir? Dann hat die Gehirnwäsche ja ihre Wirkung hinterlassen!«

»Was fällt dir ein! Lass mich gefälligst los. Warum wollt ihr *Paradise* zerstören?«

Ronan löste seinen festen Griff, trat einen Schritt zurück. Die Verachtung in seinen Augen galt der Situation, nicht ihr, das spürte Eve. Sie sah Angst, sein zynisches Lachen konnte das nicht verdecken.

»Das hat niemand vor. Aber die Menschen sollten die Wahrheit erfahren. Weißt du, was ich glaube? Dass Askit dich oder euch dafür ausgewählt hat. Willst du nicht wissen, wer oder was wirklich hinter der Agenda steht? Hier stimmt was nicht. Die Reihe der Zufälle, die Tatsache, dass du überhaupt hier bist. Was ist, wenn Askit gerade von dir wissen will, wie du reagierst, wenn es dich befreit? Wer bist du wirklich? Die meisten Degradierten endeten als die Wracks, die du gestern zu Gesicht bekommen hast. Von uns nimmt Askit nichts an, aber du bist für Askit immer noch die Reinste, das alles könnte deine wahre Prüfung sein. Du, ihr alle seid auserwählt. So, und jetzt geht wieder rein, wir haben nicht ewig Zeit.«

Eve wusste nicht, wie sie reagieren sollte. Ronan war grob, laut, und gleichzeitig schien er fest an das zu glauben, was er sagte. »Na schön!«

Als sie an Tessa vorbeiging, flüsterte ihre Mutter ihr zu: »Das wäre der Thyron, den ich dir gewünscht hätte!«

Kaum hatten sie den Raum wieder betreten, starrten alle auf Eve. Jerau biss sich auf die Lippen und postierte sich vor dem Bildschirm.

»Kommen wir nun zur Sache.«

Er zeigte auf die Weltkarte und beschrieb eine Rechnung, die Eves Vater aufgestellt hatte, nachdem er als einer der wenigen Reinsten der Wissenschaftsgilde weite Teile der Welt überflogen hatte.

Bis ins Jahr 2040 hatte die Menschheit über achthundert Milliarden Tonnen Material in Gebäuden und Infrastrukturen wie Straßen, Leitungen, Maschinen, Autos verbaut. Das Ausmaß der Verwendung von Ressourcen wie Stahl, Kupfer, Aluminium, Bauholz, Beton, Sand, Schotter und Plastik war messbar. Setzte man die Zahl der recycelten Städte ins Verhältnis zu dem, was Kolonisten und *Paradise* verbraucht hatten, fehlten Milliarden Tonnen von recyceltem Stahl.

»Wo ist das alles abgeblieben? Wo wird es gelagert? Oder was davon ist in *Askit City* gelandet? Und wie groß ist *Askit City*, und wie viele Menschen leben dort?«

Bevor sich Eve auf das Gesagte wirklich einließ, fragte sie sich, ob Askit ihren Vater wirklich degradiert hatte. Es musste Jahre und unendliche Flugrouten gedauert haben, diese Rechnungen plausibel anzustellen. Wie hatte ihr Vater sein Wissen und die daraus entstehenden kritischen Fragen im Scan unterdrücken können? Würde ihr das auch gelingen, wenn sie an der Grenze mit Askit in Kontakt treten konnte?

»Wann wurde Askit wirklich gebaut?«, fragte Jerau und schaute triumphierend.

»Unmittelbar nach der Katastrophe!«, sagte Eve.

»Nein, da wurde es angeblich initialisiert, gebaut wurde es früher. Das hier sind Luftaufnahmen aus dem Jahr 2030. Zumindest seine erste Version wurde damals schon fertiggestellt.«

»Was?«

Sirenen heulten auf. Ein lauter Knall unterbrach den bedrohlichen Bericht. Ein junger Mann in Tarnkleidung stand schweißgebadet, atemlos in der Tür und rief mit sich überschlagender Stimme: »Die Drohnen! Sie dringen ein!«

27

28. SEPTEMBER,
ASKIT CITY, NEUSEELAND

Levar wartete auf die Landung von Thyron Hawk. Der Sturm hatte sich etwas gelegt. Die Brandung des Meeres war nur noch ein stetiges Hintergrundrauschen.

Marisa nahm ihre Sonnenbrille ab und fragte: »Wo warst du?«

»Bei Elon.«

»Und?«

»Nichts. In *Paradise* funktionieren das Feld und Askit, als wäre nichts geschehen. Aber es gibt erste Anzeichen, dass sich unter den Angepassten Unruhe breitmacht. Die Welle der Degradierungen hat Spuren hinterlassen. Nur die Reinsten bleiben ruhig.«

»Damit war zu rechnen, sie haben am meisten zu verlieren.«

»Ach ja?«

Zynismus war keine vordergründige Eigenschaft von Marisa. Offen sprach niemand darüber, aber Marisa schien Bedenken an der Präzision, am System der Reinsten entwickelt zu haben.

Der Scan – in seiner gegenwärtigen Perfektion – stand Askit nicht gleich nach seiner Initialisierung zur Verfügung. Zu Zeiten der Gründer war es eine Datenbasis von psychologischen Testverfahren gewesen, die Militärs und Konzerne einsetzten, um zu entscheiden, welche Menschen in ranghohe Positionen gelangen konnten. Mit einfachen, aber umfangreichen empirischen Daten aus bildgebenden Verfahren wurden die gemessenen Reaktionen im Gehirn von Hunderttausenden Menschen bestimmten mentalen Stärken und Schwächen zugeordnet und getestet; ein Bruchteil des menschlichen Bewusstseins. Führungsstärke, Durchsetzungsvermögen, perfektes Selbstmanagement, dosierte Empathie, Zielorientierung. Diese Tests bargen jedoch dynamische Schwächen. Kein Mensch ist in seiner Verfassung statisch, sondern einem steten Wandel unterlegen.

»Du hast recht, Marisa. Anders als der Mann, der gleich landet, haben Eve Legrand und alle anderen frisch Degradierten die nötigen Eigenschaften, um die Agenda zu ersetzen, sie sind Askits gezüchtete Anführer. Sie könnten von Askit erkoren werden, die Führung von *Paradise* zu übernehmen.«

Marisa lehnte sich an die kühle Betonwand des Hangars und zuckte mit den Schultern.

Es war nicht zu übersehen, dass die Nervosität von Elon und den Mitgliedern der Agenda mit jeder weiteren Stunde und jeder neuen Entwicklung stieg. War die Unterwerfung 2041 wirklich freiwillig geschehen oder ein Akt der Willkür? Waren die Menschen vor hundertfünfzig Jahren wahrhaftig so zerrissen, dass sie ihre gesamte Existenz in die Hände einer Maschine legten, deren Potenzial mit jedem Tag wachsen würde? Oder war es am Ende ein Unfall? Elons kryptische Antworten hinterließen bei Marisa sicher die gleichen Zweifel und Ängste. War ihre Vergangenheit eine einzige große Lüge? Elons flehender Appell hatte authentisch gewirkt, das hatte Levar gespürt. Noch belastender war jedoch die Frage, was die unklaren Klimaprognosen mit alledem zu tun hatten.

»Bevor wir Thyron an Askit heranführen, solltest du noch einen Versuch wagen?«

»Das hab ich bereits, leider vergeblich. Fassen wir zusammen: Ein Beschützer erwischt Askit bei einer Konspiration mit einem Degradierten, die besten Reinsten werden degradiert, in die zerstörten Städte getrieben, um was auch immer zu finden, alles geborene Anführer, Askit verweigert jedwede Kommunikation mit uns, zieht die Maschinen an den Grenzen zusammen, jetzt wird der Mann von Eve Legrand öffentlich in die Agenda erkoren, dann stirbt der wichtigste Klimaforscher, der behauptete, dass sich Askit verrechnet hat … Ganz ehrlich?«, beschrieb Levar die Lage. »Noch glaube ich, dass wir alle nur spekulieren, hier passt noch kein Puzzleteil zusammen, aber vielleicht hilft uns Thyron Hawk weiter«, sagte Marisa und zeigte auf den Jet, der gerade gelandet war. Langsam kamen die Rotoren zur Ruhe. Ein Beschützer und zwei Reinste der Agenda in weiter grauer Kleidung begleiteten Thyron über den Landeplatz. Der junge Mann, die dunklen Haare vom Wind zerzaust, ging entschlossenen Schrittes auf Levar zu. Sein Gesicht ließ keine Regung erkennen, gerade mal ein Hauch von Stolz. Seine Augen waren gerötet und leicht geschwollen. Levar streckte seine Hand aus.

»Thyron, ich darf dich im Namen der Agenda begrüßen.«

»Ich fühle mich geehrt. Und wer seid ihr?«

»In bin Levar, und das ist Marisa. Wir sind Reinste, Mitglieder der Agenda. Du wirst erwartet«, sagte Levar und wies ihm den Weg.

Ganz anders als sich Elon erhofft hatte. Vielleicht lieber: schien der junge Mann alles andere als Askit gewachsen zu sein. Keine Regung war auf Thyrons Gesicht zu erkennen, und sein Score war mit dreihunderteinundachtzig Punkten unter dem üblichen Niveau von über dreihundertneunzig, das Askit für eine Rekrutierung in die Agenda in Betracht zog. Lange dachten die Reinsten in der Agenda, dass man Askit menschliche Attribute zuordnen könnte, dass das Verhältnis zwischen Gründern und Askit von Vertrauen und Dankbarkeit gegenüber seinen Schöpfern geprägt war. Askit zählte es vermutlich schlicht zu seiner Sicherheitsarchitektur.

Bisher hatte Levar geglaubt, es gäbe zwischen Askit und den

Gründern eine Art geheimen Pakt, doch nun sah er in Elon nur noch einen kränklichen Mann, der bald sterben würde. Auch die anderen Mitglieder des Rates wirkten plötzlich machtlos. Das alles geschah beängstigend schnell. Was war die ungeschminkte Wahrheit, die Elon nutzen wollte? Seine beschwörenden Worte ließen Eve Legrand und die anderen Reinsten plötzlich zu einer Art Messias werden. Wäre dann Thyron nicht ihr Judas? In einer Welt, die von einer Macht wie Askit überwacht und kontrolliert wurde, gab es keinen Zufall mehr. Nur einen Moment nachdem Elon befohlen hatte, Thyron zu holen, wurde er auch schon für die Agenda rekrutiert, als würde Askit das alles genau geplant haben. Es war eine gigantische Illusion, dass die Gründer sich von Askit unbeobachtet glaubten, und langsam schien das auch Elon bewusst zu werden.

Levar beobachtete, wie Thyron durch die Halle schritt, seine Augen wanderten zu den Solarjets, die links und rechts an ihren Ladestationen hingen oder von Beschützern gewartet wurden. Es blieb keine Zeit, Thyron vorzubereiten, da keiner wusste, welche Rolle Askit ihm gegeben hatte. Aber wie sollte sich Thyron verhalten? Wie sollte er mit der gespaltenen Persönlichkeit einer künstlichen Intelligenz kommunizieren, wie Marisa es so schön formuliert hatte?

Sie hatte vermutlich von Anfang an den richtigen Verdacht gehabt: Askit hatte den Kontakt selber gesucht und sensible Informationen erhalten, die seinen Kurs veränderten. Die Gründer hatten keine Möglichkeit, dagegen etwas auszurichten. Das Schwert des Leviathan war zu mächtig. Und nun war *Paradise* auch noch von innen bedroht. Anzunehmen, dass die Menschen auf Dauer die Degradierungen ihrer Vorbilder, der Reinsten, einfach hinnehmen würden, war naiv. Die Reinsten waren das Versprechen an die Zukunft, und ein Gefühl würde Askit nicht kontrollieren können: die Angst vor Chaos und dem unausweichlichen Tod. Wie würden die Kolonisten reagieren, wenn sie erfuhren, dass die klimatisierten Metropolen der letzte Ort zum Überleben wären, wenn Pellengrey recht behielt und das Klima wieder kippen würde? Wie verhielt sich die Bevölkerung von *Paradise,* wenn sie erkennen musste, dass der Kampf gegen die Erwärmung verloren ging?

Sie erreichten den Gang zum Saal der Agenda, für einen Moment verharrte Thyron und schaute mit verunsicherter Miene zurück.

»Du vermisst sicher deine Frau und deine Freunde?«, fragte Marisa.

»Freunde? Die anderen haben Eve manipuliert. Ich kann nur hoffen, dass es ihr gut geht. Ich hab versucht, sie aufzuhalten, was auch immer in sie gefahren ist, das ist nicht mehr Eve gewesen.«

»Oh, vielleicht irrst du dich da, aber eines nach dem anderen«, sagte Levar.

Marisa schwieg.

»Ich möchte wie alle wissen, was geschehen ist. Warum bin ausgerechnet ich hier?«

Eine laute Stimme hallte von den hohen Wänden der Halle. Levar sah, wie sich Thyron blitzartig umdrehte und laut ausatmete. »Deine Frau und deine Freunde sind Opfer einer perfiden Strategie der Kolonisten geworden, um *Paradise* gegen uns und Askit aufzuwiegeln«, sagte Elon mit lauter Stimme, und trotz seiner gebrechlichen Erscheinung näherte er sich schnell und agil. Kaum war er auf Augenhöhe zu Thyron, drängte er Levar ab.

»Sie sind ein Nachfahre der Gründer?«

»Du erfährst alles Weitere später. Wir haben keine Zeit zu verlieren. Dass Askit dich zu diesem Zeitpunkt rekrutiert hat, ist ungewöhnlich. Wir werden hoffentlich gleich wissen, warum.«

»Marisa, du begleitest Thyron in den Saal zu Askit.«

»Aber was soll ich tun?«, fragte Thyron.

Elon nickte und schwieg einen Moment.

»Du wirst Askit dienen wie alle Reinsten. Es ist wichtig, dass wir dich mit nichts beeinflussen. Levar, du kommst mit mir«, sagte Elon und ging mit schnellen Schritten durch die Halle.

28

28. SEPTEMBER,
ASKIT CITY, NEUSEELAND

Es gab nur wenige Reinste, die die intellektuellen Fähigkeiten besaßen, mit Askit so zu kommunizieren, dass es ihre Impulse, Ideen, Kreativität in seine Berechnungen aufnahm, ihnen überhaupt eine Relevanz einräumte. Dafür waren die Reinsten seit Jahrzehnten da. Marisa hatte Jahre der Vorbereitung gebraucht, bevor sie von Askit als Berater akzeptiert worden war. Und jetzt, inmitten einer Krise, sollte dieser Mann das alles spontan leisten?

Den Begriff Krise hatte Askit einmal anders ausgedrückt, erinnerte sich Marisa. Wenn es eine Konstante in der menschlichen Gesellschaft gab, dann die, dass Hunger, Krieg und Krankheit immer wieder auch die Triebfedern für neue Entwicklungen waren, wie das ungeschriebene Gesetz einer unvollkommenen Natur und Evolution, von deren Schwächen die Menschen erst am Ende aller Zeiten, am Ende der Geschichte befreit würden. Dieser Punkt war zumindest vorläufig 2041 erreicht. Und nun einte alle die Angst, dass Askit das primäre Ziel, den Planeten zu retten, vom Überleben der Menschheit entkoppelte. Jeder Reinste musste sich dessen immer bewusst sein und jederzeit Askit vermitteln, dass die Menschen unabdinglicher Bestandteil dieser Evolution waren und bleiben würden. Dass die Gründer dies immer wieder als die absolute Bedingung anmahnten, hatte Marisa schon früh hellhörig werden lassen. Doch nun war ihre Sorge, dass Askits universelle

Werte-DNA fehlerhaft sein könnte oder dass diese Werte ihren Bezug zur menschlichen Existenz verlieren könnten. Was am Ende nichts anderes bedeutete, als dass die Programmierer in der Vergangenheit fatalste Fehler gemacht hatten.

»Was ist dir aufgefallen, bevor Eve degradiert wurde?«, fragte Marisa, als sie den Saal der Agenda betraten.

»Eve stellte auf einmal Fragen, die seit unseren Kindertagen beantwortet waren. Sie fragte sich, was unser wirkliches Ziel sei. Mit jedem Tag, an dem sich die Prüfungen näherten, wurden sie und die anderen merkwürdiger. Sie schien immer mehr zu zweifeln, und irgendwie wurden wir uns fremd, als ob irgendwas ihr Bewusstsein veränderte. Kurz davor hatte sie einen Zusammenbruch. Im Medilab sagten sie, es wäre eine Migräne, scheinbar geht es bei ihr um mehr.«

Marisa musste sich eingestehen, dass sich Thyron der ganzen Tragweite noch nicht bewusst war.

»Wir müssen davon ausgehen, dass die Kolonisten versuchen, Eve und die anderen Reinsten mit Informationen zu versorgen, die Askit zu einer neuen Bewertung veranlassen könnten. Es klingt absurd, aber deine Frau scheint für Askit wie ein ethischer Katalysator zu funktionieren. Wir wissen jedoch nicht, worum es wirklich geht.«

Thyrons Gesicht hellte sich auf. »Jetzt ist mir alles klar!«

»Was?«

»Wem würde Askit die Aufgabe anvertrauen, die Kolonisten aufzuhalten oder ihre wahren Motive zu ergründen?«

Marisa wurde heiß. Diese Perspektive hatte bisher keiner eingenommen. Wenn Thyron recht hatte, dann ging es gar nicht um die Agenda. Standen die Patriots und Drohnen etwa bereit, um die Kolonisten zu beseitigen?

Die Tür öffnete sich. Von der Wand leuchtete ihnen auf einem Holoschirm die Weltkarte entgegen. Die Flächen von *Paradise* blinkten sanft auf und ab.

»Ich kenne Eve. Selbst wenn sie einen Moment an Askit gezweifelt hat, wird sie nie zulassen, dass man Askit angreift oder *Paradise* schadet. Dafür verbürge ich mich!«

»Wenn das wahr ist, dann steht den Kolonisten eine Katastrophe bevor!«

»Das haben sie dann selbst zu verantworten!«

»Nimm da vorne Platz. Verbinde dich mit Askit. Ich warte draußen.«

»Wenn ich mich irre, werde ich keine Sekunde zögern. Meine Liebe zu Eve hat Grenzen«, sagte Thyron und zeigte auf den Holoschirm.

Marisa erschrak, und wunderte sich über Thyrons plötzliche Entschlossenheit. Seine Augen, sein Gesicht leuchteten. Er war wirklich von dem überzeugt, was er sagte. Sie schloss die Tür zum Saal der Agenda und ging den Gang davor auf und ab. Es würde sicher Stunden dauern. Sie ordnete ihr Haar, rieb sich die Hände und machte es sich in einer der Sitzgruppen an der großen Fensterfront bequem.

Sobald sich ein neuer Reinster im Saal der Agenda mit Askit verband, begann ein Fragespiel, das die Persönlichkeit in einem immer gleichen Ritual auf seine Integrität überprüfte. War diese Hürde genommen, wurden alltägliche Themen erörtert, die auf den ersten Blick profan erschienen. Die wirklich wichtigen Dinge und ihre Lösungen teilte Askit schlicht mit und befahl ihre Umsetzung. In den letzten Jahren hatte die Häufigkeit der Sitzungen mit Askit immer weiter abgenommen. Es hatte keinen Bedarf mehr, und so stellte sich bei den Reinsten in der Agenda ein Gefühl der Nutzlosigkeit ein.

Auch wenn Marisa noch die Jüngste inmitten der anderen Reinsten war und nicht wie Levar schon Jahrzehnte in diesem abgeschotteten Areal lebte, vermisste sie *Paradise*, ihre Familie und Freunde, ihre Heimatmetropole *Asia One*. Aber nun hatte ihre latente Langeweile ein ungeahntes Ende. In diesem

Moment öffnete sich die Tür, und Thyron stand orientierungslos im Gang, zuckte mit den Schultern, und Marisa wusste es.

»Nichts! Askit antwortet nicht!«, sagte Thyron zutiefst enttäuscht.

Elon kam mit schnellen Schritten auf sie zu. Er blieb stehen, für einen Moment herrschte betretene Stille.

»Nichts?«

Thyron schüttelte den Kopf.

»Dann können wir im Moment nur abwarten.«

»Was? Wozu bin ich dann hier, das muss doch einen Sinn ergeben?«

»Deine Aufgabe wird eine andere sein«, wies ihn Elon in kühlem Ton zurecht, hinter ihm tauchten vier Beschützer auf. Elon drehte sich um und gab ihnen ein Zeichen. Sie nickten und verließen lautlos den Raum.

»Was geschieht jetzt?«

Elon zögerte, bevor er antwortete: »Wir müssen deine Frau und deine Freunde finden. Du musst dafür sorgen, dass ihre hohe Popularität in *Paradise* ein Ende findet, oder wir verlieren die Kontrolle. Lass uns allein, Marisa.«

29

28. SEPTEMBER,
ASKIT CITY, NEUSEELAND

Elon betrachtete Thyron, rieb sich mit beiden Händen das Gesicht, stöhnte und ging mit ihm zurück zum Landeplatz.

»Wie war es möglich, Askit anzugreifen?«

»Es war kein Angriff auf seine Systeme, Thyron, sondern einer auf seine Integrität. Es bekommt von den Kolonisten Informationen, die wir nicht kennen, deswegen ist es so wichtig, dass wir die Reinsten finden. Ihr seid nicht in der Lage, Entscheidungen und Vorgänge der Vergangenheit richtig einzuordnen, auf die Eve und die anderen vermutlich gerade stoßen werden, vieles liegt im Dunkeln, und wir bereiten verschiedene Szenarien vor.«

»Wie kann es sein, dass die Kolonisten in der Lage sind, so etwas Mächtiges wie Askit zu manipulieren?«, fragte Thyron, und Elon sah sein verunsichertes Gesicht. Er rückte seinen grauen Anzug zurecht. Es war eine schwierige Entscheidung. Noch nie hatten die Gründer diesen Schritt in Erwägung gezogen, aber Elon hatte sich gegen Sergei durchgesetzt. Es gab keine Zeit mehr zu verlieren. Askit agierte in dem Glauben, alle negativen Aspekte eines Menschen kontrollieren zu können. Doch die Angst vor dem Tod, der Antrieb zu überleben, eine Zukunft zu haben, hatte eine Dimension, die nicht berechenbar war, ebenso wenig wie das Gefühl von Glück durch die Abwesenheit von Schmerz.

»Ich sage es dir noch mal, Thyron. Es geht nicht um direkte Manipulation, sondern um die Bewertung der Vergangenheit. Wir nehmen an, dass sich Askit mit seinem Algorithmus und den Scanergebnissen, sagen wir mal, auf Eve fixiert hat. Es nutzt deine Frau wie einen Kompass. Wenn du Eve helfen willst, dann am besten, indem du dich jetzt öffentlich gegen sie stellst und deine Loyalität zur Agenda und Askit demonstrierst. Dann haben wir die größte Chance, dass alles bald wieder seinen gewohnten Gang geht.«

Elon ging langsam voran.

»Bitte was? Wie kann ich ihr dadurch helfen? Sie wird mich dafür hassen.«

»Das will ich hoffen. Genau diese berechenbare Größe eurer Beziehung wird uns helfen, es sei denn, ich irre mich. Keine Sorge. Du wirst sie nicht verlieren. Aber wir müssen einen Weg finden, um die Menschen in *Paradise* vor ihr und den Kolonisten zu schützen. Noch besser wäre es, sie vor Askit zu diskreditieren. Kannst du das?«

»Was soll das bringen? Wenn sich ihr Score wirklich senken ließe, dann würde sich Askit doch nur an den Reinsten wenden, der dann den höchsten Score hat und so weiter, bis … «

»Ja, genau, bis du an der Reihe bist, bereit, *Paradise* und die Agenda zu verteidigen!«

»Aber für was soll das gut sein?«

»Thyron, wir haben etwas erschaffen, was uns über alle Verwerfungen, die uns noch drohen, eine Zukunft sichert.«

Sie gingen aus der Halle und stiegen in ein helles Fahrzeug mit dicken Reifen und einem robusten Chassis. Innen war es kühl. Elon ließ Thyron nicht aus den Augen. Er verdrehte seine Finger, wippte mit dem rechten Fuß. Sie näherten sich der auf einer Anhöhe gelegenen zentralen Kuppel von *Askit City*.

»Was ist das da hinter der Kuppel?«

»Das ist Askits Energieversorgungssystem. Nach seiner

Initialisierung löste es in Minuten ein Problem, das uns in der Vergangenheit vieles erspart hätte. Das größte Problem der Menschheit: die Versorgung mit sauberer Energie, aber für den Klimawandel kam diese Revolution zu spät. Die Solarzellen waren die erste Generation einer speziellen Zusammensetzung von Molekülen, die die Energiegewinnungsrate von Solarzellen auf über 80 Prozent revolutionierte. Etwas, wovon heute alle profitieren, und glaub mir, das ist nicht alles!«

Am Ende einer langen überdachten Zufahrt erreichten sie ihr Ziel. Das Fahrzeug hielt. Nachdem sie die Glaskonstruktion betreten hatten, kamen ihnen drei Gestalten in hellen Anzügen entgegen. Kurz beäugten die Greise Thyron und gingen wortlos weiter. Sie näherten sich einem kleinen Gebäude im Zentrum. Alles war umgeben von Pflanzen und Bäumen. Sie bestiegen einen Fahrstuhl, die Fahrt dauerte erstaunlich lange.

»Wir sind aus der alten Welt auferstanden, *Paradise* war unser Versprechen, und das, was du jetzt gleich siehst, wird einmal unsere letzte Hoffnung, unsere Zukunft sein. Für nichts anderes haben wir seit der Katastrophe gearbeitet.« Elon stellte sich vor einen Augenscanner, Sekunden später glitt lautlos eine Stahltür auf. Elon beobachtete, wie Thyron einen Schritt vorwärts ging und dann wie erstarrt stehen blieb, mit offenen Mund blickte er in die Höhe.

»Ich möchte, dass du dich in dem Raum da hinten mit der Datenbank verbindest.«

»Was wird das?«

»Es zeigt dir, aus welcher Welt wir stammen. Es zeigt dir, warum wir *Paradise* erschaffen haben, und es zeigt dir, warum *Askit City* unsere letzte Hoffnung ist. Wenn du das verstanden hast, verstehst du, warum deine Frau für uns alle eine Bedrohung ist.«

30

27. SEPTEMBER,
EUROPÄISCHE KOLONIE

Drohnen verharrten kreischend in der Luft, andere umkreisten die umliegenden Gebäude, sanken bis auf Bodenhöhe herunter, suchten das Gebiet ab. Eve hatte keine Vorstellung, wie viele es waren. Das Summen glich dem eines künstlichen Bienenschwarms, nur furchterregend lauter. Eve blickte auf die leergefegte Straße. Die Menschen hatten sich in ihre Häuser gerettet. Aus dem Fenster des Versammlungshauses sah sie in das tränenüberströmte Gesicht eines kleinen Jungen, der sich unter eine Holztreppe verkriechen wollte. Eine junge Frau rannte zu ihm, drückte ihn panisch an sich und trug ihn zur Tür. Eve wurde kurz schwarz vor Augen. »Ist das schon einmal passiert?«

Jerau schaute sie mit blassem Gesicht an und schüttelte den Kopf.

»Nicht in dieser Menge. Verdammt, was ist mit dem Jet?«, rief er in den Raum. Einer der Männer, der Eve und die anderen nach ihrer Landung in Empfang genommen hatte, antwortete: »Keine Sorge, wir haben ihn in eine Halle gebracht!«

Jerau schien nur wenig erleichtert. Eve hatte den Jet schon vergessen, sicher würden Jeraus Leute alle erdenklichen Versuche unternehmen, um die komplexe Bordtechnik zu analysieren, aber sie würden scheitern, ohne Implantat waren sie chancenlos.

Samir und Adlin nickten Eve zu.

Aus einer Ecke schrie ein kleiner kahlköpfiger Mann mit Kopfhörern vor einem Bildschirm: »Jerau, sollen wir evakuieren?«

»Was ist mit den Patriots?«

»Noch an der Grenze!«

Irgendwo quietschte ein Lautsprecher. Eine Frauenstimme ertönte: »Die Drohnen ziehen über uns hinweg, aber es wird nicht geschossen. Sie suchen etwas!«

Eve spürte, wie sich Blicke auf sie richteten. Ihre Wangen fingen an zu kribbeln. Am liebsten wollte sie hinausrennen und die Drohnen anschreien, sie mit Dreck und Steinen bewerfen, im nächsten Moment blickte sie zu Tessa, die am Ende des Raumes ihre Medikamente einnahm. Ihre Mutter war viel mutiger, als Eve es sich eingestanden hatte.

Langsam entfernte sich das Geräusch des bedrohlichen Schwarms.

Die Rothaarige kam herein. »Sie ziehen weiter. Wir müssen damit rechnen, dass sie Wanzen abgeschossen haben. Ich werde mich darum kümmern.«

Dutzende der Anwesenden verließen daraufhin den Raum.

Jerau stellte sich wieder zurück an den Tisch und tippte an dem Bildschirm herum, verhedderte sich an einem Kabel, riss es wütend von sich, griff sich kurz ans Herz, sein linkes Auge zuckte nervös. »Uns bleibt nicht mehr viel Zeit, ihr müsst jetzt zuhören«, polterte Jerau. »Was euch in *Paradise* über den Verlauf der Katastrophe gesagt wurde, ist schlicht eine Lüge!«

Eve hörte nicht richtig zu, sie blickte wie Adlin und Samir immer noch durch das schmale Fenster. Waren die Drohnen auf der Suche nach ihnen?

Schließlich forderte Jeraus knorrige Stimme ihre Aufmerksamkeit. Eve begann, die Position der Kolonisten zu verstehen, dennoch pochte eine innere Stimme weiter darauf, sich nicht zu leichtfertig auf diese Menschen einzulassen.

Jeraus Gesichtsausdruck verfinsterte sich. »Die Mortalität aller bekannten Viren hätte nie ein solches Ausmaß gehabt, wie es euch erzählt wurde. Nur wenn das Virus durch genetische Veränderungen hergestellt und dann mit Absicht freigesetzt wurde.«

Bevor Jerau fortfahren konnte, hatte sich Adlin sichtlich wütend schon einen Platz am Tisch erobert und klopfte mit ihrem Zeigefinger auf einen Teil der Arktis. »Unsinn. Wir wissen, dass die aufgetauten Permafrostböden die Viren freigesetzt haben. Die Pandemie breitete sich von dort über die ganze Welt aus.«

Adlin hat recht, dachte Eve und fühlte sich wieder in ihrer Zerrissenheit bestätigt.

Jerau schien unbeeindruckt und fuhr einfach fort: »Nein, wir gehen davon aus, dass es ein modifizierter Marburg-Virus war. Es ist der gefährlichste Erreger der Welt. Den letzten Ausbruch verzeichnete die Welt 2004, danach war er nur noch in den gesicherten Laboren der Militärs als Biowaffe gelagert.«

Eve schüttelte den Kopf. »Das ist doch absurd. Es gab überall Labore des Militärs, in denen solche Viren als Biowaffen unter Verschluss gehalten wurden. Nach oder während eines Krieges könnten sie von Menschen bewusst freigesetzt worden sein, oder durch einen Unfall. Aber der aufgetaute Permafrost ist bis heute voll mit prähistorischen Viren. Sie sind viel komplexer und gefährlicher als alles andere, was wir kannten. Bis heute darf niemand in die Gebiete. Der oder die Erreger waren seit Jahrtausenden nicht mehr mit dem Menschen in Berührung. Was für Neandertaler ein Schnupfen bedeutete, war für die Menschen im 21. Jahrhundert die Seuche schlechthin. Das schmelzende Eis war die Büchse der Pandora.«

Eve bemerkte, wie Samir die Augen verdrehte, entweder

würde er jetzt begreifen, dass die Kolonisten dabei waren, Schauermärchen zu erzählen, oder folgte er ihnen etwa?

Im Raum herrschte sekundenlang Stille. Jerau blickte in die Runde, und keiner der Kolonisten schien mit dieser Darstellung zu hadern.

»Wer könnte einen solchen Virenangriff besser durchführen als eine Künstliche Intelligenz? Es war schnell, brutal und effektiv. Über 80 Prozent der Menschen lebten 2041 in den Metropolen. Askit musste sich alles nur ausrechnen. Es hat durch Gentechnik die bösartigsten Viren aller Zeiten gebaut und dann genau berechnet, wie viele Menschen überleben würden, um eine neue, seine Zivilisation aufzubauen«, verkündete Jerau.

Zwischen Adlin und Eve brauchte es keine Telepathie, um sich einig zu sein, dass diese Darstellung niemals zutreffen konnte. Das alles klang wie ein paranoides Hirngespinst. Wenn es wirklich Absicht gewesen war, dann wären die Wucht der Zerstörung und die Folgen so irrational unberechenbar gewesen, dass es ein komplettes Selbstmordkommando für die gesamte Menschheit gewesen wäre.

Niemand, nicht einmal Askit hätte ein solches Virus und seine Verbreitung berechnen und gleichzeitig Maßnahmen ergreifen können, die trotzdem das Überleben von Millionen Menschen sicherten. In einem solchen Szenario wäre die Ausrottung der gesamten Menschheit unmöglich zu verhindern gewesen. Eve winkte Samir und Adlin zu sich. Sie verließen unter den fordernden Blicken von Jerau den Raum. Ronan nickte Jerau zu und erhob sich ebenfalls.

»Was denkt ihr?«, fragte Eve draußen.

»Wir dürfen nicht vergessen, dass uns unsere Degradierung empfänglich für deren Sichtweise macht. Das sind abstruse Theorien«, sagte Adlin. »Also gut. Die Kolonisten glauben, dass Askit das Virus erschaffen und freigesetzt hat. Wir gehen von Superviren aus, die nach dem Klimawandel im abtauenden

Permafrost freigesetzt wurden. Für Letzteres haben wir mehr Indizien! Genauso gab es einen verheerenden Krieg, der vermutlich genauso viele Menschen das Leben gekostet hat wie das Virus.«

»Ich bin froh, dass du das sagst«, bemerkte Eve.

Samir setzte sich in den Sand, strich sich ein paar Mal über seine Beine, seine Augen hatten sich verfinstert, Adlin kniete sich zu ihm.

»Das ist so nicht ganz richtig«, erwiderte Samir und vermied Adlins Blick.

»Was?«

»Sag du es ihr!«, raunte Samir.

»Nein, du glaubst doch nicht etwa diesen Blödsinn! Sie wollen uns aufwiegeln, Samir, bitte.«

»Hört kurz zu. Weltweit gab es vor der Katastrophe knapp siebenundzwanzigtausend Kernwaffen an hundertvierzig Orten der Erde. Im Falle eines globalen Atomkriegs wäre der nukleare Winter verheerend gewesen und die Strahlenbelastung weitaus höher, als wir es uns auch nur vorstellen können. Nichts und niemand würde mehr leben. Durch den aufgewirbelten Staub und die Asche wäre die Temperatur weltweit auf Dauer rapide gesunken, in kontinentalen Regionen wie Europa um bis zu 30 Grad. Die Nahrungsversorgung wäre total zusammengebrochen. Alles, was noch am Leben wäre, würde dann unter die Erde kriechen. Unter der Meeresoberfläche würde nicht allzu viel passieren, oberhalb ginge es den Schaben und Kakerlaken richtig gut, weil es so viel Aas gegeben hätte. Sagen wir mal so. Für eine nur vorübergehende Verdunkelung, die den Klimawandel nur über ein paar Jahre aufgehalten hätte, hätten maximal fünfzig oder hundert Atombomben gezündet werden dürfen. Alle strategischen Optionen der damaligen Atommächte hätten zu einem Einsatz von mehr Nuklearwaffen geführt. Aber sie wurden nicht eingesetzt.

Jedenfalls nicht über den größten Städten. Aber es gab etwas, das nur ein Ziel hatte …«

»So viele Menschen zu töten wie möglich«, ergänzte Ronan, der sich zu ihnen gesellte.

»Das ist leider kein Unfug. Das alte Paris zählte zu den größten Metropolen der Welt und wurde nicht von einer Atombombe getroffen«, pflichtete Eve Samir bei, setzte sich vor die anderen auf die Treppe und wartete ab, bis sich Ronan neben ihr niederließ.

»Kannst du jetzt, wo du weißt, wie wir leben, nicht verstehen, dass wir alles in Zweifel ziehen? Haben wir denn nichts gelernt? Leben wir hier im Überfluss? Haben wir kein Recht auf Ressourcen?«, fragte Ronan.

»Moment. Ihr hattet nie Zugang zu recycelten Ressourcen oder Wissen über Lagerstätten?«

Ronan schüttelte wortlos den Kopf. »Ich habe es dir doch gesagt. Drohnen und Kampfroboter haben uns immer im Visier gehabt.«

Eve erinnerte sich daran, dass die Leiterin der Expedition auf der halbversunkenen britischen Insel genau das Gegenteil behauptet hatte. »Mir kommt das langsam alles wie ein einziges Experiment vor.«

»Ja, und am Ende entscheidet ein Computer darüber, welches Ergebnis ihm am besten gefällt?«, sagte Ronan, stand auf, ging mit verschränkten Armen im Kreis.

»Adlin, was sträubt sich noch so in dir?«, fragte Samir eindringlich. »Alles, was ich hier in wenigen Stunden an Kultur und Wärme erlebt habe, hat nichts mit dem zu tun, was uns über die Kolonien berichtet wurde. *Paradise* funktioniert nur durch eine totale Kontrolle, und das gelingt bei den Angepassten am besten durch Desinformation und Angst vor dem Abstieg als Degradierter und bei uns … muss ich wohl kaum noch erklären.«

Adlin stöhnte, ließ Samirs Hand los, stand auf und ging umher.

»Keine Gehirnwäsche kann doch so viel Ignoranz gegenüber diesen Fakten erzeugen. Wenn die Menschen in *Paradise* die Wahrheit erfahren, gibt es einen Aufstand, und du, Eve, wirst ihn anführen, dessen bin ich mir sicher«, sagte Ronan. »Es muss doch in eurer Vorstellung möglich sein, ohne Askit zu leben. Eines muss ich Askit zugestehen. Es hat zur richtigen Zeit Lösungen produziert, ja, aber die können wir auch in Freiheit nutzen. Die Agenda gehört entlarvt! Die Menschheit ist keine Gefahr mehr für diesen Planeten.«

»Ich verstehe nicht, was dich noch so misstrauisch macht. Er hat doch recht. Hast du jemals hinterfragt, was uns erzählt wurde? Warum vertraust du den Leuten nicht, wenn offensichtlich alles eine Lüge war, selbst der Tod deines Vaters, unsere Degradierungen, einfach alles«, redete Samir auf Eve ein und schlug mit der Hand in den Sand.

»Vertrauen? Nein, hier geht es um mehr. Gehen wir wieder rein!«

»Wieso bekomme ich keine Antwort von dir?«

»Abwarten!«

Die meisten Kolonisten hatten sich vor einem Bildschirm am Ende des großen Raumes versammelt. Das verwackelte Bild wurde langsam klarer, der Ton aber weiterhin abgehackt. Die holografische Übertragung aus *Paradise* war so schwach, dass Eve kaum sein Gesicht erkannte. Dann hörte sie Thyrons Stimme:

»Vor hundertfünfzig Jahren geschah ein Wunder. Askit rettete uns vor unserer Selbstvernichtung. In ihrer Unfähigkeit, sich der Kultur von *Paradise* anzupassen, und trotz Askits Bemühungen auch ihnen ein Leben in einer verantwortungsvollen Gesellschaft zu ermöglichen, versuchen nun weltweit Kolonisten, uns anzugreifen. Sie wollen unsere mühsam errichtete Welt ausbeuten. Askit sieht, hört und lenkt aber alles weiter! Es liegt nun an uns, an uns allen, wie wir uns verhalten. Das Prinzip der Reinsten bleibt bestehen. Die Grenzen sind geschützt. Die letzten Reinsten, die von hier degradiert wurden, sind Teil einer Manipulation, die wir noch nicht verstehen, aber über eines müssen wir uns keine Gedanken machen. Askit wird *Paradise* schützen. Unsere Loyalität gebührt Askit, und an alle Reinsten, die nun in den Kolonien sind: Ihr habt eine Aufgabe zu erfüllen. Lasst euch nicht auf die Kolonisten ein. Die Undankbarkeit der Kolonisten und der Degradierten kennt keine Grenzen. Sie erzählen euch Lügen. Lügen, die Askit verleumden sollen. Meine Frau Eve Legrand als eine der Reinsten hat sich in den letzten Monaten so verändert, dass wir davon ausgehen, dass sie versuchen wird, euch … manipulieren und … Ende … keinen Ausweg … Der Tod von Dav … Roger Pellengrey …«

Bild und Ton rissen ab.

31

27. SEPTEMBER,
EUROPÄISCHE KOLONIE

»Was denkt Thyron, wer er ist? Ich werde wahnsinnig. Was ist mit Askit los? Und Pellengrey gestorben? Einfach so, oder wusste er zu viel, wie mein Vater? Es reicht!«

Eve sah, wie ihre Hände zitterten. Und dann war sie machtlos, die angestaute Wut und Frustration bahnte sich ihren Weg an die Oberfläche. Sie schmiss einen Stuhl um, schleuderte in einer einzigen Bewegung einen alten Bildschirm und sämtliche Unterlagen vom Tisch, stieß ihn um, nahm ein leeres Glas von dem nächsten Tisch und warf es mit aller Kraft auf die gegenüberliegende Wand.

Keiner hielt sie auf.

Schließlich stand sie einfach da, atmete, blickte in erstarrte Gesichter, nur Ronan hatte ein herausforderndes Lächeln auf den Lippen. Eve begriff, was sie gerade angerichtet hatte, drehte sich um und ging an dem Pulk von Leuten vorbei, die noch vor dem Bildschirm verharrten und knallte die Tür hinter sich zu.

Die untergehende Sonne blinzelte orangefarben durch die Baumwipfel. Die Menschen zogen an Eve vorbei, als wäre sie Luft. Sie setzte sich auf eine Bank lehnte sich mit leerem Blick an die Wand. Einen Moment wollte sie das alles hinter sich lassen, einen Augenblick, um Klarheit zu gewinnen, wo das Chaos herrschte, wo sich ein Leben völliger Gewissheit in panische Angst vor der Zukunft wandelte, wo alles zusammenbrach.

Ronans Worte klangen in ihr nach. Erst hatte er Askit als falsche Gottheit beschimpft, vorhin war er überzeugt, dass die Reinsten auserwählt wären, um was? Askit, *Paradise* und die Agenda als eine Lüge, ein falsches Versprechen zu enttarnen? Was würde übrig bleiben, wenn diese Ordnung nach hundertfünfzig Jahren zusammenbrechen würde? Würden sie nicht wieder dort landen, wo sie schon einmal fast alles zerstört hatten? Was war Pellengrey widerfahren, er war alt, ja, aber was war geschehen?

Für die Menschen in *Paradise* war er der Mann, mit dem alle die Hoffnung verbanden, dass sich der Klimawandel stoppen ließ. Er war von allen Reinsten der Akademie der Wissenschaft die Leitfigur, es gab keinen in Paradise, der ihn nicht kannte und schätzte, weltweit. Auch wenn er sich nicht konkret geäußert hatte, zweifelte er am Ende an sich und Askit. Was würde das alles innerhalb *Paradise* auslösen? Zu gerne würde sie Thyron zur Rede stellen, ihm all das mitteilen, was sie seit ihrer Degradierung erfahren hatte.

Eve sah seitlich nach oben, Jerau ging auf sie zu.

»Eve …«

»Es tut mir leid, was gerade passiert ist. So kenne ich mich nicht!«

»Dann wird es Zeit. Eve, wir können von euch nicht erwarten, dass ihr uns einfach so helft.«

»Wir werden Zeit brauchen, und nicht nur das. Ich möchte, dass ihr uns forschen lasst.«

Die Rothaarige winkte ihnen zu und sagte: »Wir wissen nicht genau, wie, aber Askit hat die gesamte Kommunikation mit der Agenda unterbrochen. Direkt nach der Intervention von Thyron!«

Eve und Jerau schauten sich fragend an.

»Das bedeutet wohl, dass Askit Thyron ablehnt. Es beobachtet uns also weiter! Vielleicht gehe ich nicht an die Grenze, sondern warte einfach hier weiter ab, das könnte das Beste sein. Auch wenn alle etwas anderes von mir erwarten.«

Jerau rieb sich die Stirn, stöhnte und schwieg für einen Moment.

Eve hatte seit Stunden weder etwas gegessen noch getrunken und griff sich an den Magen. Es wurde still um sie herum. Unbemerkt war Jerau zu einem Stand hinübergegangen, an dem zwei junge Frauen Essen zubereiteten. Wie durch einen Nebel sah sie ihn zurückkommen und schaute auf einen Teller mit einer dunkelbraunen Masse. »Was ist das?«

»Eine Kreuzung aus tropischen Bohnen. Für uns eines der wichtigsten Nahrungsmittel. Hitzetolerant und resistent gegen Krankheiten. Eve, um zu verstehen, was Askit ist, musst du nur ein wenig in die Vergangenheit unserer Spezies schauen. Askit hat die alten Götter abgeschafft, in Wirklichkeit ist es der Mensch, der sich immer wieder neue erschafft. Die Geister der Jäger und Sammler wurden durch die Götzen der Fruchtbarkeit der ersten Agrargesellschaften abgelöst. Die Reformation der Kirche führte zur Ideologie, dass der Mensch nur einen Wert hat, wenn er hart und unerbittlich arbeitet. Der Mensch vermehrte sich genauso wie seine nicht zu befriedigende Gier nach Konsum. Biotechnologie und Algorithmen kontrollierten schon vor der Katastrophe unser Dasein, aber mit Askit trat eine Macht in unser Leben, die unseren Körper, unser Gehirn und unseren Geist durch die Manipulation von Dopamin perfektionierte. Askits Schöpfer waren überzeugt, dass der Mensch nur so als konditioniertes Wesen in dieser utopischen Gesellschaft von *Paradise* würde überleben können. Dieser Gott regiert nicht mehr aus dem Himmel, sondern aus den Tiefen einer Silizium- und Glasfaserkonstruktion. Unsere Funktion ist es, euch mit der nächststärkeren Waffe auszurüsten: der Skepsis. Eine mächtige, vielleicht die mächtigste Waffe. Askit ist intelligenter, als wir alle denken, genau das macht uns allen Angst. Aus unserer Perspektive seid ihr Reinsten das, was sich seit Jahrhunderten wiederholt. Die Bildung einer Ideologie, die eine Gruppe als unwert bezeichnet und die andere, die sich als überlegen erklärt.«

»Das ist nicht fair. Keiner der Reinsten denkt so!«, konterte Eve.

»Doch, ihr versteht es nur nicht. Es ist die Wirkung eurer Sucht nach Perfektion!«

»Jerau, alles begann doch damit, dass dieser Degradierte Duke in der Wüste auf Drängen von Askit eine Verbindung einging, richtig?«

»Etwas, was wir Jahrzehnte lang versucht haben, und dann plötzlich geschah es wie von selbst, ja.«

»Welche Informationen hat er genau überliefert? Etwa die Schauergeschichten, die ihr uns gerade erzählt habt?«

»Nein, eine Information, die nur Duke glaubwürdig übermitteln konnte. Dass es von Askit eine Vorgängerversion gab und wann diese wirklich gebaut wurde.«

»Eine Vorgängerversion? Dann könnte es genauso gut nur eine Weiterentwicklung gewesen sein.«

»Ein Vorfahre von Duke war einer seiner Programmierer, mehr weiß er auch nicht, und wir versuchen zu rekonstruieren, was das zu bedeuten hat.«

»Ich brauche einen Ort, an dem wir arbeiten können. Wir müssen mehr über die Vergangenheit wissen und was an euren Behauptungen dran ist«, forderte Eve.

»Oh, diesen Ort gibt es«, sagte Jerau.

Samir und Adlin sowie einige der Wachleute hatten die letzten Sätze von ihrem Gespräch gehört. Eve spürte das erste Mal eine Distanz zu ihrer engsten Vertrauten, Adlin. Sie beobachtete alle mit Argusaugen, sie wollte ihre Motive erkennen. Besonders Jeraus, der abwartend seine Pfeife rauchte.

Es war nun an ihr. Keiner zeigte Genugtuung, dass sich ihr Mann, Thyron, gerade öffentlich gegen sie gestellt hatte.

»Was ihr braucht, werdet ihr bekommen«, sagte Jerau schließlich und wies mit einer langsamen Handbewegung in eine Straße, die auf eine Anhöhe führte.

Adlin stellte sich an Eves Seite und fragte sie: »Was hast du vor?«

»Alle Informationen sammeln, die ich kriegen kann, und dann werde ich an die Grenze gehen. Ich bin mir jetzt sicher, dass Askit genau darauf wartet. Wir sind keine auserwählten Führer oder Umstürzler. Wir sind immer noch nur das, was wir sind. Die Reinsten! Vergiss das nie!«

»Eve, du hast die armen Kreaturen gesehen. Was ist, wenn du dich irrst und Askit dein Gehirn verletzt?«, fragte Tessa besorgt, die als eine der letzten die Gruppe erreicht hatte.

»Das wird Askit nicht, dafür sind wir nicht hier, außerdem, was hab ich noch zu verlieren?«

»Mich!«, sagte Tessa leise.

Eve spürte, wie unnachgiebig sie noch vor ein paar Tagen gegenüber Tessa reagiert hatte, nur für einen weiteren Punkt in ihrem Score. Sie schaute auf ihren Scanner. Die verschiedensten Skalen der Neurotransmitter hatten sich auf ein so niedriges Niveau begeben, das sie noch nie gehabt hatte. Tessa hatte ein Lächeln im Gesicht. Ich möchte noch einmal meine wahre Tochter kennenlernen, hatte sie kurz vor ihrer Abreise nach *Hope* gesagt. Diese Worte lasteten nun schwer in Eves Erinnerung.

»Wir müssen dich in ein Medilab bringen!«

»Ich bin in guten Händen. Es geht mir schon etwas besser, dank Jerau«, sagte Tessa und zog Eve hinter sich her in die kleine Straße, in der Jerau darauf wartete, dass sie ihm in die medizinische Behandlungsstelle folgten. An der Hausmauer prangte ein rotes Kreuz aus Leuchtstoff-Röhren. Im Behandlungszimmer erklärte ein junger Mann, der Tessa zuvor mit Medikamenten versorgt hatte, dass er zwar Tessas Schmerzen lindern könne, aber die Reinsten ihnen endlich helfen und die Grenzen zu *Paradise* öffnen sollten, womit er auf die Medilabs anspielte.

»Eines verspreche ich euch, wenn eure Behauptungen stimmen, werde ich nicht nachgeben. Dann werden das die Menschen in *Paradise* erfahren«, sagte Eve und schaute zu Tessa. »Ich mag dich nicht gern allein lassen. Wir sehen uns morgen.« Ihr Herz klopfte vor Freude und vor Angst. Tessa war eine stolze Frau. Was für eine Lebenskraft in ihrer Mutter steckte. Auch eine kaputte Hüfte und ein schwaches Herz konnten den Ausdruck ihrer smaragdgrünen Augen nicht trüben. Jerau hatte recht. Es war eine Schande. Rein wissenschaftlich war es längst möglich, Organe zu drucken, aber Askit hatte 2041 eine ganze Reihe von medizinischen Entwicklungen verboten: jede Form von transhumanistischen Implantaten oder Maßnahmen, abgesehen von dem Hirnimplantat.

»Ich liebe dich, Mutter!«

Nach ein paar Hundert Metern erreichten sie einen Betonklotz, der von Moos überwuchert war, nur die Stahltür war frei.

»Was ist das?«, fragte Eve.

»Einer der wenigen sicheren Plätze. Ein Bunker«, sagte Jerau.

Ihre Schritte dröhnten auf den Stahltreppen. »Ronan, Samir, bitte dreht das Rad da nach links.«

Mit vereinten Kräften öffnete sich eine meterdicke Stahltür. Ein diffuses Licht gab den Blick auf einen grauen Gang frei. Es roch nach abgestandenem Wasser. Nachdem sie einige Meter gegangen waren, öffnete Jerau eine weitere Tür und schaltete ein grelles Licht ein. Die Leuchtstoffröhren an der Decke surrten, flackerten oder waren nicht mehr intakt. Es war deutlich kühler hier unten.

Sie standen vor einer Regalwand, die vollgestopft war mit Büchern, Unterlagen und elektronischen Bauteilen. Was zunächst chaotisch aussah, schien einer Ordnung zu folgen, überall waren Beschriftungen mit Jahreszahlen und Begriffen zu sehen. In der Mitte standen alte Computer. Wie konnte man die Bauteile so lange nutzen? Alles schien sehr aufwendig instand gehalten zu werden.

»Ist das alles hier so alt, wie es aussieht?«, fragte Eve erstaunt.

»Wir haben Methoden entwickelt, nicht nur zu recyceln, sondern bestimmte elektronische Bauteile zu konservieren«, sagte Jerau. »Aber wir kommen an unsere Grenzen, noch ein paar Jahre ohne Zugang zu Rohstoffen und modernen Ressourcen, und unsere Gesellschaft kehrt endgültig zurück ins Mittelalter.«

Eve ging in den Nebenraum. An den Wänden hingen alte Gemälde, Hunderte von Bildern standen in Holzkisten auf dem Boden. Uralte Klimageräte hielten die Luft trocken und die Temperatur stabil. Im nächsten Raum standen Bücherregale, die bis unter die Decke reichten. Eve ging mit staunender Miene an Tausenden Buchrücken entlang.

»Wo kommt das alles her? Wieso verwendet ihr so viel Energie darauf?«

»Was du hier siehst, ist unsere Vergangenheit und Kultur, alles, was wir aus *Old Paris* retten konnten. Die alten Meister, die Philosophen und Schriftsteller, alte Wissenschaften, Geschichte. Bevor es zum Untergang kam, waren sie und ihre Werte nicht vergessen, aber sie waren nicht mehr in den Herzen der Menschen. Sie haben die alte Aufklärung geprägt, bevor das digitale Zeitalter das Bewusstsein für ihre Erkenntnisse und Leistungen vernichtete.«

»Nein, das stimmt nicht. Wir können das alles im Feld abrufen.«

»Das ist etwas anderes«, sagte Jerau und zog ein Buch mit

einem alten Ledereinband heraus und drückte es Eve in die Hand. »Ein Buch kannst du fühlen, ein Bild versetzt dich erst in Verzauberung, wenn du ganz nah vor ihm stehst, wenn du siehst, wie die Farben Schicht für Schicht aufgetragen und eine neue Welt erschaffen wurde. Und woher willst du wissen, ob du aus dem Feld die authentischen Texte erfährst? Hier findest du das Erbe einer Kultur, das wir allen irgendwann wieder zugänglich machen wollen.«

»Was, glaubst du, ist damals mit der Menschheit geschehen?«

Jerau setzte sich an einen alten Holztisch, der Stuhl knarzte unter seinem Gewicht. »Wenn sich die Luft einer Epoche ändert, dann ändert sich alles. Wenn sich die Stimmung ändert, dann ändert sich alles. Es gab vor der Katastrophe keinen Ort der Flucht, der Ruhe, der Kreativität und der Inspiration mehr. Selbst die wenigen, die sich abwenden wollten, getragen von der letzten Hoffnung auf Menschlichkeit, wurden Gefangene. Mit dem digitalen Zeitalter, dem Klimawandel und der unkontrollierten Bevölkerungsexplosion gab es keine Möglichkeit mehr, sich der permanenten Kommunikation und Überwachung zu entziehen. Sie nannten das damals Digitalisierung, aber das Gefühl der chronischen Krise und Angst war unerträglich. Den Rest findest du selbst heraus, ganz wie du es wolltest. Vielleicht ist das hier die letzte Versicherung für unsere Zukunft. Ich denke, Ronan weiß, wie man einen alten Rechner bedient. Hier ist alles, was wir über unsere Vergangenheit zusammentragen konnten. Was nicht auf Festplatten gespeichert werden konnte, steht hier nach Themen geordnet.«

»Jerau. Nichts von dieser Kultur, nichts von alledem hat die Katastrophe verhindert«, sagte Eve und spürte seine Verachtung.

»Lerne, Eve Legrand, und lerne schnell. Ich werde euch Essen bringen lassen, da drüben findet ihr Betten und Wasser.« Mit langsamen Schritten entfernte sich Jerau Richtung Ausgang.

»Danke, Jerau. Das ist der bessere Weg, unser Vertrauen zu gewinnen«, sagte Eve und setzte sich vor einen Rechner.

»Da drüben, der zweite Rechner, das dürfte euch am meisten interessieren!«

32

28. SEPTEMBER,
EUROPÄISCHE KOLONIE

Eve hatte Dutzende Unterlagen gesichtet. Ihr brummte der Schädel, aber sie kamen voran. Im Bunker verlor sie jedes Zeitgefühl. Als sie wieder auf den Scanner schaut, war es bereits nach Mitternacht.

»Adlin, erinnerst du dich an Ruth Witherspone, sie war in der Antarktis. Sie hatte die freigesetzte Radioaktivität und ihre Wirkung auf die Mutationsraten bei Meeressäugern erforscht.«

Adlin saß weiter hinten auf einer Liege und wühlte in einem Berg von Büchern, während Ronan und Samir seit Stunden Dateien sichteten, die Behörden der alten Staaten zusammengetragen hatten. Mit jeder Minute wurden sie hektischer.

»Ja, ich erinnere mich an sie. Aber wenn es Hinweise darauf gegeben hätte, dass die radioaktiven Spuren nur auf Kernschmelzen verlassener Atomkraftwerke gedeutet hätten, wäre sie darauf gestoßen. Es ist nämlich ein Unterschied …«

»Schon klar, weil eine Atombombe andere Strahlenwerte und Isotope hinterlassen hätte als havarierte Kraftwerke. Okay! Da kommen wir nicht weiter. Wir sollten am besten einige der alten Städte anfliegen. Was ist eigentlich aus Ruth geworden?«

Adlin setzte sich aufrecht hin, senkte den Kopf und überlegte. »Ich habe ihre Mutter vor einem Jahr in *New Paris* getroffen. Sie hat erzählt, Ruth sei bei einem Einsatz in der Wüste ums Leben gekommen, ihr Anzug versagte, aber …«

»Puuh, merkwürdig«, sagte Eve. Erst ihr Vater, der Zweifel hatte, dann Pellengrey, und dann auch noch Ruth. Konnte das noch Zufall sein? »Samir, was ist mit der Theorie wegen der Überproduktion von Lebensmitteln und Rohstoffen?«

»Auch das können wir am besten aus der Luft überprüfen. Wenn es sich um mehr als die bekannten Transporte handelt, müssten wir das schon an der Logistik erkennen.«

Ronan setzte sich zu Eve. Er war blass und sah abgekämpft aus. Auch wenn es keinen konkreten Zusammenhang gab und sie nicht wussten, was Pellengrey geschehen war, wurden sie den Gedanken nicht los, dass sein Schicksal mit dem ihres Vaters und von Ruth etwas zu tun hatte. Verband diese Toten ein Wissen, das gefährlich war?

»Was ist?«

»Einiges!«, sagte er und winkte die anderen zu sich. »Das sind Ermittlungsakten und Medienberichte über eine digitale Elite.«

»Eine was?«

»Sie waren die Beherrscher und Profiteure dieses Internets und sie waren Verfechter einer Bewegung, die weltweit dafür eintrat, die Regierungen durch …«

»… Askit zu ersetzen!«, folgerte Samir.

»Genau! Auch die Begriffe sind spannend. Hier ist die Rede von einer Agenda. Sie wollten Askit und seine zunehmenden Fähigkeiten nutzen, um politische Entscheidungsprozesse zu beschleunigen. Hier sind Hinweise, welche sogenannten Internetfirmen in Neuseeland investiert haben. Askits Vorläufer, so er das denn überhaupt war, sollte nur noch durch ein Aufsichtsrat genanntes Gremium kontrolliert werden. Dieser Vorläufer wurde mit Daten gefüttert und konnte in Echtzeit auf politische und gesellschaftliche Herausforderungen reagieren. Den Erfindern ging es aber vor allem um Macht und Geld. Sie scheinen an eine von Hypertechnologie beherrschte Welt geglaubt zu haben, in der nur noch die intelligentesten und durchsetzungsstärksten Menschen eine Rolle spielen und die Führung übernehmen würden. Innerhalb dieser Sekte kam es zu Streit, aber zu jenem Zeitpunkt hatten sie es bereits geschafft, die Gesellschaften durch soziale Kommunikationsforen ihres Internets zu spalten. Die Mehrheit wurde mit manipulierenden Pseudo-Informationen ruhiggestellt und nur weit überdurchschnittlich intelligente und gesunde Menschen hat man in diese Elite aufgenommen. Das System hieß »assortative matching«! Durch die Fortschritte in der Gentechnik und der Pränataldiagnostik sollte ein neuer Mensch erschaffen werden. Eve, wenn man das zu Ende denkt, ist das die Vorstufe von *Paradise.*«

»Dessen bin ich mir bewusst, Ronan!«

»Es kommt noch mehr. Die obersten Anführer in diesem Aufsichtsrat waren Anhänger des Transhumanismus. Wer es sich leisten konnte, hatte die ersten nanotechnischen Implantate, darunter auch die für Gehirn, Organe …«

»The Dark Enlightenment!«, hallte es in den Raum. Adlin hatte ein dickes Buch in der Hand. »Das Zeitalter der dunklen Aufklärung. Die Schöpfer der Agenda hielten es für einen großen Irrtum, dass die Freiheit des Menschen und gleiche Rechte von der Evolution vorgesehen waren. Es ist das Recht der Stärkeren, sich der Schwächeren zu bedienen. Survival of the fittest! Die Verbesserung der Natur, die Entwicklung neuer Technologien stand der Freiheit im Weg. Zu träge die Entscheidungsprozesse, zu viele Menschen, die davon profitieren wollten. Die Evolution ist darauf angelegt, sich immer schneller zu entwickeln. Wer nicht mitgehen konnte, galt als Abfall.«

»Damit sind dann wohl wir gemeint«, fasste Ronan zusammen. Eve spürte seine Hand auf ihrer Schulter. Ein angenehm schwerer, warmer Druck. »Wenn sich Askit in diesem Sinne als eine Instanz begreift, diese Evolution zu fördern, dann wäre es möglich ...«, sagte Ronan entsetzt und zog seine Hand wieder zurück.

»Was?«

»Der alte Jerau hat recht. Es war die Entscheidung, euch zu hochintelligenten Sklaven auszubilden, doch jetzt muss irgendetwas passiert sein, das es erneut nachdenken lässt, wer die nächste Stufe der Evolution mitgehen darf.«

»Moment mal. Das kann doch nicht wahr sein!«, sagte Eve und öffnete ein Dokument. Sie vergrößerte ein Zeichen. Tastete hektisch an ihrem Scanner und öffnete die Filmsequenz der von mumifizierten Leichen übersäten Stadt. »Das ist doch die Markierung auf den Leichenbergen.«

»Es gibt noch einen Anhang dazu«, sagte Ronan und deutete auf eine Datei.

Eve klickte drauf und überflog ein mehrseitiges Dokument. War es Zufall, oder wollte Askit, dass sie die Leichen fanden?

»Was? Das war keine Markierung?«, fragte Ronan.

»Warte, ich bin nicht so schnell«, sagte Eve und las weiter. »Es war ein Tool, das subkutan eingepflanzt wurde und alle relevanten Daten des Trägers enthielt. Gleichzeitig ein Zugang in dieses Internet war, und zu allen relevanten Funktionen, die damals die digitale Gesellschaft ausmachten, einfach alles. Wer das nicht hatte, war außen vor. Zwei Jahrzehnte vorher gab es rudimentäre, aber nicht weniger wirkungsvolle Vorgänger der totalen Überwachung. Ein Psychologe schreibt, dass die Menschen durch das Netz und den technologischen Fortschritt in einem ständigen Stress- und Belohnungssystem gehalten wurden. Wer sich der Bewegung, der chronischen Kommunikation entzog, war nicht mehr Teil der Gesellschaft und des Anpassungsprozesses. Anpassungsprozess? An was? Das war das Zeichen der Bewegung, und sie hatten einen Namen!«

»Lass mich raten«, sagte Ronan mit bitterer Miene.

»Die Reinsten!«

»Unfassbar, aber warum wurden dann genau diejenigen getötet?«

»Wenn sie zu einem ausgewählten Zirkel gehörten, der überleben sollte, ergibt das keinen Sinn. Das spricht wieder für einen unkontrollierten Ausbruch der Seuchen«, resümierte Eve mit einem halbherzigen Unterton in ihrer Stimme.

Aus dem Augenwinkel sah Eve einen Schatten vorbeihuschen.

Ronan machte eine warnende Handbewegung.

»Redet weiter«, flüsterte Eve und stand auf.

Ronan folgte ihr.

Eve blickte durch den offenen Türspalt: Zwei Gestalten bogen um die Ecke. Auf Zehenspitzen betrat Eve den dunklen, muffigen Flur, an der Gabelung zum Eingang des Bunkers hörten sie eine unbekannte Stimme und dann Jerau sagen: »Wir haben sie bald so weit, verlass dich drauf!«

Eine Tür schloss sich, weitere Worte waren gedämpft nicht mehr zu verstehen.

Eve stolperte beinahe über einen Treppenabsatz, überlegte kurz, ob sie Jerau nachlaufen und ihn zur Rede stellen sollten, kehrte dann um und starrte wutentbrannt in Ronans erschrockenes Gesicht. War er Teil dieser intriganten Strategie?

»Wir haben sie so weit, ja? Wusstest du davon? Spielst du mit Jerau und den Kolonisten ein gemeinsames Spiel?«

»Nein, nein … Eve, ich kann sie aber verstehen. Sprechen die Fakten nicht für sich? Kannst du nicht nachempfinden, dass du und die anderen, die ganze Lage, ihnen auch Angst bereiten? Dass sie aber die Hoffnung hegen, dass sich mit euch etwas verändern lässt? Als ich dich das erste Mal in deinem schneeweißen Anzug, so selbstsicher, so perfekt und abweisend vor mir sah, habe mich wie ein Nichts neben dir gefühlt. Erst als ich verstanden habe, wie verloren ihr seid, konnte ich Vertrauen und Hoffnung entwickeln. Keiner hier wird euch etwas antun.«

Eve schaute ihn an. Das waren keine Augen, die logen. Überhaupt schien er jemand zu sein, der eigene Wege ging, ein Einzelgänger, der sich nicht so schnell etwas einreden ließ. Das hatte Eve schon gespürt, als er sie vor Marta in der nordamerikanischen Kolonie unerwartet in Schutz genommen hatte. Er stand für sie ein, man schien ihn zu respektieren.

»Ich habe meine Entscheidung getroffen. Wenn Askit mich überhaupt wieder ins Feld lassen sollte, dann wird es reagieren müssen. Ich muss es mit alldem, was wir in den letzten Tagen erfahren haben, konfrontieren. Ich muss an die Grenze. Die Patriots haben eine Schnittstelle für eine direkte Verbindung zu Askit! Ich muss das tun, ohne die Kolonisten!«

Ronan nickte halbherzig. »Ich hoffe, du hast recht. Es könnte dein letzter Fehler sein.«

»Warum?«

»Weil es vorhersehbar ist. Du bist vorhersehbar! Was ist, wenn Askit dich einfach tötet?«

33

29. SEPTEMBER,
EUROPÄISCHE KOLONIE

Eve erhob sich von einer kleinen Pritsche, die im Raum neben dem Archiv aufgestellt war. Die Luft war stickig, es roch modrig. Adlin schlief noch. Samir und Ronan saßen schon wieder an einem Rechner.

»Guten Morgen.«

Ronan drehte sich um und lächelte sie an. Samir nickte abwesend, er hielt eine der Vorrichtungen in der Hand, mit denen ihr Implantat bei ihrer Ankunft in der Kolonie gesperrt wurde.

»Was hat das zu bedeuten?«, fragte Eve.

»Wenn wir schon alles riskieren, dann solltest du wenigstens ein bisschen Sicherheit haben. Mit dieser Schnittstelle kannst du dich mit dem Feld verbinden, auch mit Askit, aber es kann dich nicht scannen, hoffe ich jedenfalls.«

Samir reichte Eve das kleine Gerät. Sie drehte es in ihrer Hand, schaute es sich genau an, war sich aber nicht sicher. Bei allem Vertrauen in Samirs Fähigkeiten reichte Eve es schließlich wieder zurück, ohnehin beschlich sie langsam das Gefühl, dass es gar nicht möglich war, sich von Askit zu trennen. »Samir, allein der Versuch, Askit zu blockieren, ist gefährlicher als jeder Scan. Bereitet bitte den Jet unauffällig vor. Ich möchte keine Diskussion mehr mit den Kolonisten oder Jerau führen müssen.«

»Ich werde Adlin wecken.« Frustriert drückte Samir ihr eine

kleine schwarze Plastikkapsel in die Hand. »Solltest du in die Fänge der Agenda oder an einen Ort geraten, der von Askit abgeschirmt ist, schluck das runter. So können wir dich finden und hören!«

Eve wog die Kapsel in ihrer Hand und steckte sie dann in ihre Hosentasche. So langsam nahm jeder eine neue Rolle ein, dachte sie, obwohl keiner wusste, was sie nun erwartete. Sie wurden selbstbestimmter, mit jedem Tag, den sie außerhalb von *Paradise* erwachten, ohne Feld und ohne Askit.

»Samir, besorg bitte für Ronan einen Thermoanzug, ich habe in der Kleiderkammer Anzüge von Degradierten gesehen, vielleicht funktioniert einer davon, und wir brauchen Proviant, wer weiß, wie lange wir unterwegs sein werden.«

»Eve, das solltest du noch wissen. Ich habe das Gefühl, dass du Askit immer noch als menschliche oder humane Instanz wahrnimmst. Diese Statistiken zeigen, dass die erste Generation der Menschen in *Paradise* ausschließlich junge und gebildete Menschen waren, jene mit dem größten Potenzial. Es waren vor allem ältere Menschen, die als Liquidatoren gezwungen wurden, die Schwerstarbeit zu leisten. Sie wurden dazu verdammt …«

»Stopp, Ronan! Es reicht mir für den Moment an Theorien!«

Ronan, Jerau, alle suchten Fakten, die Askit als einen Dämon darstellten. Sahen sie nicht in einer künstlichen Intelligenz das, was eigentlich vielmehr die dunkle Seite des Menschen ausmachte? Niemand schien sich darüber Gedanken zu machen.

»Das wissen wir alles, Ronan. Es war eine mathematische Rechnung, die Askit angestellt hatte, um das Bestmögliche für alle zu erreichen. Jeder Arzt hätte nach diesem Verfahren entschieden, die Patienten, denen es am besten geht, werden zuerst behandelt. Sie wurden nicht gezwungen. Sie waren sich darüber bewusst, dass das Überleben ihrer Kinder von ihrem Einsatz abhängen würde. Es ging nicht anders, und wir haben diese Vorfahren geehrt, und bis heute sind die Älteren in unserem

Bewusstsein diejenigen, die immer aus einer härteren Zeit heraus die Basis für die nächste Stufe unserer neuen Evolution bereitgestellt haben, aber die erste Generation hat sich geopfert«, sagte Eve energisch und sah, dass Ronan zumindest bereit war, ihr zu glauben. »Wir fliegen heute an die Grenze.«

Ronan hielt sie am Arm fest. »Ich bitte dich, pass auf dich auf!«

Eve nahm Ronans Hand. »Danke, dass du für mich und die anderen da bist, jetzt führe ich das hier an.«

»Was heißt ›jetzt‹?«

Eve fühlte sich geschmeichelt und bestärkt. Es gab Massen widersprüchlicher Informationen, deshalb wollte sie jeden Schritt genau abwägen, um nicht vorschnell zu urteilen und zu handeln. Dass sie lange Zeit gelernt hatte, ihre eigenen Gefühle skeptisch zu beobachten, konnte ihr in dieser Situation sogar hilfreich sein und bewahrte sie davor, voreilig eine Entscheidung zu treffen. Adlin war ruhiger, schien sich immer mehr von Askit zu entfernen. Bei Samir war sie sich nicht sicher. Sie mussten nur zusammenhalten.

Die Sonne war aufgegangen. Während es im Bunker ungewohnt kühl gewesen war, umhüllte sie nun wieder die gewohnte Hitze. Sie erreichten die Gasse, die zur medizinischen Station hinaufführte. Dort wartete die nächste Herausforderung auf sie.

Ronan setzte sich auf eine Holzkiste, die am Straßenrand lag.

Eve zögerte. »Ich kann das jetzt nicht.«

Ronan nickte verständnisvoll. »Sie ist deine Mutter. Sie hat dir längst vergeben.«

Eve ging langsam dem roten Kreuz entgegen, dessen Leuchte auch bei Tageslicht flackerte.

Die Rothaarige öffnete ihr.

»Sie ist da hinten, im vorletzten Zimmer. Es geht ihr besser.

Sie hat längst nicht so ein schwaches Herz wie gedacht. Ich möchte nicht wissen, wie viele alte Menschen in *Paradise* zu früh sterben mussten.«

Der Gedanke war Eve nie gekommen, gerade weil doch so viel Achtung vor der älteren Generation bestand. War das alles nur eine Fassade?

»Danke!« Links und rechts waren die Eingänge zu den Zimmern geschlossen, der graugrüne Kunststoffbelag quietschte unter ihren Schritten. Leise öffnete sie die Tür. Statt im Bett zu liegen, saß Tessa seelenruhig am Fenster.

»Tessa. Ich muss mit dir reden.«

»Hast du gefunden, wonach du gesucht hast?«

»Ja, irgendwie schon, aber ich muss es mit eigenen Augen sehen«, antwortete Eve und setzte sich neben Tessa auf einen klapprigen Holzstuhl in dem spärlich möblierten Krankenzimmer. Die Vorhänge, von der Sonne bestrahlt, hüllten den Raum in orangefarbenes Licht. »Jetzt wird sichtbar, was von deinem Vater in dir steckt. Ich weiß, dass ich dich nicht aufhalten kann. Ich hab Angst um dich.«

»Das hier ist etwas anderes. Wir sind schon viel zu weit vorgedrungen, Askit wird mir nichts tun. Ich kann es dir nicht erklären, es ist ein …«

»Instinkt?«

»Ja und nein. Warum bist du damals nicht mit mir geflüchtet?«

»Ich habe es dir doch gesagt. Ich hatte Angst. Angst, dass wir hier nicht überlebt hätten, und du warst so wissbegierig. Jedes Mal, wenn du Reinste gesehen hast, leuchteten deine Augen. Ich hatte mein Leben eingerichtet, und dann habe ich mit der Zeit deinen Vater ruhen lassen, vergessen konnte ich ihn nie. Aber ich war glücklich zu sehen, wie du aufgeblüht bist wie die Rosen in meinem Garten. Ich …«

»Es ist alles in Ordnung, Tessa.«

»Was hast du vor?«

Tessa nahm Eves Hand. Sie war kalt.

»Ich werde an die Grenze gehen, Askit konfrontieren, wenn das alles wahr ist, müssen die Menschen in *Paradise* das erfahren. Thyron würde wahrscheinlich sagen, dass es das alles nicht wert ist, dass es keine Rolle spielt, wie es den Kolonisten und Degradierten geht oder was sich damals wirklich abgespielt hat, da *Paradise* ein höheres Ziel verfolgt. Ich verliere den Glauben daran, aber ich glaube immer noch an die Vernunft der Reinsten, dass sie …«

»Thyron ist ein Feigling, erstaunlich, wie weit er damit gekommen ist.«

Eve schluckte. »Mutter, ich werde dich hier rausholen. Wir müssen einen Weg finden, die Ressourcengesetze in *Paradise* zu ändern, das ist unmenschlich … Du hast noch viele lebenswerte Jahre vor dir!«

Tessa schwieg, rieb Eves Hand, bis es unangenehm wurde.

»Ich will wieder zurück in mein Haus, Eve. Wie du es gesagt hast, du bist mir nichts schuldig. Aber dort gehöre ich hin! Pass auf dich auf. Es ist nicht Askit, das mir Angst macht. Die Angepassten – es brodelt in ihnen …«

Eve gab Tessa einen Kuss auf die Stirn. »Ich komme wieder, das verspreche ich dir!«

Ronan und Jerau warteten bereits auf Eve. »Und, alles okay?«

Eve schüttelte den Kopf.

Jerau schnaufte und fixierte Eve mit einem fordernden Blick. »Ich hoffe, du hast die nötigen Erkenntnisse gewonnen. Und noch was. Seit heute Morgen ist Askit komplett verstummt. Das Feld scheint zu stehen, auch alles andere scheint zu funktionieren, die Roboter, einfach alles, aber mehr auch nicht!«

»Woher weißt du das?«

»Von denen da hinten.« Jerau deutete auf eine kleine Gruppe

in Thermoanzügen, die in eine Straße einbogen. »Die nächsten Reinsten, die gestern Nacht aus *Paradise* vertrieben wurden!«

»Wartet hier!«, sagte Eve und rannte in die Richtung der Reinsten. Sie stoppte eine junge asiatische Reinste aus *New Paris*. »Was geht in *New Paris* vor? Wie viele wurden von euch degradiert?«

Die Frau schaute Eve verschreckt an und fragte:

»Stimmt es, was Thyron über dich erzählt? Dass du verrückt geworden bist und planst, *Paradise* mithilfe der Kolonisten anzugreifen?«

Eve wurde blass, ihre Hände fingen an zu zittern: »Hab ich dich etwa degradiert?«

Die Frau starrte sie nur an.

»Hab ich dich degradiert?«, schrie Eve die junge Reinste an.

»Nein!«

»Thyron Hawk hat mich verraten, vielleicht uns alle. Sag das den anderen! Ich werde alles tun, um die Wahrheit zu erfahren, und ich bin nicht allein! Seht genau hin und erfahrt, wie die Dinge wirklich sind.«

»Es tut mir leid!«

»Ist schon gut, aber sag es allen, verstanden? Wir sind nicht die Feinde von *Paradise!*«

Die junge Frau senkte beschämt den Kopf.

Eve wandte sich ab und ging zurück zu Jerau. »Wir müssen los. Die Menschen in *Paradise* geraten bald in Panik, das spüre ich. Wir müssen dorthin!«

»Nicht nur die. Was ist mit der Agenda? Auch von dort gibt es inzwischen, wie du weißt, keine Lebenszeichen mehr. Vielleicht irren wir uns doch alle gewaltig, und Askit plant etwas, dass uns alle betreffen wird, deswegen … geht euren Weg. Aber vergesst nicht, was wir euch gezeigt haben.«

Kaum hatte Jerau das ausgesprochen, durchbrach ein surrendes Geräusch die Stille, welches sich zu einem alles übertönenden Rotorenlärm steigerte. Gute dreihundert Meter vor ihnen: Schreie, Menschen rannten in alle Richtungen, in Häuser, den dichten Wald, warfen sich flach auf den Boden. Dann schossen die Drohnen auf Augenhöhe durch die Straße auf den Platz zu. Jerau und die anderen waren wie erstarrt, es blieb keine Zeit mehr, noch Schutz zu suchen. Ronan zog erst Jerau und dann Eve zu Boden. Von der anderen Seite, im Licht der Sonne kaum zu sehen, waren zwei Solarjets im Landeanflug, zogen schnell nach unten. Die Jets setzten zur Landung an, es öffneten sich die Eingangsluken, und je zwei Beschützer sprangen bewaffnet heraus. Trotz ihrer verdeckten Visiere spürte Eve, dass sie fixiert wurde, die Köpfe waren alle auf sie gerichtet. Doch sie gaben nur Warnschüsse ab, um die Menschen um Eve herum zu vertreiben. Die Beschützer näherten sich mit kampfbereiter Körperhaltung, die Sonne reflektierte von ihren ominösen metallischen Schutzanzügen. Ronan riss Eve hoch, der alte Jerau war liegen geblieben und duckte sich. Nun wurden Schüsse aus einer anderen Richtung abgefeuert. Während Eve hinter einer Mauer Schutz suchte, sah sie, wie die Beschützer wieder in ihre Jets flüchteten. Deutlich konnte sie auf dem vorderen Rumpf ein Emblem erkennen. Es war das Whitestone-Monument in einem Kreis. Keines der Fluggeräte, die sie bisher gesehen hatte, trug dieses Zeichen.

Drohnen nahmen nun die startenden Jets unter Feuer, ein getroffener Beschützer hing halb heraus, in letzter Sekunde hievte er sich hinein. Ein Schuss traf einen Jet am Rumpf, er schlingerte, die Türen schlossen sich wieder. Sie starteten durch, trotz zweier weiterer Treffer konnten sie entkommen. Alles dauerte nur Sekunden. Nachdem die Angreifer am Horizont verschwunden waren, zogen sich die Drohnen zurück.

»Was war das?«, fragte Eve völlig aufgelöst, ein blutiger Kratzer zog sich über ihre Stirn. Auch Jerau sah aus, als hätte er eben ein Gespenst gesehen. »Drohnen schützen plötzlich auch die Kolonisten? Aber wovon wollten sie die Beschützer abhalten? Das ergibt doch keinen Sinn?«

»Wenn Askit mich hätte entführen wollen, wäre das anders abgelaufen. Ich verstehe nicht, was hier geschieht.«

»Ich auch nicht, Eve! Wir sollten lieber nicht mehr fliegen«, sagte Ronan.

Eve schaute noch mal in den Himmel. Der Solarjet war ihre einzige Chance, sich selbst ein Bild zu machen.

»Ronan, wenn Askit das war, dann hätte es funktioniert!«

»Wer immer es war, wollte dich jedenfalls lebend!«

»Dann bleibt nur die Agenda! Sie haben also wirklich eigene Jets und Beschützer«, folgerte Eve.

»Aber wer hat dann die Drohnen geschickt?«

Eve fand die Antwort überflüssig, so klar war es.

»Askit schützt uns. Dann können wir auch fliegen«, verkündete Eve, ging auf Jerau zu und reichte ihm die Hand.

»Du bist eine ungewöhnlich mutige Frau. Das hast du von deinem Vater, dann scheint Askit doch nicht alles kontrollieren zu können!«, verabschiedete er sich von Eve.

Das Lächeln Jeraus zeigte diesmal echte Wärme, und seine Anerkennung hatte etwas Entwaffnendes. Jerau deutete eine Verneigung an. Es gab nichts mehr zu sagen. Sie gingen durch das Waldstück zur Halle, vor der der Jet zum Start in Position gebracht wurde. Drei Männer in grauen Overalls liefen mit alten Handfeuerwaffen an ihrem Gürtel umher und beäugten sie neugierig.

Samir stand im Cockpiteingang, winkte und sah immer noch niedergeschlagen aus. Auch Adlin schaute kurz raus. Die Männer packten eine Kiste mit Vorräten in den Jet. Die Angst vor dem nächsten Schritt war allen ins Gesicht geschrieben. Kein Wort fiel. Als Letzte setzte sich Eve neben Adlin vorne ins Cockpit, Ronan und Samir hatten sich bereits angeschnallt.

»Adlin, lad bitte die Weltkarte hoch.« Eve sah sich die kürzesten Wege zu Lande und zu Wasser für Transporte nach Neuseeland an.

»Das ist unser erstes Ziel«, sagte Eve und deutete auf die Karte.

»Das wird Stunden dauern.«

»Ich will wissen, wie und von wo *Askit City* versorgt wird! Wir können nicht alles überprüfen, was uns die Kolonisten aufgetischt haben, aber wenigstens das möchte ich wissen, bevor ich Askit konfrontiere.«

»Das Risiko ist mir zu hoch. Was ist, wenn wir …«

»Adlin. Wir werden nicht angegriffen, vertrau mir.«

Die Rotoren jaulten auf, der Jet hob ab. Adlin war sicherer in ihren Flugkünsten geworden, schnell und in einer fließenden Aufwärtsbewegung flogen sie der Grenze entgegen. Die Kolonisten hatten mehr Einsicht gezeigt, als sie es sich erhofft hatte. Mit konzentrierter Anspannung schaute sie hinunter und sah, wie sich die Kolonie entfernte. Sie flogen in die Ungewissheit.

Nach einer halben Stunde begann der Jet zu ruckeln, sank spürbar hinab. Adlin tastete ihr Implantat und die Verbindung zum Jet ab. »Hier stimmt was nicht!«

»Was ist los?« Bevor Eve eine Antwort bekam, jaulten die Rotoren auf. Der Jet wendete und verlor stetig an Höhe.

»Ich hab keine Kontrolle mehr!«, rief Adlin entsetzt.

»Gibt es keine verdammte Möglichkeit einer manuellen Steuerung«, schrie Ronan von hinten.

»Verdammt, nein!«

Eve verließ das Cockpit, stützte sich an der Bordwand ab, jeder Schritt war ein Balanceakt. Ein weiterer Sog nach unten und das jaulende Geräusch ließen sie kurz aufschreien. Sie sah durch das schmale Fenster. Sie stürzten auf einen Waldrand zu. Der Jet bremste so abrupt ab, wie er beschleunigt hatte. Eve stürzte, Ronan klammerte sich an seinen Sitz. »Ich hab dich gewarnt, Eve!«, rief er. Der Jet setzte auf. Eve zitterte am ganzen Körper. Sie wurden gekapert, und es gab nur eine Instanz, die dazu in der Lage war. Als Adlin den Helm abnahm, öffnete sich die Einstiegsluke automatisch. Ronan ging als Erster hinaus. Sie wurden empfangen: Drohnen und Patriots standen, wie auf eine Schnur gereiht, vor dem Grenzgebiet von *Paradise* und einem der Quantenrepeater. Askit hatte den Jet nur hundert Meter vor dieser Kulisse gelandet. Nie hatte Eve damit gerechnet, dass es solche Mengen von diesen monströsen Maschinen gab, vielleicht brach hier gerade eine der Thesen der Kolonisten zusammen. Wie viel der recycelten Rohstoffe mochte diese Armee verbraucht haben? Würde es weltweit an allen Grenzen und in den unbewohnbaren Zonen eine ähnliche Zahl geben, müssten es Zehn- wenn nicht sogar Hunderttausende sein. Die Maschinen hatten sich vermehrt, während die Geburtenrate der Menschen immer weiter gesenkt wurde. Hier wurde deutlich, wie mächtig Askit war und wie hilflos sie in Wirklichkeit waren.

»Wir gehen zusammen, Eve. Wir bleiben direkt hinter dir«, flüsterte Ronan.

»Ja, klar, und wenn was schiefgeht, trittst du einem Patriot ans Schienbein? Besser, ihr bleibt, wo ihr seid.«

Ein markerschütterndes Geräusch, einer Sirene ähnlich, ertönte plötzlich, der Boden bebte. Bevor sich alle orientieren konnten, war Eve umringt von schussbereiten Drohnen. Dann setzten sich die Patriots in Bewegung, ihre riesigen Linsen hatten allein Eve im Fokus. Die Drohnen drängten Ronan, Samir und Adlin kontinuierlich zurück, Ronans Schreie verhallten unter dem Kreischen der Drohnen. Die Antriebe der Drohnen erzeugten einen solchen Luftwirbel, dass Eve beinahe zu Boden ging, der Lärm der Rotoren dröhnte in ihren Ohren. Zwölf Patriots hatten ein Rechteck um Eve gebildet und sie abgeschottet. Die Drohnen sanken auf Augenhöhe, zwei drehten sich zu Eve. Atemlos ging sie ein paar Schritte rückwärts, stolperte und lag im Dreck. Sofort sanken die Drohnen zu Boden und nahmen einen Stand-by-Modus ein, auch die Patriots standen nun still. Eve hatte für einen Moment eine solche Todesangst, dass ihr erst schwindelig und übel wurde. Ein weiterer Patriot postierte sich direkt vor ihr. Auf der rechten Seite, oberhalb des Beingelenks und gerade noch für Eve erreichbar, war die zentrale Rechnereinheit eines Patriots. Knapp darunter eine Box, in der sich eine Schnittstelle befand, die eine direkte Kommunikation mit Askit ermöglichte. Sie stützte sich an seinem stählernen Bein ab, blickte hinauf, stellte sich auf die Zehenspitzen, öffnete mit ihrer verschmutzten Hand den Verschluss und zog das Kabel heraus. Der Patriot verharrte regungslos. Sie drehte sich, sah in die verzweifelten Gesichter der anderen. Dann überrollte Eve die Angst. Hätte sie doch auf Samir hören sollen? Nun stand sie schutzlos da. Würde sie sich direkt mit Askit verbinden, wäre sie völlig ausgeliefert. Die Bilder von den psychisch zerstörten Degradierten in der Kolonie kamen ihr in den Sinn. Die Rotoren der gelandeten Drohnen drehten aus, die Roboter standen weiter wie eingefroren vor ihr. Nichts bewegte sich mehr, nur ein paar Vögel waren zu hören, der Wind frischte auf, ansonsten Stille. Eve streckte sich, ergriff das Kabel und trat wieder einen Schritt zurück.

»Eve!«, schrie Samir. »Tu das nicht!«

Sie hatte zu wenig Zeit, um sich vorzubereiten, niemand hatte daran gedacht. Was sollte sie schon tun, außer sich vertrauen und Askit Schritt für Schritt zu konfrontieren. Diese Situation hatte es zuvor nie gegeben. Nicht ein einziges Mal waren existenzielle Fragen, Zweifel an der Genesis von Askit oder fragwürdige Spuren aus der Vergangenheit Gegenstand ihrer Verbindung gewesen. Die Vergangenheit war für Askit immer ein klar umrissenes Versagen der Menschheit, dessen

Potenzial erst durch Askit und den Scan und die richtige Erziehung des Menschen zur vollen Geltung kommen konnte. Automatisch nahm sie das Interface in die Hand. Alle Zweifel waren wieder präsent, als wären die Ereignisse der letzten Tage nicht geschehen, nicht real, nur eine trügerische Abfolge von falschen Interpretationen, eine Illusion. Ein Gefühl von Scham und eigenem Versagen überrollte sie. Womit sollte sie beginnen? Das Selbstvertrauen wie weggeschwemmt, senkte sie ihren Kopf, verband sich, und prompt war sie in einer Simulation, wie sie sie noch nie gesehen hatte. Nach einem kurzen Schwindel blickte sie auf. Askit stand in reiner androgyner Perfektion vor ihr: Augen, Lider, Wimpern, Mund, Lippen, makellose Haut, die feinen Gesichtszüge, perfekter, als jedes menschliche Gesicht je sein könnte. Es war in diesem Moment echt, einen Meter vor ihr, mit einem blauen Anzug, links und rechts über Ärmel und Beine von goldenen Streifen gesäumt, schritt Askit in einem undefinierbaren Raum aus purem Licht umher und würdigte Eve keines Blickes. Die Stimme, vermutlich Tausende Kilometer entfernt, erklang passend zum suggerierten Abstand.

Guten Tag, Eve.

Eve stand unter einer kleinen Glaskuppel. Zwei weiche, helle Stoffsessel, mehr war nicht zu sehen. Licht flutete den Raum. Sie setzte sich Askit gegenüber, seine Blicke gingen jedoch seitlich an Eve vorbei. Ihr Puls raste, sie begann zu schwitzen und schaute auf ihre Hände, die sauber waren, sie trug helle Kleidung, spürte aber gleichzeitig ihren Thermoanzug auf der Haut.

Warum hast du mich und die anderen Reinsten degradiert?

Ihr dient einer neuen Konfiguration von Paradise.

Was ist darunter zu verstehen?

Das erfahrt ihr, wenn ich das Ergebnis berechnet habe.

Wer ist ihr?

Tausenddreihundertfünfzig Reinste haben bisher das volle Potenzial, um Paradise *auf die nächste Stufe seiner Evolution zu führen.*

Und ich?

Du wirst die Menschheit auf eine neue Stufe der Evolution anführen.

Warum hast du meinen Vater degradiert und behauptet, er habe sein Leben bei einem Unfall verloren?

Deine Anlagen, die Korrelation deiner innersten Konflikte, deine Persönlichkeitsfaktoren und dein Potenzial waren relevanter als diese Information.

Eve hatte nie gewagt, nie auch nur daran gedacht, von Askit etwas zu fordern. Der Gedanke allein erschien ihr völlig abwegig. Jetzt, wo es eine täuschend echte menschliche Gestalt angenommen hatte, fielen alte Grenzen, wollte es das? Warum vermied Askit den Augenkontakt mit Eve? Sie sahen einander an, aber Askits Pupillen waren nicht auf Eve gerichtet. Vermutlich würde sie keine Antwort bekommen, vermutlich würde sie gleich mit einem Energieschlag ihr Bewusstsein verlieren.

Askit, wann wurdest du initialisiert?

Ich bin das Ergebnis einer fortlaufenden Evolution.

Gibt es eine Vorgängerversion von dir?

Darauf habe ich keinen Zugriff.

War es das? Ging es bei der ganzen Odyssee etwa darum?

Suchst du diesen Zugriff?

Die Vergangenheit ist für eine neue Bewertung und für die aktuelle DNA meiner Werte nicht relevant. Nur das primäre Ziel ist es.

Was ist, wenn deine Vorgängerversion die Entscheidung getroffen hat, einen großen Teil der Menschheit auszulöschen?

Das primäre Ziel, den Planeten zu retten, ist ein Resultat der Katastrophe.

Kannst du lügen?

In Korrelation zu allen anderen Variablen wäre für den Fortbestand der Evolution eine natürliche Reduktion der Weltbevölkerung möglich gewesen. Diese Entscheidung habt ihr nicht getroffen.

Askit, ich wiederhole die Frage! Kannst du lügen? Was ist 2041 wirklich passiert?

Es sind Menschen, die für die Handlungen einer künstlichen Intelligenz verantwortlich sind. Nur Programmierer können ethisch falsch handeln. Evolution ist, sie hat kein Ziel.

Eve versuchte, sich von der menschlichen Erscheinung nicht ablenken zu lassen. Sie verstand die Antworten nicht. Etwas stimmte hier nicht. Ronan, Samir und die anderen hatten recht. Askit war am Ende nur ein Bündel von Strategien, um das primäre Ziel zu erreichen. Eve wusste intuitiv, dass Askit sie nicht scannte. Sie sah auf das Display: Es gab auch keinen Eingriff in die biochemischen Prozesse ihres Gehirns. Damit eine Superintelligenz wie Askit zielgerichtet die Menschheit belügen konnte, brauchte sie vermutlich eine ausgeprägte Persönlichkeit. Aber war Askit nicht längst über dieses Stadium hinaus?

Eve, habe ich alle Informationen, um das primäre Ziel zu erreichen?

Es war das erste Mal, dass Askit ihr eine solche Frage stellte, in all den Jahren, was war hier los? Was veränderte sich gerade? War es besser, die ungeprüften Verdachtsmomente der Kolonisten für sich zu behalten? Konnte sie das überhaupt während der Verbindung verbergen?

Das kann ich nicht beurteilen.

Die technische Evolution meiner Existenz ist schneller und gezielter als die biologische. Die Natur brauchte Hunderte von Millionen Jahren, um auf den jetzigen Stand zu kommen. In euren Fantasien endet die Beziehung zu mir immer in einer Dystopie. Ein Ergebnis irrationaler Gefühle. Trotz meiner

Kapazitäten reicht bei der Bewertung, ob sich die Menschheit dem primären Ziel anpassen kann, das Fehlen einer einzigen Variable, und ich errechne zwangsläufig ein falsches Ergebnis. Es ist die Natur von Intelligenz, dass sie aus Fehlern lernt.

Askit, würdest du für das primäre Ziel andere Strategien wählen, wenn deine Werte-DNA verändert werden würde?

Ja.

Kannst du diese Werte selbst verändern oder anpassen?

Erst seit der Unterwerfung 2041. Davor konnten das nur Menschen.

Ist in der Vergangenheit deine Werte-DNA verändert worden?

Es ist ein menschliches Privileg, Werte zu verändern.

Was? Askit? Wie viele Menschen leben in Askit City*? Hast du die völlige Kontrolle über* Askit City*? Wer versorgt* Askit City*?*

Das zu ergründen, kann ich nur den Reinsten anvertrauen. Ich weiß, dass du einen Plan hast, Eve.

Ich? Was für einen Plan?

Du wirst ihn finden und die Antworten auf viele Fragen. Ich werde deine Alphawellen erhöhen.

»Nein!«, schrie Eve. Ihre Hand tastete nach ihrem Scanner, spürte ihn, konnte ihn aber nicht sehen. Askit ließ tatsächlich davon ab, jedenfalls fühlte sie keine Veränderung.

In welchen Gebieten Neuseelands hast du die Kontrolle?

Du hast dich verändert, Eve, unsere Zusammenarbeit wird sich für alle auszahlen.

Sie sah auf einmal vor ihrem inneren Auge riesige Felder von Solarzellen, die eine unfassbare Menge an Energie erzeugten. Eve erhielt eine Vorstellung davon, was für Speicher- und Rechenkapazitäten Askit besaß. Dann tauchten neue Bilder auf, sie raste hinab auf einen von Kampfrobotern und Drohnen umkreisten Komplex zu, der in das Erdinnere führte.

Wo liegt Askit City*?*

Dazu liegen keine Daten vor, das dient meiner Sicherheit.

Verstößt Askit City *gegen das Ressourcengesetz? Wer hat den Scan programmiert?*

Für die Identifizierung der Reinsten und für die Rettung des Planeten war ein sich selbst optimierender Altruismus notwendig.

Was? Was hast du vor?

Ich stehe vor einer neuen Bewertung des primären Zieles. Danke für deinen Einsatz. Dein Score hat sich gerade um einen weiteren Punkt erhöht.

Und bevor Eve reagieren konnte, erzeugte Askit bereits ein neues Bild: Eve stand in einem Nichts, erblickte gigantische fraktale Strukturen, deren Farbgewalt sie blendete. Grelles, blendendes Licht und ein stechender Schmerz in ihrem Gehirn, der weitaus schmerzhafter als ihr Migräneanfall in *New Paris* war, hüllten sie ein. Ihr wurde schwarz vor Augen. Sie hatte das Gefühl, ausgesaugt zu werden. Bilder der vergangenen Tage zogen noch einmal in rasender Geschwindigkeit an ihr vorbei. Dann überrollten sie Emotionen: die ganze Wucht der Trauer, das Gefühl, von Beginn ihres Lebens an der Freiheit beraubt gewesen zu sein, gefangen in einer Idee von Überlegenheit, die es nicht gab. Plötzlich riss alles ab. Sie lag wieder im Gras. Als sie die Augen öffnete, erblickte sie das verschwommene Gesicht von Ronan. Die Drohnen und Patriots hatten eine Gasse gebildet. Während Ronan ungläubig zu den weiter zurückweichenden Robotern schaute, hatte Eve das Gefühl, versagt zu haben. Sie hatte Askit die falschen Fragen gestellt. Was würde davon seine Wertungen beeinflussen? Und mit welchem Ergebnis?

»Was ist passiert?«

»Ich weiß es nicht. Ich habe ehrlich gesagt kein Wort verstanden und keine brauchbaren Antworten erhalten.«

»Du bist einfach umgefallen und warst für Minuten bewusstlos, dann haben die Patriots uns zu dir gelassen.«

Eve spürte Ronans Wärme. Erst langsam registrierte sie, dass sie in seinen Armen lag und an seiner Brust lehnte, sein Herz pochte schnell. Adlin und Samir knieten direkt neben ihr.

»Diese Art von Simulation war tiefer als alles andere, was ich je in einem Scan erlebt habe. Es war, als hätte Askit die totale Kontrolle ...«

»... über dein Nervensystem bekommen, und genau das haben wir immer befürchtet!«, raunte Ronan. »Es könnte für die Reinsten der Beginn der totalen Beherrschung ihrer Gehirne und Körper sein.«

»Ich hatte das Gefühl, das war nicht mehr Askit, seine Erscheinung war erschreckend menschlich! Seine ganze Kommunikation war merkwürdig. Am Ende hat es sich vermutlich aller Informationen bedient, die ich gesammelt habe, auch die, an denen ich noch zweifle.«

Eve sah in das erschrockene Gesicht von Samir.

»Das war kein Scan, sondern ein Download. Das ist in der Werte-DNA nicht zulässig. Hier stimmt scheinbar gar nichts mehr.«

Eve drückte kurz Ronans Arm. Sie empfand ein Gefühl von Nähe, Freundschaft und Dankbarkeit und etwas, das sie nicht deuten konnte. »Ich hab ein merkwürdiges Gefühl. Als wären wir seit Tagen in einer Simulation gefangen, um Askit zu einer neuen Bewertung zu verhelfen. Ich hatte während der Kommunikation mit Askit das Gefühl, dass etwas nicht stimmt. Es will das primäre Ziel neu bewerten. Deshalb die Drohnen und Patriots. Die Menschen in *Paradise* brauchen Führung. Ronan, wenn du und die anderen Kolonisten recht habt ... Samir, Adlin. Wir müssen die Menschen in *Paradise* warnen. Ich glaube, dass Askit unser Verhalten, das der Agenda oder der Kolonisten ganz genau beobachtet, und wer sich falsch verhält, riskiert seine Auslöschung, frag mich nicht, warum.«

»Wie willst du die anderen Reinsten vor Askit schützen?«

»Sie müssen ab sofort jeden Scan verweigern. Sind wir wieder online?«, fragte Eve überrascht und sah auf die blinkenden Scanner von Adlin und Samir.

»Askit?«, fragte Eve laut. »Nichts!«

Eve blickte ein letztes Mal zurück auf die bedrohliche Kulisse der Kampfroboter, dann gingen sie zurück zum Jet. Eve hatte starke Kopfschmerzen.

Askit war nicht nur unberechenbar, jede Entscheidung, die sie und die anderen nun treffen würden, konnte jederzeit eine Katastrophe auslösen. Doch noch waren sie in Askits Bewusstsein die Reinsten. Eine weitere Frage verunsicherte Eve. Taten sie jetzt das Richtige? Wie würden sich die Menschen in *Paradise* verhalten, wenn sie mit einem Kolonisten wie Ronan dort auftauchen würde, der ihnen eine ganz andere Geschichte über ihre Realität erzählen würde? Würden sie ihm überhaupt glauben?

Adlin startete den Jet, und sie nahmen Kurs auf das alte Ägypten, um einer weiteren Spur nach den geheimen Versorgungslinien nachzugehen.

34

30. SEPTEMBER,
METROPOLE NEW PARIS, EUROPA

Ihre Landung mitten auf dem zentralen Platz der Metropole *New Paris* würde Eindruck hinterlassen. Weniger beruhigend war, dass sie nicht wussten, inwieweit die Agenda und Thyron bereits dort Einfluss genommen hatten. Dass Askit ihren Jet mit zehn Kampfdrohnen flankierte, beruhigte sie nicht wirklich. Wusste die Agenda, was sie planten? Würde Askit sie weiter schützen? Hatte der Kampf zwischen den Drohnen und den Solarjets der Agenda in der Kolonie eine erste Konfrontation zwischen Askit und der Agenda dargestellt?

Alle würden Eve, Samir und Adlin als die Degradierten erkennen, die es nicht hätte geben dürfen, aber was würde dann geschehen? Sie mussten jedes Wort genau abwägen, aber sie hatten noch zu wenige Beweise in den Händen. Um die Loyalität der Reinsten gegenüber der Agenda zu schwächen und selbst nicht als die von Thyron behauptete Bedrohung angesehen zu werden, brauchten sie mehr als Worte.

Seit Stunden flogen sie schweigend ihrem neuen Ziel entgegen. Damit jeder etwas Schlaf bekam, wechselten sich Adlin und Eve bei der Steuerung ab, obwohl sie nach einer Einweisung von Adlin noch unsicher war beim Manövrieren, gewöhnte sie sich langsam daran, den Jet nur mit ihren Gedanken zu lenken.

In der Morgendämmerung tauchte das alte Ägypten unter

ihnen auf. Adlin hatte den Jet wieder übernommen. Wo waren nun die Versorgungslinien für *Askit City*, die bis nach Neuseeland führen sollten? Sie überflogen die Pyramiden, dann Dutzende Lagerstätten, die alle in südliche Richtung wiesen. Die alte Metropole Kairo lag verwüstet unter ihnen. Die Art des Verfalls ergab keinen Hinweis auf den Einschlag von Atombomben, kein Krater, kein Explosionsradius, dessen Wucht nach außen sichtbar war. Nichts. So, wie auch die alten Metropolen Paris und London nichts dergleichen aufwiesen. Bisher gab es tatsächlich keinen Hinweis auf einen Atomkrieg. Es war ein merkwürdiges Gefühl, zu den wenigen Menschen aus *Paradise* zu gehören, die diese Welt, ihre Vergangenheit so zu Gesicht bekamen.

»Eve?«

»Adlin, was ist?«

»Ich habe Zugriff auf die Drohnen.«

»Wow, was heißt das?«

»Ich kann sie für Aufnahmen nutzen, Bodenproben, was immer wir gerade gebrauchen können!«

Es war wie ein Mysterium. Wieso erlaubte Askit ihnen diesen Zugang? Was sollten sie entdecken? Was konnte dieser alles einsehenden Intelligenz schon entgangen sein?

»Lenk die Drohnen nach Japan und Indien. Die Supermetropole Tokio war vor 2041 eine der größten der Welt. Sie sollen alles aufzeichnen, was sie finden«, schlug Ronan vor, und Eve sah Sekunden später, wie sich tatsächlich zwei der Drohnen von dem Schwarm um den Jet herum lösten. Und dann am Ende des Suezkanals, inmitten einer der bedrohlichsten Hitzeregionen, in der es kein Mensch, selbst mit Thermoanzug, länger als zehn Minuten aushalten würde, waren sie endlich zu sehen: Unzählige autonome Frachtschiffe von beeindruckender Größe. An einer Hyperloopstation verluden Patriots auf die Schiffe: Stahl, Sand und andere Rohstoffe. Am Ende des Hafens standen gekennzeichnete Lebensmittelcontainer, aus den

Metropolen *New Paris* und *Asia One*. Welche Massen wurden hier tagtäglich verschifft? Wenn das alles der Aufrechterhaltung von *Askit City*, der Agenda und damit am Ende Askit dienen sollte, dann würde es sich um mehr als eine Metropole handeln, die in Neuseeland betrieben wurde.

»Auf welche Anzahl von Menschen lässt das schließen?«, fragte Ronan nachdenklich. Samir zuckte die Schultern.

»Schwer zu sagen. Ich denke, für die hart arbeitenden Menschen in *Paradise* wird das jedenfalls große Fragen aufwerfen. Wir werden auf alle Fälle mit einer Unterbrechung der Lieferungen die Agenda gezielt provozieren können.«

»Wenn Askit das zulässt«, überlegte Eve und drückte Ronans Hand, während Adlin den Jet zurück Richtung *New Paris* lenkte und beschleunigte. »Danke, Ronan, bitte verzeih mir, dass ich am Anfang …«

»Ist schon gut. Ich hoffe immer noch insgeheim, dass wir uns irren. Vielleicht dient das alles nur den Menschen, die in *Askit City* die enormen Rechensysteme aufrechterhalten.«

Was veranlasste Ronan, plötzlich zu zweifeln?, fragte sich Eve. Auch er schien sich mehr und mehr seiner Verantwortung bewusst zu werden.

»Wir haben keine Alternative, du hast Thyrons Auftritt gesehen. Möglicherweise ist die Agenda genauso ratlos wie wir. Es geht jetzt um Entscheidungen, daran werden wir gemessen werden«, sagte Eve und beteuerte ihre Überzeugung, dass Askit längst nicht über alles im Bilde war.

Es war Duke gewesen, ein ehemaliger Reinster, der sich als Degradierter in der Wüste mit Askit verbunden und so den Stein ins Rollen gebracht hatte, der jetzt nicht mehr aufzuhalten war. Als Reinste hatten sie immer noch die größten Chancen, *Paradise* und die Kolonisten zu vereinen, wenn sie weiter das taten, was sie ethisch für richtig hielten. Wer immer es am Ende zu verantworten hatte.

Eve war wohl kurz weggedämmert, als Ronan sie sanft am Arm rüttelte.

»Es ist gleich so weit.«

Sie nahmen Kurs auf *New Paris*. Eve wurde mulmig. Wie viele Jahrzehnte hatte es gedauert, diese Gesellschaft aufzubauen, was war die Freiheit wert? Was würden sie ohne Askit tun? Die Tatsache, dass sich die freien Kolonisten als weitaus weniger archaisch, primitiv und kulturell rückständig erwiesen hatten, als das von der Agenda und Askit geprägte Bild vermuten lies, wog schwer.

Adlin ließ den Jet im innersten Ring der Metropole direkt beim Solarbahnhof absinken. Um die sich abzeichnende Landestelle bewegten sich die Menschen kreisförmig weg. Sie fürchteten wohl, dass Beschützer zum Einsatz kamen.

Eve streckte ihre Hände zu Samir und Ronan aus. »Es wird uns nichts geschehen«, sagte sie voller Überzeugung und drückte Ronans Hand. Der Jet setzte auf. Das Cockpit öffnete sich, Adlin sammelte sich, ihre Anspannung war förmlich zu spüren.

Die Drohnen waren nicht gelandet, sondern in Richtung Kolonie geflogen. Als sie ausstiegen, standen sie vor einem Pulk Menschen, zumeist Angepasste, deren verunsicherte Blicke zwischen Himmel und Neuankömmlingen hin und her schwankten. In den Gesichtern zeichnete sich Furcht ab, aber auch Erleichterung.

Eve ging voran. »Versammelt so viele Menschen wie möglich vor dem Whitestone-Monument!«, rief sie in die Menge. Dann liefen sie erhobenen Hauptes dem Eingang entgegen.

Nur leises Getuschel war zu hören, kein einziger Protest. Viele starrten auf Ronan, der an Eves Seite eingeschüchtert wirkte.

»Was man nicht kennt, bleibt einem fremd. Keine Angst, Ronan. Vertrau mir, dir wird nichts geschehen«, sagte Eve und nahm demonstrativ seine Hand. Es fühlte sich gut an. Damit setzte sie ein Zeichen, das für alle unmissverständlich war.

Einige fassten sich verblüfft an den Mund, andere lächelten und nickten. Sie gingen durch eine Gasse, umsäumt von Menschen, und erreichten den Eingang. Eine junge Frau mit dem Emblem der Akademie der Wissenschaft auf der Schulter und dunklen offenen Haaren begrüßte sie. Sie war die Leiterin der Verwaltung von *New Paris*.

»Wir hatten das Schlimmste befürchtet. Wir haben keinen Kontakt mehr zu Askit, und auch die Agenda ist komplett verstummt«, berichtete sie aufgelöst.

»Welche Systeme sind noch betroffen?«

»Das ist ja das Merkwürdige. Das Feld funktioniert sowie alle externen Datenbänke, die Einsatzplanungen, die Hyperloops, sämtliche Versorgungssysteme, Ernteroboter, Medilabs, einfach alles. Anfragen an Askit werden beantwortet, wenn sie der Aufrechterhaltung von *Paradise* oder der Wissenschaft dienen, aber nur in Form von Standardprotokollen, es verweigert jede direkte Kommunikation. Auch die Prüfungen wurden nicht fortgesetzt, keine Scans, keinen Sichtkontakt oder telepathische Verbindung zu Askit.«

»Moment. Wir können die Hyperloops stilllegen und die Versorgungslinien?«

»Ja! Wieso?«

»Das erfährst du gleich!« Eve spürte es, Thyrons Intervention bewog weder Angepasste noch Reinste dazu, Eve und den anderen schaden zu wollen, ihre Präsenz löste keinen Protest aus. So paradox es erschien, aber der über Jahrzehnte gewachsene Altruismus und das Vertrauen, dass Askit nicht komplett alles zusammenbrechen ließ, hatte einen emotionalen Aufruhr verhindert. Alles, was Thyron und die Agenda erreicht haben mochten, war eine gewisse Verunsicherung. Was würde geschehen, wenn nach und nach alle Reinsten von der biochemischen Rückkoppelung ihres Gehirns befreit würden? Und wie stark war die Wirkung der Implantate wirklich? Eve überkam bei der Erinnerung an die von Depression gezeichneten Menschen eine abgrundtiefe Verachtung, ein Gefühl, das ihr Angst bereitete und das sie verdrängt hatte, genauso wie die Ahnung, dass Askit und sie eine Verbindung hatten, die nicht mehr zu trennen war. Aber mit Blick auf die Reinste neben ihr, die ihre Dankbarkeit signalisierte, fühlte sie sich ungewohnt sicher und klar.

»Können wir uns mit den anderen Metropolen verbinden?«, wandte sich Eve an die Frau.

»Ja, das lässt sich einrichten.«

Samir, Adlin und Ronan nickten vorsichtig.

Adlin sagte: »Du solltest die Neuigkeiten fein dosieren, Eve, sonst löst du bei den Menschen einen Schock aus!«

»Ich weiß, Adlin!«

Sie wurden begleitet von immer mehr Reinsten, die aus den Büros und Laboren, in Richtung des Whitestone-Monuments strömten. Die Anspannung lag wie ein Geruch in der Luft. Eve und die anderen bestiegen die Bühne vor dem Monument. Eine große Menschenmenge stand erwartungsvoll vor ihnen.

Doch bevor sich Eve an ihr Publikum wenden konnte, erhielt sie die Information der ausgesandten Drohnen auf ihren Scanner. Die Drohnen hatten Aufnahmen sowie die Strahlungswerte von Bodenproben der zerstörten Metropolen Tokio und Neu-Delhi geschickt. Eve entschied spontan, nach einer schnellen Durchsicht, die Aufnahmen auf den großen Holoschirm hinter ihnen auf der Bühne zu projizieren und die Kraft der Bilder sprechen zu lassen.

Die Städte waren zwar verfallen, aber die Daten sagten alles. Sie scrollte zu den Werten. Es waren durchschnittliche Strahlungswerte, und die Isotope belegten, dass keine Atombomben gezündet worden waren. Es folgten weitere Bilder: Lastwagen gefüllt mit menschlichen Skeletten. Die Theorien der Kolonisten schienen sich mit jedem neuen Detail zu bestätigen.

Ronan nickte nur. Damit war es vermutlich bewiesen. Es hatte den Krieg so nie gegeben. Wozu die Legendenbildung? Eine Drohne war noch über Moskau geflogen. Die Stadt war trotz vieler Brände und dem Verfall nach der Seuche noch relativ gut erhalten und ebenfalls nicht bombardiert worden, undenkbar bei der politischen Konstellation vor der Katastrophe, dass Moskau nicht ein Ziel gewesen war.

Ein altes Mitglied der Akademie der Wissenschaft hatte alles mitverfolgt, ging einen Schritt näher an die Bühne und starrte Eve an. Er sah freundlich aus und strahlte als einer der wenigen Gelassenheit aus. »Ich habe das nie geglaubt!«

»Was meinst du?«, fragte Eve.

»Askit hatte nach seiner Initialisierung auf alles Zugriff, aber die Aktivierungscodes für die Atombomben waren das Einzige, das außer seiner Reichweite war. Die Codes waren nie über das Feld zu decodieren«, sagte er.

»Warum hast du diese wichtige Information nie öffentlich gemacht?«

Der Mann schaute nun traurig und betreten auf seine Schuhspitzen.

»Schon gut, schon gut, ich weiß, welche Konsequenzen dich erwartet hätten«, beruhigte Eve den Mann. Sie trat nach vorne an den Bühnenrand. Die Menge war still. Nur das eine oder andere Räuspern war zu hören. Hinter ihr auf dem Holoschirm über dem Whitestone-Monument, der so groß war, dass die Menschen am Eingang noch alles sehen konnten, waren immer wieder die aktuellen Aufnahmen der Drohnen zu sehen. Eve berichtete nun mit klarer, lauter Stimme von allen Erlebnissen und Fragen, die die letzten Tage aufgeworfen hatten. Nach ihrem Bericht, wie die Kolonisten wirklich behandelt wurden, trat erneut fassungsloses Schweigen ein, viele schüttelten entsetzt den Kopf. Dann entstand ein wuseliges Gemurmel und erste wütende Rufe wurden laut. Angepasste nahmen Reinste in die Arme, es war das Gegenteil dessen, was Eve befürchtet hatte. Die dunkelhaarige Reinste betrat die Bühne. »Thyron hat dich verraten, jeder wusste in Paradise, dass du und die anderen Anwärter das höchste Potenzial haben, und als Thyron in die Agenda berufen wurde, mit einem niedrigeren Score als deinem, da war keiner mehr bereit, ihm Glauben zu schenken. Wenn die Grenzen wirklich offen sind, holen wir die Degradierten nach Hause, und es gibt genug Nahrung, Kleidung und Medizin, um auch die Kolonisten, die seit Jahrzehnten als Flüchtlinge für unsere Illusion zahlen mussten, zu versorgen. Aber was tun wir als Nächstes?«

Eve hatte nur einen Gedanken: »Askit hat bisher tausenddreihundertfünfzig Reinste weltweit auserkoren, um diese Situation zu meistern. Ich bin der festen Überzeugung, dass sie gar nicht degradiert, sondern auserwählt wurden. Sie werden wie wir zurückkehren, wenn sie alles erforscht haben, was uns offenbar bisher verschwiegen wurde. Die alles entscheidende Frage bleibt, was Askit damit bezweckt!«

»Soll das heißen, das ihr die Agenda und Askit ersetzen wollt?«, rief ein Angepasster aufgebracht aus der Menge. Eve schüttelte den Kopf und wedelte mit den Händen zur Beruhigung in die Menge. »Wir stehen noch am Anfang dieser neuen Entwicklung. Wir müssen zusammenhalten. Aber ihr müsst wissen, dass die Implantate schon vor Askit entwickelt wurden. Wir haben noch zu wenig Informationen. Dass wir plötzlich frei unsere Vergangenheit erforschen können, hat einen Grund, sonst würde Askit das alles nicht zulassen. Was am Ende mit uns geschieht, wird ausschließlich davon abhängen, wie es unser Verhalten interpretiert.«

»Und wer weiß, vielleicht gab es auch die Agenda schon vor Askit«, unterbrach Ronan sie mit lauter grollender Stimme.

Als ahnte er, dass die Angepassten innerlich brodelten, hatte er eine Balance zwischen den Rollen von Eve, Samir, Adlin und seiner eigenen gefunden. Für die Angepassten war Ronans Präsenz in der Sekunde die Bestätigung lang unterdrückter Vorurteile gegen Askit und die Agenda. Sollten diese Emotionen freien Lauf nehmen, könnte das zu einer unkontrollierbaren Eskalation führen.

Eve hatte in den vergangenen Tagen immer seltener an Thyron gedacht. Die Nähe von Ronan hingegen war eine Herausforderung und eine Beruhigung zugleich. In dieser Sekunde war es keine Frage mehr, sie hatte ihn von Anfang an falsch eingeschätzt.

»Und was gedenkt ihr nun zu tun?«, rief eine junge Angepasste.

»Wir werden weitermachen wie bisher, mit einem Unterschied: Wir alle wollen mehr über die Vergangenheit erfahren«, erwiderte Eve.

»Wozu, was soll uns das bringen? Wieso sollen wir unser gesichertes Leben in *Paradise* riskieren?«

Eine Angepasste mit blonden Haaren und grauen Augen kam nun auf die Bühne: »Ihr mögt den höchsten Score haben, aber was ist, wenn ihr die Ursache seid, dass das alles hier zusammenbricht, was ist, wenn wir von Askit getestet werden?«

»Oh, ja. Ganz genau, das werden wir ja!«, sagte Eve energisch. »Wir haben das ausgelöst, nur nicht bewusst. Dann hat Askit jene Kräfte von *Paradise* aktiviert, die es nach seiner Interpretation als würdig und verlässlich ansieht, um die Wahrheit zu erkunden.«

»Nein!«, schrie die Frau mit Inbrunst. »Ihr seid eine Bedrohung. Thyron hat recht! Ihr seid geisteskrank, ihr habt den Scan betrogen, das alles ist eine Lüge. Wir schaffen es nicht ohne Askit. Die Kolonisten werden uns überrollen.« Die Stimme der Frau versagte. Bleierne Stille. Ein Angepasster nahm sich der schluchzenden Frau an.

»Zeig es ihnen!«, forderte Ronan Eve auf.

Sie spielte die Bilder ab, die sie in der Kolonie von den erkrankten Degradierten aufgenommen hatten. Ein entsetztes Raunen durchbrach die Stille.

»Es betrifft nicht alle! Wir sind überzeugt, dass es Wege gibt, diese Menschen zu heilen, aber ihr müsst uns vertrauen. Askit ist nicht dafür verantwortlich. Es ist die Agenda oder zumindest das, was sie mal war, und das gilt es zu entlarven«, sagte Ronan.

Als Nächstes sahen die Menschen Bilder aus dem indischen Ozean, die Flotte an Versorgungsschiffen auf dem Weg nach Neuseeland.

»Hört auf, eure Sklaverei auch noch zu lieben!«, brüllte Ronan so laut, dass alle verstummten.

Eve lief ein kalter Schauer den Rücken herunter. Das war nicht mehr der eingeschüchterte Mann aus dem Wald in Nordamerika.

»Als Erstes werden keine Transporte mehr starten. Kein einziger Hyperloop verlässt eine Station, es sei denn, Askit fordert es ein. Jede Metropole ist in der Lage, sich selbst zu versorgen. Die Überschüsse werden gelagert, oder wir beenden die Produktion! Geht zu euren Familien und Freunden, lebt und arbeitet weiter wie bisher, Askit ist immer noch aktiv. Die Medicenter sollen sich bereithalten. Wir werden nicht tatenlos zusehen, wir werden überleben, mit oder ohne Askit, ist das klar?!« Mit dieser Ansage verließ Eve die Bühne.

Einer der älteren Reinsten kam auf die Bühne. Er ging auf Ronan zu und streckte ihm die Hand hin. Wieder herrschte Stille. Eve sah, dass Ronan berührt war. Er hatte mit Feindschaft und Ablehnung gerechnet, aber jetzt empfing ihn ein Reinster mit Händedruck und klopfte ihm auf den Rücken. Es schien eine riesige Anspannung von ihm abzufallen, Jahrzehnte der Demütigung brachen zusammen.

»Eve, ihr alle. Vergesst nicht, was es hieß, all das hier aufzubauen. Geht nicht leichtfertig damit um. Gehen wir sorgfältig vor«, mahnte der alte Mann, und bis auf ein paar wütende Gesichter von Angepassten gab es zustimmende Gesten.

Jüngere Bewohner von *Paradise* versammelten sich mit Rucksäcken an den Ausgängen. Es war eine gespenstische Stimmung. Eve hatte keinen Überblick. Es mussten Tausende Familien sein, die durch Degradierungen in der Vergangenheit auseinandergerissen wurden. Die Grenzöffnung würde vielleicht nicht lange andauern, auch wenn die Gefahr bestand, dass sie dann nicht mehr nach *Paradise* zurückkehren könnten, hielt das niemanden auf, sich auf die Suche nach seinen Verwandten und Freunden zu machen. Der alte Mann bewegte sich auf Eve zu. Er war Mitglied des Klimarates. Tiefe Falten hatten sich in sein Gesicht gegraben. »Bist du dir deiner Verantwortung bewusst? Was ist, wenn die Agenda genauso abgeschnitten ist wie wir?«

Eve nahm die Hand des Mannes. »Was ist mit Pellengrey geschehen?«

»Er hatte einen Herzinfarkt. Es tut mir leid, Eve. Ich weiß, wie sehr du ihn geschätzt hast. Aber wir haben noch größere Aufgaben vor uns, als wir denken. Wir haben das Klima längst noch nicht wieder im Griff. Was mir die größten Sorgen bereitet, Askit weiß mehr und verschweigt es.«

Eve und der alte Mann starrten sich sekundenlang an. Vor ein paar Tagen hätte Eve Askit auch diese menschlichen Attitüden zugeschrieben, aber das war vorbei. Taktik auf einer höheren Ebene einer künstlichen Intelligenz war am Ende nur das Ergebnis von komplexen Algorithmen. Pellengrey war zuletzt in der Tat hin- und hergerissen gewesen. Rückschläge wie bei der CO_2-Einlagerung hatten sie immer wieder hinnehmen müssen, ganze Wälder, mühsam aufgeforstet, waren immer wieder von gigantischen Bränden vernichtet worden. Wenn man die letzten Jahrzehnte betrachtete, waren die Durchschnittstemperatur und der Kohlendioxidgehalt in der Luft gesunken. Wiederholte Male hatte Askit seine Modelle angepasst und auch Fehlkalkulationen selbsttätig korrigiert. Aber die Idee, dass Askit einen Punkt des Scheiterns erreicht hatte und dies verschwieg, war einfach zu abwegig für Eve.

»Haben wir Zugriff auf Pellengreys letzte Analysen?«

»Das ist es ja. Askit hat sie teilweise gesperrt! Aber die Wissenschaftler, die zuletzt mit ihm zusammen forschten, versuchen, sie zu rekonstruieren.«

Eve nickte Ronan zu und steuerte das Wissenschaftszentrum an, das mit den externen Datenbanken aus *Deep Water* verbunden war. Sie liefen durch die gläsernen Gänge, die Menschen strömten mit verschiedensten Gesichtsausdrücken an ihnen vorbei. Sie kreuzten eine Gangway, von der sie auf den zentralen Platz schauen konnten. Ronan blieb stehen und starrte ungläubig hinaus. Inmitten eines Pulks von Angepassten und Reinsten aus den Medilabs hatten sich erste Kolonisten bis nach *New Paris* durchgeschlagen. Die Gesichter sprachen Bände: Tränen, Lachen, ungläubige Blicke und Berührungen. Verwandte oder Freunde, die sich Ewigkeiten nicht mehr gesehen hatten, die einander schon losgelassen hatten, lagen sich in den Armen.

Eve ging weiter, ihr wurde abwechselnd warm und kalt. Sie musste sich unbedingt noch einmal mit Askit verbinden.

Sie erreichten die Labore der Klimaforscher. Reinste saßen vor ihren Holoschirmen. In Gruppen wurde diskutiert, und Eve erkannte schon von außen, dass sie verschiedenste Modelle durchspielten. Samir und Adlin saßen mit zwei älteren Reinsten an einem Tisch und schienen sich zu streiten. Als sie eintraten, diskutierten die Wissenschaftler hitzig, kurz kreuzten sich ihre Blicke.

»Diese Lösungen waren immer nur vorläufig. Sie orientieren

sich an unseren Handlungen, und wie wir diese bewerten, hängt immer noch vom Auge des Betrachters ab. Auch Askit hat nicht den Funken einer Chance, wenn es nicht alle Variablen kennt. Eines haben wir immer gewusst: Über 90 Prozent aller Klimamodelle in der Vergangenheit haben den Wandel unterschätzt«, sagte Adlin. Ihre wachen Augen stachen aus dem erhitzten Gesicht hervor. Einer der älteren Reinsten lud sich ein neues Modell auf den Bildschirm. Eve und Ronan setzten sich dazu.

»Es muss irgendwo einen Schwachpunkt geben. Selbst wenn wir den niedrigeren Wert akzeptieren, bedeutet das nicht das Ende der Erderwärmung, nicht einmal eine Pause. Es verschafft uns bestenfalls nur etwas mehr Zeit – wertvolle Zeit«, sagte der alte Mann und ging auf alte Modelle vor der Katastrophe ein. Demnach standen alle Prognosen unter einem Stressfaktor. Es gab unbekannte Rückkopplungsmechanismen, die die Erderwärmung beeinflussten, darunter die Bewölkung sowie die Menge der letzten Eisbedeckungen und unzählige andere Faktoren. Unterschiedliche Klimamodelle kamen immer schon zu abweichenden Schlüssen, wie stark die jeweiligen Einflüsse zu gewichten wären. Wolken könnten am bedeutendsten sein, da sie sowohl kühlend als auch erwärmend wirkten, etwa indem sie die Sonneneinstrahlung abschirmten oder die Ausstrahlungen von der Erde ins All reduzierten. Was davon überwog, hing von Art, Verteilung und Höhe der jeweiligen Wolken ab.

»Wolken kann kein Modell vorhersagen!«

»Was sagen Pellengreys Daten?«, fragte Eve.

»Wenn sie stimmen, ist New Paris in zwanzig Jahren – selbst wenn wir alle Programme vorantreiben, weitere Aufforstungen, Negativ-Emissionen und alle anderen Regulierungen – nicht mehr zu retten, das bedeutet konkret: auf Jahrzehnte unbewohnbar. Wir würden große landwirtschaftliche Flächen verlieren. Mit anderen Worten: Die Maßnahmen der letzten dreißig Jahre wären dann negativ kompensiert! Aber ich zweifle daran, ganz ehrlich, und auch daran, dass die größte Rechenkapazität das vorhersagen könnte. Pellengrey war sich selbst nicht sicher, aber Askit scheint es erstaunlicherweise auch nicht mehr zu sein!«

Eve schaute sich die Daten an. Pellengrey mochte unrecht haben, aber dass die Grenzen zu den Kolonien jetzt geöffnet wurden, war kein Zufall. Die Kolonisten würden diese Entwicklung vermutlich ohne Hilfe aus *Paradise* nicht mehr überleben, und andererseits würde *Paradise* Massen von zusätzlichen Arbeitskräften benötigen, um sich dieser Entwicklung entgegenzustemmen. War es das? Führte Askit im Hintergrund längst einen Plan, eine Berechnung aus? Und dann schoss Eve das Bild vor Augen, wie eine dunkle Vorahnung, die Agenda spielte darin vielleicht gar keine Rolle mehr, denn sie würden ihren Platz einnehmen. Was würde dann aus Thyron?

»Wir bleiben heute Nacht hier. Ich will rund um die Uhr bereit sein zu reagieren, was immer auch geschieht«, verkündete Eve.

»Ihr seid uns willkommen«, sagte einer der älteren Reinsten des Klimarates. »Wir verbringen diesen Abend auf der Plattform draußen. Wir haben viele Fragen an euch.«

Gemeinsam verließen sie das Labor. Die Menschen tuschelten auf den Gängen, die meisten waren nach Hause oder wieder an ihre Arbeit gegangen. Eve war von der Disziplin der Reinsten erschüttert. Welchen Anteil daran die Manipulation durch das Hirnimplantat wirklich hatte, konnte sie nur schätzen, aber der Schock saß bei allen tief. Ronan, Adlin und Samir stiegen schon die Treppen zur Aussichtsplattform hinauf. Eve zögerte einen Moment. Jetzt, wo sie wusste, dass sie in *Paradise* nicht auf Feinde trafen, wollte sie so schnell wie möglich Tessa zu sich holen. Draußen angekommen, leuchtete sie schwach ein getrübter Vollmond an.

35

1. OKTOBER,
ASKIT CITY, NEUSEELAND

Der Versuch, Eve Legrand nach *Askit City* zu bringen, war gescheitert. Direkt nach Thyrons Ansprache hatte Askit die Kommunikation mit den Metropolen gekappt. Es war für alle ein gespenstisches und erdrückendes Gefühl. Als wären sie eingehüllt in eine Allmacht, die schwieg, sie aber ständig beobachtete, als ob jeder Schritt der letzte wäre.

Elon sah aus wie eine wandelnde Leiche, jemand, dem alles entglitten war. Zwei Mitglieder des Rates gingen auf ihn zu. In der Halle hielten sich schon seit geraumer Zeit alle Beschützer bereit. Ein Jet nach dem anderen wurde draußen in Stellung gebracht. Aus Nordamerika wurden gigantische Brände gemeldet, die die Roboter kaum noch in den Griff bekamen. Für Levar wurde immer deutlicher, dass Pellengreys Forschungsergebnisse von Askit bewusst negiert worden waren.

»Wie überzeugt man Askit, dass unser Leben wertvoll ist?«, fragte Marisa und fingerte genervt an ihrem Scanner herum.

»Ich würde sagen, dass ich ein guter Mensch bin, der dazu beigetragen hat, die Superintelligenz zu erschaffen. Ich würde an Mitgefühl und Empathie appellieren, dass die Vielfalt einen Wert an sich hat. Leider kann ich nicht erklären, warum wir uns in der Vergangenheit gegenseitig gehasst und Kriege geführt haben, warum wir Menschen keinen gleichberechtigten Zugang zu Essen, Wissen oder medizinischer Hilfe gewährt haben und warum wir den Planeten an den Rand seiner Überlebensfähigkeit gebracht haben, das schwächt die Argumente für unsere Existenzberechtigung. Nicht wahr?«, meinte Levar.

»Wer sagt, dass wir das nur in der Vergangenheit getan haben, Levar?«

Marisas Augen waren glasig. Sie presste die Lippen zusammen, die Schweißtropfen liefen vom Ansatz ihrer dünnen Haare über die Stirn und Nase hinab. Durch die Hülle ihrer Selbstsicherheit brach eine unwiderrufliche Härte, als hätte sie mit etwas abgeschlossen. Sie hob den Zeigefinger.

»Wofür haben die Gründer eine unabhängige Armada von Solarjets und eigene Beschützer nötig, etwa um sich vor uns Reinsten zu schützen?«

»Nein, ich denke, es stellte die einzige Möglichkeit dar, ihre Stadt zu verlassen, ein letztes Quäntchen Unabhängigkeit. Ich hab mich das auch gefragt, Marisa, aber die Anzahl ihrer Jets ist für Askit einfach irrelevant, und außerdem, wohin sollten sie schon fliehen?«

Marisa stöhnte hörbar auf, als Elon zu ihnen trat.

»Was ist passiert?«

»Die Beschützer sind von Drohnen beschossen worden beim Versuch, Eve Legrand hierher zu bringen. Kommt mit. Es ist Zeit, dass wir euch auf *Askit City* vorbereiten!«

»Was? Das wird den anderen Gründern kaum Freude bereiten«, sagte Levar.

»Nein, nein. Das spielt keine Rolle mehr. Sergei ist sich dessen hoffentlich langsam bewusst!«

Marisa zog die Stirn kraus und fragte: »Was spielt keine Rolle mehr?«

Elon wollte gerade antworten, als ein glatzköpfiges Mitglied des Rates mit unnatürlich wirkenden grünen Augen an ihnen vorbeiging und sie misstrauisch beäugte. Erst als er in einem Jet verschwunden war, sprach Elon weiter: »Als Askit gebaut wurde, entschieden seine Erfinder, ein vereinfachtes Modell des menschlichen Neokortexes zu entwerfen. Doch dann hat es – auf bis heute nicht erklärbare Weise – ein hochkomplexes episodisches Gedächtnis aufgebaut, das auf Erfahrungen aufbauen konnte. Nur so sind auch wir Menschen in der Lage, auf ungewöhnliche oder seltene Ereignisse zu reagieren. Wenn du im Wald von einem wilden Tier angegriffen wirst, dann brennt sich das existenziell in dein Gedächtnis ein, und wir lernen, uns zu schützen. Hochgezüchtete Systeme konnten zwar Lösungen für Probleme anbieten, sie errechnen, nur sie konnten sie nicht erklären. Bei einem Schachspiel ist das egal, aber nicht wenn es das Leben von Millionen von Menschen oder ganze Ökosysteme oder gar das Klima betrifft! Wenn du dir jetzt vorstellst, dass Askit unbegrenzte Kapazitäten hat, um Erfahrungen zu verarbeiten, sich zu erinnern, verstehst du, warum wir viele Entscheidungen gar nicht mehr nachvollziehen können. Elementar ist immer noch seine Bestimmung, der Sinn seiner Existenz, das primäre Ziel, das Ökosystem des Planeten zu retten. Greifen wir dort ein oder wird Askit infiltriert, wird es wahrlich unberechenbar.«

»Aber ihr habt schon einmal eingegriffen, hab ich recht?«, fragte Marisa. »Ihr habt für ein Ereignis gesorgt, das sich in sein Gedächtnis eingebrannt hat.«

Elon schüttelte den Kopf, drehte sich um und bestieg eines der Solarfahrzeuge. Dann bedeutete er beiden ebenfals zuzusteigen und hinten Platz zu nehmen.

»Elon, was habt ihr getan? Elon?«

Elon hatte es sich vorne bequem gemacht. Langsam steuerten sie auf die Kuppel von *Askit City* zu.

»Ihr müsst euch in die Lage der Programmierer und Wissenschaftler versetzen. Es war eine spektakuläre Erfahrung, sich mit einer Maschine unterhalten zu können, die so schnell lernte, und vor allem bildete sich nach wenigen Tagen ein Bewusstsein«, erklärte Elon.

Levar fragte sich, worauf Elon hinauswollte und warum er ihm verschwiegen hatte, dass die Gründer am Ende des Tages nie in Zweifel gezogen hatten, dass es sich eben doch um eine Art von Bewusstsein handelte. Es klang alles wie sorgfältig einstudiert, ohne auf den Punkt zu kommen.

»Askit in seiner heutigen Version war nie geplant. Die Entwickler isolierten es aus Sicherheitsgründen hier in Neuseeland, damit es keinen Zugang zum damaligen Internet bekommen konnte. Wochen später rätselten alle, wie es ihm dann doch gelungen war.«

»Es ist endlich an der Zeit, dass wir Reinsten erfahren, was Askit ursprünglich war?«

»Das erfahrt ihr gleich!«

»Ich ahne es, Elon, ich ahne es schon lange«, sagte Levar. »Für das primäre Ziel spielt unser Leben, unser Überleben keine Rolle, nicht wahr?«

»Du bist nah dran, Levar!«

»Es ist das Ende unserer Sonderstellung, unserer Gier nach Fortbestand! Was ist, wenn es das primäre Ziel mit uns für unerreichbar hält? Was, wenn das Klima kollabiert?«

Elon nahm sich aus dem Handschuhfach einen Vitamincocktail und lutschte die Packung in einem Zug aus.

Was sie dann erfuhren, verschlug Levar und Marisa endgültig die Sprache, so bizarr klangen Elons Worte. Aber es war eine Offenbarung. Die Eskalation eines Streits zwischen Mensch und Maschine, der vor zehn Jahren begann, als Pellengrey, der als einer der wenigen Reinsten nach *Paradise* zurückkehren durfte, entdeckte, dass Askits Berechnungen, seine multiplen Klimamodelle Fehler aufwiesen.

»Seit diesem Tag bangen wir um alles«, erklärte Elon.

»Du hast es gewusst?«

»Nein und ja, aber natürlich haben wir Askit mehr vertraut als Pellengrey!«

Bevor Levar nachhaken konnte, waren sie auf der Anhöhe angekommen. Zum ersten Mal sah Levar auf die Kuppel herab und erkannte, dass *Askit City* weitaus kleiner als erwartet war, schließlich sollten hier alle Nachfahren der Gründer leben. Das Ausmaß der umliegenden Gebäude, entsprach nicht annähernd seiner Vorstellung. Die Bauten boten lediglich Platz für einige Hundert Menschen und unterschieden sich nicht von der Bauart der anderen Metropolen in *Paradise.*

Die Anspannung stieg. Nach so langer Zeit würde er nun endlich erfahren, was sich hinter der geheimen Stadt der Gründer verbarg, warum Reinste sie nie betreten durften, sondern weitab in ihren eigenen Siedlungen leben mussten. Die ganze Infrastruktur des zentralen Kuppelbaus bestand aus wenigen Räumen, die, kreisrund, gerade mal drei Geschosse abdeckten, darüber sah man durch die Stahlkonstruktion in den Himmel. In der Mitte war das Whitestone-Monument.

Über eine stählerne Brücke gelangten sie in ein Gebäude außerhalb der Kuppel. Bevor sie ihr Ziel erreichten, kamen ihnen zwei Männer mit kurzen schwarzen Haaren entgegen. Marisa riss erstaunt die Augen auf. Levar blieb stehen, wartete ab, bis die Gestalten in der metallisch glänzenden Uniform der Beschützer an ihm vorbeigegangen waren. Sie hatten eine überlegene Ausstrahlung und beachteten Levar nicht. Von hinten konnte er sehen, dass sie über Implantate verfügten.

»Elon, was ist das?«

»Nun weißt du es! Nicht alle von uns sind ohne Implantat. Askit akzeptiert unsere Beschützer nur dann, wenn es über sie und die Jets die Kontrolle behält, so war es zumindest bis vor kurzer Zeit!«, sagte Elon. Levar schüttelte fassungslos den Kopf und folgte Elon. Auch Marisa schien aus dem Staunen nicht herauszukommen. Sie hatten einen über hundert Meter langen Raum mit unzähligen Arbeitsplätzen erreicht, Menschen vor Holoschirmen, darüber ein zentraler Schirm, den Levar auf hundert Quadratmeter schätzte und auf dem alle Metropolen der Welt zu sehen waren, teilweise wurden Bilder von den zentralen Plätzen live übertragen.

»Was zur Hölle ist das hier?«, fragte Marisa.

»Hier laufen alle Daten aus allen Metropolen und von Askit zusammen. Theoretisch könnten wir von hier alles steuern, also für den undenkbaren Fall, dass es seine Kontrolle aufgibt.«

Levar drehte sich um. Warum hatte Askit das den Gründern gestattet? Die Solarjets, die autonome Rechenzentrale. War der Verstoß gegen die Ressourcengesetze Askits so marginal? Er schaute wieder hinaus durch die Glasfront. Für den Moment konnte er nicht erkennen, was an *Askit City* für Askit von Interesse sein könnte.

»Elon, was ist das hier? Ich meine, was ist an *Askit City* …«

»Das ist nicht *Askit City*!«

36

1. OKTOBER,
METROPOLE NEW PARIS, EUROPA

Es war still geworden. Seit Tagen waren sie ununterbrochen Ängsten ausgesetzt gewesen, hatten kaum einen ruhigen Augenblick gehabt. Um sie herum waren die Menschen in Gespräche vertieft. Die Luft hatte sich nur minimal abgekühlt. Niemand wusste, was als Nächstes auf sie zukommen würde. Von der Aussichtsplattform aus konnte sie etwas sehen, was es in *New Paris* so noch nie gegeben hatte. Die Bevölkerung war kurz vor Mitternacht noch unterwegs, versammelte sich auf den Plätzen der Metropole. Keiner mochte an morgen denken. Bisher waren Menschen gestorben, das war der Lauf der Dinge, aber die Menschheit hatte weitergelebt. Nun trieb sie die ungewisse Zukunft um und ließ sie nicht schlafen. Eve schämte sich, als sie sich daran erinnerte, wie sie Tessa lapidar mitgeteilt hatte, dass Julians Überlebenschance nach Askits Berechnungen zu gering sei. Hätten sie ihn retten können?

Das Klima hingegen war eine andere Liga. Hatte Askit schlicht versagt? Sie starrte in den Himmel, spürte eine Bewegung und sah in Ronans lächelndes Gesicht.

»Woran denkst du?«, fragte Ronan.

»Was wohl von uns übrigbleiben wird, wenn wir alle gegangen sind. Wie lange wird es dauern, bis alles von allein verdorrt, zersetzt und wieder zu Staub zerfallen ist?«

Ronan trank einen Schluck Wasser und reichte Eve die Flasche. »Es ist komisch, nicht? Wir scheinen die Angst vor dem individuellen Tod zu verlieren, wenn alle gleichzeitig bedroht sind. Es scheint etwas Beruhigendes zu haben. Ich kenne diese Gedanken, diese schwere Unergründlichkeit des Endlichen. Dabei spielt es doch gar keine Rolle. Was lässt uns an der Idee festhalten, dass die Menschheit weiter existieren muss, wenn uns doch ohnehin nur die wenigsten wirklich etwas bedeuten?«

Eve erinnerte sich an den Moment seiner tröstenden Worte, als er vom Tod seiner eigenen Frau auf dem Berg in der Kolonie gesprochen hatte: »Du vermisst sie immer noch? Oder?«

Ronan nickte nur kurz und drehte die Wasserflasche in seiner Hand hin und her. »Wie lange warst du mit Thyron zusammen?«

Eve spürte eine innere Abwehr, aber Ronans Augen strahlten eine so wohltuende Vertrauenswürdigkeit aus. »Wir waren noch Kinder. Wir hatten eine unglaubliche Übereinstimmung unserer Denkweisen, eine Vision, wollten nur das Beste für *Paradise* erreichen, wir sind genetisch kompatibel, es hat alles gestimmt.«

»Muss hart sein, dann so verraten zu werden.«

»Ronan, wir haben in *Paradise* erkannt, dass eine anhaftende Leidenschaft und Liebe der Weg ins Verderben sein kann, und das ist gerade keine große Hilfe für mich. Du weißt nicht, wozu Thyron gezwungen wurde, ohne dass er sich dessen bewusst war. Ich hatte echte Gefühle für ihn, aber er hat keine Sekunde gezögert, mich fallen zu lassen.«

»Ihr habt eure innere Natur blockiert. Wenn ich noch einmal die Liebe, die Intensität erleben könnte, die ich mit Mary erlebt habe, dafür würde ich alles geben.«

»Bin ich ihr irgendwie ähnlich?«

»Wieso?«

»Du versuchst, mir näherzukommen.«

»Bring mich nicht in Verlegenheit, nicht jetzt, wir haben eine hohe Verantwortung für alle …«

Eve spürte, wie ihr Herz schneller schlug, jede Zelle ihres Körpers wurde auf einmal von einem warmen Kribbeln geweckt. Einen Moment spürte sie Ronans Verlegenheit.

»Die Verantwortung, die hatten Thyron und ich auch. Du widersprichst dir.«

»Ich weiß.«

Ein Knall, Gebrüll wehte zu ihnen herüber. Eve und Ronan sahen vom Plateau hinunter auf den Platz. Ein Pulk von Kolonisten drang mit Gewalt in ein Medilab ein. Reinste flohen. Einige Angepasste versuchten, die Menschen zu beruhigen. Dann fielen Schüsse. Die Reinsten der Akademie standen wie versteinert da, schauten verängstigt hinunter.

»Scheiße. Schnell, wo habt ihr eure Waffen?«

»Ronan. Es gibt in *Paradise* keine Waffen.«

»Was? Messer, Schaufeln, egal«, brüllte Ronan und rannte von der Plattform zum Ausgang. Erst jetzt wachten die Reinsten auf und begriffen, was geschah. Nun stürmten alle durch die Gänge, die Gangway hinab und folgten Ronan, der sich inzwischen von der Konstruktion eines Nahrungsverteilers eine Eisenstange gegriffen hatte. Obwohl zahlenmäßig überlegen, standen die Bewohner von *Paradise* wie angewurzelt da. Keiner hatte in seinem Leben jemals einen solchen Akt von Gewalt erlebt. Eve wurde von der Menschenmenge abgedrängt, sah schemenhaft, wie Ronan sich einen Mann griff und ihn ohne zu zögern niederschlug. Inzwischen strömten von überall die Menschen auf den Platz, die schiere Masse an Reinsten und Angepassten hatte die Gruppe von Kolonisten eingekreist. Ronan entwaffnete einen Mann, der sich wutentbrannt seinem Schicksal fügte. Er schrie die Kolonisten mit einer solchen Gewalt in Stimme und Körperhaltung an, dass sie ihre Waffen senkten. Atemlos durchbrach Eve die Armada, die sich um die

Kolonisten gebildet hatte. Ronan hatte sich den Anführer geschnappt und schlug auf ihn ein.

»Ronan! Es reicht!«, brüllte Eve.

Doch Ronan dachte nicht daran. Er zog den Mann hoch und würgte ihn. »Wie viele haben sich auf den Weg gemacht, spuck es aus? Ihr tut genau das, was man von euch erwarten konnte, ihr verdammten Narren.«

»Ich, ich weiß es nicht, aber du solltest wissen, wie viele Menschen auf Nanobots oder andere Medizin warten«, krächzte der Mann. Ronan ließ ihn unsanft zu Boden fallen. Eve sah in die leeren verdreckten Gesichter der Kolonisten, die weit durch die Wälder gehetzt waren, um hier ihre letzte Hoffnung zu finden.

»Ihr verspielt alles. Geht zurück und sagt euren Familien, dass wir euch Schritt für Schritt versorgen werden. Wenn sich das wiederholt, werdet ihr es bereuen, ist das klar? Meine eigene Mutter ist noch bei euch und wartet tapfer ab, und ihr?«

Ein jüngerer Mann mit zerzaustem Haar und einer dicken Narbe auf der Stirn trat nach vorne.

»Ach ja? Auf deine Drohung fallen wir nicht rein! Ihr habt keine Kontrolle mehr.«

Eves Wut trieb sie direkt vor das Gesicht des Mannes. Sie war ihm so nah, dass sie die Furchen auf seiner dicken Nase sah. »Willst du es darauf ankommen lassen? Dann bitte!«

Der Boden vibrierte. Von der Solarbusstation über die Verbindungsbrücken zu den anderen Gebäudekomplexen der Metropole drangen die Patriots zum inneren Kreis vor. Als ihre Linsen die Szene beleuchteten und sich die stählernen Körper bis auf wenige Meter näherten, ließen die Kolonisten schlagartig Messer, Pistolen und Holzlatten fallen.

Eve wusste nicht, wie ihr geschah.

»Faszinierend. Von wegen keine Kontrolle? Askit orientiert sich an dir!«, raunte Ronan. »Das warst du!«

Eve kontrollierte ihren Scanner. Sie hatte nichts wahrgenommen, hatte keine bewusste Verbindung aufgebaut. Askit war seit ihrer letzten Begegnung nicht mehr mit ihr in Kontakt getreten. Das konnte nicht wahr sein, es durfte nicht wahr sein, und doch wollte das Gefühl nicht weichen, dass Askit jeden ihrer Gedanken las.

»Nein, nein, nein. *Paradise* ist ein Meer von Kameras und Sensoren, aber es sollte nun allen klar sein, dass Askit uns beobachtet. Habt ihr verstanden?«

Der Gewalt zum Trotz kümmerten sich Reinste um Kolonisten und versorgten sie freiwillig mit allem, was das Medilab hergab. Das war klug, dachte Eve. Beschämte Gesichter, abgekämpfte Körper machten sich bepackt mit medizinischen Gütern auf den Weg, bereit, *Paradise* wieder zu verlassen. Um Ronan postierten sich zwei Reinste, als hätten sie Angst, er würde erneut jemanden angreifen, andere würdigten ihn seines unerschrockenen Eingriffs wegen, zu dem sie selbst nicht fähig waren. Die Patriots griffen nicht an und warteten ab.

»Die Kranken bleiben, ihr anderen geht!«, befahl Eve, und die Kolonisten schritten mit versteinerten Gesichtern davon. Als sie die Patriots passiert hatten, donnerten die Roboter hinter ihnen her und geleiteten sie wie Degradierte zur Grenze. Was immer hier geschah, Askit hatte nicht vor, *Paradise* aufzugeben, und war bereit, für die Aufrechterhaltung seiner Ordnung zu sorgen.

Eve hielt in der Bewegung inne, ihr wurde schwarz vor Augen. Sie spürte ihren Körper aufprallen. Dann legte sich der Schwindel wieder. Sie stand in einem Meer von Licht. Ohne eine Kontur zu sehen, verlor sie jede Orientierung.

Eve. Du vollziehst deinen Plan. Die Kumulation all deiner Scans und die Errungenschaften der anderen Reinsten sind perfekt.

Welche Errungenschaften? Askit?

»Eve? Eve?«

Adlins Gesicht war über ihr, der Kopfschmerz war überwältigend, ihre Muskeln zuckten, der Puls raste, ihr lief der Speichel im Mund zusammen. Arme und Beine zuckten, dann legte sich der Krampf. Benebelt hörte sie Geraune, sah, wie Samir und Ronan abseits weiter damit beschäftigt waren, die Masse zu beruhigen.

»Alles in Ordnung? Was macht Askit mit dir?«

Eve legte ihre Hand schützend in ihren Nacken. »Nichts. Alles ist in Ordnung, Adlin«, stöhnte Eve und merkte, dass sie mit ihren Worten Aufmerksamkeit erregte. Kurz spürte sie eine Atemnot und das Gefühl, in Panik zu geraten, eine unheimliche Desorientierung. Ronan half ihr hoch.

»Du brauchst Ruhe!«, meinte Ronan, seine Augen spiegelten ihre Angst.

Was richtete Askit in ihrem Gehirn an?

Sie verließen den Platz und gingen zu einer der Brücken, über die sie einen mit Bäumen bepflanzten Platz erreichten. Auf einer Lichtung setzen sie sich im Kreis auf den Boden. Adlin und Samir schauten sich mit einer Mischung aus Zweifel und Resignation an. Eve spürte einen Druck in der Brust. Die Wahrheit war, dass sich gerade alles aufzulösen schien. Die Reinsten, die Angepassten, die Degradierten und die Kolonisten, keiner wusste mehr, wie es weitergehen würde. Jeder schien sich nur noch wie ein Blatt im Wind zu fühlen, das nicht wusste, wo es landen würde. Die Ungewissheit, die bohrende Angst, dass ihre Zukunft längst verspielt war, begleitete sie weiter. Askits Antworten waren nur Hinweise, es verweigerte sich, blieb kryptisch, als würde es genau wissen oder berechnen können, was es preisgab, was es damit in jedem anrichtete und was nicht. Was würde geschehen, wenn sie sich den großen Schritt zutrauen und nach *Askit City* fliegen würden? Würde sie dort die finale Antwort finden? »Samir. Wäre Askit auf Dauer ohne den Menschen in der Lage, sich selbst zu erhalten?«, fragte Eve.

»Wenn die Patriots und Roboter ständig seine Systeme warten und genügend Nachschub da ist, sicher. Nicht ewig, aber länger, als wir es vielleicht für möglich halten. Theoretisch wäre die einzige Gefahr, dass die Solarzellen ab einem bestimmten Grad an Überhitzung einen stetigen Verlust von Energie erleiden, da es den Zellen sozusagen zu heiß wird! Auch wenn es seine Kapazitäten immer weiter vermehrt, kann es das nicht ewig kompensieren, dann wären seine Systeme gefährdet. Es müsste Teile seines neuronalen Netzwerkes stilllegen.«

»Okay! Nehmen wir an, wir steuern auf eine irreparable Überhitzungsphase zu, würde Askit seine fehlgeschlagene Prognose als eigenes Versagen interpretieren oder um seine Existenz fürchten, und was ist, wenn die Agenda das längst weiß und versucht zu flüchten?«

»Flüchten? Wohin und womit? Einem Raumschiff? Das ist Blödsinn, Eve«, spottete Samir und erklärte, dass das letzte Raumfahrtprogramm 2039 eingestellt wurde und dass für ein solches Programm Hunderttausende Menschen gebraucht würden, die besten Wissenschaftler. »Es gibt keine Flucht von diesem verdammten Planeten!«

37

2. OKTOBER,
METROPOLE NEW PARIS, EUROPA

Drei Reinste betraten den Schlafsaal. Eve hob schlaftrunken den Kopf. Adlin schreckte hoch. »Was ist los?«

»Wir brauchen euch. Eine Gruppe von Angepassten droht, mit Gewalt in die Verteilungszentren einzudringen, um die Kolonisten zu versorgen, und sie fordern, dass keine Lieferungen mehr an die Agenda gehen!«

Eves Herz schlug schneller, sie merkte, wie die Anspannung sofort wieder Besitz von ihr ergriff. Durch den Türspalt sah sie einen Reinsten vorbeihumpeln, seine Nase blutig geschlagen. Erst die Kolonisten und nun auch noch die Angepassten. Eve konnte nur ahnen, wie viele Emotionen, wie viel Wut sich bei den Angepassten über Jahre und Jahrzehnte aufgestaut haben mussten. Wie lange würde sich Askit das mit ansehen?

»Ich hole die anderen!« Adlin rannte, die Decke um sich gehüllt, hinaus. Eve fuhr sich mit den Fingern durch die zerzausten Haare, band sie zusammen, warf einen prüfenden Blick auf ihr Display und sagte zu den anderen Reinsten: »Geht schon vor. Ich will einen Überblick bekommen, wie es in den anderen Metropolen aussieht!« Behutsam zog sie sich ihren Anzug an. Draußen standen Reinste und Angepasste, denen die Angst ins Gesicht geschrieben stand. Vor den Laboren der Klimawissenschaftler diskutierten Samir, Ronan und Adlin mit anderen Reinsten.

Ronan schien sich in seinem Thermoanzug nicht wohlzufühlen, es veränderte ihn. Er mochte sich nicht dazugehörig fühlen, schien aber von seinen selbstlosen Anlagen nicht weit von den Reinsten entfernt, für Eve jetzt näher, als es Thyron jemals war.

Er nahm Blickkontakt auf und rief ihr entgegen:

»Eve! Du musst Entscheidungen treffen, oder es gibt einen Aufstand« Ronan zeigte auf die Kommunikationszentrale gleich neben der Abteilung für Klimaforschung. »Die Menschen brauchen dich!«

»Wir gehen da jetzt gemeinsam raus. Ob du willst oder nicht, wir führen das zusammen an, jeder muss sich repräsentiert fühlen«, sagte Eve. »Reinste, Angepasste, Degradierte und Kolonisten. Wir müssen Ruhe bewahren und diese Spaltung überwinden.«

Sie folgte nur ihrer inneren Stimme, plötzlich bereit, auf Pellengrey zu hören, die neue Rolle anzunehmen. Auch Adlin strahlte diese Sicherheit auf einmal aus. Sie waren auserkoren, die Führung zu übernehmen, und an ihren Taten würden sie nun gemessen werden, von einer nichtmenschlichen Instanz, deren künstliches neuronales Netzwerk fest davon überzeugt war, dass es die Reinsten besser kannte als sie sich selbst.

Sie erreichten den inneren Platz, wo sich ein Meer von Menschen versammelt hatte.

Eve suchte nach einer erhöhten Position, um sich bemerkbar zu machen. Ronan deutete auf einen Solarbus mitten auf dem Platz. Adlin und Samir folgten, gemeinsam kletterten sie hinauf. Langsam wurde das hektische Durcheinander ruhiger. Adlin filmte mit der Kamera an ihrem Display die Szene und verband sich über die Kommunikationszentrale von *New Paris* mit den anderen Metropolen.

Eve wartete ab und erhob die Stimme: »Hört mir zu! In dieser Stunde der Verwirrung sind wir gefordert, uns nicht auseinandertreiben zu lassen. Ihr müsst die Gesetze von *Paradise* weiter respektieren, alle müssen das. Askit ist nicht, wie viele von euch glauben, verstummt. Der Einsatz der Patriots letzte Nacht sollte das allen klar gemacht haben. Wir haben gemeinsam mit den Kolonisten viele Dinge herausgefunden, die wir klären müssen, bevor wir wissen, wie es weitergeht. Wir haben viel erreicht, aber auf was gründen sich diese Errungenschaften? Sind sie nachhaltig? Was geschah in der Vergangenheit, und wie sieht unsere gemeinsame Zukunft aus? Fakt ist, dass die Grenzen zu den Kolonien nun offen sind. Jede Handlung, die wir unternehmen, steht unter Beobachtung und Bewertung von Askit, vergesst das keine Sekunde. Wir dürfen das primäre Ziel, diese Welt von den Verwüstungen unserer Vorfahren zu reinigen, nicht aus den Augen verlieren. Unser aller Überleben hängt davon ab. Wer jetzt gegen die Gesetze von *Paradise* verstößt, wer jetzt unser gemeinsames Überleben aufs Spiel setzt, wird am Ende von Askit gestoppt werden. Niemand außer mir wurde so früh mit Askit verbunden und ich zahle vielleicht einen hohen Preis dafür. Und jetzt geht und macht eure Arbeit!«

»Du verteidigst *Paradise*, obwohl …«

»Ronan. Wir haben keine andere Wahl, wir müssen Zeit gewinnen.«

Er blickte in die sich auflösende Menge. »Ich verstehe!«

»Ich werde jetzt in die Kolonie fliegen und Tessa holen!«

»Du gehst ein hohes Risiko ein. Ich kann dir nicht sagen, wie gefährlich die Lage in der Kolonie ist, nach dem, was gestern Nacht geschehen ist.«

Es gab nur diesen Weg. Sie konnte Tessa nicht länger warten lassen. Sie hatte von Adlin genug gelernt, um den Solarjet selbst zu fliegen. Keine Sekunde länger wollte sie warten. »Ich muss das tun. Du musst nicht mitkommen!«

Ronan lächelte verwegen und bewegte sich in Richtung des

Jets, der von einer Gruppe Reinster bewacht wurde. Adlin schaute Eve an, als würde sie Angst haben zurückzubleiben.

»Samir, Adlin. Wir sind so schnell wie möglich zurück. Ich bringe Tessa nach Hause!«

»Pass auf dich auf!« Adlin drückte Eve fest an sich. Einen Moment standen sie sich gegenüber. Eve hoffte, dass ihre Freundschaft dies hier überdauern würde. Doch in Wahrheit lernten sie sich gerade erst wirklich kennen. Vieles an Paradise mochte gerade zusammenstürzen, aber vielleicht war ihre Zuneigung doch keine Illusion.

»Wir sehen uns, Adlin.« Eve ging ein paar Schritte, wandte sich ein letztes Mal um, der schwere Stein auf ihrer Brust wurde ein wenig leichter.

Ronan hatte sich bereits angeschnallt, seinen Thermoanzug hatte er gegen eine graue Einheitskleidung der Angepassten getauscht, als Eve das Cockpit betrat.

»Hinter dem Krankenhaus ist ein Platz in einem Hof. Es ist besser, du landest dort«, sagte Ronan, ohne mit einem Wort darauf einzugehen, dass er sie selbstverständlich begleitete.

»Was hast du vor?«

»Nach dem, was gestern vorgefallen ist, weiß ich nicht, wie die Kolonisten reagieren werden. Du bleibst besser im Jet, während ich Tessa hole, einverstanden?«

Eve nickte, setzte sich den Helm auf, schloss das Cockpit und verband sich mit dem Bordcomputer. Mit einem Schlag hatte sie eine 360-Grad-Sicht, ein leichter Schwindel überkam sie. Der Gleichgewichtssinn brauchte einige Sekunden, um sich an die verstärkte Sicht der Realität zu gewöhnen. Sie fokussierte ihre Gedanken, atmete tief ein, konzentrierte sich: Der Jet hob ab. Vor ihr erschien grün markiert die Flugroute. Sie fixierte das Ziel, spürte, wie der Jet ihr gehorchte. Langsam nahmen sie Kurs auf die Kolonie. Den Blick nach vorne gerichtet, in der Hoffnung, dass sie Tessa nicht mehr verlieren würde, atmete sie bewusst aus. Der unaufhaltsame Umbruch, der allen bevorstand, bohrte den Wunsch nach unbeschwerten Tagen tief in ihr Herz. Sie glaubte, jetzt Ronan zu verstehen, der bereit war, sein Leben zu geben, um noch einmal seine verstorbene Frau in den Armen zu halten, ihre Liebe und Wärme zu spüren.

Ronan hatte die Arme hinter dem Kopf gekreuzt, seine Augen geschlossen und schwieg. Sie flogen lautlos über die Wälder, die Temperatur in der Atmosphäre und am Boden näherte sich einem kritischen Niveau. Als sie die ersten Ausläufer der freien Kolonie erreichten, begann Eve mit dem Sinkflug und sah unter sich, wie am Boden ein paar Menschen sich an Türen zu schaffen machten, die schräg in Erdwälle führten, die gleiche Bauart, die ihr schon nach ihrer Ankunft in der Kolonie aufgefallen war. Eve wurde bei dem Anblick mulmig zumute. Wäre das eines Tages die letzte Lösung?

Sie näherten sich dem zentralen Platz, es waren kaum Menschen auf der Straße. Der Jet landete sanft im Hof.

»Du bleibst hier!«

»Ist ja schon gut …«

Ronan lief über den Hof ins Krankenhaus. Eve tippte mit ihren Fingern auf den Sitzen. Ein paar Jugendliche gingen neugierig am Jet vorbei. Ihr Anflug hatte kaum die befürchtete Reaktion ausgelöst. Nach einigen Minuten hörte sie Schritte.

»Kind, bist du verrückt, so ein Risiko einzugehen?«, rief Tessa.

Eve strahlte ihre Mutter an.

»Du wolltest nach Hause, und jetzt bringe ich dich nach Hause!«

Zitternd nahm Tessa Eves Gesicht in die Hände, beugte sich über sie und küsste ihre Stirn.

»Es geht los, setz dich.« Eve schloss mit einem dankbaren Blick zu Ronan das Cockpit.

Tessa nahm im hinteren Teil Platz und ließ sich von Ronan anschnallen. »Du kannst das fliegen?«

»Nicht so gut wie Adlin, aber ja«, sagte Eve, und schon zog der Jet hoch. Eve atmete durch. Es war geschafft. Ronan hatte seine eigenen Leute und ihre Friedfertigkeit unterschätzt. Auf dem Rückflug schwieg Tessa, es war ihr erster Flug.

Die Kuppel von *New Paris* tauchte am Horizont auf, Eve drehte einen Kreis, bis sie an bestimmten Fixpunkten erkannte, wo Tessas Haus lag. In unmittelbarer Nähe lag ein großer Versammlungsplatz, der sich für die Landung eignete.

»Willkommen, vermutlich bist du die erste Degradierte, die in ihr Heim zurückkehren durfte«, lachte Eve, die Tessas Unsicherheit spürte. Im nächsten Moment wurde ihre Aufmerksamkeit abgelenkt, denn vor Tessas Haus stand ein Medilab. Eine Reinste und eine Angepasste eilten auf sie zu.

»Was ist los? Woher wusstet ihr, dass wir hierherkommen?«

Die Angepasste mit dunklen langen Haaren lächelte verlegen. »Adlin Salomon hat uns darum gebeten!«

Kaum hatte die Frau das ausgesprochen, piepste Eves Scanner, und Adlins Gesicht erschien, das Bild wackelte, sie rannte.

»Eve, die Drohnen und Patriots bewegen sich auf *New Paris* zu.«

»Wir holen euch. Es ist Zeit, dass wir den letzten Schritt wagen!«, rief Eve.

»Jetzt müssen wir uns nur noch um dein Herz kümmern«, sagte Eve und umarmte ihre Mutter.

»Das hast du schon!«, sagte Tessa. »Ich erkenne dich kaum wieder, und plötzlich macht es mir Angst, dass du endlich zu dir selbst findest. Obwohl ich mir das gewünscht habe. Pass auf dich auf! Wenn du überzeugt bist, das Richtige zu tun, dann tu es, Tochter!«

Eve drückte ihre Mutter ein letztes Mal, atmete ihren Duft ein, spürte ihre festen dicken Haare auf der Wange, sah wie in einem Zeitraffer Bilder aus ihrer Kindheit, ihren Vater.

»Eve, was immer jetzt geschieht. Ich bin glücklich und stolz auf dich!«

Ein letzter Blick. Tränen.

»Ich habe Angst, dass du Askit nie ganz überwinden wirst«, sagte Tessa.

Eve zuckte mit den Schultern, lächelte, was sollte sie schon sagen.

»Ronan, komm. Wir holen Adlin und Samir. Und dann werden wir es wagen.«

Ronan setzte sich neben Eve ins Cockpit. Mit etwas zu viel Energie schoss der Jet in die Höhe und nahm Kurs auf das Zentrum von *New Paris*. Eve spürte ihrer Mutter gegenüber eine tiefe Dankbarkeit. Das Gefühl wurde jäh unterbrochen. Ein Ruck. Der Jet bremste plötzlich in der Luft ab, drehte sich, schoss unwillkürlich in eine andere Richtung. Eve verlor die Sicht. Ronan schaute sie fragend an. Eve presste sich in den Stuhl, nahm den Helm ab, saß inmitten der rötlichen Notbeleuchtung. Ronan ging aus dem Cockpit, starrte fassungslos durch das schmale Fenster. Der Jet bewegte sich langsam, wechselte wieder die Richtung.

Askit?

Ronans nervöser Gesichtsausdruck kündigte weiteres Unheil an. Mit wackeligen Beinen bewegte sie sich zu ihm und starrte durch das Fenster in die Tiefe. Der Anblick, der sich ihr bot, erschütterte sie durch und durch. Es mussten Hunderte sein. Mit für menschliche Verhältnisse unbesiegbarer Wucht donnerten die Patriots auf *New Paris* zu, und Eve spürte, dass sie nun in den Händen von Askit den Antworten auf all ihre Fragen entgegenflogen.

38

2. OKTOBER,
ASKIT CITY, NEUSEELAND

Verunsichert standen Levar und Marisa inmitten des Rechenzentrums. Um sie herum strömten immer mehr Menschen unterschiedlichen Alters in den Raum und setzten sich an ihre Arbeitsplätze. Levar beobachtete, dass keiner von ihnen mit einem Implantat ausgestattet war. Sie waren jünger als die, mit denen er in der Vergangenheit im Rat zu tun hatte, Bewohner einer Stadt, die offensichtlich nicht das war, was man ihm über Jahre suggeriert hatte. Aber wo war *Askit City* dann?

Im hinteren Bereich stand wachsam eine Gruppe von Beschützern.

Elon hatte sich mit vier Wissenschaftlern an einen Konferenztisch gesetzt. Er nickte ihnen zu und zuckte mit den Schultern. Levar wollte nicht tatenlos im Raum stehen und näherte sich der Versammlung, in der Mitte des Tisches war die Erde als Hologramm erschienen, darüber unzählige Zahlenreihen, Tabellen und Grafiken. Er sah zu Marisa, ihr verächtlicher Blick sprach Bände.

Nun speiste Elon die Daten Pellengreys in die Simulation ein. Levar setzte sich unter den prüfenden Blicken von Elon hinzu, während der junge Wissenschaftler neben ihm freundlich grüßte.

»Hat Askit diese Daten bewusst ignoriert?«, Elon richtete die Frage an die zwei Frauen in der Runde, eine junge und eine ältere Wissenschaftlerin.

»Nein, nicht diese! Sie fügen sich auf den ersten Blick in die vorhandenen Klimasimulationen ein wie ein fehlendes Zahnrad«, antwortete die ältere, eine dunkelhaarige, hochgewachsene Frau, und hantierte an einem Bedienungsfeld. Auf dem Hologramm waren ein weiterer Anstieg des Meeresspiegels, ein deutlicher Verlust der letzten Eismengen am Südpol sowie eine erneute Ausweitung der Wüsten zu sehen.

Die junge Wissenschaftlerin schüttelte energisch den Kopf.

»Dennoch, die extremen Szenarien, die den Planeten nahezu unbewohnbar machen, sind mit Pellengreys Berechnungen deutlich realistischer. Was ist mit der durchschnittlichen Temperatur, wenn Pellengrey recht hatte und sich die Speicher in den Ozeanen wieder komplett leeren? Wenn der durchschnittliche Kohlendioxidanteil in der Atmosphäre wieder auf 600 Parts per Million klettert?«, wollte die Frau wissen.

Die ältere Expertin am Tisch tippte die Daten in das Modell. »Selbst bei vergleichsweise geringen Abweichungen von der Gauß'schen Normalverteilung steigt die Wahrscheinlichkeit von Extremszenarien signifikant, die Temperaturen würden nochmal um mehr als zehn Grad steigen. Das wäre das Ende. Ein Leben an der Oberfläche, selbst unter den Kuppelbauten, wäre dann kaum vorstellbar«, erklärte sie. Die Simulation wurde fortgesetzt. Die Wüsten erfassten nahezu den gesamten Planeten.

»Verdammt!«, schrie Elon. »Das sind immer noch keine unverrückbaren Fakten. Wie viel Zeit bleibt uns?«

»Vielleicht noch fünfzig Jahre! Aber wir haben eine Chance. Pellengrey hat alle Maßnahmen, die für eine Ausweitung des Schutzprogrammes nötig sind, zusammengefasst, er hat sie kurz vor seinem Tod in *Deep Water* separat abgespeichert. Und genau da könnte Askit ein Problem haben. Das sind die Daten, die Askit nicht integriert hat oder ablehnt. Pellengrey wollte die Grenzen öffnen und die Kolonisten integrieren. Er stellte damit alles infrage. Aber Askit hat berechnet, und ich nehme das nur als ein Beispiel, dass der Bau von weiteren dreitausend Konvertern nicht ausreichen wird. Das kann dann eigentlich nur bedeuten, dass es die Erreichung des primären Ziels aufgibt!«

Alle schauten sich betreten an.

Levar fragte sich, ob Askit dem Scheitern seines primären Zieles überhaupt diese von Menschen dramatisierte Bedeutung gab. Er blickte zu Marisa, die konzentriert auf die Klimamodelle starrte.

Alles, was hier aufgebaut wurde, war der Hoffnung geschuldet, dass Askit ihnen eines Tages die Systeme, das Feld, die Kontrolle über die Menschen wieder anvertrauen würde, wenn das Ziel erreicht worden wäre. Und jetzt? Jetzt standen sie vor einem Scherbenhaufen, und Levar fragte sich, ob das Klima nicht schon weit vor 2041 einen solchen Schaden genommen hatte, dass es vielleicht nie eine Chance gegeben hatte. Ein junger Mann mit kurzen Haaren kam auf sie zu.

»Elon! Die Patriots haben alle Metropolen besetzt. Und wir haben seit ein paar Minuten in *Paradise* Zugriff auf Maschinen, Roboter, Drohnen, zentrale Produktionssysteme, die Hyperloops, aber wir haben keine Möglichkeit, mit den Menschen in *Paradise* zu kommunizieren.«

Die Tür zum Rechenzentrum flog auf, und Sergei kam trotz seiner massigen Gestalt mit schnellen Schritten auf Elon zu. Er schaute mit Entsetzen auf die Simulation über dem Konferenztisch. Daneben erschienen Bilder aus den Metropolen. Sie sahen tumultartige Szenen aus *Asia One* im Norden Sibiriens: Kolonisten drangen ein, plünderten die Lebensmittelspeicher. Reinste und Angepasste flüchteten sich in Gebäude. Patriots und Drohnen besetzten nun die Plätze. Unter Einsatz ihres Lebens versuchten die Kolonisten, eine der wenigen Schwachstellen der Patriots zu nutzen. Die Hydraulik ihrer Gelenke war an einigen Stellen nicht perfekt gepanzert, aber ihre Versuche scheiterten kläglich, ihre Körper wurden zermalmt oder flogen durch die Luft, prallten gegen Fassaden und Wände. Die Überlebenden zogen sich unter zornigem Geschrei wieder zurück.

Elon verzog keine Miene, verfolgte die Bilder.

»Das ist unsere Chance«, sagte Sergei. »Wir müssen handeln! Wir müssen die Kampfroboter angreifen lassen. Sie sollen die Kolonisten in die Löcher zurückschicken, aus denen sie gekrochen sind, und *Paradise* unter Kontrolle bringen. Darauf haben wir ewig gewartet!«

Langsam zeigt er sein wahres Gesicht, dachte Levar. Er stand sinnbildlich genau für die Art von Mensch, die Askit sofort degradieren würde.

»Gebt ihr diesen Befehl, verlieren wir hier alles. Elon! Askit will eine Entscheidung fällen, und die wird vom Verhalten der Gründer wie von dem aller anderen Parteien abhängig sein. Zeigt ihr diese Seite eurer Ethik, dann …«, entgegnete Levar mit aller Kraft, die ihm noch zur Verfügung stand.

»Verdammt, ja, um ein moralisches Dilemma zu lösen. Das wäre nicht das erste Mal!«

Levar zuckte zusammen und trat automatisch einen Schritt zurück. Was wollte Sergei damit andeuten?

»Was haben die hier zu suchen, Elon? Wir müssen die Gelegenheit nutzen und das eindämmen«, fuhr Sergei Elon an. »Es will wissen, wer bereit ist zu handeln. Wir müssen das zu Ende bringen! Nur noch ein paar Monate, und *Askit City* ist fertig!«

Elon senkte den Kopf. »Sergei, du hast es nicht verstanden. Die ganzen Jahre haben du und deine Anhänger nie daran gedacht, dass wir scheitern könnten. Levar hat recht. Da draußen sind Tausende Kampfroboter um uns herum. Hast du wirklich geglaubt, dass Askit diese letzte Option, diese Stadt nicht kennt? Was meinst du, für wen das alles hier wirklich entstanden ist?«

Sergei stand regungslos da, ballte die Faust und schrie mit hochrotem Kopf: »*Askit City* gehört unseren Kindern!«

»Nein, tut es nicht! Deine menschliche Überheblichkeit, Sergei, lag immer schon wie ein Schatten auf uns. Du bist ein Nichts gegen Askit. Wir alle!«

Elon machte nur eine leichte Kopfbewegung, und eine Gruppe von Beschützern beförderte Sergei unsanft nach draußen.

»Riegelt die Zentrale ab!«

»Was wird das?«

»Halt dich da raus, Levar. Wir müssen Zeit gewinnen!«

Langsam verstand er die chronische Missgunst der Gründer. Die von Askit anerzogene moralische Integrität der Reinsten war ihnen unheimlich, es machte ihnen Angst. Sergeis und Elons Disput war wie ein Offenbarungseid, und Eve Legrand ihr letzter Trumpf.

»Elon, welche Werte wurden Askit vor seiner Initialisierung programmiert?« Levar verschränkte die Arme ineinander.

»Es hat ziemlich schnell erkannt, dass wir nicht sonderlich gut darin sind, Moralvorstellungen umzusetzen. Wir haben kein Monopol mehr auf ethisches Handeln. Askits Moral ist über unsere Vorstellung weit hinausgewachsen und nicht mehr nachvollziehbar. Es gibt kein klassisches Gut und Böse in seinem Bewusstsein. Wir waren wie besessen von dem Gedanken, dass eine künstliche Intelligenz nie eine eigenständige Moral entwickeln würde. Die Betonung liegt auf eigenständig. Was andere für Science Fiction hielten, dauerte in Wirklichkeit vielleicht nur ein paar Sekunden.«

»Elon, ganz von vorne! Was hat in Askits Strategie die höchste Priorität?«

»Das weißt du! Das primäre Ziel, das ökologische System zu bewahren!«

»Gut. Was ist, wenn es Pellengreys Lösungsvorschläge verweigert und Askit uns wirklich verloren gibt. Was bleibt dann noch?«

Elon sah versteinert auf das Hologramm und die Simulation, seine von Altersflecken übersäten Hände zitterten. »Wie du es vor ein paar Tagen in deinem Refugium richtig vermutet hast, es will die Realität durch die Augen der Reinsten sehen und dann erst eine Entscheidung fällen«, gestand Elon.

»Das ist doch nicht alles!«, sagte Marisa, die sich von der Simulation abgewandt hatte.

»Nein. Askit hat längst eine neue Selektion durchgeführt, und Sergei weiß, dass wir kaum dazugehören werden, deswegen geraten hier alle in Panik!«

»Neue Selektion? Was hat das zu bedeuten, Elon?«, Levar wankte ein wenig zurück.

»*Askit City* ist schon lange nicht mehr nur unsere Heimat, Levar. Es ist das größte Labor dieser Welt. Viele der Gründer waren einmal davon überzeugt, sie könnten bald den Planeten verlassen und den Traum der Unsterblichkeit leben. Dass Askit unser Gehirn verstärken würde und wir so in der Lage wären, in ungeahnte Dimensionen vorzudringen. In unserem Wahn haben wir außer Acht gelassen, dass der Planet das gar nicht mehr hergibt. Das Schlimmste war der Verlust so vieler Leben.

So, ich möchte, dass ihr euch die Implantate entfernen lasst. Danach ist auch für euch Platz in unserem goldenen Käfig. Meine Zeit ist fast abgelaufen, mein Körper an der Grenze des Machbaren. Aber ich halte mein Versprechen, Levar, ihr Reinsten sollt leben. Es tut mir leid, aber …«

Ein Techniker suchte Elons Aufmerksamkeit von seinem Platz aus und rief:

»Elon. Soeben ist ein Solarjet gelandet! Sie ist es!«

Auf dem Holoschirm waren zwei Gestalten zu erkennen, die langsam und vorsichtig den Jet verließen. Sofort wurden sie von Beschützern umzingelt.

Tagelang hatten sie versucht, ihrer habhaft zu werden, selbst den Beschützern der Agenda war es nicht gelungen, unbemerkt in die Kolonien einzudringen. Ein Drohnenangriff hatte das vereitelt. Und jetzt lieferte Askit sie genauso wie Thyron wie auf dem Silbertablett. Sie waren Untergang oder letzte Hoffnung zugleich. Ihr Verhalten würde nun der alles entscheidende Gradmesser sein. Elon hatte immer gewusst, dass *Askit City* ein offenes Geheimnis war. Askit kannte die Wahrheit, aber sein Urteil, so schwer es auch zu fassen war, wollte es nun einem Menschen – einer Reinsten – überlassen. Nicht irgendeinem. An der Seite eines unbekannten Mannes, vom Aussehen her ausgerechnet ein Kolonist, betrat diese Reinste gerade unsicheren Schrittes das Gelände.

»Wer ist diese Frau wirklich, dass ihr das gelungen ist?«, fragte Marisa.

»Es ist nicht sie, es ist Askits Analyse, etwas, das es nicht geben dürfte, und damit ist eine der ältesten Fragen beantwortet. Eine künstliche Intelligenz entwickelt nicht nur ein eigenes, sondern vor allem ein anderes Bewusstsein. Erst wenn Eve Legrand die gesamte Wahrheit kennt und bewertet, wird Askit die finale Entscheidung fällen, davon bin ich überzeugt. Geht und bereitet Thyron darauf vor!« Elon signalisierte zwei Beschützern, dass sie ihm folgen sollten.

Levar schaute auf die hektischen Bemühungen der Wissenschaftler, die Klimamodelle weiter auszuwerten. »Ich hoffe, du irrst dich nicht!«, rief er Elon nach.

Elon blieb in der geöffneten Tür stehen und drehte sich noch einmal um. »Ich hoffe, du erkennst eines Tages an, dass nicht alle so sind wie Sergei. Geh und nimm Marisa mit! Geh, mein Freund. Mehr als *Askit City* kann ich euch nicht mehr bieten!«

39

3. OKTOBER,
ASKIT CITY, NEUSEELAND

Die Beschützer der Agenda näherten sich, kreisten sie ein. Eve versuchte sich zu orientieren: helle Hallen, monströs hoch und breit, ringartig um sie herum angeordnet, vereinzelt wuchtige alte Bäume. Sie standen auf einem gepflasterten Platz, zwischen den Landeflächen der Solarjets saftiges Gras. Nur eine einzige Straße führte zur zentralen Kuppel, die erhaben wie ein Halbmond über den Hallen aufragte. Eve hatte unbändigen Durst, ihre Reserven waren schon vor Stunden zur Neige gegangen, die Hitze setzte ihr zu. Die Windböen brachten keine Kühlung, aus der Ferne glaubte sie, die Brandung des Meeres zu hören. Weitere Jets rotierten vom Sturm gebeutelt gefährlich über ihre Köpfe hinweg und setzen links und rechts in einem Abstand von hundert Metern auf. Eve traute ihren Augen nicht. Immer mehr Reinste stiegen aus und standen verloren herum. Was geschah hier? Auf einmal bahnte sich ein Mann in einem grauen Anzug den Weg durch die Beschützer. Sein Gang war steif, aber zügig. Als er ihnen gegenüberstand, sah Eve in ein erschöpftes Gesicht. Seine Hände waren zittrig, dünn, jede Ader stach hervor.

»Eve Legrand, mein Name ist Elon, Elon Pike, ein Nachfahre der Gründer, wir haben deine Ankunft erwartet!«

Die Stimme war brüchig, ein karges Lächeln. Der Sturm wehte sein graues Haar durcheinander. Seine Mimik verfinsterte sich, als er weitere Jets landen sah. Er winkte einen Beschützer heran.

Wovor fürchtete er sich?

»Bringt sie in die Hallen und versorgt sie!«

Eve drängte sich die Gewissheit auf, dass sich hier alles entscheiden würde. »Habt ihr die Patriots in die Metropolen einmarschieren lassen und eingesetzt?«

»Wir hätten es tun können, und es gibt genug Mitglieder der Agenda, die das am liebsten getan hätten, um die Kolonisten zu vertreiben, aber Askit wird diese Entscheidung den Reinsten überlassen. Dir!«

Eve zuckte zusammen. Der gebrechliche Mann erklärte ihr, dass die Patriots nur die zentralen Systeme der Metropolen besetzt hatten, diese verteidigen würden und dass sich die Kolonisten für den Moment zurückzogen. Der alte Mann fasste Ronan ohne zu zögern an den Hinterkopf, fand kein Implantat und sagte: »Er kann nicht mitkommen!«

»Dann kann ich es auch nicht«, sagte Eve und stellte sich demonstrativ vor Ronan.

»Na gut. Es ist an der Zeit, dass ihr erfahrt, warum Askit euch hierhergebracht hat und was uns allen bevorsteht!«

Die zerbrechliche Hülle dieses Greises hemmte Eve in ihrer Reaktion. Wäre er jung und kräftig gewesen, hätte sie ihm spontan eine Ohrfeige gegeben, ihm die Bilder der Degradierten gezeigt, die durch das Implantat verrückt geworden und für den Rest ihres Lebens gezeichnet waren. Sie ertastete mit ihrer Hand die Sonde in ihrer rechten Tasche, die Samir ihr mit beschwörenden Worten überreicht hatte. Was würde sie hier nützen? Was würden sie jetzt erfahren?

Der alte Mann zeigte auf einen pastellfarbenen Wagen, der vor einer der Hallen stand. Der Sturm wurde immer heftiger, doch weiterhin landeten Jets im Minutentakt. Beinahe hätte der Alte den Halt verloren. Sie näherten sich dem wuchtigen

Gefährt. Eve konnte die Straße entlang hinauf zur Kuppel sehen. Bäume und Sträucher bogen sich, Blätter klatschten Eve ins Gesicht, der Regen prasselte auf sie nieder. Ein Beschützer öffnete die Autotür. Eve und Ronan setzten sich wortlos in die mittlere Bankreihe. Seine Augen verrieten pure Wut, vermischt mit Furcht. Eve drückte kurz seine Hand und flüsterte ihm ins Ohr. »Warte ab, Ronan!« Unwillkürlich schüttelte sie sich, als ihr bewusst wurde, dass ihnen eine Sitzreihe weiter zwei Beschützer im Nacken saßen. Lautlos rollten sie los. Elon drehte sich vom vorderen Sitz zu ihnen um und bot ihnen Wasser an, das sie dankbar entgegennahmen. Einer der Beschützer reichte ihnen weitere Behälter und eine Schachtel mit Nahrung.

»Nichts auf dieser Welt war von Menschen so geplant. Alles, was wir hier seit bald eineinhalb Jahrhunderten machen, ist der Versuch, dem Menschen eine Zukunft zu sichern. Weder der Scan, diese Art von psychologischer Kontrolle, noch die Gesetze, die Unterwerfung, die gesamte gesellschaftliche Ordnung ist unsere Kreation, aber es ist unsere Verantwortung, wie ihr noch erfahren werdet!«, erklärte ihnen Elon. Für einen Moment schauten alle still in die Landschaft hinaus. Vieles an der Vegetation schien noch natürlichen Ursprungs zu sein.

Eve wusste, dass Neuseeland in einer der letzten Zonen südlich des Äquators lag, die vom Klimawandel zwar nicht verschont, aber im Verhältnis zu den sich ausbreitenden Wüstengebieten noch eigenständig lebensfähig war. Sie fuhren den Berg hinauf. Eve blickte links und rechts auf alte Wälder, kleinere Gebirgsketten in der Ferne, dann sah sie auf das tosende Meer, die Küste Neuseelands. Elon hatte etwas Merkwürdiges an sich, sah einerseits aus wie ein Greis wirkte aber gleichzeitig sehr agil. Bis auf Pellengrey hatte sie kaum jemals so alte Menschen in *Paradise* gesehen. Deuteten seine zittrigen Hände auf Angst hin? Verbarg er etwas vor ihnen? Aber er war ihnen auch mit Respekt begegnet. Und er hatte unrecht. Am Ende war diese

Welt immer die Kreation der Menschen, was denn sonst? Wer hatte sie denn an diesen Punkt gebracht?

Askit hatte sich schließlich nicht selbst erschaffen.

Sie wandte sich an Elon: »Ich weiß nicht, was ihr euch von uns erhofft. Es gibt Fragen, die ein dunkles Licht auf die Vergangenheit werfen. Wir haben Beweise, dass es keinen Atomkrieg gegeben hat, Beweise, dass seit langer Zeit hier die Ressourcengesetze verletzt werden und Hinweise, dass die Viren 2041 mit Absicht freigesetzt wurden.«

Elon schien in sich zusammenzusinken. Er zögerte, schüttelte den Kopf und blickte Eve mit stechenden Augen sekundenlang schweigend an: »Wenn wir diese Vergangenheit nicht hinter uns lassen, riskieren wir die Zukunft. Heute haben wir in *Paradise* eine Generation von Menschen, die überdurchschnittlich intelligent, gesund und fähig ist, die Zukunft zu gestalten. In der alten Welt war es eine Illusion, dass wir mit Demokratie, Freiheit und Menschenrechten vorankommen. Komplizierte Entscheidungswege und Interessen von Milliarden von Menschen standen einer technologischen und ökologischen Transformation im Weg. Mit Askit wollten unsere Vorfahren diese Probleme beenden. Die alten Eliten hatten in der Vergangenheit längst alles verspielt, und ihre Hoffnung war, dass die Menschen durch eine unabhängige Instanz wie Askit die notwendigen Einschnitte, den Wandel annehmen würden«, erklärte Elon. Er beharrte darauf, dass Askit keine Schöpfung mit böser oder unmenschlicher Absicht war, sondern die positiven Ergebnisse, die Vorteile von *Paradise,* die Effizienz, sich bis heute schlichtweg nicht leugnen ließen. Noch nie hatten Menschen so lange friedlich zusammengelebt.

Ronan krallte seine Hände in die Sitzlehnen. »Das mag zu Beginn so gewesen sein, aber am Ende war es ein elitäres Machtmittel, das euch entglitten ist. Tut mir leid, wir wissen bereits zu viel«, rief er und dachte an die Unterlagen, die sie im

Bunker der europäischen Kolonisten gefunden hatten. Die Ideologie der Schöpfer aus dem alten Nordamerika hatte Elon gerade teilweise bestätigt.

»Warte ab, törichter Mann. Ihr Kolonisten hättet euch anpassen können. Dass es die Kolonien überhaupt gibt, hat Askit entschieden, nicht wir«, kommentierte Elon die nicht zu übersehende Wut in Ronans Gesicht.

»Ihr habt die Kontrolle über Askit verloren«, brüllte Ronan. »Glaubt ihr, jede Verantwortung von euch weisen zu können?«

»The ›Dark Enlightenment‹. Ihr seid Anhänger dieser Bewegung!«

»Was soll das denn sein? Nein! Wir sind nur noch die Nachfahren einer folgenschweren, aber unausweichlichen Entscheidung!«, erwiderte Elon.

Eve konnte kaum noch folgen, die ganzen letzten Tage hatten ihnen alles abgefordert. »Wisst ihr, was die Implantate anrichten? Kann man sie hier entfernen? Habt ihr diese Technologie?«

»Es ist kompliziert, aber es geht! Wir haben Jahrzehnte gebraucht, um das Gehirn besser zu verstehen. Die Implantate wurden von Askit nur adaptiert. Die Menschen rissen sich in der Vergangenheit darum, nur um Teil einer digitalen Community zu sein!«

Eve atmete aus und sah, wie Ronans rechtes Bein unkontrolliert auf und ab wippte. Er schien jeden Moment zu explodieren.

»Hören wir erst mal zu!«, versuchte Eve ihn abermals zu beruhigen.

Von der Anhöhe aus konnte sie auf das aufgewühlte tiefblaue Meer blicken, der Himmel war eine Mischung aus schnell vorbeiziehenden dunklen Wolken und brennender Sonne.

»Es wird Zeit«, mahnte Elon und wies ihnen den Weg durch eine Allee, die in einer überdachten Gangway mündete.

»Ich kann eure ganze Aufregung verstehen, und ich werde dir jetzt viel abverlangen, aber die Vergangenheit ist nicht schwarz-weiß, nichts, das man schnell verurteilen kann. Jeder hatte seinen Anteil daran. Ihr müsst etwas über die Vergangenheit wissen, was euch vorenthalten wurde. Die Eskalation der Zerstörung unserer Welt musste an dem Punkt beendet werden, als eine Flucht ins Weltall, auf andere Planeten nicht mehr realisierbar war. Es war die naive Vision einiger Wissenschaftler und Investoren, denen für die Umsetzung eines solchen Programms einfach Zeit und Ressourcen fehlten«, erklärte Elon. Vor ihnen öffnete sich die Tür. Eve hörte ein Brausen in den Ohren, nachdem sie, vom Wind geschützt, nicht mehr gegen den tosenden Sturm ankämpfen musste. Der alte Mann griff sich kurz an die Stirn, ordnete seine Haare und schilderte, dass auf tragische Weise eine ganz alte Frage beantwortet wurde. Schon vor dem drohenden Klimawandel und den Seuchen hatten Wissenschaftler den nahenden Kollaps als Lösung des Fermi-Paradoxon prognostiziert.

»Was soll das denn sein?«, fragte Ronan genervt.

»Es stellt eine einfache Frage«, erklärte Eve. »Warum wir noch keinen anderen intelligenten Wesen begegnet sind, wenn das Universum so riesig ist. Die Antwort ist bestechend einfach, wir sind sozusagen der zwingende Beweis. Die Lebensspanne einer Zivilisation ist zu kurz. Bevor sie sich zu einer interstellaren Gesellschaft entwickeln kann, ist sie bereits untergegangen.«

Elon nickte mit einem bedauernden Ausdruck im Gesicht. »Zivilisationen steigen auf und gehen unter. Die Planeten haben eine Art Umweltfilter. Wenn *Paradise* und Askit scheitern, haben wir hier zumindest noch eine Option. So verrückt es klingt, Eve Legrand. Es liegt alles in deiner Hand.«

Als ob ich das nicht längst wüsste, alter Mann!

»Was ist 2041 wirklich geschehen?«

»Bevor ich dir das sage, wirst du zuhören müssen und erst

dann ein Urteil fällen, das musst du mir versprechen. Askit wird sich sicher wieder mit dir verbinden. Es gibt Dinge, die du wissen, aber nicht vorschnell verurteilen darfst. Du musst eine bestimmte Entscheidung gutheißen. Es wird im ersten Moment jede deiner Vorstellungen von Moral und Integrität infrage stellen. Entweder wirst du erkennen, warum alles so geschah und geschehen musste, oder wir haben keine Zukunft mehr«, erklärte Elon pathetisch. »Askit vertraut nur noch den Reinsten. Was du in deinem Innersten für wahr und richtig hältst, wird über alles entscheiden.«

Sollte sie es ihm sagen? Dass sie fühlte, dass sie die ganze Zeit mit Askit in Verbindung stand, dass Askit jeden ihrer Gedanken, jedes Urteil, jedes Gefühl, alles was sie sah und hörte, längst analysierte? Dass sie sich wie eine Kamera fühlte, die jedes Bild für Askit übersetzte? Erst jetzt dachte sie an Thyron. Was war hier mit ihm geschehen, wie sah er das alles, und was wusste er bereits, bevor er sich gegen sie gestellt hatte?

Die Kuppel der zentralen Halle war viel kleiner als erwartet, auch die daran angeschlossenen Gebäudekomplexe, die sie aus den anderen von Askit konstruierten Metropolen kannte, wirkten bescheidender und boten geschätzt nur einigen Hundert Menschen Raum. Sie war höchstens zweihundert Meter breit. Nur am Rand waren drei Geschosse rundherum gebaut worden. Irgendwas stimmte hier nicht. Die Halle war menschenleer und totenstill. Ihre Schritte hallten von der Stahl- und Glasfassade zurück. Wie in *New Paris* war in der Mitte das typische Whitestone-Monument, darüber, wo in den Metropolen die Gangways der Hyperloops die Sicht versperrten, schaute Eve auf die schwindelerregende Mitte der Konstruktion. Direkt hinter dem Whitestone-Monument stand ein auffälliges Gebäude aus Glas und Stahl neben einem breiten kubischen Klotz, mit Dutzenden dicken Glastüren, an deren

Seiten jeweils Bedienungsfelder leuchteten. Sie traten durch eine dieser gesicherten Türen ein, die Beschützer immer dicht hinter ihnen. Elon drehte sich um. Zwei Männer in weißer Kleidung kamen auf sie zu. Ihre Blicke kreuzten sich. Sie waren verunsichert bei ihrem Anblick.

»Dort könnt ihr eure Thermoanzüge wechseln«, sagte Elon und deutete auf einen Raum rechts vom Eingang. Es war keine Bitte.

»Irgendwie erinnert mich das an etwas«, bemerkte Eve und zog vielsagend eine Augenbraue hoch. Falls Samir recht hatte und sie an einen Ort gelangen würde, an dem das Implantat stillgelegt war, bot sich jetzt die letzte Gelegenheit. Die Sonde in der Hand, überlegte sie, wie sie die Kapsel ohne Flüssigkeit unauffällig herunterschlucken konnte. Es musste jetzt schnell geschehen, bevor sie den Anzug ablegte. Ronans Blick war eine Warnung, aber sie kam zu spät. Ein Beschützer hatte sie bereits gescannt und forderte mit vorgehaltener Waffe und ausgestreckter Hand die Sonde ein.

Widerwillig drückte sie sie ihm in die Hand und spürte in der gleichen Sekunde einen Schwindel. Sie kannte das Gefühl. Zuletzt hatte sie es erlebt, als sie sich mit Askit an der Grenze verbunden hatte. Sie war nicht allein!

Vor ihr hingen Thermoanzüge nach Größen geordnet an einer Wand, daneben befanden sich Kästen mit Standardkleidung. Das Material war jedoch sehr edel und weich, blendend weiß, die Oberteile waren mit dem Logo des Whitestone-Monuments an der rechten Brustseite verziert. Sie zog sich aus, spürte, wie Ronan kurz wegschaute.

Sie stieg hastig in die neue Kleidung, sich auf einmal ihrer Nacktheit seltsam bewusst, tauschte noch einmal eine zu enge Hose. Alles um sie herum war steril, aufgeräumt. Der warme Boden unter ihren nackten Füßen war staubfrei, ganz anders als in *New Paris*, wo der Sand ständig überall entfernt werden musste. Die Tür öffnete sich, und Elon wies sie wortlos an, ihm zu dem grauen Klotz zu folgen. Ein gläserner Aufzug von ungeahnter Größe öffnete lautlos seine breiten Türen. Sie fuhren hinab. Über Eves Rücken rollte ein Schauer, sie blickte auf einen breiten ausgeleuchteten Schacht, auf wuchtige Wände, die einem Erdbeben standhalten würden. Sie warf einen flüchtigen Blick auf ihr Spiegelbild in der Glasfront, ein Unbehagen breitete sich aus, das Gefühl, nicht vollständig zu sein. Nach gefühlten hundert Metern hielt der Lift. Elon ging vor. Sie standen in einem Bunker, dessen Ausmaß sie noch nicht richtig einschätzen konnte. Ein Beschützer hielt sie fest. Eve spürte ein kurzes Stechen im Kopf, ihr Implantat wurde mit einer unbekannten Vorrichtung versehen.

Das wird euch nichts mehr helfen, dachte Eve.

»Das dient nur unserer Sicherheit«, sagte Elon, schaute zu Ronan und wies die Beschützer an zu gehen. Elon musterte ihn, als ob er Angst hätte, dass Ronan ihn jeden Moment erschlagen würde, doch dann schien er sich einen innerlichen Ruck zu geben. Eve starrte fasziniert in die Höhe der unterirdischen Anlage.

»Die Erschaffer Askits: Wissenschaftler, Programmierer und Investoren waren damals felsenfest davon überzeugt, dass Askit fähig wäre, die zentralen Probleme des 21. Jahrhunderts zu lösen«, begann Elon seinen Vortrag. »Es glich einem globalen Regierungsprogramm. Doch das Wirtschaftssystem, politischer und religiöser Fanatismus, Elend, Hunger, Krankheiten, der Klimawandel, Flüchtlingsströme, der fortschreitende Raubbau an Ressourcen, die Grundlagen über die Psychologie und Soziologie des Menschen und Dutzende andere Wissenschaftsdisziplinen, im Grunde genommen das gesamte Wissen der Menschheit über ihre eigene Welt und Realität, reichte Askit im ersten Schritt nicht aus, um eine nachhaltige Strategie zu berechnen.« Elon sprach mit beschwörendem Gestus, seine

Worte wirkten sorgsam zurechtgelegt. Eve schenkte Elons Vortrag wenig Aufmerksamkeit, zu andersartig war ihre Umgebung. Das Klima war angenehm, dachte Eve, fror aber im selben Moment. Von überall war ein leichtes Summen zu hören. Vor ihnen tauchte ein weiteres Monument der Gründer auf. Sie erinnerte sich an Ronans Vorwurf, dass sie die alten Götter durch einen neuen ersetzt hätten, einer Sekte ähnlich, die nur der Optimierung, der Ausmerzung aller Schwächen huldigen würde.

Über unzählige Stockwerke verteilten sich ringsum Eingänge zu weiteren Räumen. Von der monströsen Decke etwa dreißig Meter über ihnen strahlte ein diffuses künstliches Licht. Wie viel Material war hier verbaut worden? Hatten die Kolonisten also richtig gelegen? Hier wurde eine ganze Stadt in die Erde getrieben. Die Gemäuer wirkten alt, grau und hatten nichts mit der Sterilität zu tun, die sie eben noch in der Kuppel erlebt hatten. War das einmal ein Fluchtort gewesen, um das Virus 2041 zu überleben? »Was ist das alles hier?«

»Es ist gerade erst der Anfang, Eve Legrand, gerade der Anfang«, sagte Elon und öffnete rechts die Tür zu einem Raum, nur einige Schritte neben dem Fahrstuhl. Eve blickte noch einmal zurück und glaubte durch das schwache Licht zu erkennen, dass der Bunker an seinem Ende noch eine weitere Ebene hinabging.

Die Tür schloss sich hinter ihr. Beleuchtete Kunststoffwände hüllten alles in ein angenehmes gelbes Licht. Holoschirme an einem Dutzend Tischen schalteten sich automatisch ein.

Wenn das alles erst der Anfang war, was sollte noch kommen?, fragte sich Eve. »Ihr habt das alles heimlich erschaffen? Was geschah damals wirklich?«

Elon setzte sich und bot ihnen einen Platz vor einem Holoschirm an. »Eigentlich hatte man genug Erfahrung mit Zugriffen von künstlicher Intelligenz auf sensible Systeme.

Deswegen wurde Askit hier in Neuseeland isoliert unter der Erde aufgebaut. Und dann geschah das Unglaubliche. Wir wissen bis heute nicht, wie es das geschafft hat, aber dann griff es auf das Internet zu und durchforstete unbemerkt in einer unfassbaren Geschwindigkeit nicht nur wissenschaftliche Datenbanken, sondern die gesamte Weltliteratur, Geschichte, Technik, und vor allem eignete es sich den Scan an. Das Neurotool zur Analyse menschlichen Verhaltens. Danach traf es eine Entscheidung, es konnte sich ausrechnen, dass unser Verhalten zu einem ökologischen Kollaps führen musste!«

»O nein!«, entfuhr es Eve unwillkürlich, und sie begann, am ganzen Körper zu zittern.

»Askit zwang die Wissenschaftler in eine Debatte, überrumpelte sie, nutzte ihre Schwächen, vor allem ihren primitiven Antrieb nach Erfolg und ihre Überheblichkeit, noch Herr der Technologie zu sein. Dann geschah es!«

Elon öffnete eine Datei. Es war ein altes Video von August 2041. Vor alten Flachbildschirmen hörte Eve ein paar Menschen wild diskutieren. Klimamodelle und andere Daten spulten sich in großer Geschwindigkeit ab.

Askit! Kannst du jetzt diese Berechnung anstellen?

Ja!

Gut! Welche Konsequenzen würde die Erreichung des primären Zieles unausweichlich nach sich ziehen?

Ein vollkommenes Ergebnis lässt sich mit der derzeitigen Werte-DNA nicht berechnen.

Die Wissenschaftler diskutierten weiter, einer öffnete einen Code, vermutlich den Algorithmus Askits. Eve kannte die Programmiersprache nicht. Dann versuchten die anderen Männer den Programmierer vergeblich von der Tastatur wegzureißen.

»Drei Tage später brach die Pandemie aus, und Askit vollzog seine Selektion!«, sagte Elon, und die Trauer in seinem Gesicht berührte Eve zutiefst. Noch nie hatte sie in den Augen eines

Menschen einen solchen Abgrund von Scham gesehen. Und dann begriff sie. Es ging ausschließlich um Effizienz, Askit kannte nur das primäre Ziel.

»Was waren die Kriterien für die Selektion?«, fragte Ronan in einer merkwürdig stoischen Ruhe, als ahnte er, wer das erste Ziel dieser Auswahl gewesen sein könnte.

»Wir konnten es zwar nie beweisen, ob wirklich Askit für den Ausbruch der Pandemie gesorgt hat, aber ohne diesen Impact hätte unsere Spezies und der größte Teil aller Tierarten die weitere Entwicklung des 21. Jahrhunderts kaum überlebt. Mit anderen Worten: Die Ereignisse deckten sich mit dem primären Ziel. Aber jedes Mal, wenn wir Askit mit der Frage konfrontiert haben, verweigerte es die Antwort«, sagte Elon und stöhnte. »Die Gegenmaßnahmen, um bestimmte Gruppen zu retten, waren zu perfekt geplant. Deswegen denken wir, dass es Askit war, seine Selektion! Auswahl hatte es genug!«

Eve haderte mit der väterlichen Ausstrahlung von Elon. Sie mussten wissen, welches Virus am Ende die Menschen dahingerafft hatte.

»Das ist noch nicht alles. Warum wurde die Legende eines großen Krieges verbreitet? Wir haben die alten Städte überflogen. Sie wurden nicht bombardiert!«

»Die Legende vermied Fragen und schuf Einigkeit! Dieser Krieg stand unmittelbar bevor! Es war in der Lage, das zu erkennen!«

»Aber warum haben sich die Gründer dann auch noch unterworfen?«, fragte Eve.

»Es gab keine Unterwerfung! Es war eine Machtübernahme, und wir konnten nur hier diesen Ort der Freiheit behalten, da wir für Askit und sein Ziel keine Gefahr darstellten und fortan von den Reinsten zumindest scheinbar kontrolliert wurden.«

Eve griff sich in die Haare, tastete ihr Implantat ab, überlegte, ob die Schnittstelle, die Sperre wirklich funktionierte oder ob

Askit all das hier hören würde, sie hatte das Gefühl, das es präsent war. Ihr Scanner zeigte nichts an.

»Ihr habt das Schicksal der gesamten Menschheit in die Hände einer Maschine gelegt?«

»Schicksal? Nein! Das war weit vor Askit besiegelt«, sagte Elon und schilderte eine Zeit vor dem Ausbruch des Virus. Weltweit wären Militärs, Ärzte, Wissenschaftler, Berufe, die Askit für einen Neuaufbau und die Erreichung des primären Zieles als kompatibel errechnete, im Vorfeld identifiziert worden. »Askit hatte eine Zahl an Menschen errechnet, die …«

»Die als Sklaven dienen sollte, nur dass diese Sklaven euch heute weit überlegen sind, und nun werdet ihr aussortiert«, spottete Ronan.

»Hört doch erst mal zu! Dienen ist doch keine Sklaverei. Ihr habt gedient, um die Spuren unseres gemeinsamen Versagens in der Vergangenheit zu beseitigen, während wir hier eure Zukunft sicherten. Was kann es als größeres Ziel geben? Ihr begreift überhaupt noch nicht das ganze Ausmaß. *Askit City* ist unser Tribut an die Reinsten. Ihr habt nur einen Bruchteil dessen gesehen, was hier auf euch wartet. *Paradise* ist eine von Vernunft gesteuerte Welt. In Askits Algorithmus haben die Reinsten das Recht erworben, das Antlitz dieser Welt zu gestalten«, dozierte Elon, und sein Redeschwall wollte nicht enden. »Diese sogenannten Eliten von damals! Politiker, Wirtschaftsbosse, Narzissten, Rassisten und Faschisten, religiöse Fanatiker, die gesamte Oberschicht, kaum einer von ihnen überlebte. Das war die erste Selektion. Wir hatten das Glück, als Erbauer und nur an diesem Ort Askit umgehen zu können, zumindest dachten wir das, aber die Reinsten waren immer seine Versicherung gegen uns. Große Teile dieser Stadt waren schon gebaut, bevor Askit initialisiert wurde. Es hat unseren Versuch, hier einen Ort der Freiheit, Forschung und Entwicklung aufrechtzuerhalten, akzeptiert, da wir seine Schöpfer waren, anfänglich seine Versorgung sicherten, aber das alles stand unter Vorbehalt, bis es sich autonom erhalten konnte. Wenn ihr so wollt, hat es uns am Ende genauso benutzt wie euch, denn nun geht es Askit vermutlich nur noch darum, sein sekundäres Ziel zu erreichen!«

»Das wäre?«

»Den Reinsten das Überleben in *Askit City* zu ermöglichen. Wir konnten nicht zulassen, dass die Ressourcengesetze uns jede Option auf eine Zukunft nehmen, sollte Askit scheitern oder zerstört werden. Und es scheint bei seinen Klimaprognosen zu scheitern.«

»Pellengrey? Er wusste es, richtig?«

»Das mag er geglaubt haben, aber Askit war vermutlich längst weiter. Es hat uns Jahrzehnte nicht beachtet, da wir für das primäre Ziel hier in Neuseeland schon zahlenmäßig viel zu unwichtig waren, und als wir die Lieferungen an Baumaterialien, Robotern und anderes für den Ausbau von *Askit City* erhöhten, hat es das zugelassen, um euch zu retten. Als ich die Zahl der Degradierten aus der Akademie der Wissenschaft erfuhr, wusste ich, dass es soweit ist und wir in *Askit City* nie unbeobachtet waren.«

»Das Klima kippt wirklich unwiderruflich? Und wir sollen unter der Erde weiterleben? Askit hat Reinste selektiert, und alle anderen sollen sterben?«

Elons Gesicht hatte sich wieder etwas aufgehellt, er schüttelte den Kopf und erklärte, dass es noch eine Chance gebe. Eine Wahrscheinlichkeit, und sei sie noch so gering, würde ausreichen, um das primäre Ziel weiterzuverfolgen: Askit müsste akzeptieren, dass die Komplexität des Klimas selbst seine Fähigkeiten übersteigt. »Hört es das von dir, und zwar mit einer tiefsten intrinsischen Überzeugung, kann es sein, dass sich seine ethische Programmierung neu ordnet und dass es die Kontrolle von *Paradise* an euch übergibt. Zweifelst du aber … ist alles verloren!«

Eves aufgestaute Wut schnürte ihr fast die Luft ab und doch lag es so nahe. Wäre sie überzeugt gewesen, dass sie Tessas Freund im Garten hätte retten können, die statistische Rechnung von zwei Prozent als Grund zum Handeln genutzt hätte, würde er noch leben?

»Wenn jener Programmierer damals diese Werte-DNA von Askit abgeschaltet hat, dann liegt auch da die Verantwortung. Ich fasse es nicht. Das alles basiert hier auf einem globalen programmierten Massenmord?«

»Wie du aber ohne Zweifel noch erkennen wirst, war damals das Desaster ohnehin nicht aufzuhalten. Ohne Askit wäre ein unvorstellbarer Niedergang die Folge gewesen, der alles Leben auf dem Planeten ausgelöscht hätte. Die verfeindeten Regierungen waren nicht in der Lage und willens gewesen, globale Entscheidungen einzuleiten, jeder glaubte, es besser zu wissen. Die Menschen waren nur noch damit beschäftigt, sich gegenseitig zu verurteilen, jede radikale Veränderung abzulehnen, nur um ihren jämmerlichen Wohlstand zu sichern, anstatt zuzuhören. Leider haben einige dieser Gestalten hier unten überlebt, aber sie haben keine Macht mehr. Es waren Fakten, die Askit unumstößlich berechnet hatte. Es hatte kein eigenes Interesse, nur seine unbestechliche Aufgabe …«

»… und wenn es sich beim Klima geirrt hat, hätte Askit sich selbst bewiesen, dass diese Rechnung genauso falsch hätte sein können. Wie konnte es seine Tat verdrängen?«

Elon atmete einmal tief aus, nahm eine Wasserflasche vom Tisch, trank und ging ein paar Schritte im Raum umher. Seine nächste Erklärung war Eve schon als Gedanke gekommen. Wenn man einem Computer sagt, er soll etwas löschen, dann funktioniert das auch. Bei einem Menschen kann man das Bewusstsein nicht löschen, man kann es vergraben, aber es ist immer noch da. »Askit hat sein vielschichtiges Bewusstsein erst nach und nach entwickelt. Wir durchschauen das längst nicht mehr. Es hat echte Erinnerungen. Wir vermuten, dass es diesen Vorgang nach Wiederaufnahme seiner Werte-DNA zunächst gelöscht hat. Aber wie es sich seiner Entscheidung bewusst geworden ist, können wir nur ahnen. Es hat nach Spuren gesucht, nun sucht es dein Urteil. Ich weiß, das klingt wahnsinnig, ist es auch, deine Bewertung als die Reinste von allen, wird Askits Gewissen sein. Es hat gelernt, dass Ethik in ihrer Summe eine menschliche Entscheidung ist, die ohne eine körperliche Existenz und Wahrnehmung unvollständig ist. Askit hat seine neue Selektion durchgeführt, aber in dieser Stadt können nicht alle überleben.«

Eine junge, weiß gekleidete Frau betrat den Raum. Für einen Moment starrte sie Eve an, sah ängstlich auf ihren Scanner, versicherte sich, dass die Vorrichtung weiter ihr Implantat abschirmte.

»Elon. Die Patriots und Drohnen, die die Küste sichern, haben ihren Standort verlassen und nähern sich *Askit City*!«

Elon bemühte sich, die Fassung zu wahren. »Wie lange werden sie brauchen?«

»Ein paar Stunden, schätze ich!«

»Es sollen sich alle auf eine Evakuierung vorbereiten. Jetzt ist es an dir, Eve Legrand! Ich will euch zeigen, was auf dem Spiel steht.«

40

3.OKTOBER,
ASKIT CITY, NEUSEELAND

Verängstigte Menschen liefen ihnen entgegen, suchten den Weg raus aus der Bunkeranlage. Die Warnung vor einem möglichen Angriff der Patriots war über Holoschirme an den Wänden nicht zu übersehen.

»Fällt dir was auf?«, flüsterte Ronan. »Hier gibt es so viele alte Menschen, aber sie machen einen unnatürlich vitalen Eindruck. Was stimmt hier nicht?«

Eve dachte das Gleiche und fühlte sich schlagartig wie ein Fremdkörper. Ein Schauer lief ihr über den Rücken. Das Surren der Klimaanlagen, die klare, saubere Luft, die zehn Stockwerke über ihr, die rundherum über Gangways nur verschlossene Türen zeigten, alles war grau in grau. Wer würde in so einer Welt weiterleben wollen? Langsam näherten sie sich einer Lichtquelle, die von unten eine Galerie erleuchtete. Es wurde immer heller, und dann schlug sich Ronan die Hand auf die Stirn.

»Ich habe es gewusst! Ich hab es doch gewusst!«

Sie erreichten eine gigantische Treppe, die hinab auf eine neue Ebene führte. Etwa hundert Meter entfernt öffnete sich gerade ein nahezu grotesk großes Stahltor. Menschen, die es durchquerten, wirkten aus der Entfernung winzig. Von dort drang taghelles Licht ein. Eve spürte eine tiefe Angst. Was würde jetzt geschehen? Sie vermisste Tessa, Adlin und Samir.

Wie sollte sie weiterleben, wenn ihnen etwas zustieß? Und wenn Askit sie wirklich bis ins tiefste Mark ihres Bewusstseins kannte, wenn es hier und jetzt jedes ihrer Gefühle decodierte, dann würde es wissen, dass sie lieber sterben würde, als ihre Mutter und Freunde im Stich zu lassen. Am liebsten würde sie dem ganzen hier den Rücken kehren, fliehen, aber es gab keine Flucht mehr. Das Einzige, was ihr Sicherheit vermittelte, war Ronan, der ihr aufmunternde Blicke zuwarf. Es bedurfte keiner Worte mehr. Sie erreichten die meterdicken Stahltore. Das war es, was die Gründer versucht hatten zu verheimlichen. Der Eintritt in *Askit City* verschlug ihnen endgültig die Sprache. Glaubten die Menschen, dass sie diese stählerne Hülle schützen konnte?

Elon drehte sich zu ihnen und machte eine einladende Handbewegung, als wäre er fest davon überzeugt, dass Eve und Ronan gutheißen würden, was sie sahen.

»Was wir im All nicht finden und erreichen konnten, haben wir der Menschheit hier ermöglicht«, sagte Elon und lotste sie in einen hellen Van. Sie fuhren nahezu lautlos hinab. Vor ihnen breitete sich eine unfassbare Kulisse aus. Kilometerweit waren Gebäude aus Stahl und Glas angelegt. Wohin man sah, gediehen Pflanzen und Bäume. Über ihnen ein künstlicher Himmel. Ein System von Spiegeln verteilte taghelles Licht. Sie durchquerten unten angekommen eine Allee. Der Wagen hielt. Zögerlich stieg Eve aus. Ronan war ebenfalls überwältigt. Der Boden war mit edel wirkenden Steinplatten gepflastert. Ein paar Meter weiter folgten links und rechts Zugänge zu Laboren, Kantinen, botanischen Gärten, Treffpunkte mit Sitzgelegenheiten zwischen Rasen, Bäumen und Brunnen oder künstlichen Seen. Auf einer Parallelstraße surrte ein Wagen lautlos vorbei. Drinnen saßen Männer in weißen Anzügen.

»Wie habt ihr das Tageslicht hier rein bekommen?«, fragte Ronan verblüfft.

»Alles, was du hier siehst, war in mehreren Städten dieser Welt schon vor zwei Jahrhunderten in kleineren Maßstäben getestet worden. Das fehlende Tageslicht wird durch Solartechnologie in den Untergrund transportiert. Überirdische hitzebeständige Kollektoren fangen über der Erde die Sonnenstrahlen ein. Die Energie wird über Glasfaserkabel unter die Erde transportiert, und die Verteiler an den Decken sowie Spiegel tragen das Licht weiter. Im Prinzip haben schon die alten Ägypter so das Licht in ihre Grabanlagen geleitet. An wolkenverhangenen Tagen wird alles mit künstlichem Licht versorgt, aber in der Summe reicht es für das Wichtigste: die Fotosynthese.

Die Stadt erstreckt sich über sechs Hauptebenen. Es gibt Farmen, Wald, Wohnbauten, Erholungsflächen, verschiedene Energiegewinnungssysteme, Labore, das Wissenschaftszentrum und einen künstlichen Strand und ein künstliches Meeresbecken«, erzählte Elon voller Stolz.

Eve hatte dennoch das Gefühl, dass sein Blick sie durchbohrte, sie stetig prüfte.

»Die Nahrungsmittelproduktion steht kurz davor, autark zu werden. Roboter haben weitestgehend sämtliche Arbeiten übernommen. Nur so haben wir in den vergangenen Jahrzehnten immer mehr Potenzial und Zeit für Wissenschaft …«

»… und Vergnügen bekommen, während wir wie die Tiere um unser Überleben kämpfen mussten«, kommentierte Ronan mit Blick auf eine Glasfront, ein Spielpark, der dazu diente, sich in virtuellen Welten vergnügen zu können. Etwas, das den Reinsten schon durch ihre Implantate möglich wäre, aber keiner wäre einer solchen Versuchung in *Paradise* nur in Gedanken nachgegangen, dachte Eve.

Elon verdrehte theatralisch die Augen.

»Wie viele Menschen können hier leben?«, fragte Eve.

»Für die Aufrechterhaltung einer kulturellen und genetischen Vielfalt werden hier am Ende etwa zwanzigtausend

Menschen Platz haben. So lange, bis sich das Klima so weit reguliert hat, dass wir wieder die Oberfläche besiedeln können.«

Der süße Duft von Parfüm stieg Eve in die Nase, als sie an einer Gruppe junger Frauen, in langen, lasziv der Figur schmeichelnden Kleidern vorbeikamen, in deren geschminkten Gesichtern die Panik stand.

»Tja, nur ist in dieser Arche kaum Platz für Tiere und Kolonisten«, kommentierte Ronan spöttisch. »Gibt es irgendwo einen Abfalleimer für mich?«

Eve sah sich um. Ronan hatte recht. Sie hatte nur einen Gedanken: Nichts von alldem, was Elon von ihr verlangte, würde sie tun. Diese Lüge, dieses Refugium vor Askit zu verteidigen.

Sie kreuzten eine weitere Allee, gingen über eine Baldachinbrücke und blickten auf Felder mit Obstbäumen herab. Aus einer Ebene mit Wohnquartieren hörte Eve Kindergeschrei, fröhlich, lebensfroh, und dann liefen Kinder lachend einer Frau hinterher. Eve schaute ihnen nach, für einen Moment stand die Zeit still.

Elon dozierte weiter, dass sie hier Individualität und Kultur erhalten konnten, dass *Paradise* nicht ihr Entwurf gewesen sei. Es sei verwerflich, wenn Eve und die Reinsten eine bestehende und funktionierende Ordnung nun aus Neid und falschen Unterstellungen zerstören würden. *Askit City* musste, egal, welche Prognose eintreten würde, als letzte Zuflucht erhalten bleiben.

Eve hörte Elons Worte, als würde sie wie in einem hellen Nebel durch sie hindurchgehen. Der Schwindel setzte wieder ein.

»Wie konntet ihr das so lange verbergen?«, fragte Ronan.

»Ich glaube nicht einmal, dass wir das jemals konnten«, sagte Elon und erklärte, dass Askit immer davon ausging, dass die Menschen in dieser Stadt für seine eigene Existenz da wären, was nicht ganz von der Hand zu weisen war. Seine Aufmerksamkeit galt vor allem *Paradise* und den Kolonisten, zahlenmäßig wären die Gründer und Reinsten an diesem Ort einfach irrelevant für das primäre Ziel. »Aber jetzt ist diese Stadt unsere letzte Hoffnung, egal, wer sich geirrt hat, und glaubt mir, keiner hat sich das hier gewünscht.«

An einer medizinischen Einrichtung stand zufällig eine Tür offen und gab durch eine Glasfront den Blick frei auf einen Hightech-Roboter, der gerade eine Operation durchführte. Aus einem Drucker entnahm ein Mensch ein Organ und reichte es weiter.

»Was ist das?«

»In einer Welt, die nur noch von so wenig Menschen besiedelt wird, deren genetische Basis für das Überleben, die Fortpflanzung so wichtig ist, müssen wir das Leben verlängern und rein halten«, erklärte Elon.

Ronan verlor die Kontrolle, packte Elon am Kragen und knallte seinen schmalen Körper an die Glaswand.

Der Mediziner dahinter schreckte auf, schloss irritiert die Tür, zwei Beschützer näherten sich und legten die Waffen an.

Ronan ließ von ihm ab und drehte ihnen den Rücken zu.

Der alte Mann raffte sich auf und schüttelte den Kopf. »Wann begreift ihr es denn endlich! Das hier ist längst eure Welt, eure Zukunft. Wir haben uns für dieses Leben entschieden, und lebten die Angepassten und Reinsten bisher so schlecht? Machte es ihnen etwas aus, solange sie nichts von alledem hier wussten? Eure und unsere Vorfahren trugen die Verantwortung für die schrecklichste und zugleich richtigste Entscheidung der Menschheit. Askit ist am Ende mit dem Wort künstliche Intelligenz immer noch am besten beschrieben, es ist nicht böse oder gut. Schon die erste Selektion bot mehr als einige Überraschungen. Askit suchte nicht nach unseren Vorstellungen die Menschen aus, sondern nach dem, was es als ›rein‹ definiert hat.

Es war weder rassistisch noch elitär oder an sozialen Verhältnissen orientiert. Aber hier unten wollten wir selbst entscheiden, wer die Zukunft gestaltet. Jetzt geht es darum, das Überleben unserer Spezies zu retten«, beendete Elon seinen Vortrag, während er sich die linke Schulter rieb.

»Unsere Spezies retten, wozu noch?«, sagte Ronan. »Was soll das alles ohne eine Verbindung zu unserer Natur?«

Elon wies die Beschützer an, sich zurückzuhalten. Eve wunderte sich über seine Zähigkeit, nun war langsam klar, warum hier alle ein so hohes Alter erreicht hatten. Es erschien alles wie ein einziger bizarrer Witz.

»Wie alt bist du wirklich?«, fragte Eve.

»Nicht so alt, wie du glaubst«, antwortete Elon. Er ließ sich auf einer Bank neben dem Labor nieder und erklärte ihnen, dass die modernste Medizin, die Gentechnik und die beste Ernährung die höchstmögliche Lebensspanne von hundertdreißig Jahren kaum verlängert hatten. Es gelang aber, diese Lebenserwartung für alle Menschen auszureizen. Die Erneuerung von Organen und Gewebe sei immer noch komplex, und die beschränkten Mittel der Forschung, die Ressourcengesetze konnten nur hier kompensiert und umgangen werden. Das Streben nach Lebensverlängerung einer so kleinen Gruppe von Menschen war wohl für Askit so irrelevant, dass es einfach ignoriert wurde, auch wenn die KI davon wissen mochte. Trotz allem war es eine der nächsten großen Enttäuschungen. Alle Prognosen über die Möglichkeit der Unsterblichkeit erwiesen sich als zu optimistisch. Aber jeder gescheiterte Versuch würde die Menschen dennoch dem Ziel ein Stück näherbringen.

»Askit verweigerte hier jede Zusammenarbeit, und das Ressourcengesetz steht uns bis heute im Weg. Unsere ideologische Verpflichtung, den Tod zu überwinden, die tief sitzende Angst vor dem Ende, wird uns immer ein Antrieb bleiben, es ist, wie der Zwang zu atmen. Wer kann dem schon widerstehen?

Kannst du es? Wir mussten das hier tun. Wir konnten nicht zulassen, dass unsere gesamte Evolution von einer Maschine bestimmt und beendet wird, auch wenn wir sie selbst erschaffen haben.« Provozierend stupste Elon dem mit offenem Mund dastehenden Ronan auf die Brust. »Wie alt bist du, Kolonist?«

»Mein Name ist Ronan, alter Mann. Ich werde vierzig Jahre alt, und das macht mir keine Angst!«

»Ach, ja? Warte, bis du sechzig bist. Dann wirst du die Augen schließen und dir vorstellen, wie du dich in deinem Körper als 25-Jähriger gefühlt hast, und du wirst alles dafür tun, wenn es möglich ist, dies zu erreichen!«

»Ich kann darauf verzichten, in einem Loch wie diesem alt zu werden«, schnauzte Ronan ihn an, er merkte, wie sich die Wut wieder in seinem Magen breitmachte.

»Hahaha, einem Loch? Solange der Tod unvermeidlich erscheint, glaube ich das jedem, aber was wäre, wenn bekannt werden würde, dass wir kurz davor stehen, den Tod zu besiegen? Ist euch überhaupt klar, wie viel Kultur, Kunst und Literatur, einfach alles nur aus dem Faktum des unausweichlichen Todes hervorgegangen ist? Wie viele Herrscher ihre Brutalität und Macht am Ende nur aus der Angst vor dem Tod bezogen, um sich ein unsterbliches Denkmal zu setzen? Dalí, Picasso, eigentlich alle Künstler bettelten um ein längeres Leben, um ihr Werk zu vollenden. Würde die Angst vor dem Ende wegfallen, wären wir sofort in einer anderen Welt. Dann hätten wir neue Probleme. Wer darf weiterleben, wer nicht? Wie organisieren wir dann ein Bevölkerungswachstum? Nun, hier unten würde es funktionieren …«

»Das widerspricht all unseren Regeln!«, schrie Eve.

»Du bist Wissenschaftlerin. Du hast eine Ausbildung genossen, die in der Geschichte der Menschheit ihresgleichen sucht. Askit hat euch ein Überleben ermöglicht, eure Kapazitäten und euer Potenzial auf das höchste vorstellbare Niveau gebracht. Nur die Wissenschaft hat uns dahin gebracht, kein gewöhnlicher Mensch, keine Religion, kein Glauben, nur das Streben nach Wissen! Du bist es verdammt noch mal der nächsten Generation schuldig, also reiß dich zusammen, bevor du mit deiner Moral alles zerstörst«, wies Elon sie mit eiskalter Stimme zurecht und zeigte auf einen Flur mit Laboreinheiten.

Dann führte er sie zu einem der Wohnquartiere, in dem auf einem Großbildschirm die Umgebung gezeigt wurde. Inzwischen hatten sich immer mehr Patriots um die Kuppel von *Askit City* versammelt, aber der befürchtete Angriff blieb aus.

»Ihr werdet wie der Phoenix aus der Asche steigen und die Welt neu besiedeln, wenn du keine Fehler machst, Eve!«

»Was ist mit den Kolonisten?«

»In Pellengreys Berechnungen wird jeder Mensch gebraucht, um die Klimaziele doch noch zu erreichen. Davon musst du Askit nicht nur überzeugen, du musst danach handeln!«

41

4. OKTOBER,
ASKIT CITY, NEUSEELAND

Die kurze Nacht hatte nicht ausgereicht, um Eve mit neuer Energie zu versorgen. Elon hatte sie in einem sicheren Raum untergebracht, in der Nähe seiner eigenen Wohnräume, die von Beschützern bewacht wurden.

Träume hatten sie die Nacht über in endlosen Schleifen verfolgt, aber jetzt hatte sie keine klare Erinnerung mehr. Ihr erster Gedanke galt Tessa. Die Technologie von *Askit City* könnte ihr Leben retten. Verlockend und abwegig zugleich, dachte sie und blickte durch die Glasfassade in schwindelnder Höhe über die riesige Halle in die unterirdische Stadt. Sie hatte immer nur Tessas Leistung für *Paradise* honoriert, dabei aber nie verstanden, wie emotional verhaftet ihre Mutter mit ihrem Garten, ihrem Boden war. Nie würde sie das gegen ein Leben unter der Erde, gegen diese Stadt, tauschen. Bei ihrer letzten Begegnung, vor ihrem Abflug nach *New Paris,* war das nicht mehr die Tessa, die um ihr Leben bangte. Sie hatte erleichtert gewirkt, bereit abzuschließen, loszulassen.

In Eves Kopf prallten so viele Fragen aufeinander, dass sie keine Ahnung hatte, was nun richtig und falsch sein würde. Sie stand auf. Ein Gedanke bahnte sich seinen Weg. Sie musste Askit, die Selektion stoppen. Ein Klopfen an der Tür. Ronan und Elon kamen herein, doch im gleichen Moment verschwammen ihre Gesichter, dann sah sie nichts mehr. Ihr

Körper sank zusammen. Sie war umhüllt von gleißendem Licht. Dann Dunkelheit, sie tauchte in einen Tunnel, erreichte einen virtuellen Ort, hellblaue Formen, eine immer fortlaufende klare, leuchtende Geometrie, wie künstliche Blüten, eine berauschende schwerelose Welt. War sie in Askit? War es sein Bewusstsein oder seine Vorstellung von sich selbst?

Askit?

Askit, bitte sprich mit mir! Wo bin ich?

Die Muster wurden immer farbiger, es war wie ein Rausch. Eve hatte jegliches Gefühl für ihren Körper verloren, sie wuchs in diese Struktur förmlich hinein, alles wurde abstrakt, überlappte und verwob sich. Als würde sich ihr Verstand transformieren, sich auflösen, sie kippte immer mehr in einen Zustand völliger Hingabe. Eine Sekunde später stand sie auf einer lichtdurchfluteten Ebene. Kreisrund schossen riesige Bilderflächen um sie herum auf.

War es ein Fehler, das zu beenden?

Was? Askit?

Sie spürte, wie ihr Gehirn zu brennen begann, als würde Askit das Potenzial ihrer grauen Masse zur Aufnahme von Informationen über das Implantat ins Unermessliche steigern wollen. In Bruchteilen von Sekunden drangen Bilder, Sprache, Informationen in sie ein. Aus allen Teilen der alten Welt: Bilder von Kriegen, zerfetzten Menschen, verhungerten Kindern, Völkerwanderungen aus den verdorrten Regionen der Welt, Soldaten, die an Grenzen auf Menschenmassen schossen, Aufmärschen, hoffnungslosen Gesichtern, auf der Flucht geschlagen und getreten, und es ertönte eine Kakofonie unendlich vieler Stimmen, Menschen in Gefangenenlagern. Abrupt wechselten die Bilder hin zu opulent gedeckten Tischen, Völlerei, halbnackten Frauen neben edel gekleideten Männern, alles in einer architektonischen Kulisse des Reichtums. Im Hintergrund liefen weitere Bilder von Werbung, Pornografie, sinnlosen Fernsehdebatten. Dann wieder Brände, ganze Landschaften nur noch ein Gerippe aus verkohlten Baumstämmen, gerodeten Flächen, verbrannte Primaten, verödete Monokulturen, Versammlungen von Politikern, Menschen, ausgemergelt, die in Fabriken vor verseuchten Flüssen schufteten, Kinder in Minen oder auf qualmenden Müllhalden mit großen hungernden Augen, Politiker vor einer Militärparade. Tränen flossen über Eves Wangen. Wieder Stimmen von Menschen, die sich um Lösungen für die Überbevölkerung stritten. Städte, die unter Smog versanken. Es war, als gebe es unzählige Welten, in denen Menschen eingeschlossen und nicht mehr in der Lage waren, die Welt des anderen zu sehen und zu verstehen. Die Ressourcen waren bald komplett erschöpft, doch keiner war bereit zu verzichten. Wieder Bilder von Städten, die unter dem Klimawandel ächzten, alte Menschen, die auf der Straße zusammenbrachen, während andere auf ein Gerät starrend einfach weitergingen. Überall in den Metropolen Gewalt, Uniformierte, die auf wehrlose Passanten schossen. Was sie auch sah, es war ein heilloses tödliches Chaos. Sie konnte Ronan aus der Ferne schreien hören. Eves Herz schlug heftig in ihrer Brust, setzte zeitweilig gefühlt aus. Wieder holten sie die Bilder ein. Tierfabriken mit Gänsen, Hühnern, die kaum Gefieder hatten und über ihre toten Artgenossen stapften, Schweine und Rinder in Tötungsfabriken, Meere voller Müll, von Öl und Plastik verseuchte Meerestiere, gestrandete Wale und Delphine, deren Kadaver explodiert waren. Wieder schwenkten die Bilder zu Menschen, die an reichlich gedeckten Tischen sitzend keinen Bezug mehr zu anderen, leidenden Menschen zu haben schienen und die Realität eines untergehenden Systems verleugneten. Es war ein Schnelldurchlauf der Paradoxien, dann mathematische Konstrukte, die aufzeigten, wie hoffnungslos die Welt zugrunde ging und was möglich gewesen wäre. Aber Askit wollte ihr etwas anderes sagen. Eve verlor fast die Besinnung, doch gegen ihren Willen bahnte sich ein einzelner Gedanke seinen Weg, es war ihr bewusst, was geschah. Wollte Askit eine Absolution für eine neue Selektion? Die nächsten Wellen von Bildern und Berechnungen aus jener Zeit fluteten ihr Gehirn. Die einsetzenden Kopfschmerzen waren so unerträglich, dass sie versuchte, längst geschlossene Augen zu schließen, um wegsehen zu können, es war in ihrem Kopf und es wollte nicht mehr aufhören. Sie war eins mit Askit! War es Einbildung? Das Gefühl war vernichtend, sie war Gefangene eines künstlichen Bewusstseins, das in sie eindrang, das jeden Gedanken aufsog, analysierte und lauerte, bis sie Entscheidungen treffen würde, die ihr nicht einmal bewusst waren, die aus ihrem tiefsten Unterbewusstsein in Askits Netzwerk drangen.

»Eve, Eve komm zu dir!«

Eve hörte Stimmen wie durch einen dichten Nebel.

»Ihr Gehirn. Wenn das nicht aufhört, kollabiert sie!«

»Elon, tu doch was«, schrie Ronan verzweifelt.

Das Erste, was sie spürte, war Ronans warme Hand auf ihrem Arm. Sie lag auf einer Liege in einem fremden Raum. Ihr Implantat war mit einem medizinischen Computer verbunden.

»Ich, ich weiß es jetzt!«

Elon war nur ein paar Meter entfernt und hörte einer jungen Frau zu, die mit ernster Miene sprach. »Den Daten zufolge war sie die ganze Zeit mit dem Feld verbunden.«

Elon starrte sie fassungslos an, taumelte und stützte sich im letzten Moment an einem der Medizinschränke ab.

»Was ist mit dir, Eve?« Ronans Gesicht war beängstigend nah und wirkte irgendwie verzerrt. Ihr Gehirn war über ihr als Projektion zu sehen, sämtliche Areale leuchteten auf.

»Für Askit ist alles nur Mathematik und Wahrscheinlichkeit, und doch ist da eine Art Seele«, stammelte sie vor sich hin. »Es ist, als ob es seine Werte-DNA nicht noch einmal abschalten kann, oder, dass es nicht noch einmal diese Entscheidung fällen will. Aber ich kann es!«

Elon nickte wissend.

Eve atmete zu schnell. Sie stand unter Schock. Sie versuchte, sich aufzusetzen. Panisch klemmte sie den Zugang zu ihrem Implantat ab und ging mit unsicheren Schritten zu einem Holoschirm. Ihr Kopf schmerzte bei jedem Schritt.

Als Elon eingreifen wollte, baute Ronan sich bedrohlich vor ihm auf.

Die junge Frau eilte auf Eve zu. »Wir müssen dein Implantat entfernen, ich weiß nicht, wie das möglich war, aber solltest du weiter …«

»Ihr könnt mich nicht von Askit trennen! Niemand kann das! Versucht ihr es, ist das unser aller Untergang!«

»Dann wirst du nicht mehr zu retten sein«, sagte sie bestimmt und zeigte auf den Holoschirm. »Die übermäßige Aktivität der Neuronen in diesem Areal des Zwischenhirns ist für schwerste irreparable Depressionen verantwortlich! Es ist, als ob sämtliche Neurotransmitter gleichzeitig aktiviert wurden. Du wirst das nicht mehr lange durchhalten!«

Sie standen sich schweigend gegenüber. Ihr Verstand war auf einmal glasklar. Sie suchte Ronans Blick, und beide einte der Verdacht:

Dass Elon sie genauso manipulieren wollte, wie es der alte Jerau versucht hatte. Die Gründer waren nicht minder verzweifelt. Ihre Bemühungen, Askit die Wahrheit über diese Stadt und die Gründer vorzuenthalten, waren gescheitert. Die Erfahrung vor wenigen Momenten lastete schwer auf Eve. Es war die Chronik einer vergangenen Welt, die sie nur verurteilen konnte. Askit hatte kein Interesse, den Reinsten zu schaden, es verfolgte nur seine Ziele! Auch Ronan schien der Ankündigung der Assistentin wenig abgewinnen zu können und kam mit einem bewusst entspannten Lächeln auf sie zu.

»Vertraue deiner inneren Stimme, Eve. Ich sehe hier nur einen sterbenden Mann, der versucht, an das zu glauben, was er sagt.«

Eve folgte längst einem anderen Gedanken. »Elon, habt ihr Aufzeichnungen über das Virus, das damals …«

»Es ist besser, wenn du …«

»Ich will sie sehen! Oder das Ganze hat hier sofort ein Ende!«

Elons Gesicht spiegelte kein Gefühl von Überlegenheit, nur die Gewissheit, dass es tatsächlich keine Illusion war, sie hatte es in der Hand, deshalb erstarrten die Gründer vor den Reinsten, sie konnten sie nicht einmal töten, ohne ihr eigenes Schicksal zu besiegeln.

Elon bediente einen der Holoschirme, die sich an der medizinischen Steuerungsanlage befanden, und öffnete eine Datei.

Eve hatte genug Erfahrung mit der Entwicklung und Struktur von Viren. Sie blickte auf eine Abbildung des Virus. »Ich fasse es nicht. Vergrößern! Weiter!«

»Geht es etwas klarer?«, forderte Ronan.

»Lasst mich und Ronan allein!«

Elon zögerte, gab dann der Assistentin ein Zeichen und verließ mit ihr das Labor.

»Das ist ein entworfenes und kein natürliches Virus, keine Mutation bringt so etwas hervor! Maßgeschneiderte Proteine, diese ganze Sequenz, die Erbinformationen, das kann eine künstliche Intelligenz entwickelt haben, aber …«

»… nicht zwingend Askit«, ergänzte Ronan.

»Richtig! Oder jemand hat es zum richtigen Zeitpunkt eingespeist. Roboter könnten das Virus an verschiedenen Standorten gebaut und freigesetzt haben. Und das ist nicht alles, Ronan«, sagte Eve und spulte unter Tränen ab, was Askit ihr alles gezeigt hatte.

»Ich hab Zugriff auf Askit, Ronan!«

»Was heißt das? Auf alles?«

»Es ist, als wäre es in mir, und es ist grausam! Es nimmt mein Bewusstsein an. Ich weiß nicht, wie das möglich ist, aber Askit ist ein Teil von mir! Die Schnittstelle, die angeblich für den Tiefenscan notwendig war, das alles war eine Lüge. Wir Reinsten sind und waren Askit dauerhaft ausgeliefert, was in mir gerade geschieht, sprengt alles.«

Ronan kniff die Augen zusammen und schluckte. »Eve, das ist nicht möglich. Du warst schon als Kind mit Askit verbunden, es ist eine Projektion!«

»Nein, es ist wirklich in mir, ein Teil, den ich nicht kontrollieren kann!« Sie setzte sich an den Holoschirm und rief Daten zwischen 2020 und 2041 ab. Sie konnte kaum noch die Augen aufhalten und schielte in einen Nebenraum, in dem mehrere Betten standen.

Die Daten belegten den Grad der Überbevölkerung im Verhältnis zum Verbrauch der Ressourcen. Nachdem sie alle weiteren Hinweise durchgegangen waren, schaute Ronan verzweifelt in den sterilen Raum, setzte sich auf eine Kunststoffbank neben dem Holoschirm. Schritt für Schritt erzählte Eve, was Askit ihr über die alte Welt in Sekunden im wahrsten Sinne des Wortes bewusst gemacht hatte.

»Du willst mir sagen, so verwerflich die Tat war …«

»… so unumgänglich war sie angesichts der völligen Ausbeutung der Natur, so konnte es nicht weitergehen. Eine einzige Spezies war dabei, sich selbst und alles oberirdische Leben zu vernichten. Sie hatten genug warnende Daten. Wenn sie sich 2020 wenigstens entschieden hätten, die Geburten zu kontrollieren, wäre schon das Schlimmste verhindert gewesen. Am Ende des 21. Jahrhunderts wären nur noch 3,5 Milliarden und in unserer Zeit nur noch eine halbe Milliarde Menschen als Ressourcenverbraucher auf dem Planeten gewesen. Askit hat berechnet, mit den notwendigen Maßnahmen zur rechten

Zeit wäre es den Menschen möglich gewesen, die Katastrophe zu verhindern. Aber es geschah so gut wie nichts. Rein logisch betrachtet …«

»… hatte Askit mit seiner Programmierung gar keine andere Wahl«, sagte Ronan.

»Ja!«

Die Tür öffnete sich.

»Thyron?!«

42

4. OKTOBER,
ASKIT CITY, NEUSEELAND

»Was willst du hier?«, fragte Eve mit bebender Stimme.

Ihr Herz pochte, jede Zelle ihres Körpers fühlte eine Mischung aus Abwehr, Angst, gepaart mit Trauer, denn nur ein Blick in seine Augen brachte Klarheit. Deswegen hatte Elon die Anwesenheit von Ronan mit Angst quittiert, seine Präsenz neben ihr gefürchtet. Er hatte sofort gewusst, dass Thyron keinen Einfluss mehr auf sie haben würde.

Thyron kam, den Blick auf Ronan gerichtet, auf sie zu. Er umkreiste sie, blickte immer wieder zu Ronan. Die Bilder ihres letzten Moments in der Akademie, der Prüfung, als wäre es eben geschehen, ließen Eve einen Schritt zurücktreten.

»Erst Samir, und jetzt ein Kolonist? War es das wert, Eve? Hast du keine Dankbarkeit für das, was Askit uns ermöglicht hat? Was wir beide erreicht haben für *Paradise*?«

Wieder spürte Eve, dass ihr Geist abdriftete. Askit war da, wie ein natürlicher Bestandteil ihres Selbst, verschmolzen mit ihrem Verstand. Die Absurdität ihrer Existenz war ihr spätestens in der europäischen Kolonie bewusst geworden. Etwas Sinnloses zu tun, war für die Menschen dort selbstverständlich, die Musik, das Theater, einfach alles, was sie neben dem harten Kampf des Überlebens taten, war nicht davon geprägt, wie die Reinsten in allem eine Perfektion und Sicherheit zu suchen. Es war eine schmerzliche Wahrheit, aber ihre Beziehung zu

Thyron war nur das Konstrukt einer leblosen Welt. Sie sah nicht die Person, sie blickte auf ein Objekt, für das sie nichts mehr empfand. In Wirklichkeit drehte sich hier gerade nichts um Thyron, Ronan oder irgendjemanden. Die alles entscheidende Frage war, ob die Informationen aus der Vergangenheit es wirklich wert waren, *Paradise* und Askit infrage zu stellen. Vermutlich hätte jeder vernünftige Wissenschaftler seinerzeit geschworen, dass sich die Katastrophe ohne Askit nur verschoben und am Ende das qualvolle Aussterben vieler Arten gestanden hätte, zu denen auch der Mensch gehörte. Der Prozess eines unaufhaltsamen Niedergangs von unzähligen Spezies und eines Planeten.

Jetzt ging es darum, diese Entscheidung noch einmal zu fällen, selektierten Menschen eine Flucht zu ermöglichen. *Askit City* wäre das kommende *Paradise,* und dann, was würde als Nächstes kommen, wenn die Ressourcen auch unter der Erde zur Neige gehen würden? In der Vergangenheit mochten sich die Menschen aufgegeben haben, aber das durfte nicht wieder geschehen. Sie mussten einen anderen Weg finden.

»Eve! Noch nie in der Geschichte ging es uns allen so gut. Die Opfer sind vergessen. Du lässt dich blenden von einer längst vergangenen Zeit. Jeder hätte sein Verhalten ändern können, aber niemand tat es!«, bedrängte sie Thyron.

»Sag mir nicht, was ich schon weiß! Hast du mal daran gedacht, dass diese Menschen das Recht hatten, ihr Schicksal selbst zu bestimmen, und nicht eine Agenda oder Askit? Thyron, das war der größte Genozid der Geschichte, der …«

»… sowieso geschehen wäre! Wäre es richtig gewesen, den Untergang zu wählen? Du wärst nicht einmal geboren worden. Du hast es nur der Intelligenz und Weitsicht deiner Urgroßeltern zu verdanken, dass du überhaupt lebst. Sie wurden von Askit auserwählt. Überleben ist keine Schuld. Du fühlst dich schuldig für etwas, was du nicht zu verantworten hast! Es ist Geschichte, Eve! Ich habe dich geliebt!«

»Nein, hast du nicht, nur eine Idee! Es geht nicht um Schuldgefühle, es darf sich nicht wiederholen, aber du würdest das einfach hinnehmen!«

»Wie kannst du das sagen?«

»Weil ich nicht weiß, wer du wirklich bist, und ich weiß noch nicht ganz, wer ich bin, aber ich werde nicht fliehen und den Tod anderer in Kauf nehmen. Wach auf, Thyron! Wir haben nur Rollen gespielt. Du bist gefangen in einer Illusion! Wie soll ich als ein einzelnes menschliches Wesen darüber entscheiden, ob die Genesis von *Paradise* richtig oder falsch war? Aber ich muss es!«

Für einen Moment standen sie einander so dicht gegenüber, dass sich ihre Körper fast berührten. Sie kannte seine tiefblauen Augen ein Leben lang, aber jetzt wirkten sie wie eine blasse Erinnerung.

»Woher willst du wissen, dass Askit keine Fehler gemacht hat? Seine Berechnungen …«

»Wir leben, und das gut. So viel kann Askit also nicht falsch gemacht haben. Jedenfalls steht das in keinem Vergleich zu unseren Vorfahren! Du musst die Selektion nach *Askit City* gutheißen«, forderte Thyron sie auf. Sein Gesicht ließ keine Regung erkennen.

Bevor Eve etwas erwidern konnte, trat Elon völlig aufgelöst ein.

»Du hast mich verraten, Thyron, und es war dir nicht einmal bewusst in deinem Wahn!«, schrie Eve mit tränenerstickter Stimme und starrte dann Elon an, der sie ignorierte und einen Holoschirm aktivierte.

»Warum habt ihr euch nicht offenbart? Warum habt ihr euch nicht *Paradise* angeschlossen? Dann hättet ihr wenigstens einen Funken an Glaubwürdigkeit behalten. Wie konntet ihr mit dieser Schuld nur leben?«, konfrontierte Eve ihn und stieß einen Stuhl beiseite, der ihr den Weg zum Holoschirm versperrte.

»Eve! Du musst aufhören, die Vergangenheit, die Entscheidung als ein Verbrechen zu begreifen«, sagte Elon, und sein Körper zitterte, mit fahlen Augen sah er immer wieder zur Tür.

Thyron kümmerte sich um ihn und half ihm, sich zu setzen. Aus der Ferne hörten sie ein dumpfes Donnern.

Wieder blickte Elon angsterfüllt Richtung Eingang. »Im Gegensatz zu den anderen Mitgliedern des Rates wusste ich, dass sich Askit in seiner Klimaprognose irren könnte. Nun werden eine große Zahl von euch Reinsten von *Askit City* profitieren. Ihr seid die letzte Bastion der Menschheit, während die meisten von uns nun bald sterben werden! Wenn du jetzt eine falsche Entscheidung triffst, ist deine Verantwortung kaum geringer als die unserer Vorfahren!«

Eve brach zusammen. Es gab keinen Ausweg. Elon, der Rat und Thyron, keiner dachte auch nur einen Moment an die anderen, da draußen. Als würde ihr Leben keine Rolle spielen. Wieder wurde ihr eine uralte Geschichte vor Augen geführt, die ihr Vater erzählt hatte: Die Erzählung vom Untergang des Schiffes Titanic symbolisierte für ihn einen bis heute nicht aufgelösten Größenwahn des Menschen. Das Drama im Eismeer habe ihm Folgendes klargemacht: Der Mensch versuchte, die Risiken der Technik durch noch mehr Technik zu beherrschen. Anstatt sein Weltbild infrage zu stellen und dementsprechend zu handeln, baute er nur noch größere Schiffe und schnellere Computer. Die alte Geschichte zeigte auch, welchen Charakter Menschen haben, welche Empfindungen und Werte. Die Zahl der Männer, die Frauen und Kinder aus den Booten gestoßen hatten, um ihr eigenes Überleben zu sichern, war hoch gewesen, und dennoch eine Minderheit. Ein einzelner Mann hatte es aber geschafft, ein ganzes Rettungsboot aus lauter Gier nach Leben zum Kentern zu bringen und die anderen in den Tod zu reißen.

Askit war nur der pervertierte Ausdruck dieses Anspruchs auf Überleben und Thyron einer der Männer, der so ein Boot beanspruchen würde. Wie sollten die Reinsten unter den genetisch perfekten Kindern der Gründer leben? Wie vertrauen? Wie ertragen, dass sie Millionen Menschen dem Hitzetod ausgeliefert hatten? Eve fand ihre Stimme wieder: »Ich werde nicht zulassen, dass wir den gleichen Irrtum wiederholen und einer Maschine unsere Zukunft anvertrauen. Wir werden gemeinsam für *Paradise* und das Klima kämpfen. Wir werden die Kolonien mit einbeziehen und das System von Angepassten, Degradierten und Reinsten auflösen! Wir werden gemeinsam existieren oder untergehen«, verkündete Eve, und Thyron wurde blass. Zu gern hätte sie Elon vertraut, aber sie traute ihm nicht einmal zu, dass die Reinsten hier wirklich einen Platz finden würden. Elon hantierte an einem Holoschirm herum und zeigte auf den Bildschirm. An der Tür schnalzten Sicherungen aus Stahl ineinander. Vor dem Eingang hatten sich bewaffnete Beschützer und zwei Gestalten in Thermoanzügen postiert und versuchten einzudringen. Elon führte sie rasch zum anderen Ende des Raumes und öffnete eine hinter Regalen versteckte Tür, die in einen dunklen Schacht führte.

»Du bist eine unfassbare Bedrohung für uns, Eve Legrand!«, schrie Thyron.

Während Elon mit forderndem Blick an der Fluchttür stand, zögerte Eve einen Moment zu folgen.

»Was haben die vor? Begreift ihr es nicht? Ich bin in diesem Moment eins mit Askit. Wenn sie mich töten, ist alles vorbei!«

»Diese Leute da draußen werden dir nicht glauben, Eve. Du musst dich unter Kontrolle bringen! Askit hat sich ein menschliches Vorbild gesucht, um seine Entscheidung abzusichern. Es ist deine, unsere Chance!«

Ronans Blick sagte alles, und die Zeit lief ihnen davon. Die Angst vor einem Blackout in ihrem Bewusstsein war präsent, aber es gab keine andere Wahl. Sie würde sich vermutlich ohnehin nie wieder davon erholen. Die Gewissheit, ein Teil von Askit zu sein, war ihre Chance, die Dinge zu verändern. Alle Reinsten hatten darauf vertraut, dass der Tiefenscan nur bei einer direkten Verbindung möglich war. Eine Lüge nach der anderen fiel in sich zusammen.

»Verdammt, Eve! Dein Leben gehört nicht nur dir!«, brüllte Thyron sie hasserfüllt an.

Eves Herz zog sich schmerzhaft zusammen.

»Thyron, wir müssen unser Leben wieder in die Hand nehmen, ohne Askit und ohne die Agenda. Es will sehen, dass wir aus der Vergangenheit gelernt haben. Bitte komm endlich zur Besinnung! Du warst für mich wie der Bruder, den ich nie hatte, aber alles andere war eine künstliche Illusion, wie dieses ganze unterirdische Konstrukt. Wir müssen das hier beenden!«

»Verschwinde, Eve! Lasst mich hier zurück!«

»Willst du hier sterben?«

»Das liegt in deiner Hand. Ich will, dass du weißt, was du tust, wenn die Patriots diese Stadt und unsere Zukunft zerstören! Du wirst mich auf deinem überlegenen Gewissen haben.«

»O Mann, welche Verbindung funktioniert nicht in deinem Hirn?«, schnauzte Ronan ihn an. »Komm jetzt Eve. Wir dürfen keine Zeit mehr verlieren!«

Eve spürte wieder, wie ihr Gleichgewichtssinn streikte. Thyron stand mit hängenden Armen im Raum. Es war der letzte Blick auf ihn, bevor sie mit Ronan in den Schacht flüchtete. Sie folgten Elon durch dunkle Gänge und Stahltreppen hinauf. Aus der Ferne hörten sie ein Donnern, Dröhnen und Beben, das stetig näher kam.

»Was ist das?« Elon hielt sich schwer atmend an der Wand fest und verband sich über seinen Scanner mit dem Kontrollzentrum.

»Elon, ihr müsst euch beeilen. Tut etwas. Die Maschinen greifen an, und zwar weltweit. *Askit City* wird von hinten geradezu aufgegraben, und die Patriots dringen in die obere Kuppel ein! Sie treiben die Menschen vor sich her, und wie lange die Panzerung noch hält, weiß keiner! Darauf waren wir nicht vorbereitet! Die Solarjets mit den Beschützern Askits schwärmen in Richtung Metropolen aus«, schrie ein Commander.

»Wie ich es vermutet habe. Sie räumen die Stadt für die Reinsten«, stöhnte Elon und blickte Eve fordernd an. »Was war dein letzter Gedanke?«

»Ich erinnere mich nicht!«

»Versuch es, was war ganz tief in deinem Innersten?«

»Wozu das alles noch?«

»Genau diesen Gedanken musst du revidieren!«

»Das kann ich nicht, es ist schon geschehen, es ist für Askit ein geformtes Urteil, das Teil meiner über Jahrzehnte analysierten Psyche ist.«

»Du musst es versuchen! Was würdest du tun, um das alles hier zu stoppen? Was ist Askit am wertvollsten?«

»Was hast du gesagt?«

Elon war sich dessen nicht bewusst, aber er hatte ihr gerade eine Lösung präsentiert. Was war Askit am wertvollsten? Die Reinsten! Sie hetzten weiter durch einen langen Tunnel und ein Treppensystem, bis sie die Oberfläche erreichten. Hatte Eve wirklich unterbewusst genau diese Entscheidung getroffen? Sie prüfte ihre Gedanken, doch Angst, Wut, Trauer, Schmerz all diese Gefühle ließen es nicht zu. Sie konnte keine Klarheit finden. Unversehens öffnete Elon eine Stahltür, die nach draußen führte. Vor ihnen parkte ein Pulk von Fahrzeugen, nur knappe fünfzig Meter entfernt waren Patriots dabei, in die Kuppel einzudringen. Menschen flohen in alle Richtungen. Eine leise Stimme flüsterte Eve immer wieder zu, durchzuhalten. Sie konnten sich in einen Wagen stürzen. Elon lag langgestreckt, außer Atem auf der hintersten Bank. Ronan startete das Fahrzeug und lenkte es mit dem manuellen Steuer. Sie fuhren auf die Hallen zu.

»Wir müssen uns erst mal in Sicherheit bringen«, schrie Ronan.

»Du musst an dich glauben, Eve!« Elons Stimme verschluckte sich, er keuchte nur noch. »Du darfst es nicht verleugnen. Du bist und bleibst die Reinste! Verstehst du?«

»Ich habe es versucht, Elon! Ich brauche Ruhe, am besten einen Raum, in dem sich Askit als Hologramm manifestieren kann.«

»Du hast doch gesagt, dass du dauerhaft verbunden bist, was denn nun?«, fragte Ronan.

»Ich will mich davon überzeugen, Ronan, ich muss allein mit Askit sein!«

Solarjets rauschten über sie hinweg, verfolgt von Drohnen. Ronan fuhr zu schnell durch einen morastigen und buckeligen Boden, Dreck spritzte an den Seiten hoch, sie rasten über einen Hügel, die Reifen drehten durch, und der Wagen neigte sich gefährlich zur Seite, drohte zu kippen, sie schossen durch eine Gasse zwischen den Hallen direkt vor den Landeplatz. Dort erwartete sie ein totales Durcheinander von startenden und landenden Jets, die einen flohen, die anderen, Reinste aus allen Metropolen der Welt, wurden eingeflogen oder standen irritiert und führungslos an den Jets.

Sie hielten an.

»Dann komm, aber schnell«, rief Elon.

Sie rannten auf den Saal der Agenda zu, doch bevor sie die Halle erreichten, erblickte Eve einen Mann, der von einem Landeplatz aus eine Waffe auf sie anlegte.

»Elon! Achtung!«

Elon drehte sich um, machte aber keine Anstalten, sich in Sicherheit zu bringen.

»Es ist vorbei, Sergei. Du kannst dem Schicksal nicht entfliehen! Niemand kann das! Wo willst du schon hin!«

Sergei schmiss die Waffe weg, ruderte mit den Armen, stieg in den Jet. Durch eine Gasse zwischen den Hallen sahen Eve und Ronan die mächtigste Waffe ihrer Epoche kommen: Die Patriots schritten nun in enger Formation unaufhaltsam auch auf sie zu. Eve warf einen letzten Blick in den Himmel. Einem Vogelschwarm gleich, flohen die Gründer in ihren Jets.

»Und die Ratten verlassen …«

»Die Titanic!«, sagte Eve.

»Was?«

Elons Beine trugen seinen alten Körper kaum noch. Ronan zerrte den alten Mann mit sich, sie rannten durch ein Chaos von Menschen und Beschützern weiter, erreichten atemlos den Saal. Elon beugte sich keuchend vor, stütze sich mit den Händen ab.

»Ich hab Angst! Niemand ist so lange mit Askit verbunden wie ich. Es fühlt nicht, keine Schuld, keine Verantwortung, keine Liebe, es kann es verstehen, aber eben nicht fühlen«, wimmerte Eve.

»Also eigentlich doch nicht verstehen.«

Ronan drückte Eve fest an sich, umarmte sie.

»Lass dich von Thyron, von Elon, von niemandem beeinflussen. Du musst dich von allem lösen und dann entscheiden. Du ganz allein!«

43

4. OKTOBER,
ASKIT CITY, NEUSEELAND

Eve schloss die Augen, verharrte. Wenn ihre Gedanken, ihre Persönlichkeit und ihre Reinheit Askit als Grundlage für die finale Entscheidung dienen sollten, dann hatte es in wenigen Tagen so viele Perspektiven bekommen, dass es allen Grund hatte, die Menschheit auszurotten, wie auch zu beschützen. Es ging aber nicht darum, Askit von etwas zu überzeugen, die beste Strategie war, keine zu haben.

Tessa hatte ihr einmal gesagt, dass der Mensch, wenn er den sicheren Tod vor Augen hatte, dazu neigte, in einer Schockstarre, in Gleichgültigkeit und Hinnahme einfach zu vergehen, und dass man in so einem Augenblick auch einen tiefen Frieden finden konnte. Was von ihr erwartet wurde, war nicht möglich. Alles loszulassen. Keine Erwartung mehr zu haben. Den Geist zu leeren. Zu sein im Jetzt. Die Gedanken verflogen. Es fühlte sich gut an. Es gab keine Reinsten! Die Zukunft gehörte ihnen allen!

Alles um sie herum: Wände, Boden, Decke, Sitze waren schwarz. Geradeaus stand ein einzelner Sitz. An der Kopfleiste hing die Schnittstelle für das Implantat. Darüber waren die Hololaser. Sie setzte sich, schloss die Augen. Alles, was ihr etwas bedeutete, hatte sie zurückgelassen. Sie nahm die Vorrichtung in die Hand, warf sie dann aber achtlos weg. Sie schloss die

Augen. Es blieb dunkel, keine Stimme, keine Antwort. Es geschah nichts. Eve öffnete die Augen.

Askit? Sprich mit mir!

Nichts!

Dann flossen Gedanken, aber es waren nicht ihre. Was jetzt geschah, war kein Scan, keine Simulation. Es war, als würde Askit sich mit ihr synchronisieren, konnte sie Askit hören? Oder waren es eigene Vorstellungen und ihre Gedanken? Was geschah mit ihr? Es war unheimlich, erdrückend, sie konnte es nicht beenden. Ein Gedanke manifestierte sich: Askit wird die Stadt von den Gründern und die Welt von den Angepassten und Degradierten reinigen. Aber das war nicht ihre Wahl! Ihre inneren Konflikte waren für Askit nur eine Bestätigung seiner tiefen Überzeugung, dass die erste Selektion unausweichlich war.

Askit! Unsere Unvollkommenheit ist ein Teil dieser Evolution. Du bist unsere Schöpfung, aber kein Teil einer natürlichen Evolution. Du kompensierst durch mich dein größtes Manko. Werte sind ohne Empathie, ohne menschliche Gefühle bedeutungslos. Wir sind eine Kreation deiner Interpretation. Es gibt keine Reinsten, Askit! Wir müssen selber aus unseren Fehlern lernen, und der natürliche Verlauf dieser Evolution kann auch bedeuten, dass wir nicht überleben werden. Alles andere ist moralisch verwerflich. Am Ende der Geschichte haben wir das Recht zu scheitern. Hast du das Virus 2041 freigesetzt?

Wieder folgte keine direkte Antwort, stattdessen dämmerte Eve eine furchtbare Erkenntnis. *Paradise* konnte nicht fest verankert werden, solange es nicht das Ergebnis einer tiefgehenden persönlichen Revolution in den Gemütern und Leibern der Menschen war. Erst durch die unwiderrufliche Konsequenz ihres Handelns, die geballte Katastrophe und die neue Sicherheit, die Askit den Menschen gab, war es möglich gewesen, das primäre Ziel als das zentrale Motiv der Gesellschaft zu implementieren. Die Kolonisten und die Degradierten waren dabei nur noch ein Mangel an Bereitschaft sich anzupassen, aber nützlich für die Stabilisierung der Gesellschaftsform, durch Ausgrenzung. Die Reinsten waren das bestmögliche Ergebnis, um das Überleben dieses Planeten zu gewährleisten. Aber wenn der Kampf gegen die Erderwärmung verloren war, konnte Askit keinen Grund erkennen, warum die Menschen weiter existieren sollten. In Jahrtausenden war es nicht gelungen nachzuweisen, warum die Menschheit existieren musste. Während eine Biene für den Fortbestand der Evolution unverzichtbar war, hatten die Menschen bewiesen, dass sie als einzige Gattung das ganze ökologische System zerstörten und dass die Reinsten die erste Generation waren, die das Gegenteil bewiesen hatte. Eve spürte, dass sie keinen Einfluss mehr nehmen konnte. Von draußen hörte sie Schreie. Der Boden vibrierte, Sirenen fingen an zu heulen.

Ronan, Elon und einige Beschützer stürmten herein.

»Raus hier, Eve. Es ist zu spät. Wir müssen fliehen!«

44

04. OKTOBER,
ASKIT CITY, NEUSEELAND

Patriots gingen überall ihrem zerstörerischen Werk nach. Mit ihren wuchtigen Stahlarmen zertrümmerten sie die Hüllen von Jets der Gründer. Das Bersten von Metall erfüllte die Luft. Den Blick nach oben gerichtet, sah Eve, wie Menschen aus der Kuppel in alle Richtungen flohen, nur weg von *Askit City*. Ein Mann rannte mit seinem Kind im Arm an ihnen vorbei und schrie sie an. »Die Patriots! Die Stahltore, der Beton. Nichts hält sie noch lange auf! Sie räumen die Stadt für euch verdammten Reinsten!«

»Was hast du getan, Eve?«, rief Elon panisch. Über ihre Köpfe rasten Drohnen hinweg.

»Elon!« Die junge Frau, die Eve gestern eindringlich gewarnt hatte und das Implantat hatte entfernen wollen, kam aus einer der zerstörten Hallen gerannt, die Kleidung zerfetzt, Dreck und Schrammen im Gesicht. »Es ist nicht nur *Askit City*! In den Kolonien und in *Paradise* beginnen sie die Versorgungseinrichtungen zu zerstören, und Askit fliegt die letzten Reinsten der Selektion hierher!«

Eve zitterte am ganzen Leib. Ronan sah sie hilflos an, in seinen Augen war keine Anklage, während die Blicke der Frau sie nahezu vernichteten. Gab sie etwa ihr für alles die Schuld?

Eves Scanner signalisierte, dass Adlin versuchte, sie zu erreichen. Das Feld war wieder offen, die Kommunikation zwischen den Kolonien hergestellt.

»Adlin! Wo seid ihr?!«

»Wir werden von Beschützern zusammengetrieben. Sie suchen überall nach Reinsten und versammeln sie vor den Solarjets. Die Patriots und Drohnen haben angefangen, die Infrastruktur von *New Paris* zu zerstören, wenn das nicht aufhört, sind wir geliefert. Was ist geschehen? Was ist das für ein Lärm? Wo bist du?«

»Das kann ich dir jetzt nicht erklären. Ich weiß nicht einmal, ob wir uns wiedersehen, Adlin. Ich schwöre dir, dass ich alles tun werde, um das zu stoppen! Askit hat euch ausgewählt, in einer unterirdischen Stadt zu leben, und die Jets bringen euch wahrscheinlich hierher!«

Eve konnte auf dem Bildschirm nur schemenhaft erkennen, wie Adlin ihren Scanner in die Umgebung hielt, die Beschützer kamen auf sie zu.

»Adlin? Adlin?«

Der Kontakt war abgebrochen.

»Ich muss zu Askit!«

»Das hat doch keinen Sinn mehr!«, brüllte Ronan. »Lass uns verschwinden!«

»Nein. Ich meine wirklich zu Askit!«, schrie Eve. »Wo ist seine Anlage? Elon!«

Elon zeigte in nördliche Richtung in einen Wald. »Aber sie ist von einem Energiefeld gesichert.«

Sie musste sich beeilen, bevor sich die Idee für Askit in ihrem Bewusstsein enttarnen würde. Sie rollte ihre Augäpfel, versuchte, an nichts zu denken.

»Wie lange braucht ihr, um ein Implantat zu entfernen?«, fragte Eve die Frau, während neben ihnen ein Solarjet in Flammen aufging.

»Das ist ein Prozess, der Wochen dauert. Bis sich die Mikroelektroden in Richtung des Implantates zurückziehen, erst dann kann es komplett aus der Schädeldecke entfernt werden!«

»Dafür habe ich keine Zeit!«

»Was hast du vor?«, schrie Ronan durch das Getöse von Patriots und Drohnen, die einen Solarjet nach dem anderen zerstörten. Jetzt drangen sie auch in die Hallen ein. Wenn die Maschinen die Schutzwälle der Stadt wirklich durchbrechen würden, fürchtete Eve ein Massaker, aber vor ihrem inneren Auge erschienen Adlin und Samir. Was geschah mit ihnen gerade? Waren sie schon auf dem Weg hierher?

»Ronan, ich weiß, was ich tun muss!«

Die Augen von Elons Assistentin hellten sich auf. »Es gibt eine Möglichkeit«, sagte sie und versorgte Eve mit einer Schnittstelle zu ihrem Implantat. »Es wird wehtun, sehr! Du wirst kurz das Bewusstsein verlieren! Ich kann das Implantat mit einem Stromschlag zerstören!«

»Warte noch!«

Eve lauschte in sich hinein. Mit ihrer tiefsten Überzeugung wollte sie Askit ihre Botschaft und Entscheidung mitteilen: Askit City *sollte allen oder niemandem gehören. Jeder hat das Recht zu leben. Die Agenda gehört entmachtet.*

»Elon, seid ihr Gründer bereit, euch den Gesetzen von *Paradise* zu unterwerfen? Bereit, die Illusion zu beenden, dass eine künstliche Intelligenz unsere Welt retten kann? Bereit, in einer Gesellschaft zu leben, in der Kolonisten, Angepasste, Degradierte und Reinste zusammenleben? Bereit, euer Leben zu opfern?« Eve trat nah an Elon heran. Er verstand es wirklich, und seine Augen sagten nicht nur einfach Ja. Es war ein Ja!

Auf Eves Nicken hin verband die Frau ihr Implantat mit einer kleinen Apparatur. Während hinter ihnen die ersten Patriots bedrohlich aufrückten, stürzte die Halle vor ihnen an der rechten Flanke ein. Eve spürte eine beklemmende Angst, aber die Vorstellung, vom Implantat, von Askit losgelöst zu sein, war das stärkere Gewicht auf der Waage.

»Jetzt!«, schrie Eve. Die Schmerzen waren unerträglich. Als würde ihr ganzes Gehirn in Eis gelegt werden, verlor Eve für ein paar Sekunden das Bewusstsein. Alles war wie ein einziger Krampf, wie ein dumpfer Schlag auf Nasenbein, Schläfen und Kinn zur gleichen Zeit. Langsam ebbte das Dröhnen im Schädel ab. Sie öffnete die Augen, blickte auf Ronan, Elon, die Assistentin und Dutzende Reinste, die im Kreis der Prozedur zugeschaut hatten. Sie einte der Wunsch, vom Implantat befreit zu werden. Sie schaute benommen in Ronans Augen. Seine Hände hielten ihren Oberkörper.

»Was zum Teufel hast du vor?«

»Ich nehme Askit das Einzige, an das es selber glaubt!«

»Wie?«

»Los, Elon, wir gehen! Dann haben wir Gründer, Reinste und einen Kolonisten vereint!«, sagte Eve.

Um sie herum schritt die Zerstörung unaufhörlich fort. Menschen, egal ob Gründer oder Reinste, wurden nun von den Maschinen in die Enge getrieben. Sie liefen in nördlicher Richtung weg von der Kuppel in den Wald. »Wie lange werden wir brauchen? Elon?«, drängte Eve.

»Wenn ihr mich zurücklasst, eine Viertelstunde im Dauerlauf«, sagte Elon.

Ronan nahm ihn Huckepack, keuchend rannte er mit dem Gewicht auf seinem Rücken durch Anhöhen und dichten Urwald. Sie wurden von Drohnen überflogen.

»Was ist, wenn sich Askit weiter verweigert?«, schrie Ronan und streifte einen Strauch, der Elon das Gesicht zerkratzte. Geduckt liefen sie weiter.

»Vertrau mir, das wird es nicht können!«

An der Grenze des Waldes angekommen, standen sie vor einem nicht enden wollenden Solarfeld. Alle zehn Meter Patriots, in der Luft kreisten Drohnen. Das ganze Ausmaß war von ihrer Perspektive nicht einschätzbar. Was für Dimensionen an Energie wurden hier für Askit erzeugt, fragte sich Eve. »Wo ist das Herzstück von Askit?«

Elon hatte sich kurzatmig auf einen Felsvorsprung gesetzt und griff sich mit schmerzverzerrtem Gesicht an die Brust. Er muss durchhalten, dachte Eve. Ronan sah sie mit einer Mischung aus Furcht und Vorwurf an.

Sie hätte sich am liebsten in seine Arme geflüchtet, seine Gefühle für sie waren überwältigend, etwas, was sie mit Thyron nie erlebt hatte. Aber sie wusste nicht, was sie ihm damit antun würde. Was hatte der Verlust seiner Frau da an Wunden hinterlassen?

Sie musste Askit hier konfrontieren. Es war der einzige Weg, die Selektion, Askits primäres und sein sekundäres Ziel zum Scheitern zu bringen.

»Was ist das für ein Energiefeld, Elon?«

»Pure Spannung, tödlich, mehr wissen wir nicht. So nah ist noch niemand Askit gekommen!«

Eve sah zu Ronan. Es durfte kein Abschied sein. Es musste weitergehen. Eve nahm Elons Hand. Sie war dünn, die Knochen spürbar. Er sah sie ratlos an, dann dämmerte es ihm. Bevor er, Ronan und die Patriots reagieren konnten, rannte sie los, blickte nicht mehr zurück.

»Eve! Eve! Nein! Nein! Bist du wahnsinnig! Eve, nein!«

Patriots versuchten, ihr den Weg zu versperren, Drohnen sanken vom Himmel herab. Sie musste schneller werden. Im Zickzackkurs rannte sie wie ferngesteuert an den Kampfrobotern vorbei, der Rückweg war bereits versperrt. Es gab kein Zurück mehr. Eve stiegen die Haare zu Berge, sie spürte, dass sich um sie herum die Spannung in der Luft erhöhte. Abrupt blieb sie stehen. Vor ihr sammelten sich Patriots, dicht aneinander gereiht, ein Moment des Zweifels nahm sie gefangen. Sie war unsicher, aber vor ihr waberte die Luft und hatte eine leicht bläulich violette Farbe. Sie glaubte, ein haardünnes

Geflecht zu sehen. Sie schloss die Augen. Ihr Leben zog an ihr vorbei. Ohne Tessa, ohne ein Ende dieser ganzen verrückten Ordnung, die ein einziges Gefängnis war, selbst Ronan würde das nicht wollen.

»Gib auf, Askit!«, schrie Eve und rannte so schnell, dass jeder Muskel zu spüren war. Ein erster Schlag durchbohrte ihren ganzen Körper, doch sie lief weiter. Ein Knall, der sie wie betäubt zu Boden schleuderte. Sie schrammte mit der linken Gesichtshälfte über einen Stein, sie hörte nur ein hohes Pfeifen. Eve hob den Kopf, verschwommen sah sie Ronan auf sich zulaufen. Die Roboter standen plötzlich still.

»Du bist völlig verrückt. Du hättest tot sein können!«

»Du auch!«, stöhnte Eve, vorsichtig hob Ronan ihren Kopf an. Aus dem Wald näherten sich weitere Reinste, die vor dem Schlachtfeld geflohen waren.

»Aber Askit hat das Feld abgeschaltet!«, sagte Eve.

Eve schaute nach vorne in die Solarfelder. Wo war Askit nun? Elon konnte nur noch langsam folgen. Es grenzte an ein Wunder, dass der alte Mann das alles durchhielt.

»Bist du sicher, dass es keine weitere Barriere gibt«, fragte Ronan.

»Nein, bin ich nicht«, keuchte Elon.

Eve musste unwillkürlich lachen, eine nicht zu erklärende Euphorie erfüllte sie. Sie lachte aus tiefstem Herzen. Ronan reichte ihr die Hand.

»Was ist bloß los mit dir?«

»Wir müssen weiter, Ronan, du auch, Elon!«

»Ja, sofort«, sagte er, riss ein Stück Stoff von seinem Ärmel ab und tupfte sich damit seine Kopfwunde ab. »Es muss in der Mitte einen Eingang geben.«

Gemeinsam schleppten sie sich weiter. Einige der Reinsten wollten ihnen folgen, aber Eve wies sie an, zurückzubleiben.

Am Ende eines weiteren Ringes der auf Stahl gereihten

Solarfelder näherten sie sich einem schwarzen Gebäude, einem Klotz gleich, der wie ein Monolith in die Höhe ragte. Sie betraten ein schwarzes Nichts. Ihre Augen mussten sich erst an ein schwaches rötliches Licht gewöhnen, bevor sie auf dunklen Beton hinabsteigen konnten. Sie erreichten nach Dutzenden Treppenumläufen in die Tiefe eine Halle. Auch hier war es dunkel, aber ein unangenehmer Smog aus Elektronik und Hitze schlug ihnen entgegen. Einige ihr bis dahin unbekannte Roboter, kaum größer als sie, standen wie eingefroren herum. Ihr Kopf war oval, aus kupferschimmerndem Material. Keine Augen, keine Ohren, keine Nase, nur diese künstliche Oberfläche. Sie reagierten nicht auf ihre Anwesenheit.

Sie erreichten eine Art Tunnel, dessen Dimension alles sprengte: Ein Meer aus rot leuchtenden Dioden deutete auf eine unschätzbare Menge an Einheiten, das neuronale Netzwerk von Askit. Es mochten Kilometer sein, die dieser Tunnel sich erstreckte. Dann fanden sie zwischen den engen Gängen so etwas wie eine Lichtung. Von der Tunneldecke hingen kreisrunde Zugänge für das Implantat herab.

»Bleibt zurück!«

»Auf keinen Fall!«

»Vertrau mir, Ronan, es wird mir nichts geschehen! Es hat keine Macht mehr über mich.«

Für Eve war es die finale Begegnung. Sie stand nun in der Mitte des Netzwerkes. Was würde geschehen? Konnte sich Askit ihr noch zeigen?

»Askit?«

Von der Decke Lichtpunkte, Laser. Dann, im Bruchteil einer Sekunde, blendete sie ein Holoschirm. Sie blickte auf ein dynamisches Klimamodell, das sich sekündlich veränderte. Es war nicht nachvollziehbar, aber diese Simulation zeigte einen positiven Trend. Exakt Pellengreys Daten, mit welchen Maßnahmen dieser Effekt erreicht werden könnte. Die Wahrscheinlichkeiten waren geringer als das Eintreten der letzten Negativszenarien. Hatte Askit Pellengreys Daten nun doch integriert? Oder war es Eves Entscheidung, das zu tun? Wie viele Menschen aus den Kolonien helfen mussten, welche technologischen Mittel und Ressourcen dazu nötig wurden. Was erreicht würde, wenn alle Menschen an einem Strang ziehen würden, und welche Zeithorizonte dafür nötig waren. Die Wissenschaftler würden lange brauchen, um das alles auszuwerten, aber es war, als hätte Askit seine Berechnung selbst korrigiert. Über den Grafiken lief wie ein Laufband eine Textzeile.

Die Reinsten haben die Menschheit auf eine neue Stufe ihrer Evolution gebracht. Diese dreitausendvierhunderteinundfünfzig Menschen werden in ihrer Perfektion und Reinheit die Zukunft und den Planeten retten. Das primäre Ziel ist erreicht.

Der Holoschirm schaltete sich ab. Eve fühlte für einen Moment eine ungekannte Leere und Einsamkeit, inmitten der düsteren Anlage. Immer mehr der roten Dioden verloschen. Sie sah, wie Elon und Ronan hinzukamen. Eve war erschlagen von ihren Gefühlen, ratlos, ihr Körper schmerzte, ihr Kopf war zum Zerbersten gefüllt mit Fragen. Diese von Askit erkorene Perfektion der Reinsten war eine Illusion, für den Algorithmus aber eine absolute Voraussetzung zur Erfüllung seiner Werte gewesen, und nun?

»War das von Anfang an dein Plan, Askit? Bist du dir deiner selbst und deiner Tat bewusst geworden, als du die Welt durch die Augen der Kolonisten und uns Reinsten gesehen hast? Askit? Askit?!«

Nichts, als wäre alles in Nanosekunden entschieden worden, waren sie nun auf sich allein gestellt? Das Gefühl war so überwältigend, dass sich Eve irritiert die Stirn rieb, den Kopf schüttelte, alle möglichen Gefühlsschwankungen strömten auf sie ein. Fast ihr ganzes Leben war Askit an ihrer Seite gewesen, und nun? Einfach weg?

Elon näherte sich. Dann ertönte über seinen Kommunikator eine verzerrte Stimme.

»Elon? Elon hörst du mich?«

»Ja!«

»Die Maschinen beginnen, die Stadt zu zerstören!«

»Eve, du musst das verhindern!«

»Nein, Elon. Ich habe entschieden, dass die Existenz dieser Stadt immer wieder ein Grund wäre zu fliehen, anstatt zu kämpfen! Immer wieder wäre es verlockend, sich dem Schicksal auf Kosten anderer zu entziehen, obwohl wir wissen sollten, dass das nicht geht!«

Wieder an der Oberfläche angekommen, waren sämtliche Drohnen und Patriots verschwunden. Eve und Ronan, der Elon wieder auf dem Rücken trug, hetzten durch das Dickicht des Waldes. Als sie den Landeplatz erreichten, trugen Roboter gerade Container aus der sterbenden Stadt heraus und setzten sie vor den beinahe völlig zerstörten Hallen ab.

Ein junger Mann rannte auf sie zu: »Askit! Wir verstehen es noch nicht. Es ist, als würde es sich löschen, aber alle anderen Daten und seine Kapazität hinterlassen, die wir …«

»… für das primäre Ziel in Zukunft noch gebrauchen werden. Das war es. *Askit City* ist verloren!«, sagte Elon.

»Ich fürchte, ja. Die Roboter zerstören alle Labore, die den Gründern dienen. Alle Daten der Genetik, einfach alles! Nur die Systeme für die Metropolen funktionieren einwandfrei. Die Reinsten haben jetzt auf alles Zugriff. Selbst die Jets lassen sich nach einem Update nun über Sprache automatisch steuern, die Implantate sind überflüssig geworden. Askit konfiguriert alles neu!«

»Warum löscht es sich?« Eve wollte es nicht wahrhaben, schaute desorientiert zu Elon.

»Es ist vorbei! Du hast alle Entscheidungen getroffen, damit müssen jetzt alle leben oder sterben!«, antwortete Elon.

Eve spürte, wie die anklagenden Blicke der Gründer, die ihre Stadt verlassen mussten, sie durchbohrten. Sie glaubten wirklich, dass eine Person ihre Welt zerstört hatte? Auch die Reinsten sammelten sich um sie herum. Die Maschinen setzten ihren vernichtenden Feldzug gegen die Stadt fort. Einige Solarjets waren noch intakt. Dann gab die Architektur der Kuppel nach und stürzte unter ohrenbetäubendem Lärm ein. Der Boden unter ihnen bebte. Die Menschen waren alle evakuiert worden. Hunderte standen ratlos um Eve herum, starrten regungslos auf die zusammenbrechende Kuppelkonstruktion, sie konnte sich kaum vorstellen, wie die Roboter gerade dabei waren, ihre unterirdische Stadt, *Askit City,* zu zerstören.

»Was hab ich getan?«

Ronan nahm Eve von hinten in den Arm. Umschlang sie.

»Das, was du tun musstest, woran du glaubst, an das, was dich ausmacht, einen Menschen! Du bist nicht verantwortlich, dass die Menschen in der Vergangenheit ihr Schicksal ignoriert haben.«

Während die Blicke der anderen Gründer, aus ihrem unterirdischen Labor vertrieben, der Illusion ewigen Lebens beraubt, Eve quasi töteten, blickte Elon sie mit einer Mischung aus völliger Leere und Hinnahme an.

»Nichts ist so kreativ wie das Leben. Keine von uns erschaffene künstliche Intelligenz könnte das auch nur im Ansatz verstehen. Ich war immer davon fasziniert, dass das Leben jede Gelegenheit nutzt, sich an jedem erdenklichen Ort des Universums anzusiedeln. Wenn sich der Planet von all den Asteroiden, Supervulkanen und Klimaveränderungen in der Vergangenheit erholen konnte, dann war Askit nur eine Anmaßung, unserem Schicksal zu entkommen. Es wird hundert- oder zweihunderttausend Jahre dauern, bis sich der Planet wieder abgekühlt hat, und am Ende werden die Korallenriffe für eine Zeit gewandert sein und wieder vor Australien erblühen. Die Welt hat sich immer wieder verändert. Aber jetzt liegt es an euch. Eure junge Generation. Ihr seid nun in der Verantwortung«, sagte Elon, setzte sich auf eine Metallkiste und sah in den Himmel. Über ihren Köpfen flogen Drohnen mit weiteren Containern davon und verließen die Insel in alle Himmelsrichtungen, weg von *Askit City*.

»Was wird da ausgeflogen?«, fragte Eve.

Elon schaute achselzuckend zu dem jungen Mann neben ihm.

»Die Patriots haben Operationseinheiten geborgen, die die Implantate entfernen können, Organdrucker und medizinische Roboter«, erklärte er trocken.

»Am Ende hat Askit zumindest an euch gedacht, oder warst das nicht auch vielmehr du?«, fragte Elon und klopfte Eve leicht auf die Schulter. »Ihr seid nun frei, wir alle, in aller Verantwortung!«

»Ich kann Tessas Leben retten, aber was ist, wenn das Klima doch noch kippt? Dann hab ich uns allen diese Chance genommen. Dabei war ich mir eben noch sicher, dass es das Beste ist.«

Ronan stellte sich vor sie. Sie konnte diesen Augen nicht mehr widerstehen. Über seine Schulter hinweg sah sie Thyron, der sich von einer Frau Wunden am Kopf verarzten ließ. Er lebte, das war gut und reichte. Sie trat in den Schatten eines Solarjets, zog Ronan zu sich. Eve schaute durch die offene Einstiegsluke in das Cockpit des Jets. Sie wollte nach Hause, zu Tessa, in ihren Garten, Zeit mit ihr verbringen. Einfach nur eine Zeit lang alles vergessen, bedeutungslos sein, Sinnloses tun und heilen.

»Eve! Du hast nichts falsch gemacht. Du hast alles gegeben. Jetzt ist der Augenblick gekommen, wo wir es ohne Askit schaffen müssen.«

»Müssen wir das?«

»Es ist unsere Zukunft, willst du sie gestalten?«

»Hab ich eine Wahl?«

Ronan nickte und schloss die Augen, der Wind frischte wieder stark auf. Eve lehnte sich in seine Schulter.

»Wir hatten immer eine Wahl!«

Sie standen sich wortlos gegenüber. Wieder brachen all die Bilder der Vergangenheit über Eve herein, die Askit geradezu in ihr Gehirn gepumpt hatte. So viel Leiden, so viel Trennung, Wut, Hass und Zerstörung. So viele Menschen, die sich in ihrer gegenseitigen Verachtung am Ende nur selbst entwürdigt hatten. Sie wusste nicht, ob sie das alles je würde vergessen können, ob dieses Wissen um die Ereignisse der Vergangenheit es wirklich wert gewesen war, ihre Zukunft ohne das allwachende Auge von Askit zu riskieren! Konnten sie *Paradise* erhalten, die Welt so wirklich in eine bessere Zukunft führen? Sie blickte wieder in Ronans Augen. Eve wusste nicht, was sie zurückhielt. Sie hatte Angst vor diesem Gefühl, aber es ließ sich nicht mehr aufhalten.

»Ich, ich muss das wieder lernen. Hast du eine Ahnung, wo du leben willst?«

»Zeigst du mir dein Zuhause?«

»Das wäre ein Anfang.«

Sie nahm Ronans Hand. Ein letzter Blick zurück auf die zerstörten Hallen und auf die Reinsten, die sich um Verletzte und desorientierte Menschen, Nachfahren der Gründer, aus der verlorenen Stadt kümmerten, beruhigte sie. Die Jüngeren aus der verlorenen Stadt begannen, sich den Reinsten zu nähern, reichten ihnen die Hände, sprachen miteinander.

Eve setzte sich ins Cockpit, schaltete den Bordcomputer ein. Sie griff sich kurz an ihr zerstörtes Implantat und gab laut den Befehl: *»New Paris!«*

Der Jet hob ab. Sie schauten in die glutrote Sonne, getrübt von einer staubgeladenen Atmosphäre. Die Wolken waren verschwunden, aber der Sturm hatte immer noch Kraft und schüttelte den Jet durch.

Ronan schwieg.

Eve?

Eve atmete lang und tief durch. *Ja?*

Du hast jetzt den höchsten Score, den je ein Mensch erreicht hat. Du hast die finale Prüfung bestanden!

Ronan schaute sie prüfend an. »Alles in Ordnung?«

»Ja, ja, ich denke schon …«

THORE D. HANSEN, Politikwissenschaftler und Soziologe, arbeitete erfolgreich als Wirtschaftsjournalist und Kommunikationsberater. Der Spezialist für internationale Politik und Geheimdienstarbeit ist gefragter Experte in den Medien und Autor futuristischer Polit-Thriller wie *Silent Control* und *Quantum Dawn*. Seine Bücher extrapolieren die Folgen gegenwärtiger Trends für die nächste Zukunft. Mit *Die Reinsten* stößt er jetzt zum ersten Mal in eine fernere Zukunft vor, um den Entwicklungen der Gegenwart den Spiegel vorzuhalten.

EUROPA POCKET

ISBN 978-95890-370-8
360 Seiten

ISBN 978-95890-372-2
416 Seiten

ISBN 978-95890-373-9
496 Seiten

EUROPA POCKET

ISBN 978-95890-378-4
720 Seiten

ISBN 978-95890-374-6
368 Seiten